W0380972

canim-verlag

Über die Autorin

Hinter der Autorin Michelle Schrenk steckt eine 1983 geborene Wassermannfrau, die es liebt zu träumen und es hasst, Zwiebeln zu schneiden. Schon immer hat sie sich dem Erfinden von Geschichten gewidmet und bereits im Grundschulalter damit angefangen, sie aufzuschreiben. Mit ihren gefühlvollen Liebesromanen, dem Mutmachbuch »Die Suche nach dem verlorenen Stern« sowie drei Kinderbüchern hat sie sich nun ihren Traum vom Schreiben erfüllt. Nahezu jeder ihrer Titel war in den Amazon Top 100 vertreten, ihr herzerwärmender Roman »Kein Himmel ohne Sterne« sogar zehn Monate lang ohne Unterbrechung. Ihr Roman »Irgendwo hinter den Wolken« ist Finalist des Kindle Storyteller Awards 2019. Sie ist überzeugt, dass es viele Wege zum Glück gibt, und hofft, ihren Lesern mit ihren Büchern ein wenig davon zu schenken.

Mehr über Michelle und ihre Bücher gibt's im Internet auf: www.michelleschrenk.de
Mehr aus Michelles Leben auf Facebook und Instagram:
www.facebook.com/MichelleSchrenkAutorin,
www.instagram.com/michelle_schrenk

Michelle Schrenk

Als ob du mich liebst

Roman

canim-verlag

1. Auflage, 2019

ISBN: 978-3-942790-44-4

Danke an alle Partner, ohne deren Unterstützung dieses Buch nicht möglich gewesen wäre:

Idee und Text:
Michelle Schrenk, michelleschrenk.de

Lektorat und Redaktion:
Susanne Jauss, jauss-lektorat.de

Cover-/Umschlaggestaltung:
Buchgewand Coverdesign | Torsten Sohrmann | buch-gewand.de

Verwendete Grafiken/Fotos:
CARACOLLA – shutterstock.com, FL Wong – shutterstock.com, Ludmila Ivashchenko – shutterstock.com, Bokeh Blur Background – shutterstock.com, agsandrew – depositphotos.com

Cover-Shooting:
Nathalie Majewski, namama-fotografie.com

Cover-Models:
Lucia Kruse, Christian Krömer

Porträts Michelle Schrenk und Lucia Kruse:
Nathalie Majewski, namama-fotografie.com

Porträt Christian Krömer:
Nico Schwab

Für meine wundervollen Leser.
Danke, dass ihr mein Leben
zu meinem Lieblingsbuch macht und dass ich
durch euch meinen Traum leben kann.
Vergesst nie, auf euer Herz zu hören,
wenn ihr wisst, wonach es sich sehnt.
Seid mutig und schreibt Geschichte.

Für mein wundervolles Team,
das dieses Projekt mit mir umgesetzt hat:
Susanne Jauss, Christian Krömer, Lucia Kruse,
Nathalie Majewski, Tanja Rörsch, Tamara Schwab
und Torsten Sohrmann von Buchgewand.
Ohne euch würde dieses Buch nicht leben,
dafür danke ich euch von Herzen.

Playlist

Diese Songs habe ich beim Schreiben des Buches gehört. Wenn ihr also abtauchen wollt, Musik einfach auf laut – und los geht's.

Sam Smith – Fire On Fire
Dennis Lloyd – Never Go Back
Rita Ora – Only Want You
Declan J Donovan – Vienna
Conor Maynard – Hate How Much I Love You
Madison Beer - Dead
Mabel – Mad Love
Ed Sheeran (feat. Khalid) – Beautiful People
3 Doors Down – It's Not My Time
Papa Roach – Last Resort
Taylor Swift – ME!
G-Eazy & Halsey – Him & I
Alec Benjamin – Let Me Down Slowly
James Hersey – Real For You
Sophie Simmons – Paper Cut
Robin Schulz (feat. Harloe) – All This Love
Ed Sheeran (feat. YEBBA) – Best Part Of Me
AJ Mitchell (feat. Ava Max) – Slow Dance

Duncan Laurence - Arcade
Dean Lewis - Be Alright
Taylor Swift - Begin Again
NOTD (feat. Felix Jaehn) - So Close
Gavin James - Always
OneRepublic - Rescue Me
Rise Against - Savior
ZAYN - There You Are
Sia - I'm Still Here
Sam Smith, Normani - Dancing With A Stranger
Lewis Capaldi - Someone You Loved
Lewis Capaldi - Hold Me While You Wait
Billie Eilish - Watch
Billie Eilish - Six Feet Under
Billie Eilish - Lovely

Für dich: meine Liste

Zeit: drei Monate

Ein außergewöhnliches Date
Händchen halten
Ein Kuss auf die Stirn
Zusammen den Sonnenaufgang und Sonnenuntergang ansehen
Liebesbriefe schreiben
Liebesnachrichten auf WhatsApp
Ein gemeinsamer Post auf Instagram/Fotoshooting
Zusammen im See schwimmen
Nackt baden
Sich Geheimnisse anvertrauen
Eine Kissenschlacht machen
Ein romantisches Essen bei Kerzenschein, sich gegenseitig verliebt füttern
Sich gegenseitig den Kopf kraulen
Im Regen tanzen und sich küssen
Ein Date im Kino
Spontan verreisen
Ein Abenteuer erleben
Ein Lied auf der Gitarre vorspielen

Küssen im Riesenrad
Unter freiem Himmel übernachten
Mit Freunden feiern
Blumen mitbringen
Das erste Mal
Etwas erleben, das uns beide für immer verbindet
Viel Zärtlichkeit
Pläne für die Zukunft schmieden

Verstand aus. Mut an!

Mein Herz schlägt schnell in meiner Brust. Ein schönes Gefühl, befremdlich, aufregend. Was es so heftig aus dem Rhythmus wirft, ist der Name auf dem Klingelschild vor mir: *Kale Haber.*

Nichts hat mein Herz bislang so durcheinandergebracht wie dieser Name – zumindest nicht auf eine romantische, sehnsüchtige Art und Weise. Und das ist auch der Grund, weswegen ich gerade vor Kales Haustür stehe und das Klopfen in meiner Brust immer heftiger wird.

Mein Zeigefinger wandert zum Klingelschild, wagt es jedoch noch nicht, den kleinen runden Knopf zu drücken. Ob es wirklich so eine gute Idee ist? Oder wäre es besser, umzukehren, wieder auf mein Fahrrad zu steigen und wegzufahren? Vielleicht wäre es das. Aber ich kann nicht. Denn das ist die einzige Chance, um meinen Plan in die Tat umzusetzen. Eine Chance, die niemals wiederkommen wird, wenn ich sie nun nicht ergreife. Von meinem Mut mal ganz zu schweigen. Denn wenn ich jetzt gehe, werde ich ihn nie mehr aufbringen können, um mich noch mal vor diese Tür zu stellen.

Ich blicke auf das gefaltete Papier in meiner Hand und atme tief durch.

»Du hast was gut bei mir, Jass«, sagte er. Ich wette, er war sich des Ausmaßes dieser Worte gar nicht bewusst.

Ich mir zuerst auch nicht, doch dann …

Dann habe ich begriffen, dass ich sie für mich nutzen kann. Das soll jetzt aber nicht berechnend klingen, denn ich bin alles andere als das. Manchmal bieten sich jedoch im Leben ganz unverhoffte Gelegenheiten. In einem Moment, den man niemals hätte planen können, der sich einfach so ergibt. So wie sich die Situation am letzten Freitag auch einfach so ergab, als ich Kale an der Tankstelle nicht weit entfernt von meiner Wohnung begegnet bin. Damit hat mir das Leben vielleicht eine kleine Tür geöffnet, und jetzt muss ich nichts anderes tun, als auf die Klingel zu drücken, um aus dem schmalen Spalt eine große Lücke zu machen.

Du hast was gut bei mir …

In Gedanken gehe ich jeden Augenblick, der mich hierhergebracht hat, noch einmal durch. Dass ich jetzt hier stehe, hätte ich vor einiger Zeit nicht für möglich gehalten. Doch inzwischen ist viel passiert. Ich zog endlich aus meinem behüteten Elternhaus aus, in meine erste eigene kleine Wohnung. Na gut, ich lebe in der Wohnung nicht allein, sondern zusammen mit meiner besten und zugegeben etwas chaotischen Freundin Louisa, aber das Zimmer in unserer WG gehört mir. Mir ganz allein. Ich habe es mit hellen Möbeln und vielen Dekorationen aus diesem bekannten Möbelhaus eingerichtet. Mit einem weißen Schreibtisch, über dem an einer Pinnwand unzählige Postkarten hängen, unter anderem eine mit dem Spruch *Verstand aus, Mut an*! Diese Worte sind es, die ich mir ins Gedächtnis rufe, als ich jetzt vor Kales Tür stehe.

Außerdem sind auf der Pinnwand Sprüche zu finden wie *Lebe jeden Tag, als wäre es dein letzter*, der für mich ebenso wichtig ist, *There are no limitations, except those you create for yourself* sowie *It's all about love – Liebe ist alles.* Letzteres steht auf einer Karte, die ich aus einem besonderen Grund dort festgepinnt habe: weil ich sie mit der Liste verbinde, die ich gerade in der Hand halte, mit meinen Büchern und dem Menschen, der mir die Karte einst gegeben hat. Liebe, ja, sie ist wichtig, sie und diese besonderen Momente.

Und ich liebe Bücher, was man an meinem Bücherregal sofort erkennt. Denn ich bin geradezu süchtig danach, beim Lesen in die unterschiedlichsten Welten abzutauchen, die sich zwischen den Seiten verbergen. Ich habe die Bücher im Regal nach der Farbe des Umschlags geordnet, das Regal mit Kerzen verziert und alles so in Szene gesetzt, wie es die Geschichten verdienen: mit ganz viel Herz. Zudem betreibe ich ein Buchblog namens *Leseherz*, dort sind Fotos von Büchern in Verbindung mit Herzen mein Markenzeichen.

Typisch für mich sind auch meine langen braunen Haare – etwas, das ich an mir liebe. Zwar sagen alle, dass meine hellblauen Augen besonders seien, doch ich sehe das nicht so. Darin ist kein aufregender Schimmer zu erkennen, vielleicht ein klein wenig

Grün, zumindest behauptet meine Mama das immer, die diesbezüglich natürlich ganz anderer Meinung ist. Auch meine Figur ist keine, bei der die Männer nicht mehr wegsehen können. Ich bin schlank und relativ groß, habe aber keine besonderen Rundungen. Doch das ist okay.

Was ich gerade habe, ist alles, was ich brauche. Fast alles. Die Wohnung, mein Blog, ich gehe endlich auf die Uni und arbeite in einem kleinen Café mitten in der Nürnberger Altstadt. Ja, im Prinzip alles nichts Besonderes. Und doch ist es so unheimlich wertvoll für mich, diese Dinge tun zu können. Weil ich mir nichts mehr gewünscht habe, als einfach ein normales Leben zu führen. Ein Leben, wie es jeder hat, mit Unistress, der Arbeit, dem eigenen Zuhause, einem Hobby.

Um alles perfekt zu machen, muss ich nur noch diesen winzigen Klingelknopf hier drücken. Doch was hält mich davon ab, es endlich zu tun, statt nur pausenlos auf Kales Namen zu starren? Vieles. Aber eigentlich sollte mich nichts abhalten, denn ich habe nichts zu verlieren.

Also streiche ich zart über den Knopf, zähle in Gedanken bis drei, ehe ich ihn zaghaft drücke. Ein kurzes, schrilles Geräusch, dann stehe ich da und warte und warte und warte …

Ob ich zu kurz gedrückt habe?

Vielleicht hat er es ja gar nicht gehört.

Oder er ist nicht zu Hause.

Sein Motorrad steht jedenfalls vor der Tür, wobei das aber nichts heißt. Er könnte joggen sein oder beim

Fußball, beim Boxen, in einer Bar. Es gibt da ja einige Möglichkeiten.

Ich denke zurück an den Augenblick, als ich ihm zum ersten Mal begegnet bin, im *Hinz und Kunz*, diesem kleinen Club in der Nürnberger Innenstadt, einem beliebten Treffpunkt besonders unter Studenten. Ich stand am Tresen und sah über Louisas dunklen Lockenkopf hinweg zum ersten Mal seine unglaublichen Augen. Nie zuvor hatte ich bei Augen solch eine Farbmischung gesehen. So perfekt unperfekt. Das eine Auge von ihm ist intensiv blau, wohingegen das andere von einem warmen Grünbraun durchzogen ist. Sofort war ich von diesem Blick gefesselt, und es erwischte mich wie ein Blitz, so heftig, dass mein Herz sich gefühlt auf der Überholspur befand, während mein Atem stillstand.

Unsere zweite Begegnung war nicht weniger intensiv. Louisa und ich sahen der Unimannschaft beim Fußball zu – und da war er wieder. Im blauen Trikot mit gelben Fußballschuhen ließ er mein Herz erneut höher schlagen.

Und schließlich traf ich ihn ein drittes Mal, als ich das Haus verließ, um zur Arbeit zu gehen, und er an mir vorbeijoggte. Weiße Stöpsel im Ohr, versunken in die Musik, die dunklen Haare, die an den Seiten kürzer und am Oberkopf etwas länger sind, verwuschelt, mit leichten Bartstoppeln auf den markanten Wangen. Ja, er sieht gut aus, viel zu gut, und dessen ist er sich auch voll und ganz bewusst.

Ich warte immer noch.

Soll ich vielleicht noch mal klingeln?

Das wirkt dann aber so aufdringlich, oder?

Ich muss kurz schmunzeln. Aufdringlich. Na ja, darüber brauche ich mir angesichts dessen, was ich vorhabe, nun wirklich keine Gedanken zu machen. Also drücke ich erneut auf den Knopf. Wieder höre ich den schrillen Ton, warte - aber dann summt es zu meiner Überraschung doch.

Eilig drücke ich die Haustür auf und blicke in einen langen Gang. Er wohnt im *Top zwei*, das weiß ich von Louisa, und die wiederum hat es von einer Bekannten, die schon mal eine Nacht bei ihm verbracht hat. Viele wissen, wo er wohnt, weil er nicht gerade selten Mädchenbesuch hat. Doch auch das ist mir egal.

Ich versuche, mich zu orientieren, was gar nicht so leicht ist. Alles sieht irgendwie gleich aus. Hell gestrichene Wände, links und rechts gehen Türen ab, aber bislang hat sich keine davon geöffnet, also gehe ich einfach mal drauflos.

Und dann passiert es. Ich übersehe eine Vase, die vor einer der Türen steht, und werfe sie mit einem unüberhörbaren Scheppern um. Zum Glück ist sie aus Plastik, genau wie die Blumen darin. Dennoch ist mir die Sache mehr als peinlich. Ich gehe in die Hocke, stelle hastig die Vase zurück an ihren Platz, und als ich mich wieder aufrichte, sehe ich ihn. Kale.

Seine unverwechselbaren Augen auf mich gerichtet, steht er eine Tür weiter. Er trägt eine weiße, locker sitzende Sporthose. Sein Oberkörper hingegen ist fest und vor allem - nackt.

Oh mein Gott.

Meine Augen tasten gefühlt über seine leicht gebräunte Haut und die Brustmuskeln, die deutlich hervortreten. Ich schlucke, denn ich habe nicht damit gerechnet, ihn so vor mir zu sehen, und ich kann den Blick kaum von seiner nackten Haut abwenden.

Er zieht eine Augenbraue nach oben. »Du?«

Rasch versuche ich, mich wieder zu beruhigen und vor allem mich selbst daran zu erinnern, warum ich überhaupt hier bin. Sicher nicht, um seine Muskeln anzustarren.

Fang dich, Jass, aber sofort, ermahne ich mich, was mir dann auch gelingt, als ich das Blatt Papier in meiner Hand fühle. Denn nun fällt mir wieder ein, warum ich hier bin. Nicht, um in der Farbmischung seiner Augen zu versinken oder seinen Körper zu betrachten – wobei es nicht gerade leicht ist, das nicht zu tun. Ganz und gar nicht.

»Ja, ich«, presse ich schließlich hervor. Meine Stimme ist viel zu dünn. Reiß dich zusammen, Jass! »Also, Kale, ich bin hier, weil ich über deine Worte nachgedacht habe.«

Erneut spiegelt sich ein riesengroßes Fragezeichen in seinem Gesicht. »Ach ja? Über meine Worte?«

Sein Blick trifft auf meinen, und ich versuche, ihm standzuhalten. »Ja. Weißt du noch? Neulich an der Tankstelle, da meintest du, dass du mir einen Gefallen schuldest. Wegen der Sache mit …«

Er hebt die Hand, und während er sich durch die Haare streicht, spannen sich seine Armmuskeln deutlich an. Ich betrachte sie kurz, bevor mein Blick erneut über seinen Körper wandert.

»Okay, und was für ein Gefallen soll das sein?«, will er wissen.

Das Blatt in meiner Hand wiegt mit einem Mal zentnerschwer. Soll ich es ihm wirklich geben? Aber dann erinnere ich mich wieder an den Spruch auf der Postkarte, den ich so mag: *Verstand aus, Mut an*! Ja, genau das ist nun meine Devise. Ich versuche, nicht mehr nachzudenken, sondern nur noch zu handeln.

Also strecke ich Kale den Zettel einfach entgegen. »Das hier ist eine Liste mit den Dingen, die ich von dir will.« Meine Finger zittern, ganz zu schweigen von meinem Herzen, das in einem viel zu schnellen Rhythmus tanzt, was auch nicht gerade hilfreich ist.

Kale greift nach dem Papier, faltet es auseinander und lehnt sich beim Betrachten lässig an den Türrahmen. So als würde er jeden Tag Hunderte von Briefen erhalten. Wobei er wohl eher keine Briefe, sondern täglich eine Flut an Instagram-Nachrichten bekommt. Auf seinem Profil ist er nämlich sehr aktiv, zeigt einiges aus seinem Leben, wie sportlich er ist – und na ja, natürlich auch wie attraktiv. Da sind schon mal Fotos mit nacktem Oberkörper dabei, und auch die Kommentare dazu sprechen für sich. Tausende von Herzen und Feuer-Emojis, Mädels, die schreiben, wie süß und hübsch er sei, und wissen wollen, ob er einen Waffenschein für seinen Körper habe, weil er doch so hot sei. Und dann noch seine Augen. Ja, seine Augen. Doch darüber will ich jetzt nicht nachdenken. Denn sonst drehe ich mich womöglich noch um und laufe weg, weil ich erkenne, wie bescheuert diese ganze Aktion hier ist.

Er hebt den Blick, dabei kneift er leicht die Augen zusammen. Was er wohl denkt? Aber will ich das überhaupt wissen?

Am liebsten würde ich im Boden versinken. Auf der Stelle. Dass er die Liste gleich in meiner Anwesenheit liest, war absolut nicht geplant. Aber es ist vielleicht auch nicht so geschickt, wenn ich mich jetzt einfach umdrehe und abhaue.

Ich muss etwas sagen, irgendwas, um seine Aufmerksamkeit wieder auf mich zu lenken, also mache ich weiter im Text, den ich gefühlt schon hundertmal durchgespielt habe. »Schau dir einfach alles in Ruhe an und dann«, ich hole tief Luft, »dann würde ich sagen, du hast zwei, sagen wir drei Tage Zeit, um es dir zu überlegen.«

Er zögert kurz, bevor er antwortet, noch immer das Blatt in der Hand. »Jass, also …«

Eine weibliche Stimme dringt aus der Wohnung, und mir ist, als würde er kurz zusammenzucken. »Kale, kommst du?«

Er ist nicht allein. Natürlich nicht.

»Drei Tage«, wiederhole ich. Schließlich wende ich mich ab und gehe hastig den Flur zurück, ohne mich noch mal umzusehen.

Erst als ich mich draußen vor dem Haus auf mein Fahrrad schwinge, atme ich durch. Ich kann noch gar nicht richtig glauben, was ich gerade gemacht habe, dass ich ihm wirklich die Liste gegeben habe. Aber so ist es. Mein Puls rast, immer schneller. Ja, ich habe es getan.

Im Wegfahren werfe ich noch einen letzten kurzen Blick über die Schulter zu seinem Wohnhaus, das sich jetzt mehr und mehr von mir entfernt. Und doch bin ich gefühlt einen ganzen Schritt weiter.

Aber was, wenn dabei dein Herz bricht?, flüstert meine innere Stimme.

Als ob ich nicht wüsste, wie zerbrechlich das Herz ist, antworte ich ihr.

Doch das ist nun mal der Plan. Und wenn es so sein soll, dann will ich es wenigstens richtig fühlen. Ganz nach dem Motto: *Verstand aus, Mut an*. Oder besser: *Herz an*.

Das Prinzip Hoffnung

»Wie hübsch du das Regal wieder dekoriert hast. Und diese Kerzen sind toll, die glitzern auch so schön. Ach, ich wünschte wirklich, ich hätte dafür so ein Händchen wie du.«

Louisa steht in meinem Zimmer und bewundert das Bücherregal, an dem ich die neuen Lichterketten aus diesem angesagten Onlineshop angebracht habe. Die hellblaue Kerze in dem golden funkelnden Glastöpfchen dreht sie immer wieder in der Hand, ehe sie sie zurück ins Regal mit den gleichfarbigen Büchern stellt.

Ihr dunkles, lockiges Haar hat sie heute zu einem Zopf geflochten, und ihre braunen Augen funkeln mich an, während ich auf meinem Bett sitze und mir noch einige Notizen zu dem Roman mache, den ich gerade fertig gelesen habe. Eine romantische Liebesgeschichte, die mich zu Tränen gerührt hat, vor allem das Ende, das mir wirklich ans Herz ging und mit dem ich so nicht gerechnet hätte.

»Ich hatte ja auch viel Zeit, um zu üben«, scherze ich und beende noch den letzten Satz, dann lege ich das Notizbuch weg.

Louisa grinst mich an. »Musst du heute nicht auch in die Uni?«

»Stimmt. Fahren wir zusammen?«

»Klar, auf alle Fälle. Ich nehme dich auf der Vespa mit, wenn du möchtest.«

»Hallo, was ist das bitte für eine Frage? Natürlich möchte ich.« Ich stehe auf und lege das Notizbuch auf den Schreibtisch neben den Roman. Das Cover ist wirklich hübsch, in Türkistönen gehalten mit glänzenden Effekten, die leicht hervortreten. Kurz betrachte ich es noch, dann gleitet mein Blick zu dem Schreibblock, auf dem ich die Liste für Kale verfasst habe.

Als hätte sie meine Gedanken gelesen, fragt Louisa: »Hat Kale sich denn schon entschieden?«

In meiner Brust spüre ich einen kleinen Satz, aber ich versuche, mich davon nicht zu sehr einnehmen zu lassen. Lächelnd sehe ich mich zu Louisa um. »Nein, bisher noch nicht.« Ich winke ab. »Aber das war doch klar. Ich meine, ich habe ja auch nicht wirklich damit gerechnet, dass er sich schnell dazu äußert. Wenn er es überhaupt jemals tut.«

Louisa sieht mich eindringlich an. »Das war echt mutig von dir. Ganz im Ernst, ich hätte mich das vermutlich nicht getraut«, sagt sie.

Bei ihren Worten frage ich mich erneut, was in mich gefahren war, dass ich es tatsächlich durchgezogen habe.

»Aber im Prinzip ist es so«, fährt sie fort. »Du hast ihm den Arsch gerettet, da ist es ja wohl das Mindeste, dass er wenigstens darüber nachdenkt, dir diesen Gefallen zu tun, auch wenn er zugegebenermaßen ziemlich ungewöhnlich und vielleicht sogar etwas schräg ist. Doch als ob das für ihn ein Problem wäre. Ich zumindest sehe das Problem nicht.«

»Na ja, es ist schon nicht ganz ohne. Oder wie du sagst, echt schräg. Vielleicht hätte ich das Ganze lieber bleiben lassen sollen. Der denkt doch, ich habe den totalen Knall.« Ich seufze. »Je länger ich darüber nachdenke, desto mehr komme ich zu dem Schluss, dass es eine Schnapsidee war. Apropos Schnaps, vielleicht sollte ich es ja darauf schieben, dass ich betrunken war. Oder ich behaupte, es war eine Wette. Dann würde ich doch noch aus der Sache herauskommen.«

Louisa schüttelt den Kopf. »Unsinn. Gib ihm doch noch etwas Zeit. Hat er denn bislang gar nicht reagiert?«

»Nein. Als ich ihm gestern beim Joggen begegnet bin, hat er mich sogar ignoriert.«

Ich muss kurz daran denken, wie sehr es in meinem Bauch gekribbelt hat, als ich ihn auf der gegenüberliegenden Straßenseite an mir vorbeilaufen sah, ein leichter Schweißfilm auf seiner Haut, die muskulösen Beine, seine verwuschelten Haare …

Schnell versuche ich, die Bilder aus meinem Kopf zu vertreiben. Das alles ist albern, bescheuert und verrückt. Wie konnte ich jemals nur eine winzige Sekunde glauben, dass er sich auf so etwas einlässt?

»Abwarten«, meint Louisa. »Noch sind die drei Tage nicht vorbei. Und zur Not gibt es ja auch noch andere, die infrage kommen. Ich meine, die Stadt ist groß, und an der Uni laufen einige hübsche Kerle herum. Denk doch nur mal an Isas Bruder, diesen Josh. Ich finde den ziemlich scharf. Der spielt doch mit Kale in einer Mannschaft, oder?«

Ich rolle mit den Augen. »Ja, das tut er allerdings. Aber wie würde das denn bitte kommen, wenn ich jedem die Liste gebe, in der Hoffnung, dass irgendeiner sich erbarmt, diese Dinge mit mir zu machen? Nein, das werde ich ganz sicher nicht tun. Und das war auch nicht der Plan. Kale war der Plan.«

»Ich meine ja nur, außerdem … Jass, woher willst du wissen, dass du wirklich … Na ja, wie auch immer.«

Wie auf Knopfdruck macht sich in meinem Magen ein drückendes Gefühl breit. Louisa weiß, warum ich das tue, was dahintersteckt. Und sie unterstützt mich, deswegen hat sie auch diese Wohnung mit mir zusammen genommen. Aber sie sieht die Dinge anders als ich. Was okay ist, jeder Mensch hat seine eigene Sichtweise. Sie hat ihre – und ich habe eben meine. Und ich möchte nichts dem Zufall überlassen.

Ich befürchte schon, dass sie das Thema noch mal aufgreift, doch dann blickt sie auf ihr Handy. »Schon ziemlich spät. Ich denke, wir sollten langsam mal los.«

»Du hast recht.« Ich nicke erleichtert. »Wir sollten uns wirklich fertig machen. Ach, ich freue mich. Erst die Uni, dann noch die Schicht im Café …«

Louisa steckt das Handy wieder ein. »Weißt du, ich habe noch nie jemanden so euphorisch über irgendwelche Pflichten reden hören wie dich.« Lachend wiegt sie den Kopf hin und her. »Juhu, Uni, juhu, arbeiten …«

Ich stupse sie in die Seite. »Tja, dann bin ich eben einer der wenigen Menschen auf diesem Planeten, die sich darüber freuen.«

Und das hat ja auch seine Gründe.

Als wir auf Louisas knallroter Vespa in Richtung Uni brausen, genieße ich den Fahrtwind im Gesicht. Es ist ein unbeschreibliches Gefühl, als würde die Luft meine Wangen streicheln. Ich halte mich an Louisa fest, atme tief ein, fühle mich einfach so normal und vor allem so frei. Diese Freiheit habe ich mir erkämpft, denn meine Eltern waren nicht gerade begeistert, dass ich zu Hause ausgezogen bin. Aber für mich war es der einzig richtige Schritt. Gedanken ziehen durch meinen Kopf, verfliegen jedoch so schnell wie der Fahrtwind.

Gute fünfzehn Minuten später erreichen wir die Uni, und Louisa stellt den Roller im Hof ab.

»Kann ich schon mal vorgehen?«, frage ich, als ich den Helm abnehme und ihr reiche. »Ich muss ins andere Gebäude hinüber und möchte nicht zu spät kommen.«

»Klar, geh nur, wir sehen uns später. Vielleicht reicht es ja noch, dass wir uns in der Cafeteria treffen, je nachdem, wann ich fertig bin. Dann können wir wieder Jungs checken.« Sie zwinkert mir zu.

Ich mag dieses Spiel, mit dem wir uns in der Cafeteria der Uni immer die Zeit vertreiben. Wir haben es uns zur Aufgabe gemacht, die Jungs dort nach Kaffeearten einzuteilen. Einer, der richtig heiß ist, ist zum Beispiel ein Espresso, und ein Softie wird zum Milchkaffee.

Nachdem ich Louisa noch einmal zugewinkt habe, überquere ich den Hof und betrete kurze Zeit später das Hauptgebäude. Als ich die mit hellem Marmor gefliesten Treppenstufen nach oben gehen will, tippt mir jemand auf die Schulter. Ich drehe mich um und zucke zusammen. Denn vor mir steht Kale. Mit allem habe ich gerechnet, aber nicht mit ihm.

»Hey.« Er trägt ein weißes Shirt, das sich um seinen muskulösen Oberkörper spannt, und ich betrachte ihn einen Moment lang, nicht zu auffällig, wie ich hoffe. Wobei ich mir diesbezüglich ja nichts vorzumachen brauche.

Okay, und jetzt?

»Hey«, antworte ich, weil mir in meiner Verlegenheit gerade nichts Besseres einfällt.

»Die Sache da mit dieser Liste, das war ein Scherz, oder?«, fragt er.

»Eigentlich nicht.«

Der Blick aus seinen Augen durchbohrt mich. Das tiefe Blau scheint mich zu greifen, genauso wie das warme Grünbraun.

»Also, keine Ahnung, was ich sagen soll, Jass. Ich hab's mir angesehen, das ist …«

Verrückt, nicht machbar, bescheuert. Verdammt.

Ich warte darauf, dass er weiterspricht, doch er tut es nicht. Stille dehnt sich zwischen uns aus und wird unangenehm. Die ganze Situation ist mir mit einem Mal nur noch peinlich. Dass wir überhaupt hier stehen und darüber reden müssen.

Ich winke ab. »Ja, schon klar, du bist nicht dabei.«

Er sieht mich wieder an. Ernst, fragend, irgendwie undurchsichtig. »Mal ehrlich, das ist schon 'ne heftige Sache«, meint er. »Wie hast du dir das denn vorgestellt? Wie soll das laufen?«

»Na ja, so wie es eben draufsteht. Eines nach dem anderen oder so. Eine gewisse Zeit lang, drei Monate.«

Er hebt eine Augenbraue, entgegnet aber nichts.

Ich schlucke. »Ist okay. Ich dachte mir schon, dass du dich dagegen entscheidest. Es ist nicht schlimm, wirklich.« Ich deute hinter mich auf die Treppe. »Also dann, ich muss jetzt los, ich hab eine Vorlesung.«

Schließlich wende ich mich ab und steige eilig die Stufen hoch. Einfach weiter, schnell weg und am besten verdrängen, was eben geschehen ist.

Klar macht er es nicht. Was konnte ich auch anderes erwarten? Die Idee ist bescheuert und …

»Jass, jetzt warte doch mal«, ruft er mir nach, und ich drehe mich noch mal kurz um.

»Was?«

Er sieht mich an, sagt aber nichts mehr. Also gehe ich schnell weiter.

»Warte«, höre ich ihn erneut, doch diesmal reagiere ich nicht und bleibe auch nicht stehen. Es gibt nichts zu sagen, die Bedingungen sind klar, und er wird es nicht tun.

Ich haste den Flur entlang, auf den Hörsaal zu, der sich natürlich ganz am Ende des Ganges befindet. Als ich endlich die Tür öffne und den Saal betrete, wo Professor Weidner bereits mit seinem Vortrag begonnen hat, bin ich ganz außer Atem und lasse mich auf einen der wenigen noch freien Plätze fallen. Mein Puls geht viel zu schnell, und mein Herz stolpert kurz. Ein unschönes Gefühl, so wie die Situation mit Kale eben.

Beruhige dich, sage ich mir, es war doch vorherzusehen. Diese Idee mit der Liste war einfach nicht umsetzbar. Dennoch bin ich etwas traurig. Denn Hoffnung hatte ich natürlich schon.

Ja, das Prinzip Hoffnung. Kurz zieht mich der Gedanke weg, an einen Ort, an dem ich nicht sein möchte, den ich mit einem Menschen verbinde, der mir fehlt, und deshalb schiebe ich ihn beiseite.

Manchmal wird die Hoffnung eben nicht erfüllt. Wer wüsste das besser als ich?

Es fühlt sich richtig an

»Die Sache ist also durch?«, fragt Louisa, während ich mit dem Telefon in der Hand auf das Café *Zeit und Raum*, in dem ich arbeite, zugehe. Leider haben wir es nicht mehr geschafft, uns in der Cafeteria der Uni zu sehen. Chaotisch, wie Louisa nun mal ist, hatte sie ganz verschwitzt, dass sie nach ihren Vorlesungen auch noch zu einem Treffen mit ihrem Professor muss.

»Ja, ich sehe es so«, antworte ich. »Er meinte, wie das gehen soll. Und dann noch sein Blick. Er sah alles andere als begeistert aus. Gut, ich kann es ja auch verstehen. Ich wollte dann auch nicht näher darauf eingehen oder darüber reden, es war mir nur noch peinlich. Also bin ich schnell abgehauen.«

Für einen Moment konzentriere ich mich zu sehr auf mein Telefongespräch und stoße in meiner Unachtsamkeit mit einem jungen Mann zusammen. »Oh, sorry«, rufe ich und lächle ihn entschuldigend an. Mir fällt auf, dass er unheimlich leuchtende blaue Augen hat. Er lächelt zurück, und ich sehe ihn noch einen Moment lang an, werde dann aber von Louisas nächster Frage zurück ins Hier und Jetzt befördert, während er mit schnellen Schritten weitergeht.

»Dann glaubst du also wirklich, dass er sich dagegen entschieden hat?«, will sie wissen.

»Es sieht ganz so aus.«

»So ein Mist.«

Ich nicke, auch wenn ich weiß, dass sie es durchs Telefon nicht sehen kann. »Ja, schon. Aber egal, es soll eben nicht sein. Ich muss jetzt reingehen, meine Schicht fängt gleich an. Kommst du später vorbei?«

»Mal sehen, ich weiß es noch nicht. Nach dem Chaos heute muss ich mich erst mal sortieren, und dann chille ich vielleicht einfach ein bisschen vor dem Fernseher. Aber ich melde mich, okay?«

»Gut, wir sehen uns dann spätestens daheim.«

»Und Jass?«

»Ja?«

»Lass den Kopf nicht hängen.«

»Quatsch, du kennst mich doch.«

Nachdem wir das Gespräch beendet haben, streiche ich mir eine Haarsträhne aus der Stirn und bringe noch kurz meine Frisur in Ordnung. Ich habe mir einen Zopf gebunden, damit meine langen Haare mich bei der Arbeit nicht stören.

Schließlich drücke ich die Türklinke nach unten und betrete das Café. Sofort strömt mir der vertraute Duft nach frischem Brot, Burgern, Pommes und Kaffee in die Nase, und das übliche Stimmengewirr dringt an mein Ohr. Ich liebe es hier. Viele Studenten tummeln sich in den hübsch eingerichteten Räumen mit den unterschiedlichen Themenbereichen. Ich begrüße Silvio, den Besitzer, und ziehe mir meine Arbeitskleidung an.

Heute habe ich Schicht zusammen mit Tom und Isa, auf deren Bruder Josh Louisa so steht. Ich mag die beiden Geschwister sehr gern, aber sie sind auch mit Kale befreundet, und ich hoffe, dass er ihnen nichts von meinem Angebot erzählt hat.

»Hey. Na, alles klar bei dir?«, will Isa wissen. Sie hat ihr hellbraunes Haar vor ein paar Wochen rot gefärbt, was ihr ziemlich gut steht. »Du kannst die hinteren Tische übernehmen, dann kümmere ich mich um die vorderen, einverstanden? Tom macht die Nebenräume.«

»Klar, geht in Ordnung.«

Für einen Moment sieht sie mich an, und ich überlege schon, ob sie doch etwas weiß, ob Kale womöglich etwas verraten hat. Aber dann lächelt sie. »Hübsche Frisur. Ich mag deine Haare, sie sind so schön lang.«

»Danke«, entgegne ich und winke noch rasch Tom zu, der gerade ein Tablett vorbeiträgt.

»Nachher wird sicher viel los sein, es ist Freitag«, ruft er mir zu. »Ich hoffe, du bist fit?«

»Immer doch.«

Er grinst. »So kenne ich dich.«

Schließlich begebe ich mich hinter den Tresen. Drei Bestellungen sind offen, und ich mache mich sogleich ans Werk.

Die Zeit vergeht, es war wirklich einiges los. Gefühlt hatte ich kaum eine Pause. Jetzt dauert es nur noch eine gute Stunde, dann ist Schichtwechsel. Louisa hat mir geschrieben, dass sie es nicht mehr ins Café schafft, dass wir aber später vielleicht noch was zusammen unternehmen könnten, weil sie vom vielen Fernsehen jetzt doch langsam viereckige Augen bekommt. Ich antworte ihr, dass wir das gern tun können.

Auch meine Mama hat sich gemeldet und sich erkundigt, wie es mir geht. Sie macht sich immer Sorgen, aber ich schreibe ihr zurück, dass alles gut ist. Außerdem hat sie mir Grüße von Papa geschickt und gemeint, dass ich doch in den nächsten Tagen mal bei ihnen vorbeikommen könnte. Das habe ich auch wirklich vor, schiebe es trotzdem immer wieder vor mir her. Ich liebe meine Eltern, doch zurzeit genieße ich auch die Freiheit, die ich endlich mal habe.

Eine halbe Stunde später bringe ich ein volles Tablett mit Essen an einen der hinteren Tische. Ich mache ein paar Scherze mit den Mädels, die dort sitzen, anschließend gehe ich zurück zum Tresen, um noch ein paar Cocktails für sie zu holen.

Auf einmal betritt Kale das Café, zusammen mit Josh. Die beiden werden von den weiblichen Gästen neugierig beäugt. Kale sieht aber auch wirklich gut aus. Er trägt noch immer das weiße Shirt, das er schon in der Uni anhatte, doch die Haare sind frisch gestylt.

Schnell wende ich mich ab und mache mich an die Cocktails, in der Hoffnung, dass er sich nicht in meinen Bereich setzt. Aber natürlich tut er es. Als ich die Cocktails zu den Mädels bringe, sitzt er einen Tisch weiter zusammen mit Josh und noch einem anderen Jungen aus seiner Mannschaft.

Na, wunderbar. Nachdem ich für diesen Bereich zuständig bin, bleibt mir nichts anderes übrig, als seine Bestellung aufzunehmen. Bleib ganz entspannt und vor allem ruhig, rede ich mir ein, während ich auf den Tisch zugehe.

»Hey, was darf es für euch sein?«, frage ich, bemüht, mir möglichst nichts anmerken zu lassen. Ich ziehe das Bestellgerät hervor, mit dem ich glücklicherweise meine zitternden Finger ein wenig verbergen kann.

»Ist meine Schwester da?«, fragt Josh.

»Ja, sie macht den vorderen Bereich. Soll ich sie zu dir schicken?«

»Wäre genial. Aber vorher krieg ich noch ein Bier. Und du, Kale?«

Kale sieht zu mir auf, und ich spüre sofort wieder ein Kribbeln im Bauch. Sein Blick scheint bis in den letzten Winkel meines Körpers zu reichen. Irgendwie hat Kale diese Gabe, die einem das Gefühl vermittelt, dass er sich in dieser Sekunde ausschließlich dir widmet.

Ich verliere mich kurz in dieser Empfindung, sehe dann aber rasch weg. Das Ganze ist mir peinlich, dennoch ist da auch diese Sehnsucht. Eine merkwürdige Mischung ist das.

»Für mich auch«, sagt er nur, ehe er beginnt, mit seinem Handy herumzuspielen. Bestimmt nimmt er wieder eine Story auf oder beantwortet eine Nachricht seiner unzähligen Bewunderinnen.

»Und für mich ebenso«, fügt der Dritte hinzu.

Ich nicke. »Alles klar, kommt sofort.«

Zurück am Tresen nehme ich drei Flaschen Bier aus dem Kühlschrank. »Dein Bruder ist da, er hat nach dir gefragt«, sage ich zu Isa, die ebenfalls gerade zurückkommt, um eine Bestellung zu holen.

»Ah, danke, da schaue ich gleich mal hin. Ist das Bier für seinen Tisch?«

»Ja. Willst du es gleich mitnehmen?«

»Klar, wenn ich soll?«

Erleichterung macht sich in mir breit. »Wäre prima. Soll ich dafür schnell was anderes für dich fertig machen?«

»Zwei Mojito?«

»Wird erledigt.«

Schließlich sehe ich zu, wie Isa mit den Getränken in den hinteren Bereich verschwindet. So ein Glück aber auch.

Kurze Zeit später steht sie wieder vor mir. »Der alte Schnorrer, echt. Wollte, dass ich das Bier anschreibe.« Sie rollt mit den Augen.

»Und, tust du es?«

»Na ja, er ist mein Bruder. Und dieser Typ, der mit ihm da ist, ist wirklich nett.«

Kurz wird mir schwer im Magen. Wen meint sie? Kale?

»Ich glaube, er heißt Dominik«, fährt sie fort. »Soweit ich weiß, ist er neu in der Stadt.« Wahrscheinlich wirke ich jetzt etwas zu erleichtert, denn ein Grinsen überzieht ihr Gesicht. »Dachtest du etwa, ich stehe auf Kale?«

»Was? Nein. Und wenn schon, kein Problem.«

»Ja, natürlich.« Ihr Grinsen wird noch breiter. »Ich weiß, du findest ihn attraktiv.«

Verlegen räuspere ich mich. »Okay, er sieht nicht schlecht aus, aber er ist eben Kale.«

»Du sagst es.« Isa nickt wissend. »Er ist eben Kale. An ihm haben sich schon zu viele die Finger verbrannt. Apropos Kale und die Jungs, wir wollen jetzt dann nach dem Schichtwechsel alle zusammen ins *Hinz und Kunz* gehen. Hast du Lust, mitzukommen?«

»Im Ernst?«

»Natürlich. Ich würde mich jedenfalls freuen.«

»Okay, mal sehen. Ich muss erst mit Louisa sprechen, sie wollte heute auch noch was mit mir unternehmen.«

»Na dann. Was wollte ich jetzt noch?«, überlegt sie. »Ach, Kale, er hat Tortillas bestellt. Machst du die für ihn fertig?«

»Klar, kein Ding.«

Von wegen kein Ding, jetzt muss ich also doch noch mal zu ihm hin.

Es war echt nett von Isa, mich zu fragen, ob ich mitkommen möchte, und irgendwie würde ich das auch gern tun, aber ich weiß einfach nicht. Zusammen mit Kale im Club, nachdem ich ihm die Liste gegeben habe? Ich verwerfe den Gedanken vorerst einmal und kümmere mich stattdessen um die Bestellung.

In diesem Augenblick betritt auch schon Diana, die gleich meine Schicht übernehmen wird, das Café.

»Ich bringe eben noch diese Bestellung hier weg und kassiere ab, ja?«, sage ich zu ihr, und als ich kurz darauf an den Tisch der Jungs trete, ist Kale nicht da. »Die Tortillas?«, frage ich in die Runde, als wüsste ich nicht, wer sie bekommt.

»Die sind für Kale«, erwidert Josh. »Lass sie einfach hier, Jass. Er müsste gleich wiederkommen.«

Ich stelle den Teller auf Kales Platz ab. »Ich müsste die auch gleich abkassieren, meine Schicht ist jetzt durch. Ist das okay?«

»Klar. Wobei Kale aber meinte, die gehen aufs Haus. Das sei so ausgemacht zwischen euch.«

Kurz sehe ich Josh entgeistert an, zumindest spüre ich, wie mir meine Gesichtszüge ein wenig entgleisen. Als ich mich wieder einigermaßen gefangen habe, räuspere ich mich. »Ähm, ach ja? Er meint also, das sei so ausgemacht? Und warum sollte das so sein?«

Josh zuckt mit den Schultern. »Kein Plan. Wenn du ihn fragen willst, er ist nur kurz auf die Toilette und sicher gleich wieder da.«

»Gut, ich kläre das«, antworte ich, bemüht, meine Erregung zu unterdrücken.

Was bildet dieser Kerl sich ein? Warum sollte er das Essen umsonst bekommen? Was soll das alles?

Ich begebe mich auf direktem Weg zu der Treppe, die hinab zu den Toiletten führt. Es dauert nur kurz, bis Kale unten aus der Tür tritt und die Stufen hochkommt.

Mit einem Mal steht er dicht vor mir. »Suchst du mich?«

Ich muss schlucken. Weil er mir so nah ist. Zu nah. Ich atme den Geruch seines herben Aftershaves ein und bekomme ein heftiges Gefühl im Bauch. Doch ich versuche, es möglichst zu verbergen, dass er mich so durcheinanderbringt. Mit seiner Nähe, die ich will und auch wieder nicht und doch so sehr.

»Eigentlich ja«, sage ich. »Deine Jungs meinten, du bekommst das Essen umsonst.«

Er lächelt leicht. »Und deswegen verfolgst du mich beinahe bis auf die Toilette?«

»Nicht nur deswegen.« Ich weiche einen Schritt zurück, um Abstand zu gewinnen. »Auch wegen der anderen Sache. Pass auf, ich …« So vieles liegt mir auf der Zunge, das ich gern klären würde.

Doch er unterbricht mich. »Ich mache es, Jass. Aber über einige Punkte müssen wir noch verhandeln.«

Mein Herzschlag setzt gefühlt für einen kurzen Augenblick aus. Hat er das wirklich gesagt? Dass er es macht?

Ich muss total perplex aussehen, versuche aber, so lässig wie möglich zu klingen. »Okay, und das heißt?«

»Na ja, zum einen bekomme ich das Essen umsonst. Heute zumindest. So macht man das doch als Paar, oder?«

In meiner Brust klopft es heftig, und ich habe erdenkliche Mühe, die Fassung zu wahren. »Lädt nicht eigentlich der Mann die Frau ein?«

»Hey, wie ist das mit der Gleichberechtigung und der Emanzipation?« Wieder schiebt sich ein verspieltes Grinsen über seine Lippen, die ich jetzt betrachte. »Zudem möchte ich vorher noch, wie schon gesagt, ein paar Punkte verhandeln. Und ich habe Bedingungen.«

Kann es wirklich sein? Er lässt sich also darauf ein? Auf all die Dinge auf der Liste? Wobei er ja anscheinend noch bestimmte Punkte verhandeln möchte und Bedingungen hat.

Bedingungen? Welche sollen das sein?

»Und was willst du verhandeln?«, frage ich. »Eigentlich ist die Liste nicht verhandelbar.«

Er kommt wieder näher auf mich zu, und in seinen Augen liegt ein Funkeln. »Nun, ich denke, das sollten wir in Ruhe besprechen. Ich würde morgen zu dir kommen. Aber ich möchte, dass du dir vorher ein paar Gedanken machst. Denn drei Dinge sollten dir von vornherein klar sein, bevor diese Sache, warum auch immer, losgeht.«

»Und die wären?«

»Erstens: Was immer wir auch machen, es ändert nichts daran, dass ich dir nur einen Gefallen tue, weil du mir den Arsch gerettet hast. Es ist nicht echt, klar?« Seine Stimme ist weich und dennoch bestimmt.

Ich nicke. »Ja, das weiß ich.«

»Schön. Dann wären wir schon bei zweitens. Ich habe es nicht so mit diesem Beziehungszeug, also male dir auch nicht aus, dass es mehr ist oder mehr werden kann. Du solltest dich nicht in mich verlieben. Falls doch, ist es nicht mein Problem.«

»Das ist mir durchaus bewusst.«

»Gut. Kommen wir zu meinem letzten Punkt: Wenn dein Herz bricht«, er tippt mir an die Brust, und sofort prickelt es erneut in meinem gesamten Körper, »dann bin ich nicht dafür verantwortlich, sondern ganz allein du selbst. Weil dir die ersten beiden Punkte bewusst waren und du weißt, wie die Dinge zwischen uns sind. Also brauchst du dir keine Hoffnung zu machen, dass irgendwas daran ändert, klar? Es werden sich keine Gefühle entwickeln. Ihr Mädchen seid alle gleich. Ihr sagt, dass ihr damit klarkommt, und dann ist es doch nicht so. Aber du musst wissen, dass die Dinge sind, wie sie sind, und sich auch nicht ändern werden.«

Mir wird warm bei seinen Worten, sie klingen bestimmt und doch so verführerisch. Ich kenne die Gefahr, ja, doch ich weiß auch, dass er sich keine Gedanken zu machen braucht. »Glaub mir eines«, erwidere ich, »ich bin nicht wie die anderen Mädchen. Und ja, mir ist das alles durchaus bewusst. Also mach dir keinen Kopf.«

Er mustert mich einen Moment, dann nickt er. »Gut, ich würde sagen, wir sehen uns morgen. Wie wäre es gegen Mittag? Bis dahin bin ich wohl wieder fit.«

Ich denke an Isas Einladung. Sicher gehen sie alle zusammen heute noch lange weg, und Kale wird erst gegen Morgen nach Hause kommen. Doch das ist nicht mein Problem und geht mich auch nichts an. »Ja, gegen Mittag passt mir«, antworte ich.

»Gut. Also dann, ich muss mal wieder zu den Jungs.« Er wendet sich ab und will gerade weitergehen, als ich all meinen Mut zusammennehme und nach seinem Arm greife, um ihn aufzuhalten.

Mit Verwunderung im Blick sieht er mich an. »Ist noch was?«

»Ja, ich habe auch etwas, über das du dir Gedanken machen solltest, bevor die Sache losgeht. Eine einzige Bedingung.«

»Und die wäre?«

»Du darfst dich ebenfalls nicht in mich verlieben und dein Herz an mich verlieren.«

Kurz wirkt er etwas perplex, doch dann verzieht er die Lippen zu einem Lächeln. »Mach dir mal keine Gedanken um mich und mein Herz. Glaub mir, das wird ganz sicher nicht passieren.«

Nun wendet er sich endgültig ab und geht, während ich dastehe und nicht fassen kann, was eben geschehen ist. Er wird tatsächlich mitmachen.

Keine Ahnung, wohin uns dieses Abenteuer führen wird. In diesem Augenblick fühlt es sich jedenfalls richtig an.

Wenn das mal gut geht

Ich bin gerade dabei, das Café zu verlassen, als mein Handy klingelt. Es ist Louisa. »Hey, bist du schon fertig?«, will sie wissen.

»Ja, für heute ist Feierabend, ich habe gerade an Diana übergeben. Aber ich kann dich kaum verstehen.«

Die Handyverbindung ist ziemlich schlecht, dazu kommt noch das Stimmengewirr im Café. Wie immer am Abend wird die Stimmung unter den Gästen ausgelassener. Und heute am Freitag sowieso, da die meisten danach noch in die verschiedenen Clubs weiterziehen.

»Warte kurz«, sage ich zu Louisa. Ich lächele Silvio, der hinter dem Tresen steht, zum Abschied zu, dann trete ich hinaus auf die Straße und atme die frische Luft ein. »Ich bin jetzt draußen. Bist du noch da?«, frage ich ins Telefon, während ich mich neben dem Eingang an eine Wand lehne.

»Ja. Jetzt höre ich dich besser.«

»Prima. Also, was gibt's?«

Louisa legt sogleich los. »Heute Abend steigt wohl noch eine richtig coole Feier im *Hinz und Kunz*. Wollen wir da hingehen? Ich hab echt Lust auf Tanzen, zumal ich für heute genug vom Fernsehen habe. Da dachte ich an meine allerbeste Freundin auf der Welt. Wir sagten ja sowieso vorhin, dass wir vielleicht noch was zusammen unternehmen.«

Ich lächle. »Das hört sich ja alles schön und gut an. Aber es hat nicht zufällig damit was zu tun, dass Josh auch dort sein wird?«

Kurz ist es still, dann lacht Louisa auf. »Woher weißt du das?«

»Ich weiß eben alles.«

»Jetzt sag schon.«

»Na schön. Die Jungs waren vorhin hier, und ich hatte heute Schicht zusammen mit Isa. Sie hat auch gefragt, ob ich nach Feierabend mitkommen möchte.«

»Echt? Das ist doch toll. Also, was sagst du? Wollen wir?«

Gedankenverloren sehe ich einer Gruppe Jungs und Mädels nach, die an mir vorbeigehen. »Ich weiß nicht, Kale wird ja auch da sein. Er soll nicht denken, dass ich ihm nachlaufe, vor allem nicht nach dem, was gerade mit ihm war.«

Ich weiß, bei dieser Bemerkung wird sie anbeißen, und das tut sie auch prompt. »Was war denn? Hast du etwa mit ihm geredet?«

»Schon. Er meinte, er lässt sich auf den Deal ein.«

Louisa beginnt zu kreischen. »Was? Nicht dein Ernst, oder? Er ist dabei?«

»Doch, mein voller Ernst.«

»Erzähl, wie hat sich das ergeben?«

Ich berichte ihr kurz von der Begegnung mit Kale, von seinen Bedingungen und darüber, dass er morgen zu mir kommen wird, um alles zu besprechen.

»Das ist ja heftig«, sagt sie, nachdem ich geendet habe. »Ehrlich gesagt habe ich nicht damit gerechnet, aber ich freue mich für dich, wirklich. Meinst du, du kriegst das mit den Bedingungen hin?«

»Ja, ganz sicher.«

»Ich hoffe es auch. Wirklich, denn du spielst mit dem Feuer. Glaub mir, Gefühle können echt 'ne ziemliche Bitch sein. Du weißt, ich spreche da aus Erfahrung. Und Liebeskummer tut verdammt weh, ich könnte jedenfalls darauf verzichten.«

»Und doch willst du Josh kennenlernen. Also hat es ja trotzdem was, oder? Liebeskummer hin oder her.«

»Hm, da hast du auch wieder recht. Weil ... na ja, egal, wie schlimm Liebeskummer auch ist, dieses Gefühl, wenn man sich kennenlernt, dieses Prickeln, es ist so unvergleichlich, dass man wohl auch die negative Seite in Kauf nimmt.«

»Na, dann verstehst du mich ja«, antworte ich. »Ich will all diese Dinge auch endlich mal erleben.«

»Klar verstehe ich dich, Jass, aber ...«

»Kein Aber. Es wird schon werden, ganz sicher.«

»Gut.« Sie hält kurz inne, ehe sie weiterspricht. »Dann können wir ja hingehen. Es spricht nichts dagegen, oder?«

Stimmt, zumindest weiß ich nicht, was ich dagegen einwenden soll. Dennoch hallt ihre Frage noch für wenige Augenblicke in meinen Gedanken nach. »Ich weiß nicht, kommt das nicht blöd?«, frage ich schließlich genau das, was ich denke.

»Warum soll es blöd kommen? Erstens ist dieser Club total voll und groß, und jeder kann da hingehen. Wir waren ja auch schon dort.«

Da hat sie nun auch wieder recht.

»Außerdem ist es doch gar nicht gesagt, dass wir der Clique über den Weg laufen«, fügt sie hinzu.

»Als würdest du nicht nach Josh Ausschau halten«, bemerke ich trocken.

»Na gut, erwischt. Trotzdem, Isa hat dich doch gefragt. Also mal im Ernst, wenn dein Plan mit der Liste funktioniert, wirst du sie alle sowieso öfter sehen. Es sind immerhin Kales Freunde, mit denen er viel Zeit verbringt. Zudem muss man einfach ab und zu mal weggehen, die Nacht durchtanzen, so lange, bis die Sonne am Morgen aufgeht. Vielleicht ist ja heute so eine Nacht. Und da du alle Erfahrungen sammeln möchtest, die nur gehen, hast du jetzt keine Ausrede mehr.«

Ich merke, wie ich lächle. »Na schön, ich bin dabei. Also treffen wir uns im Club?«

»Du bist die Beste. Ja, ich werde in zwanzig Minuten dort sein. Bis gleich.«

Als wir uns vor dem *Hinz und Kunz* treffen, ist bereits einiges los. Eine Gruppe junger Leute wird gerade von zwei Türstehern geprüft und hineingelassen, die Bässe der Musik dröhnen auf die Straße.

Louisa sieht unglaublich hübsch aus in ihrem engen Rock, dem bauchfreien Top und den hohen Schuhen. Ihre Locken trägt sie jetzt offen. »Na, bereit?«, fragt sie mit einem Lächeln.

Ich sehe an mir hinunter, ich trage nur Shorts und ein luftiges weißes Top mit Spitze. Dazu meine Sandalen, die zwar hübsche goldene Verzierungen, aber einen total flachen Absatz haben. Drei Mädels auf High Heels stolzieren an uns vorbei, und ich fühle mich irgendwie nicht so gut bei ihrem Anblick. »Ich weiß nicht, ich hätte mich doch umziehen sollen, oder? Ich meine, die Schuhe?«

Louisa schüttelt den Kopf. »Du siehst spitze aus, wirklich. Das Top ist ein richtiger Hingucker, und deine Beine sind sowieso der Knaller, da brauchst du keine hohen Schuhe.«

»Na schön«, antworte ich, weil es ja sowieso nichts bringt.

Wir reihen uns in die kleine Warteschlange ein. Die Mädels vor uns zeigen sich gegenseitig Fotos auf dem Handy und kichern. Eine von ihnen kommt mir bekannt vor, sie ist auch bei uns an der Uni. Soweit ich weiß, heißt sie Anne.

Schließlich kommen wir an die Reihe. Wir passieren den Türsteher ohne Probleme, danach stellen wir uns an die Kasse, um den Eintritt zu bezahlen.

Nachdem wir den Club betreten haben, zieht Louisa mich gleich mit sich an die Bar. »Was wollen wir uns holen?«, fragt sie. »Wie wäre es mit Weinschorle? Zweimal?«

Ich nicke. »Ja, ich bin dabei.«

Als die Gläser vor uns stehen, stoßen wir an. Für eine Weile genießen wir einfach unser Getränk und die Musik.

Irgendwann gesellt sich Isa zu uns. »Das ist ja cool. Schön, dass du da bist«, meint sie und zieht mich in eine kurze Umarmung. Dann sieht sie zu Louisa. »Du bist Louisa, oder?«

»Die bin ich.«

»Freut mich. Wir sind in der großen Halle. Habt ihr Lust, mitzukommen?«

»Ähm, ich …«, beginne ich zögernd, denn ich würde ja mit ziemlicher Sicherheit auch Kale dort begegnen.

»Klar«, ruft Louisa dazwischen. »Das ist doch keine Frage.«

Na toll. Was soll ich jetzt sagen? Also lächle ich.

»Spitze«, sagt Isa. »Kommt, ich zeige euch, wo wir sind.«

Mit unseren Gläsern in der Hand folgen wir ihr durch die Menge in die große Halle. Dort wird gerade ein aktueller Song gespielt, dazu wird wild getanzt. Die Lichter flackern, und ich hoffe mal, dass Kale sich irgendwo auf der Tanzfläche befindet und somit anderweitig beschäftigt ist. Unauffällig lasse ich meinen Blick über die Tanzenden wandern, kann ihn aber nicht entdecken.

Schließlich bleibt Isa vor einem Loungebereich mit gemütlichen Sesseln stehen, in dem einige Leute ihren Platz gefunden haben. Ich erkenne Josh, der gerade mit Dominik redet. Zwei weitere Jungs aus Kales Mannschaft sind ebenfalls da, außerdem ein paar Mädels – und natürlich Kale.

Er hat sich lässig zurückgelehnt und unterhält sich mit dem Mädchen neben ihm. Es ist eine der drei, die vor uns am Eingang standen, diese Anne. Sie flüstert ihm etwas ins Ohr, woraufhin er lächelt. Ich versuche, wegzusehen, doch ehe mir das gelingt, trifft mich auch schon sein Blick. Er hebt eine Augenbraue, und ich würde am liebsten im Boden versinken. Sicher gefällt es ihm nicht, dass ich hier bin.

Ob er es sich deswegen am Ende noch anders überlegt mit unserem Deal? Weil er glaubt, dass ich ihm jetzt schon nachlaufe, und dann keinen Bock mehr darauf hat?

Anne tippt ihn am Arm an, woraufhin er den Blick von mir abwendet und kurz genervt aussieht. Er greift nach seinem Bier, um einen Schluck daraus zu trinken.

Glücklicherweise werde ich jetzt abgelenkt, denn Isa beginnt, Louisa und mich den anderen vorzustellen. »Das sind Jass und Louisa. Jass ist meine Kollegin, wir arbeiten zusammen im Café.«

»Hey«, sage ich in die Runde und hebe die Hand.

»Meinen Bruder Josh kennst du ja«, erklärt Isa. »Und das ist Dominik, er ist neu hier. Dann noch Chris und seine Freundin Hanna sowie Kale und Anne.«

»Freut mich«, füge ich hinzu, doch Anne scheint nicht wirklich begeistert von unserer Anwesenheit zu sein.

»Wollt ihr auch ein Bier?«, fragt Isa.

Ich schüttele den Kopf und hebe mein Glas, ich habe ja noch die Weinschorle. »Später vielleicht.«

»Setzt euch ruhig dazu«, meint sie noch, und so landet Louisa neben Josh, ich nehme neben den beiden Platz.

Rasch verwickelt Louisa Josh in ein Gespräch, während ich meinen Blick durch den Raum schweifen lasse. Irgendwann bleibt er unweigerlich auch an Kale hängen. Anne streicht ihm gerade über die Hand, und in ihren Augen liegt unübersehbar ein heftiges Verlangen.

»War heute richtig viel los im Café, oder?«, fragt Isa, die sich inzwischen neben mich gesetzt hat.

»Ja, total. Man merkt das Wetter einfach. Wenn es wärmer ist, gehen die Leute viel lieber raus.«

Ob diese Anne auch bei Kale war, als ich ihm die Liste brachte? Da war auf alle Fälle ein Mädchen in der Wohnung.

»Er ist nicht mit ihr zusammen, falls du dich das fragst«, höre ich Isas Stimme neben mir.

Schnell schüttele ich den Kopf. »Das habe ich mich nicht gefragt, ehrlich nicht.«

»Weißt du, ich kenne diese Blicke, Kale ist einfach ein Magnet.« Isa grinst. »Anne erhofft sich natürlich schon mehr, aber das wird nicht passieren.«

»Warum?«

»Na ja, du bist ja jetzt auch schon einige Zeit mit ihm auf der Uni, oder? Kale ist nicht der Typ dafür. Ist einfach so. Mit Mädels hat er nie was Längeres am Laufen.«

»Du gehst aber nicht bei uns auf die Uni, oder?«, frage ich, in der Hoffnung, damit vom Thema Kale wegzukommen.

»Ich studiere gar nicht, ich mache eine Ausbildung zur Friseurin.«

»Jetzt verstehe ich die Anspielung auf meine Haare.« Lächelnd deute ich an meinen Kopf.

Isa zwinkert mir zu. »Weißt du, ich hatte einfach schon immer eine totale Passion dafür. Das im Café mache ich nur nebenher. Denn leider wird dieser Beruf vor allem während der Ausbildung nicht gut bezahlt und auch immer sehr unterschätzt. Am Anfang sagten alle zu mir: ›Was, spinnst du? Warum studierst du nicht?‹ Aber mir geht es um die Entwicklungsmöglichkeiten, die man hat. Und um den Kontakt mit den Menschen. Der Beruf ist nämlich toll.« In Isas Worten liegt so viel Leidenschaft. Man merkt, dass sie etwas tut, das sie liebt.

»Nichts ist wichtiger, als das zu machen, was das Herz sich wünscht«, entgegne ich.

Sie lächelt. »Das hast du schön gesagt, das sehe ich genauso. Darauf trinken wir.« Sie hebt ihr Glas, und wir stoßen an. »Was studierst du eigentlich?«

»Kommunikation und Sprachen. Außerdem habe ich mich für Soziales und Pädagogik eingeschrieben, ich mag das.«

»Klingt auch cool.«

Eine von den Mädels, die mit Anne hier sind, steht auf. Soweit ich mich erinnere, heißt sie Jenny. »Wollen wir tanzen?«, fragt sie Isa.

Louisa ist völlig vertieft in das Gespräch mit Josh, die beiden scheinen sich auf einer Wellenlänge zu befinden. Und das Pärchen gegenüber, Chris und Hanna, küsst sich gerade.

»Hey ihr, wollt ihr auch mit?«

Auf Isas Frage hin stehen alle auf. Nur Dominik schüttelt den Kopf, und auch Kale bleibt sitzen. »Ich tanze nicht«, erklärt er kurz und knapp.

Anne zieht kurz eine Schnute. »Na gut. Aber ich gehe eben mit, ja?«

Er nickt und wirkt nicht gerade traurig darüber.

Anne mustert mich abschätzig, vielleicht deshalb, weil Kale jetzt ganz offensichtlich mich ansieht. »Ich habe es mir anders überlegt«, sagt sie nun, »ich bleibe doch auch hier.«

Schließlich wende ich mich ab und gehe mit den anderen zur Tanzfläche. Wir tanzen Lied um Lied, und es macht Spaß, zusammen mit Isa dem Beat der Musik zu verfallen. Auch Jenny ist wirklich nett, genau wie Chris und Hanna, die nur Augen füreinander haben.

»Sie haben sich erst vor ein paar Wochen kennengelernt«, erklärt Isa mir. »Seitdem hängen sie dauernd zusammen.«

»Total verliebt also«, stelle ich fest.

»Ja, sehr. Übrigens scheint Josh deine Freundin auch zu mögen, zumindest redet er sonst nicht so lange mit Mädels.«

»Das würde mich freuen, Louisa mag ihn nämlich auch. Dominik ist neu hier, oder?«

»Nun, er kommt ursprünglich schon von hier«, erklärt sie mir, »war dann aber längere Zeit weg und ist erst seit ein paar Monaten wieder in der Stadt. Er ist gerade dabei, eine Bar aufzuziehen, ein großes Ding. Hat Koch gelernt und jetzt einen alten Laden in der Weißgerbergasse gemietet.«

Ich bin ganz beeindruckt. »Das ist ja echt cool. Hat er eine Freundin?«

»Bist du interessiert?«

Heftig schüttele ich den Kopf.

Isa grinst. »Ja, blöde Frage. Ist ja offensichtlich, dass dir Kale gefällt.«

Sofort spüre ich Hitze auf meinen Wangen. »Na ja, wie gesagt, er sieht gut aus und so, aber …«

»Du scheinst ihm auch zu gefallen, zumindest schaut er immer wieder zu dir herüber.«

Ich zucke mit den Schultern. Aber tatsächlich, irgendwann wage ich einen vorsichtigen Blick, und seine Augen treffen meine. Heftig, mit voller Wucht. Anne scheint das jedoch nicht zu schmecken, denn sofort dreht sie sein Gesicht zu sich und flüstert ihm etwas zu, woraufhin Kale angespannt wirkt.

Mir doch egal. Ich sehe weg, konzentriere mich stattdessen wieder auf die Musik und darauf, Spaß zu haben.

Die Zeit vergeht, wir tanzen, es ist schön und locker, und ich genieße es wirklich.

»Wollen wir noch was trinken?«, fragt Isa irgendwann, und ich folge ihr zurück in den Loungebereich –

mit etwas Abstand, weil ich mich zuvor noch kurz mit Jenny unterhalten habe. Sie möchte allerdings noch ein wenig weitertanzen.

Auf einmal stellt sich mir ein Typ mit hellbraunen Haaren und dunklen Augen in den Weg. »Hey, wohin so schnell, hübsche Frau?«, ruft er mir ins Ohr.

»Zu meinen Freunden«, antworte ich nur, weil ich ihn so schnell wie möglich loswerden möchte.

»Lust, was zu trinken? Du gefällst mir. Also?« Seine Finger wandern an meine Taille, was mir gar nicht passt, daher drücke ich ihn weg.

»Nö, lass mal, danke.« Ich schiebe mich an ihm vorbei und geselle mich rasch zu Isa, die bereits wieder neben Dominik sitzt und von dem kleinen Zwischenfall wohl nichts mitbekommen hat. Keine Ahnung, warum, aber die Nähe dieses Typen fühlte sich ziemlich unangenehm an.

Nach und nach wird der Club immer leerer. Wenn es schön ist, vergeht die Zeit einfach zu schnell.

Irgendwann blickt Isa auf die Uhr. »Schon kurz vor vier«, stellt sie fest.

Ich bin wirklich überrascht und sehe zu Louisa, die gerade lachend mit ihren Haaren spielt. Noch immer ist sie total vertieft in die Unterhaltung mit Josh.

»Mir tut es echt leid, die beiden zu stören«, meint Isa. »Aber ich glaube, alt werde ich hier und heute nicht mehr.« Sie ruft ihnen zu: »Der Club schließt bald, wollen wir gehen?«

»Ich bin dabei«, sage ich. »Aber ich muss noch kurz auf die Toilette. Bin gleich wieder da.«

Als ich aus der Halle trete und den Weg zu den Toiletten einschlage, begegne ich Kale und Anne. Kale flüstert ihr etwas ins Ohr, woraufhin Anne sich mit trauriger Miene abwendet und kopfschüttelnd an mir vorbeigeht.

Kale hingegen kommt auf mich zu.

»Hattet ihr Streit?«, frage ich ihn, weil mir nichts Besseres einfällt.

»Was heißt Streit? Ich denke, sie hatte sich mehr erhofft für heute. Doch ich habe ihr gesagt, dass ich allein nach Hause gehe.« Er zuckt mit den Schultern. »Was wollte der Kerl denn von dir?«

»Welcher Kerl?« Erstaunt sehe ich ihn an.

»Der dich vorhin angegraben hat. Lukas heißt er, glaube ich zumindest. Ich mag ihn nicht.«

Ich hebe eine Augenbraue. »Beobachtest du mich?«

»Ich bekomme einfach nur alles mit.«

Ich stupse ihn in die Seite und spüre seine harten Muskeln. »Ah, so nennt man das also?«

»Du hast mich doch auch nach ihr gefragt.«

»Hab es ja auch nur mitbekommen«, erwidere ich.

Er nickt.

»Du hast sie aber nicht meinetwegen weggeschickt, oder?«, entfährt es mir. »Wirklich, du kannst sie mitnehmen. Tu das, was du immer tust. Wir sehen uns ja erst gegen Mittag.«

Er lächelt. »Ich weiß, dass ich das kann. Aber mal ehrlich, das würde dich nicht stören?«

»Nein, klar nicht. Du kannst tun, was immer du willst. Was soll die Frage?«

»Dann macht es dir wirklich nichts aus? Gar nichts?«

Er kommt näher zu mir heran, und ich muss schlucken. Sein Duft kriecht in meine Nase, mein Herz macht einen heftigen Satz. »Nein, natürlich nicht. Und die Sache mit der Liste hat ja noch nicht mal angefangen.«

Wie nah er mir jetzt ist. Auf einmal spüre ich seine Finger an meiner Taille, wo sie leicht auf und ab streichen. »Was machst du da?«, frage ich und merke abermals dieses heftige Kribbeln. Mein Herzschlag geht schneller und schneller.

»Ich berühre dich«, raunt er mir zu. »Etwas, das auch auf deiner Liste steht.«

Meine Knie sind kurz davor, nachzugeben. Ihm so nah zu sein, ist ein unglaubliches Gefühl. Sofort möchte ich mehr davon. Viel mehr.

»Da bist du ja, wir wollen gehen.« Louisas Stimme lässt mich aufsehen, neben ihr Josh und Isa.

»Kale, kommst du auch mit?« Josh mustert ihn sichtlich verwundert.

»Klar.« Ehe er zurückweicht, flüstert er mir ins Ohr: »Du willst doch, dass es glaubwürdig wirkt, wenn das mit uns beiden morgen losgeht.« Er küsst mich auf die Wange, und ich höre gefühlt kurz auf zu atmen. Dann wendet er sich ab. »Wir können«, sagt er an Josh gewandt.

Ich hingegen mache ein paar Schritte auf Louisa zu, die mich mit diesem *Ich-will-gleich-alles-ganz-genau-wissen*-Blick ansieht.

Als wir alle am Ausgang angekommen sind, fragt Isa: »Wir nehmen uns zusammen ein Taxi, wollt ihr mitfahren?«

Aber ich schüttele den Kopf und Louisa ebenfalls. »Danke, das ist lieb von euch. Aber wir gehen zu Fuß, wir haben es nicht sehr weit.«

»Okay, also dann, wir sehen uns ja im Café.«

Josh umarmt Louisa zum Abschied. Die beiden sehen so lieb zusammen aus.

Während Isa, Josh und Dominik bereits in das Taxi einsteigen, kommt Kale zu mir her und flüstert mir zu: »Bis morgen, Jass.« Erneut küsst er meine Wange, langsam und zart. Ich spüre seine Lippen wie in Zeitlupe auf meiner Haut, und in meinem Magen kribbelt es.

Schließlich setzt er sich zu den anderen ins Auto, während ich stehen bleibe und erst mal meine Gefühle sortieren muss.

Plötzlich taucht Anne neben mir auf. Sie wirkt sichtlich betrunken, aber auch nach wie vor traurig. »Bilde dir nur nichts darauf ein. Er spielt gern«, zischt sie. »Er hat jetzt Interesse, doch das wird so schnell verflogen sein, wie es aufgekommen ist. Dieser Arsch.«

Jenny sieht uns entschuldigend an, dann hakt sie sich bei Anne unter und zieht sie mit sich.

Louisa wartet, bis die beiden außer Hörweite sind, dann platzt es aus ihr heraus: »Was war das denn?«

Ich spüre erneut diese warme Gefühlswelle in mir. »Das war der Anfang«, sage ich nur und wechsele schnell das Thema. »Josh mag dich, kann das sein? Isa hat zumindest so etwas gesagt.«

»Was? Ehrlich?«

»Ja, ehrlich. Ihr wart ja den ganzen Abend zusammen.«

»Er ist echt toll, Jass, sehr sogar. Mal sehen, was daraus wird. Aber du und Kale, wie er dich die ganze Zeit angesehen hat. Und dann eben vor der Toilette, was hat er zu dir gesagt?«

»Dass es zum Spiel gehört, damit die Leute auch glauben, dass da was zwischen uns passiert.«

Sie nickt. »Aber irgendwie sah es nicht gerade aus wie ein Spiel«, meint sie.

Ich muss ihr Recht geben, es fühlte sich wirklich nicht so an. Mein Herz macht einen Hüpfer. »Nicht?«

»Na ja, ich weiß nicht.« Sie seufzt. »Das sah so echt aus, der hat das wirklich drauf.«

»Schon, aber das ist ja der Plan, oder?«, entgegne ich. »Also ist doch alles gut.«

Stumm gehen wir nebeneinander her, und jede von uns scheint ihren Gedanken nachzuhängen. Irgendwann flüstert Louisa: »Wenn das mal gut geht, Süße, wenn das mal gut geht.«

Ja, wenn das mal gut geht.

Nackte Tatsachen

»Hey. Na, bist du schon wach?«

Ich öffne die Augen ein klein wenig. Louisa steckt den Kopf zur Tür herein und lächelt mir zu. Alles fühlt sich noch ganz schwer an, und ich bin so unendlich müde. Mein Blick wandert langsam zu dem Wecker auf meinem Nachttisch. Vor einer guten Stunde war ich schon mal kurz wach, aber noch nicht in der Lage, aufzustehen.

»Eigentlich nicht«, antworte ich schleppend.

»Dann habe ich was für dich.« Sie kommt auf mich zu und hält mir eine Tasse dampfenden Kaffees entgegen. »Hier, der perfekte Wachmacher. Ein Hoch auf die Kaffeeindustrie.« Sie schiebt meinen Kindle, den ich ebenfalls auf dem Nachttisch liegen habe, zur Seite, um die Kaffeetasse abstellen zu können. »Was liest du denn gerade?«

Ich gähne ausgiebig, erst dann bin ich in der Lage zu antworten. »Das Buch ist so süß, es handelt von einem Mädchen, das sich auf die Suche nach dem Geheimnis ihrer Oma begibt, zusammen mit ihrer Jugendliebe. Es ist ein Auf und Ab, ein Abenteuer. Das hat mich echt berührt.«

»Klingt romantisch«, meint Louisa.

»Ja, das ist es wirklich. Die beiden kommen irgendwie nicht voneinander los.« Ich richte mich ein wenig auf und greife nach der Tasse. Vorsichtig nehme ich einen Schluck. Der Kaffee ist heiß, aber nicht zu sehr. In meinem Magen wird es spürbar warm, und ich merke, wie nun doch langsam meine Lebensgeister zurückkehren.

Ja, ich mag solche gefühlvollen, romantischen Geschichten wie diese, in der sich ein junges Liebespaar nach vielen Jahren wiederbegegnet. Beim Gedanken an das Schicksal der beiden seufze ich leise.

Louisa setzt sich neben mich auf die Bettkante. Sie scheint mein Seufzen auf gestern Abend zu beziehen, denn sie fragt: »Das war ein Abend, oder?«

»Du sagst es«, pflichte ich ihr bei, »der ganze Tag war verrückt.«

»Und heute kommt Kale also?«

»Er meinte gegen Mittag.«

Sie schmunzelt. »Eine ziemlich vage Zeitangabe. Jetzt ist es elf, dann dauert es sicher nicht mehr so lange. Habt ihr denn keine Telefonnummern ausgetauscht? Dann könntest du mal nachfragen. Oder du schreibst ihm auf Instagram?«

»Nein, das haben wir nicht, und auf Instagram will ich ihn eigentlich auch nicht anschreiben«, antworte ich. »Er kann mir ja auch eine Nachricht schicken. Außerdem möchte ich nicht die sein, die zuerst schreibt. Nicht dass er noch denkt, ich stalke seine Instagram-Storys oder so.«

»Dann musst du dich wohl oder übel überraschen lassen. Apropos Storys, ich stalke ihn bereits, und er hat nichts Besonderes gepostet. Nur dass er mit Josh im Club war und dann noch was über das Bier dort.«

Ich lache. »Na denn, danke für die Information. Ich muss dann wohl einfach warten. Hoffentlich dauert es noch, bis er kommt, ich muss mich nämlich noch duschen und fertig machen.«

Ein etwas verklärtes Lächeln huscht über Louisas Lippen, und ihre Wangen nehmen einen leicht rosa Schimmer an. »Weil wir gerade beim Thema Nummern und Instagram waren: Ich habe mit Josh Nummern getauscht. Und stell dir vor, er hat mir schon geschrieben und gefragt, ob ich ihm bei seinem Unizeug helfen kann.«

»Bei seinem Unizeug, aha.« Ich hebe eine Augenbraue.

Doch sie geht nicht darauf ein. »Er war so nett gestern, damit habe ich echt nicht gerechnet. Gut, ausgemalt habe ich es mir schon irgendwo. Aber dass es dann wirklich so kommt, das hätte ich nicht für möglich gehalten.«

»Er hing echt an deinen Lippen – und du an seinen«, stelle ich fest.

»Ja, schon. Und ehrlich gesagt freue ich mich, dass er mich gefragt hat. Aber na ja, da wäre noch diese Sache, du weißt schon.«

Ich weiß, was sie meint. Louisa ist zwar auf der einen Seite freiwillig mit mir in die WG gezogen, auf der anderen auch wieder nicht. Denn eigentlich wohnte sie zu der Zeit noch mit Stefan zusammen, doch irgendwie sollte es mit den beiden nicht sein. Natürlich ist Louisa chaotisch, sie lässt immer die Zahnpastatube offen liegen, verteilt überall ihre Klamotten und verbummelt ihre Unitermine. Aber sie ist so liebenswert, dass ich damit leben kann. Stefan konnte es nicht, und so kam es zu einer wirklich unschönen Trennung. Wobei ich sowieso immer das Gefühl hatte, dass er nicht der Richtige für Louisa war. Er erkannte nicht, was Louisa wert ist, sah nicht das, was ich in ihr sehe und was auch ein Mann in ihr sehen sollte. Obwohl Louisa wirklich stets positiv denkt, wurde sie von der Trennung sehr aus der Bahn geworfen. Doch ihr Unglück war mein Glück – oder vielleicht sogar unser beider Glück. Denn sonst hätte sie nicht beschlossen, sich nun intensiver ihrem Studium zu widmen. Und sie hätte Josh vielleicht nicht getroffen.

»Aber wo liegen deine Bedenken in Bezug auf Josh?«, frage ich.

Sie zuckt mit den Schultern. »Ich mag ihn, du weißt ja, ich schwärme schon länger für ihn. Aber jetzt wird es gerade so real, und ich weiß nicht, ob ich dieser Traumwelt entfliehen möchte. Denn wenn die Dinge real werden, sind sie oftmals nicht mehr so schön wie in unserer Vorstellung. Weißt du, was ich meine?« Sie spricht die Worte zaghaft aus.

Ich weiß sehr gut, was sie meint, denn ich habe mir heute Nacht auch den Kopf zerbrochen. Über die Liste und all das, was ich mir vorgenommen und vorgestellt habe. Zusammen mit Kale.

Ich hätte niemals damit gerechnet, dass er bei dieser Sache mitmacht. Und ja, ich habe mich darüber gefreut, trotzdem haben mich solche Bedenken, wie Louisa sie gerade geäußert hat, heute Nacht ebenfalls nicht richtig schlafen lassen. Was, wenn alles ganz anders wird, als ich es mir ausgemalt habe? Wenn es schiefgeht?

In den Büchern, die ich lese, ist immer alles so schlüssig. Doch die Realität kann auch anders sein, und mein Vorhaben kann sich als keine gute Idee herausstellen.

»Du denkst jetzt auch an Kale, oder?«, fragt Louisa. Sie hat mich durchschaut.

»Klar, ein wenig schon. Ich meine, du weißt ja, wie lange diese Idee in meinem Kopf schon lebendig ist und auch aus welchem Grund.« Ich spüre einen kleinen Stich in der Brust, versuche aber, ihn nicht weiter zu beachten.

Louisa nickt. »Und ob ich das weiß.«

»Eben, und jetzt scheint sie endlich wahr zu werden. Ich gebe zu, ich fürchte mich schon ein bisschen davor. Und diese Anne, sie war so …«

Louisa hebt die Hand. »Vergiss sie. Gestern war sie megafrustriert, weil sie auf Kale steht und mit zu ihm gehen wollte. Aber er will nichts von ihr, das erkennt man sofort. Das hat aber nichts mit dir zu tun, verstehst du? Sie wäre nie dieses eine Mädchen für ihn, falls es das überhaupt gibt. Er ist Kale.«

»Du hast recht, so ist es wohl.« Gedankenverloren nehme ich noch einen Schluck aus meiner Tasse.

Falls es das überhaupt gibt. Er ist Kale. Louisas Worte hallen durch meinen Kopf. Selbst wenn es tatsächlich dieses eine Mädchen für Kale gibt, darf ich mir darüber trotzdem keine Gedanken machen. Denn das ist eine der Bedingungen. Kale tut mir diesen Gefallen, weil ich ihm an der Tankstelle aus der Patsche geholfen habe. Er weiß nicht wirklich, warum ich das möchte und was für mich dahintersteckt. Und das ist im Prinzip gut so. Denn diese Bedingungen sind unglaublich wichtig.

»Fragst du dich, ob du dieses eine Mädchen sein kannst?«, will Louisa wissen.

Ich schüttele rasch den Kopf. »Nein. Du weißt doch, darum geht es mir gar nicht. Nur um die Erlebnisse, diese Herzklopfmomente. Ich möchte das alles erleben – zusammen mit ihm. Alles andere ist Unfug, daran denke ich gar nicht. Und Kale hat es mir auch mehr als deutlich zu verstehen gegeben, ohne zu wissen, um was es mir geht.«

»Ja, das hast du erwähnt. Aber gestern, ich weiß nicht … wie er dich immer wieder angesehen hat.«

»Es ist nur ein Spiel«, entgegne ich. »Ich denke, darin ist er gut.«

Sie lächelt. »Vorausgesetzt, es stimmt, was man sich über ihn erzählt – ja, dann ist er gut. In den verschiedensten Dingen.«

»Louisa …« Meine Wangen werden heiß.

»Na ja, ich sage es nur mal. Wenn man sich so nah ist, kann man schon mal durchdrehen.« Sie kichert, doch dann wird sie gleich wieder ernst. »Glaubst du wirklich, dass du damit umgehen kannst? Ich meine, *er* ist geübt darin, zu spielen. Aber du?«

»Nun, in gewisser Weise spiele ich ja auch, oder?«

»Gut, wenn man es so sieht …«

»Und was machst du jetzt? Triffst du dich mit Josh, von wegen Unizeug und so?« Ich zwinkere ihr zu. »Oder halten dich deine Gedanken ab?«

Sie atmet tief durch. »Ich meine, wir lernen ja nur, mehr ist es doch nicht, weil ich … ach, keine Ahnung. Irgendwie fühle ich mich noch nicht bereit, auch wenn er natürlich schon scharf ist.«

»Na, dann triff dich doch einfach mal mit ihm. Habt Spaß, alles Weitere ergibt sich.« Ich trinke noch den letzten Schluck aus meiner Tasse, dann stelle ich sie auf mein Nachtschränkchen.

»Okay.« Louisa blickt auf ihr Handy. »Ich bin schon fertig im Bad und werde spätestens in einer halben Stunde gehen. Ist das in Ordnung? Ich sage dir aber vorher noch mal Bescheid, ja?«

»Klar. Dann werde ich jetzt mal in die Dusche hüpfen, nicht dass Kale gleich klingelt und ich ihm im Schlafanzug und mit diesen Haaren die Tür öffnen muss.«

Lachend stehen wir beide auf. Während Louisa sich in die Küche begibt, um meine Kaffeetasse wegzubringen, betrete ich das Badezimmer. Vor dem Spiegel betrachte ich mich eine Weile. Obwohl die Nacht nicht gerade lang war, sehe ich nicht ganz so schlimm aus wie erwartet. Eigentlich sogar ein wenig erholt und irgendwie auch glücklich.

In dieser Hinsicht gab es schon ganz andere Zeiten. Tage und Wochen, in denen ich mich selbst kaum im Spiegel erkannt habe. In meinem Bauch kribbelt es, weil ich dankbar bin, dass es momentan nicht so ist, dass das Leben mir die Möglichkeit schenkt, hier zu sein.

Ich stelle die Dusche schon mal an, um das Wasser warm laufen zu lassen, bevor ich aus meiner Kleidung schlüpfe. Die warmen Wasserperlen beleben mich, und ich genieße es, sie auf meiner Haut zu spüren und mich ganz von der Wärme einhüllen zu lassen.

Während ich mir die Haare wasche, denke ich an das Treffen mit Kale nachher. Welche Punkte er wohl noch verhandeln will? Womöglich sind es ja die mit den Zärtlichkeiten, die ich mit ihm erleben möchte. Zu gern würde ich wissen, was er sich beim Lesen dabei dachte. Oder nein, lieber nicht. Ob er mich jetzt für bescheuert hält? Vielleicht findet er mich ja überhaupt nicht attraktiv und kann es sich nicht vorstellen, mit mir intim zu sein. Ich meine, nur weil ich ihn anziehend finde, muss es umgekehrt noch lange nicht der Fall sein. Gerade wenn man bedenkt, mit welchen Frauen er sonst seine Zeit verbringt. Mit Frauen wie Anne, die eine Figur hat, die selbst ich nicht ignorieren kann. Mit diesem aufreizenden Gang und den vollen Brüsten, während meine doch eher klein sind.

Dennoch stelle ich mir vor, wie er mich berührt, an Stellen, an denen ich noch nie berührt wurde. Ich will wissen, wie es sich anfühlt, wenn seine Finger über meine Haut streichen, wie es ist, ihn zu küssen. Als ich mich daran erinnere, wie seine Hände gestern im Club an meiner Taille lagen, wird mir heftig warm im Bauch. Was nicht an der Temperatur des Duschwassers liegt, sondern an der Hitze der Gedanken, die mich jetzt einnehmen. Ich bezweifle, dass ich mit Kale über solche Dinge reden kann. Er wird sie aber nachher sicher ansprechen, oder?

Ich atme tief durch und versuche, nicht weiter nachzugrübeln, sondern befasse mich stattdessen mit meiner Körperpflege, zu der auch eine gründliche Rasur gehört. Schließlich verlasse ich die Dusche, trockne mich ab und beginne, mich einzucremen. Dazu höre ich laut meine Playlist. Ich liebe Cremes über alles, ich besitze davon eine ganze Menge mit den verschiedensten Düften. Heute entscheide ich mich für eine Lotion mit einer leichten Kokosnote.

Irgendwann höre ich Louisas Stimme. Ich kann sie bei der lauten Musik nicht richtig verstehen, glaube aber, dass sie mir sagen will, dass sie jetzt geht.

»Ist okay, viel Spaß«, rufe ich, während ich beginne, mich meinem Make-up zu widmen. Ich lege eine getönte Tagescreme auf und tusche mir die Wimpern, ehe ich mir schließlich noch die Haare föhne.

Als ich fertig bin, ist es schon Viertel nach zwölf. Lange kann es nicht mehr dauern, bis Kale auftaucht. Höchste Zeit, wieder rüber in mein Zimmer zu gehen und mich anzuziehen.

Also tapse ich aus dem Bad und durch den Flur, drücke die Klinke meiner Zimmertür hinunter – und erstarre. Hätte ich noch die Kaffeetasse von vorhin in der Hand, könnte ich jetzt die Scherben vom Boden aufsammeln.

Denn vor mir steht Kale. Und ich bin splitterfasernackt.

Die ersten Punkte auf der Liste

Sein intensiver Blick gleitet über meinen Körper, während mir das Herz irgendwo tief in den Bauch rutscht.

»Oh Gott«, entfährt es mir.

Er hebt eine Augenbraue. »Wow! Damit habe ich jetzt nicht gerechnet. Aber du scheinst wirklich zu wissen, was du willst.«

Wie bitte? Meint er etwa, ich hätte das mit Absicht …?

»Was? Nein, so ist das nicht.« Endlich erwache ich aus meiner Schockstarre und halte mir voller Panik eine Hand vor meine Brüste, die andere vor meine Scham. »Was machst du hier in meinem Zimmer?«, rufe ich nur noch, ehe ich schnell zurück ins Bad laufe und die Tür hinter mir zuknalle.

Okay, so hatte ich mir das nicht vorgestellt.

Ich sterbe, ich werde diesen Raum niemals mehr verlassen. Nie wieder.

Keine Ahnung, wie lange ich so dastehe und einfach nur im Erdboden versinken möchte.

Irgendwann vernehme ich ein leises Klopfen an der Tür, gefolgt von Kales Stimme. »Kommst du auch mal wieder da raus, Jass?«

»Nein, ich komme hier nie mehr raus. Niemals.«

»Louisa hat dir doch zugerufen, dass ich da bin.« Jetzt lacht er. Ein kehliges Lachen. Auch das noch. Langsam ist das Ganze an Peinlichkeit nicht mehr zu überbieten.

»Das habe ich aber nicht gehört«, verteidige ich mich. »Die Musik war so laut, ich dachte, sie geht jetzt weg.«

»Stimmt, sie ist inzwischen auch gegangen. Aber jetzt komm raus und zieh dich an. Ich warte so lange in der Küche, okay?«

Was soll ich denn jetzt machen? Ewig kann ich ja wirklich nicht hier im Bad bleiben.

»Okay«, antworte ich schließlich. Ich wickle mir ein Handtuch um den Körper und warte auf eine Antwort oder wenigstens Schritte, aber es kommt nichts. »Bist du noch da?«, rufe ich.

»Ja.«

»Wenn ich jetzt rausgekommen wäre, hättest du mich wieder nackt gesehen.« Gut, nicht komplett nackt, aber beinahe.

Erneut lacht er. »Ich weiß.«

»Du bist echt …«

»Keine Panik, ich gehe ja schon«, sagt er nur noch, dann höre ich Schritte.

Doch ich möchte kein Risiko eingehen. »Bist du jetzt weg?«, versuche ich es noch einmal, aber es kommt keine Reaktion mehr.

Na schön, dann kann ich es zumindest mal vorsichtig wagen. Langsam öffne ich die Tür einen Spalt und luge hinaus - die Luft scheint rein zu sein. Also gehe ich schnellen Schrittes zurück in mein Zimmer und schließe die Tür hinter mir ab.

Na toll, was ziehe ich jetzt an?

Nachdem ich kurz vor der geöffneten Schranktür gestanden habe, entscheide ich mich für ein schwarzes Kleid, das ich gern mag. Ich betrachte mich im Spiegel. Okay, jetzt bin ich so weit. Wobei ich es noch immer nicht aus meinen Gedanken bekomme, wie Kale mich vorhin angesehen hat, als ich nackt war.

Tief durchatmen, rede ich mir selbst Mut zu, ehe ich meine Zimmertür aufschließe und die Klinke nach unten drücke. Der Schreck fährt mir in die Glieder, denn Kale lehnt im Flur an der gegenüberliegenden Wand und grinst mich an.

»Fertig?«

Ich rolle mit den Augen. Wollte er nicht in der Küche warten? »Ja, fertig, du kannst reinkommen«, antworte ich schwer atmend, aber ich versuche, es zu verbergen, so gut es geht. Das flaue Gefühl in meinem Magen will sich noch immer nicht verabschieden.

Mit einer fließenden Bewegung schiebt er sich von der Wand weg und folgt mir in mein Zimmer, wo er die Postkarten an meiner Pinnwand betrachtet und die Sprüche darauf laut vorliest. Seine Stimme verrät nicht, was er davon hält. »*Verstand aus, Mut an. Lebe jeden Tag, als wäre es dein letzter. There are no limitations, except those you create for yourself. It's all about love – Liebe ist alles.*« Er dreht den Kopf in meine Richtung. »Die Liebe also.«

»Liebe ist wichtig«, antworte ich, »damit verbindet man all diese schönen Momente.«

Er hebt eine Augenbraue. »Ach ja?«

»Ja. Ich mag solche Karten«, erkläre ich, merke jedoch gleich, dass das irgendwie nach einer Rechtfertigung klingt.

»Schön, aber na ja, auch ein bisschen einfallslos, oder?«

»Warum das?« Fragend sehe ich ihn an, und mir fällt auf, dass das eine Auge von ihm so hellblau ist wie die Kerze, die ich neulich gekauft habe.

Er zuckt mit den Schultern. »Solche Karten, ich meine, die findet man doch überall. Damit wird uns vorgegaukelt, dass wir nur dann glücklich sind, wenn wir nach diesen Sprüchen leben. Nehmen wir zum Beispiel den Spruch *Lebe jeden Tag, als wäre es dein letzter*. Soll das heißen, dass wir ohne diesen Spruch nur sinnlos vor uns hin leben würden? Sollen wir also jeden Tag nur tolle, weltbewegende Dinge tun, um ja nichts zu verpassen? Ständig auf Jachten herumhängen, uns betrinken und den Sonnenuntergang ansehen?«

»Warum nicht?«

»Ich weiß nicht, irgendwie ist mir das zu einfach. Es muss doch im Leben nicht immer alles toll sein und sich nur um die schönen Momente drehen.« Er mustert mich eine ganze Weile, dann atmet er tief durch. »Wie auch immer. Jedenfalls passt das zu dir, wirklich.«

Was soll das denn heißen? Soll ich das jetzt positiv oder negativ werten? Ich entgegne aber nichts mehr.

Anschließend geht Kale weiter zu meinem Bücherregal. »Ganz schön viele«, stellt er fest. »Und auch noch nach Farben geordnet.« Er nimmt eines der Bücher heraus – zufällig den Liebesroman, den ich zuletzt gelesen habe.

»Ja, ich liebe Bücher. Liest du auch gern?«

Er streicht über den Umschlag und wiegt grinsend den Kopf hin und her. »Nicht, wenn ich nicht muss.« Er stellt das Buch wieder zurück ins Regal. »Welches ist dein Lieblingsbuch?«, will er wissen.

Durch meinen Kopf fliegen augenblicklich gefühlt Tausende von Geschichten. Das ist eine schwere Frage. »Na ja, das kann ich dir nicht wirklich sagen, es gibt so viele Bücher, die ich mag. *Harry Potter* zum Beispiel habe ich immer geliebt, ebenso *Der kleine Prinz*, *Momo*, *Das Schicksal ist ein mieser Verräter* …« Ich winke ab. Als würde ihn das wirklich interessieren. Misstrauisch blinzle ich ihn an. »Keine Ahnung, ich kann es gerade nicht sagen, zumindest nicht so leicht. Aber ich will dich damit nicht langweilen.«

Wieder grinst er. »Mach dir mal keine Gedanken. Bisher ist dieses Treffen alles andere als langweilig.« Sein Blick streift über meinen Körper, und erneut spüre ich Hitze auf meinen Wangen.

»Das … das war echt nicht so geplant«, presse ich hervor.

»Na ja, wenn du das sagst …« Er greift in seine Hosentasche und zieht meine Liste heraus. »Wenn wir jetzt schon alle Hemmungen fallen gelassen haben, fangen wir doch gleich mal damit an. Was meinst du?«

Okay, jetzt geht es also los. Ich bin so unheimlich nervös.

»Willst du was trinken?«, frage ich, um das Unvermeidliche noch ein wenig hinauszuzögern.

Er sieht von der Liste auf. »Was hast du denn da?«

»Wasser? Saft? Limo? Cola?«

»Ich nehme 'ne Cola.«

»Kommt sofort.«

In der Küche angekommen, stütze ich mich auf der Arbeitsplatte ab, bis ich mich ein wenig gesammelt habe. Das ist doch alles nicht normal. Ob das mit der Liste wirklich eine gute Idee war?

Ich hole zwei Dosen Cola und zwei Gläser aus dem Schrank und gehe damit zurück in mein Zimmer, wo Kale sich mittlerweile auf dem Schreibtischstuhl niedergelassen hat. Die Liste hält er noch immer in der Hand.

Ich stelle die Gläser auf den Schreibtisch, doch er winkt ab. »Ich brauche keines, danke.« Mit einem Zischen öffnet er seine Dose. Ich hingegen gieße mir etwas ins Glas ein und setze mich damit Kale gegenüber aufs Bett.

»Ich muss sagen, ich war ganz schön überrascht«, meint er, nachdem er einen Schluck aus der Dose genommen hat. »Die Sache ist ja schon mehr als ungewöhnlich. Und ehrlich gesagt, wenn du mir nicht den Arsch gerettet hättest, würde ich da nicht mitmachen. Aber ich stehe in deiner Schuld. Was du an der Tankstelle für mich gemacht hast, war wirklich nett, und du sollst nicht denken, dass ich immer so bin, es hatte seine Gründe.« Sein Blick liegt auf mir, und kurz kommt es mir so vor, als wollte er dazu noch mehr sagen, doch er tut es nicht. »Um es mal zusammenzufassen, du möchtest also, dass wir so tun, als wären wir ein Paar. Und all diese Punkte, die du aufgeschrieben hast, sollen wir innerhalb von drei Monaten getan haben. Ich meine, das sind ja alles solche Postkartendinge.« Er deutet mit dem Kopf zur Pinnwand.

»Das sind keine Postkartendinge«, verteidige ich mich. »Das ist …«

Doch er unterbricht mich. »Du musst zugeben, schon ein wenig. Eine Kissenschlacht, den Kopf kraulen, ein Date im Kino, im Regen tanzen, nackt baden …« Er grinst. »Tut mir leid, für mich sind das romantische Mädchenfantasien.«

Ich schlucke. Okay, wenn er es so vorliest, wirkt es doch etwas verrückt und sonderbar. Und bescheuert. »Ja, das war der Gedanke, genau«, antworte ich trotzdem.

»Aber wer macht so was?«

»Na ja, in Büchern oder Filmen oder …«

»Oder in der heilen Postkartenwelt«, ergänzt er.

»Du bist echt ziemlich pessimistisch.«

»Nein, nur ein Realist.« Er kommt auf mich zu und setzt sich neben mich aufs Bett. »Also wie gesagt, die Punkte auf der Liste sind teilweise schon recht gewöhnungsbedürftig und so gar nicht mein Ding. Händchen halten, Pärchenposts auf Instagram, sich Geheimnisse anvertrauen, sich füttern oder Blumen mitbringen …«

»Das sind doch eigentlich ganz normale Dinge, die Pärchen nun mal tun, wenn sie zusammen sind«, wende ich ein. »Auch wenn du das Gegenteil behauptest.«

»In dieser perfekten Pärchenwelt vielleicht. Aber in der Realität gibt es solche Paare doch kaum. Und wenn, dann sind sie anstrengend.«

Ich schlucke. »Dann kennst du kein Paar, das so miteinander umgeht?«

»Nein, eigentlich nicht. Wobei ich Hanna und Chris das noch am ehesten zutrauen würde.«

Jetzt muss ich lächeln. Die beiden konnten ja gestern wirklich kaum voneinander lassen. »Das war aber doch nicht so schlimm, oder?«

»Na ja, wie man es nimmt.« Er streicht sich durch die Haare, und ich betrachte seinen Oberarm, der sich dabei anspannt.

»Dann möchtest du also darüber verhandeln?«, frage ich.

»Wenn du es so sagst, ja.«

Ich schüttele den Kopf. »Nein, mir ist das wichtig. Denn ich will diese Dinge erleben. Entweder du bist dabei oder eben nicht.«

Damit hat er wohl nicht gerechnet, und ich selbst bin auch ganz überrascht von mir. So bestimmt klinge ich nur selten.

Erst scheint er zu überlegen, dann rückt er näher an mich heran. »Okay, aber vorher möchte ich eines wissen.« Sein Atem streicht nun beinahe über meine Wange. »Warum?«

Mir war klar, dass diese Frage kommen würde, und doch habe ich mich davor gefürchtet.

Weil ich mit der Antwort zögere, spricht er weiter. »Wenn es dir darum geht, diese anderen Punkte zu erleben …« Er streckt die Hand aus und legt sie an meine Wange. Zärtlich streichelt er mit dem Daumen darüber, ehe er seine Finger weiter über meinen Hals gleiten lässt. Augenblicklich ist da diese Hitze in mir. »Dann können wir uns den Aufwand auch sparen und gleich …«

Mein Herz klopft schnell, und meine Beine werden weich. Seine Lippen sind jetzt ganz nah. Ich wünsche mir so sehr zu wissen, wie es sich anfühlt, ihn zu küssen. Jemanden zu küssen, nach dem man sich so sehnt.

Aber ich muss wieder einen klaren Gedanken fassen, denn es geht mir nicht nur darum. »Nein, das ist es nicht«, sage ich. »Mir geht es nicht nur um das Körperliche.«

Er nickt und hebt den Blick. Diese Augen mit den unterschiedlichen Farben, sie sind einfach nur anziehend und faszinierend und tief.

»Mir geht es nicht nur darum, wirklich«, bekräftige ich.

»Worum geht es dir dann? Warum tut man so was?«

Zuerst weiß ich nicht, wie ich es beschreiben soll, doch dann deute ich zu meinem Bücherregal. »Du hast mich vorhin gefragt, was mein liebstes Buch ist.«

»Ja, und?«

»Ich habe geantwortet, dass es viele sind. Denn in jedem dieser Bücher verbergen sich wunderbare Liebesgeschichten oder aufregende Abenteuer, und ich habe jedes einzelne von ihnen genossen. Aber«, ich atme tief durch, »selbst habe ich noch keines erlebt. Alles … alles, was man sich von der Liebe oder dem Leben ersehnt und erhofft, kenne ich nur aus diesen Geschichten. Ich möchte das alles jetzt auch selbst erfahren, weil …« Ich zögere kurz. »Na ja, du wolltest wissen, was mein Lieblingsbuch ist. Aber eigentlich soll mein Leben mein liebstes Buch sein, verstehst du?«

Unsere Augen liegen intensiv aufeinander, und kurz habe ich das Gefühl, in seinem Blick etwas aufflackern zu sehen, das ich nicht verstehe. Hätte ich das jetzt nicht sagen sollen? War es vielleicht einfach nur blöd? Doch der Gedanke war auf einmal da. Und er war echt.

»Ich soll also so tun, als würde ich dich lieben?« Seine Stimme ist dunkel und zart zugleich.

»Ja, das möchte ich. Tu so, als ob du mich liebst. Mit allem, was dazugehört, was man sich gern ausmalt.«

»Aber dir ist schon bewusst, was ich gesagt habe? Ich kann das natürlich alles tun, aber es ändert nichts daran, dass die Dinge so sind, wie sie sind. Ist dir das klar? Es ist ein Spiel, darin bin ich gut. Viel zu gut.« Sein Blick wirkt jetzt beinahe traurig.

»Wie gesagt, das ist mir bewusst. Und glaub mir, ich kann ebenfalls spielen, auch wenn du das vielleicht nicht von mir denkst.«

»Aber warum?«, fragt er noch einmal.

»Lass das meine Sorge sein, nicht deine.«

»Die Postkarten, oder?«

Wieder treffen sich unsere Augen, doch ich sage nichts.

Schließlich nickt er. »Okay, na schön. Dann eben all diese Dinge. Drei Monate, nicht länger. Und … und exklusiv?«

Ich schlucke. Gute Frage. Eigentlich kann ich das nicht von ihm verlangen, oder? Also antworte ich: »Das muss nicht sein, wirklich nicht. Wenn du magst, kannst du auch mit Anne oder so …«

»Anne ist unwichtig, ich will nichts von ihr. Sie allerdings … na ja, sie ist gut, wenn ich mal Lust habe, du verstehst? Um gewisse Bedürfnisse zu stillen. Sie ist in dieser Hinsicht sehr offen und bereit …«

Vielleicht ein wenig zu barsch fahre ich ihm ins Wort. »Ich will nicht wissen, was du mit ihr anstellst. Das wäre ihr sicherlich auch nicht recht. Und irgendwie ist es ja auch gemein.«

»Gemein? Inwiefern?«

»Du benutzt sie nur.«

»Nein, Jass. Sie wusste ganz genau, worauf sie sich einlässt. Ich habe ihr nie was vorgemacht oder ihr mehr in Aussicht gestellt. Aber wie schon gesagt, die Mädels beteuern immer, dass sie damit klarkommen, weil sie hoffen, dass sich die Dinge später doch noch ändern. Deswegen habe ich das auch dir ausdrücklich gesagt. Sex ist nicht Liebe, allerdings wird es zu oft verwechselt.«

»Aber wenn sich dann wider Erwarten doch noch was entwickelt? Ich meine, in manchen Büchern, da …« Ich stoppe. Er will so etwas sicher nicht hören.

»Wir sind uns einig, Jass, oder?«, fragt er, seine Stimme ist jetzt deutlich kühl geworden. »Keine Gefühle. Deswegen habe ich dich auch vor mir gewarnt.«

Er hat recht, so war der Deal, von Anfang an.

»Okay«, antworte ich mit einer Schwere im Magen. »Also falls du ein Mädchen brauchst, um deine Bedürfnisse zu stillen, dann ist das in Ordnung. Ich wollte dir das nur sagen, weil ich nicht weiß, ob ich … also …«

Ich komme nicht dazu, weiterzusprechen, denn Kale nimmt mit einem Mal meine Hände und zieht mich etwas näher zu sich heran. Sein herber Duft kriecht in meine Nase.

»Mach dir keine Sorgen«, flüstert er. »Wir kriegen das hin, ja?«

Ich weiß nicht, was er meint, und doch ahne ich es.

Schließlich lässt er meine Hände los und greift stattdessen nach der Liste. »Also schön, wo ich schon mal hier bin, womit fangen wir an? Was schwebt dir vor? Lass mal sehen, was wir alles haben. Ein außergewöhnliches Date, ja, kommt schon nah ran. Ich meine, du warst ja gleich nackt.« Er grinst, ich werde gefühlt schon wieder rot und bin erleichtert, als er sich wieder der Liste zuwendet. »Sonnenaufgang und Sonnenuntergang ansehen. Fotoshooting, oh, ich weiß nicht. Zählen Handyfotos, die wir machen, auch?«

»Ähm, nein«, stammle ich. »Oder ja, ich …«

»Und Blumen.« Er hebt den Kopf. »Was sind deine Lieblingsblumen?«

»Also, ich mag Lilien.«

Er nickt. »Okay, Lilien. Warum?«

Dass er mich das fragt.

»Sie haben einfach eine schöne Bedeutung. Hoffnung und Licht.«

Ohne eine Regung sieht er mich an, ehe er weiterliest. »Sich gegenseitig füttern, im Regen tanzen, ein Date im Kino …« Er seufzt, und ich bin ganz überfordert, als er dann noch hinzufügt: »Gut, also starten wir mal.«

Wie meint er das jetzt? »Ähm, was denn?«

Aber ich komme nicht mehr dazu, darüber nachzudenken, denn ohne Vorwarnung greift er nach einem Kissen und schleudert es mir ins Gesicht. Ich spüre einen Schmerz am Auge. Das war wohl der Reißverschluss.

»Aua, Kale, spinnst du? Das war mein Auge!« Ich halte mir die Hand davor. Es brennt wirklich kurz, wenn auch nicht so schlimm. Doch Kales Blick ist unbezahlbar.

Er beugt sich zu mir vor, um mein Auge zu begutachten. »Scheiße. Aber es war ja deine Idee.«

»Doch nicht so!«

»Sorry, das war echt keine Absicht. Tut es sehr weh? Soll ich dir was zum Kühlen holen?«

Statt einer Antwort greife ich nach dem Kissen und drücke es ihm lachend ins Gesicht.

»Das war mies, du hast mich ausgetrickst!«, ruft er.

Ich zucke mit den Schultern. »Spielen kann ich auch, das habe ich dir ja gesagt.«

Kurz ist da wieder dieser Ausdruck in seinem Blick. Etwas, das ich noch nicht verstehe. Ein Geheimnis?

Doch der Moment verfliegt. Kale steht auf und geht mit der Liste zum Schreibtisch. »Dann hake ich die Kissenschlacht mal ab.«

»Was? Nein, das zählt so nicht«, protestiere ich.

Er dreht sich zu mir um. »Wieso? Das war doch eben eine Kissenschlacht, oder?«

»Wir haben genau zweimal das Kissen geworfen, mehr nicht.«

»Hat es etwa nicht deinen Vorstellungen entsprochen?«

Ich rolle mit den Augen. »Sehr witzig.«

»Haben wir jetzt etwa Streit?«

»Unsinn.«

»Fein.« Er nimmt sich wieder die Liste vor. »Also, was steht als Nächstes an?«

»So will ich das aber nicht. Wenn du eines nach dem anderen einfach abhakst, das wirkt so …« Ich schlucke. Nein, so habe ich mir das wirklich nicht vorgestellt.

»So gestellt?«, fragt er.

»Ja, schon.«

»Na schön. Pass auf, das Wetter ist gut, worauf hast du Lust?«

»Keine Ahnung.« Ich überlege kurz. »Wir könnten ja baden gehen, aber du hast jetzt keine Badesachen hier.«

»Zur Not geht es auch nackt, das steht ja sowieso auf der Liste«, entgegnet er mit gespielt ernster Miene, »dann hätten wir das auch gleich erledigt.« Als er meinen entgeisterten Blick wahrnimmt, lacht er. »Bleib locker, Jass. Ich gehe schnell meine Sachen holen, in der Zwischenzeit packst du deine. Dann fahren wir an den See. Hast du Lust?«

Ich nicke. »Gut, und an welchen See willst du?«

»Lass dich überraschen.«

Wenn wir schon spielen, dann richtig

Eine halbe Stunde später warte ich vor dem Haus auf Kale, und als er zurückkommt, traue ich meinen Augen kaum. Er hat tatsächlich ein Motorrad bei sich.

»Damit fahren wir?«

»Klar.« Er lächelt. »Oder hast du Angst?«

»Also nein, ich … ich bin schon mit Louisa auf der Vespa mitgefahren, meistens in die Uni. Aber mit so einer Maschine?«

Er legt den Kopf schief. »Die funktioniert genauso. Und außerdem ist es nicht allzu weit. Eigentlich bräuchtest du auch Motorradkleidung, aber ich denke, es geht für die kurze Strecke auch so. Doch einen Helm musst du aufsetzen, das ist Bedingung Nummer eins.«

Er reicht mir einen Helm, den ich kurz von allen Seiten mustere. »Okay«, sage ich nur.

»Hast du Angst um deine Frisur?« Er verzieht das Gesicht. »Viele Mädchen möchten genau deswegen nicht auf dem Motorrad mitfahren.«

»Unsinn, das ist mir egal.« Ich rolle mit den Augen.

»Gut, dann können wir ja los. Du setzt dich hinter mich und hältst dich an mir fest, alles klar? Gib mir noch deine Sachen, ich packe sie in meinen Rucksack.«

Ich reiche ihm mein Handtuch, meinen Badeanzug trage ich bereits unter der Kleidung. Schließlich verstaut er den Rucksack samt meiner Handtasche im Sitz, während ich mir den Helm aufsetze.

»Bereit?«, fragt er.

»Mehr oder weniger.«

Lachend steigt er auf die Maschine, danach klettere ich hinter ihm auf den Sitz.

»Gut festhalten. Schling deine Arme um meine Taille.«

Ich tue, wie mir befohlen, und ertaste dabei etwas nackte Haut unterhalb des Saums seiner Jacke. Verdammt, wie gut er sich anfühlt.

Kale zündet den Motor, es röhrt, und schon geht es los. Ich bin unheimlich gespannt, wohin wir fahren, und merke recht schnell, wie aufregend es ist. Ich habe schon oft von Mädchen gelesen, die mit dem Jungen, den sie mögen, auf dem Motorrad fahren, aber es selbst zu erleben, ist noch mal um einiges besser.

Nach einer Weile haben wir die Stadtgrenze erreicht. Es geht die Landstraße entlang durch kleinere Ortschaften, Felder und Wiesen und auch mal durch ein Stück Wald.

Irgendwann stoppen wir auf einem Parkplatz. Nachdem wir von der Maschine abgestiegen sind und unsere Helme abgenommen haben, sieht Kale mich an. »Und, alles klar?«

»Das war toll, wirklich, daran könnte ich mich gewöhnen«, antworte ich, weil es doch stimmt. Ich mag es ja schon, bei Louisa auf der Vespa mitzufahren, aber das hier war noch mal ganz anders.

Er lächelt. »Die Helme nehmen wir einfach mit. Zum See geht's da lang.« Er öffnet den Sitz und nimmt den Rucksack heraus. »Schau mal nach, da drin muss noch ein extra Handtuch für mich sein.«

Als ich es herausholen will, entdecke ich auf dem Boden des Faches ein Foto, das dort festgeklebt ist. Darauf ist Kale zu sehen, zusammen mit einem Mädchen mit langen blonden Haaren, das sich sichtlich verliebt an ihn schmiegt. Es ist eindeutig das Mädchen, mit dem Kale an der Tankstelle war, damals an dem Abend, als er so ausrastete und ich ihn aus der Misere rettete. Der Grund also, warum er sich überhaupt auf die Sache mit der Liste eingelassen hat und jetzt mit mir hier ist.

»Was machst du da?«, fragt er auf einmal neben mir, und ich zucke zusammen.

»Nichts, sorry, ich wollte nur das Handtuch nehmen und habe das hier gesehen.«

Kales Blick wird dunkel, dann reißt er das Bild ab, zerknüllt es und wirft es auf den Boden.

Was war das denn gerade? Irgendetwas muss es mit dem Mädchen auf sich haben, das Kale so wütend macht. Aber ich traue mich nicht, ihn darauf anzusprechen. Stattdessen sehe ich zu, wie er den Sitz zuschleudert und sich den Rucksack auf den Rücken schwingt.

»Gehen wir? Oder worauf wartest du noch?« Seine Stimme ist kühl, und ich merke, dass es wirklich besser ist, nicht nachzuhaken.

»Klar.«

Dann geht er einfach los, und ich habe Mühe, mit dem Tempo, das er vorlegt, mitzuhalten. Trotzdem denke ich weiter über das Mädchen auf dem Foto nach. Ob sie eine Ex-Freundin von Kale ist? Wobei er ja meinte, dass er noch nie etwas für Beziehungen übrig gehabt habe. Stimmt das womöglich gar nicht?

Nach einer kurzen Weile, als der Abstand zwischen ihm und mir schon recht groß geworden ist, rufe ich: »Warte, ich bin nicht so schnell!«

Er bleibt stehen.

»Alles klar?«, frage ich und versuche auf diese Weise, zu verbergen, dass ich erst mal Atem holen muss.

»Ja, alles gut, du bist nur zu langsam.«

Ich rolle mit den Augen. »Nein, im Ernst, ist wirklich alles in Ordnung mit dir? Das Foto scheint dich geärgert zu haben. Oder war es, weil ich es entdeckt habe?«

Er hebt eine Augenbraue. »Ach, kam das so rüber?«

»Ein wenig«, gebe ich zu.

»Nun, du bist wirklich sehr aufmerksam, Jasmin Blum.«

»Ja, das habe ich schon oft gehört.«

Er lächelt, scheint sich jetzt wieder ein wenig zu entspannen. »Egal, das Bild tut nichts zur Sache, also lass uns weitergehen. Der See ist gleich da vorn.«

In einem deutlich gemäßigteren Tempo folgen wir weiter dem schmalen, geschwungen Weg, und ich frage mich allen Ernstes, wo sich hier ein See verbergen soll.

»Bist du sicher, dass du weißt, wo wir hingehen?«, frage ich Kale.

Er antwortet mit einer Gegenfrage und einem leichten Schmunzeln auf den Lippen. »Ist dir der Weg zu beschwerlich?«

»Quatsch, aber ich kann mir gerade nicht vorstellen, wo hier ein See sein soll.«

»Dann lass dich überraschen. Wer weiß, vielleicht verschleppe ich dich ja auch.«

Abrupt bleibe ich stehen. War das jetzt etwa ernst gemeint?

»Jetzt schau nicht so, Jass. Los, weiter geht's.«

Es sind nur noch ein paar Schritte, bis sich vor uns tatsächlich ein kleiner See auftut, dicht umgeben von Bäumen. Ich bin ganz begeistert. »Kaum zu glauben«, sage ich. »Wie wunderhübsch.«

Kale lächelt. »Ja, oftmals vermutet man Dinge nicht dort, wo sie dann doch sind. Ich bin gern hier und liebe diesen kleinen Ort. Nicht weit weg von der Stadt und trotzdem idyllisch.«

Er stellt den Rucksack ab und packt die Handtücher aus, reicht mir meines und breitet seines auf dem Boden aus. Nachdem wir uns beide hingesetzt haben, merke ich erst so richtig, wie ruhig und schön es hier ist. Das Wasser glitzert im Sonnenlicht, Vögel zwitschern, und die beinahe schon dunkelgrün wirkenden Bäume tragen das Ihre dazu bei, eine ganz zauberhafte Atmosphäre zu schaffen.

Dieser Ort hat etwas von Urlaub und irgendwie auch von einem Stück Freiheit. Eine Freiheit, die ich mit einem Mal tief in meinem Herzen spüre. Alles fühlt sich gerade perfekt an.

Zaghaft wende ich den Kopf Kale zu, dabei klopft es heftig in meiner Brust. Ein Klopfen, wie ich es mir so sehr wünsche, ein Herzmoment, den Kale mir gerade schenkt und den ich immer in mir tragen werde.

»Gefällt es dir?«, fragt er.

»Ja, sehr sogar. Du ahnst nicht, wie sehr.«

Er öffnet den Rucksack und holt zwei Dosen Cola und zwei Müsliriegel heraus. »Hast du Hunger?«

Ich lächle. »Zugegeben, ein bisschen schon.«

Er reicht mir einen Riegel und eine Dose, und als wir sie beide geöffnet haben, stoßen wir an. Es ist so einfach, und doch ist es ein wirklich schöner Moment. Verstohlen tupfe ich mir eine kleine Träne aus dem Augenwinkel.

»Bist du so gerührt? Wegen der Dose?«

Er scheint auch wirklich alles zu bemerken. »Eher deshalb, weil du das organisiert hast«, gebe ich mit einem leichten Zittern in der Stimme zu.

»Na, dann können wir ja wieder was abhaken. War einfacher als gedacht.«

Ich sehe ihn perplex an. »Was meinst du?«

»Na ja, auf deiner Liste steht doch *ein außergewöhnliches Date*, oder? Und das ist doch eines.«

»Das soll ein Date sein?«

»Na ja, wir sitzen am See, ganz romantisch, wir essen und trinken was. Das könnte man schon als Date bezeichnen, oder?«

Er hat recht, das könnte man in der Tat so nennen.

Er fährt fort: »Jetzt kraule ich dir noch den Kopf, pflücke eine Blume für dich, halte deine Hand und dann …« Er mustert mich, und ehe er es aussprechen kann, weiß ich, was er denkt.

»Vergiss es, so einfach ist es dann doch nicht.«

In seinem Blick spiegelt sich Verwunderung. »Was glaubst du denn, was ich tun will?«

»Nackt baden, oder?«

»Na ja, es ist ja jetzt nicht so, dass ich dich heute nicht schon nackt gesehen habe, also …« Grinsend zuckt er mit den Schultern, und ich fühle Hitze auf meinen Wangen. Allein der Gedanke, Kale jetzt oder irgendwann später nackt zu sehen …

Schnell winke ich ab. »Nein, das steht heute sicher nicht auf dem Plan«, presse ich hervor.

Eigentlich dachte ich, dass er mich nicht noch mehr in Verlegenheit bringen kann. Doch dann werde ich eines Besseren belehrt, denn er steht unerwartet auf, setzt sich hinter mich und rückt ganz nah an mich heran. Ich spüre seine harte Brust an meinem Rücken und seine Hände, die nun nach meinen greifen. Ja, ich weiß, es ist alles nur ein Spiel. Aber er spielt es bereits jetzt viel zu gut.

»Jedenfalls, ob nackt oder nicht, schön, dass es dir hier gefällt«, flüstert er, sein warmer Atem ganz dicht an meinem Ohr.

»Dann kommst du also öfter hierher?«

Sein Daumen kreist über meine Handfläche. »Ab und an.«

»Zum Nacktbaden?«

»Vielleicht«, antwortet er mit einem Tonfall in der Stimme, der es schafft, dass mir noch wärmer wird. Sein Duft in meiner Nase löst zudem ein heftiges Kribbeln in mir aus.

Ich drehe den Kopf so weit wie möglich nach hinten, bis ich Kale in die Augen sehen kann. Dieser Blick, dieses Blau und Grün, eine Mischung wie das Wasser, das sich vor uns spiegelt. Und dann noch dieses Gefühl. Dieses Prickeln vermischt mit einer unstillbar scheinenden Sehnsucht.

»Händchenhalten ist also für heute okay?«, will er wissen.

Noch immer liegen unsere Augen aufeinander. Ich nicke, während er sich ein Grinsen nicht verkneifen kann.

»Ist das so lustig?«, frage ich.

»Ein wenig.«

Zum Glück tragen wir noch unsere Kleidung. Nicht auszudenken, wie es wäre, seinem nackten Oberkörper so nah zu sein.

Wobei …

Ich muss mich ablenken, also versuche ich es mit einem anderen Thema. »Ich dachte mir schon, dass du deine Mädchen hierherbringst. Warst du auch mit ihr hier? Mit dem Mädchen auf dem Foto?«

Auf einmal sind seine Lippen viel zu nah. Wie er mich ansieht. Ein unergründlicher Blick. »Du bist zu neugierig, Jass. Manche Dinge müssen einfach ein Geheimnis bleiben.«

»Okay«, antworte ich nur. Das muss ich akzeptieren.

Dann schweigen wir.

Irgendwann flüstert er: »Glaubst du das?«

»Was meinst du?«

»Dass ich mit jeder hierherkomme.«

Ich zucke mit den Schultern. »Ist ja schon romantisch hier.«

»Ja, aber vor allem ist es ruhig, man kann abschalten, einfach die Gedanken kreisen lassen. Deswegen war ich ehrlich gesagt noch mit keinem Mädchen hier. Wirklich mit keinem. Denn das hier ist mein Platz, mein kleiner Ruhepol, um runterzukommen.«

»Das klingt auch wie ein Spruch von diesen Postkarten, die du nicht magst«, wende ich lächelnd ein.

»Ich habe nicht gesagt, dass ich diese Postkarten nicht mag, nur dass sie uns etwas Falsches vermitteln. Wer garantiert einem denn, dass das Leben wirklich besser wird, wenn man all diese Dinge tut? Und dass die Liebe nur mit diesen schönen Momenten zählt?«

»Na ja, das Leben kann schnell vorbei sein«, erwidere ich, »da sollte man jeden Tag nutzen.«

»Schon. Aber mal ehrlich, wenn man Momente wie diese ständig erlebt, weil man jeden Tag ausnutzen will, wie wertvoll sind sie dann überhaupt noch?«

Kurz schweigen wir. Eigentlich hat er recht, das muss ich zugeben. »Danke, Kale«, sage ich schließlich, »dafür, dass du mich mitgenommen hast.«

Er nickt, dennoch verändert sich nun etwas in seinem Blick, so als würde er sich fragen, warum er mich überhaupt mitgenommen hat. Oder bilde ich mir das nur ein, und es verbirgt sich etwas anderes dahinter? Ein Geheimnis?

Er räuspert sich. »So bin ich eben manchmal. Aber gewöhne dich besser nicht dran, denn eigentlich bin ich eiskalt. Und außerdem …« Er steht auf, und augenblicklich fröstelt mich, weil mir die Wärme seines Körpers viel zu schnell fehlt. Eine Nähe, an die ich mich gewöhnen könnte. »Außerdem sollten wir jetzt schwimmen gehen. Deswegen sind wir doch hier, oder?«

»Morgen hab ich ein Spiel, da sehen wir uns eher nicht. Es sei denn, du willst zusehen, aber das musst du nicht«, sagt Kale, als wir bei mir zu Hause wieder vom Motorrad steigen.

Ich nehme den Helm ab und streiche mir durch die Haare, die jetzt sicher total plattgedrückt sind. »Klar. Und wäre jetzt auch blöd für dich, wenn ich zusehe, oder?«

Er zuckt mit den Schultern. »Du kannst gern kommen, wenn du möchtest. Aber ich bin da meistens in meinem Modus und …«

Wieder spüre ich diese Abwehrhaltung, und so winke ich eilig ab. »Kein Thema, ich muss sowieso noch was für die Uni tun.« Ich reiche ihm meinen Helm, den er auf dem Sitz der Maschine ablegt.

Einen Moment lang sehen wir uns schweigend an.

»Und wie … also wie soll es jetzt diese Woche so laufen?«, frage ich schließlich, komme mir dabei aber gleich ziemlich blöd vor.

Wahrscheinlich hat er es auch bemerkt, denn er kann sich ein Schmunzeln kaum verkneifen. »Wir machen was aus, dann sehen wir, was uns einfällt, okay?«

»Klar.«

In solchen Dingen bin ich einfach nicht gut. Und wie eine Beziehung läuft, ob gespielt oder nicht, weiß ich ja auch nicht.

»Wir sollten mal Telefonnummern tauschen«, meint er, »sonst wird es schwierig.« Er reicht mir sein Handy, ein schwarzes iPhone. »Einfach eintippen, ich habe es schon entsperrt. Weißt du, wie es geht?«

Ich greife danach. »Kein Problem.«

Ehe ich den Kontaktbereich öffne, erhasche ich einen Blick auf sein Hintergrundbild. Es ist schwarzweiß und zeigt ihn in Motorradmontur, wie er sich mit seiner Maschine in eine Kurve legt.

Dann widme ich mich aber meiner eigentlichen Aufgabe und tippe meine Nummer ein. *Jasmin Blum* füge ich noch als Kontaktnamen hinzu, bevor ich ihm das Handy wieder zurückgebe.

»Okay, ich melde mich, ja?«

»Ist gut«, antworte ich. »Danke, war echt ein tolles Date.«

»Ja, war ein schöner Tag, ich hatte einige vielversprechende Aussichten.«

Er grinst, und ich boxe ihn spielerisch in die Seite, als er unerwartet nach meinem Handgelenk greift und mich festhält. Nicht zu fest, sondern irgendwie zärtlich. Ich könnte mich problemlos befreien, doch ich will es gar nicht. Was hat er vor?

Schon zieht er mich an sich und beugt den Kopf zu mir. »Und was gehört zum einem perfekten Date? So als Abschluss?«, flüstert er.

Mir wird beinahe schwindelig, mein Puls nimmt an Fahrt auf, und ehe ich noch irgendetwas denken, geschweige denn reagieren kann, legen sich seine Lippen auf meine. Ganz kurz nur, ein leichter Kuss, der sich trotzdem unglaublich gut anfühlt. Sofort bin ich wieder auf dem Motorrad, schwebe und rausche davon, während es in meiner Brust heftig klopft. Meine Beine werden weich, und ich genieße das Gefühl, das mich überrollt. So unerwartet, aber so gut, dass ich es möglichst lange festhalten will.

Noch immer stehe ich da, die Augen geschlossen, als er mir sanft auf die Schulter klopft. »Du kannst die Augen wieder aufmachen.«

Erneut wird mir heiß, und ich würde am liebsten im Erdboden versinken. »Das war peinlich«, sage ich.

»Du bist echt nicht wie die anderen Mädchen. Wie keines, das ich kenne.« Kale mustert mich nachdenklich.

War das jetzt ein Kompliment? War das ernst gemeint, oder gehört das zum Spiel?

»Ist das gut oder schlecht?«, frage ich, würde mir aber gleich am liebsten auf die Zunge beißen. Warum rede ich immer so viel, statt zuerst einmal nachzudenken?

Sein Blick verändert sich, wird wieder unergründlich, dann wendet er sich ab und verstaut meinen Helm im Sitz. »Ehrlich gesagt weiß ich das noch nicht, Jass.«

Ohne ein weiteres Wort setzt er sich wieder seinen Helm auf, schwingt sich auf die Maschine und fährt davon.

»Da bist du ja wieder«, empfängt mich Louisa, als ich die Wohnung betrete. »Wie war es mit Kale?«

»Du hast mich echt ganz schön reinlaufen lassen«, antworte ich nur.

»Warum? Was ist passiert?«

Ich beschließe, sie noch ein wenig zappeln zu lassen, und gehe ins Bad, um mir die Hände zu waschen, bevor ich mich zu ihr im Wohnzimmer aufs Sofa setze.

Sie gießt mir ein Glas Wasser ein, und schließlich erzähle ich ihr, wie ich nackt vor Kale gestanden habe. Sogleich beginnt sie zu lachen und kann kaum mehr damit aufhören.

»Das war nicht lustig«, sage ich mit ernster Miene, muss aber insgeheim zugeben, dass es schon ziemlich komisch ist, wenn man nicht gerade selbst in dieser Situation steckt.

»Das tut mir so leid, ich dachte, du hättest mich verstanden«, gluckst Louisa, nachdem sie sich langsam beruhigt hat.

»Falsch gedacht. Du hättest sein Gesicht sehen sollen. Oder meines, das war bestimmt noch viel besser als seines.« Irgendwie reicht es mir jetzt mit diesem Thema, also frage ich: »Und, wie war es bei dir mit dem Unizeug?«

»Es war echt schön. Wir haben uns in ein Café gesetzt und in der Tat gelernt. Klar, und auch viel geredet. Ich bin gern mit ihm zusammen, wirklich. Josh ist schon sehr cool.«

»Mehr war da nicht?«

»Was denkst du denn? Dass ich mich gleich nackt vor ihn stelle?« Sie kneift mich, und ich werfe ein Kissen nach ihr.

»Sehr witzig. Ich dachte ja nur, weil ihr doch ein Date hattet.«

»Das war kein Date, Jass. Wir haben uns nur getroffen, um zu lernen und ein bisschen zusammen abzuhängen.« Louisas Augen weiten sich. »Verstehe, das mit ihm war ein Date, oder?«

»Na ja, er dachte es zumindest und wollte somit diesen Punkt von der Liste gleich abhaken. Genau wie die Kissenschlacht, er hat mir einfach ein Kissen volle Kanne ins Gesicht geworfen.«

Sie grinst. »Ja, das ist Kale. Aber war das Date denn schön? Und ist was passiert?«

»Wie man es nimmt. Wir sind an einen See gefahren, dort haben wir geredet, er hat meine Hand gehalten. Es war schön, Louisa, wirklich.«

Sie nickt. »Das glaube ich dir. Und als er dich dann heimbrachte?«

»Er hat mich geküsst. Es war nur ein kurzer Kuss, aber trotzdem.« Ich taste mit den Fingerspitzen an meinen Mund und spüre noch immer das Prickeln, das seine Lippen dort hinterlassen haben. Ein Gefühl, das ich wieder und wieder spüren möchte und das mich so sehr eingenommen hat, dass ich kaum genug davon bekommen kann. »Ich weiß ja, wie die Dinge sind«, füge ich hinzu, »doch er meinte, dass er noch nie ein Mädchen an diesen Ort gebracht hat.«

»Und das hat dich beeindruckt?«

»Irgendwie schon, ja. Es hat sich gut angefühlt.«

»Das glaube ich dir. Dennoch musst du dir immer vor Augen halten, dass es ein Spiel ist. Eine Liste, die ihr abhakt, Punkt für Punkt. Also flieg nicht gleich höher.«

»Klar, ich weiß das.«

Trotzdem bin ich froh, dass Louisa mich noch mal daran erinnert. Was weiß ich denn schon über Kale? Und wie kann ich sicher sein, dass das, was er gesagt hat, wirklich stimmt? Das Mädchen auf dem Foto, das er weggeworfen hat, schien ihm jedenfalls etwas bedeutet zu haben, oder nicht? Jedenfalls sieht es so aus, als würde er ein Geheimnis verbergen, das er nicht lüften will. Wie auch immer, ich darf das alles nicht zu ernst nehmen.

Ich greife nach meinem Handy und sehe, dass ich eine Nachricht von Kale habe.

War ein schöner Tag heute, oder? Vielleicht bis morgen beim Spiel? Hab einen netten Abend, ich denke an dich (so viel zum Punkt Liebesnachrichten auf WhatsApp, siehe Liste).

Ich lächle. So ein Idiot.

»Josh hat übrigens gefragt, ob ich morgen beim Spiel zusehen möchte«, erzählt Louisa gerade. »Kale spielt auch. Was meinst du, gehen wir hin?«

Ich deute auf mein Handy. »Das hat Kale mich auch gerade gefragt.«

»Na, dann wäre meine Frage ja beantwortet.« Sie greift nach der Fernbedienung. »Und jetzt? Netflix?«

»Ich bin dabei.« Nebenbei tippe ich eine Antwort ins Handy:

Ja, das war es wirklich, vor allem der Abschluss. Bis morgen, ich werde da sein (war jetzt auch lieb, oder?)

Innerlich tanze ich, ermahne mich aber gleichzeitig. Ich sollte dem Ganzen nicht zu sehr verfallen, Louisa hat da schon recht.

Doch andererseits ist es ein Spiel. Eines, das ich angezettelt habe. Und wenn wir schon spielen, dann richtig.

Mein Mädchen

Bislang war ich erst wenige Male bei einem Fußballspiel. Im Stadion des 1. FC Nürnberg zum Beispiel, weil mein Papa ein riesengroßer Fan des Clubs ist. Und ich war auch schon mal bei einem Spiel der Unimannschaft und habe dort Kale bewundert.

Heute ist es jedoch anders, weil er wollte, dass ich herkomme. Als ich zusammen mit Louisa auf das Sportgelände zugehe, bemerke ich, wie viel hier los ist und wie viele Mädels sich hier die Zeit vertreiben.

»Da drüben ist Isa«, sagt Louisa.

Ich folge mit den Augen ihrem Zeigefinger. Jetzt sehe ich Isa auch. Mit ihren unübersehbaren roten Haaren steht sie am Geländer, das den Fußballplatz umrandet, neben ihr Chris und Hanna. Und auch Dominik ist da.

»Hey, das ist ja cool, dass ihr auch hier seid«, ruft Isa uns entgegen, nachdem sie uns entdeckt hat. Sie zwinkert Louisa zu. »Ich habe schon gehört, dass du gestern mit meinem Bruder gelernt hast.«

»Wir haben wirklich nur gelernt.« Eine sichtbare Röte überzieht Louisas Gesicht.

»Das glaube ich dir gleich. Und mein Bruder wollte sich bestimmt auch nur wegen des Unistoffes mit dir treffen.«

Louisa winkt ab. »Ach, wir verstehen uns gut, aber mehr ist da nicht.«

»Noch nicht«, meint Isa schmunzelnd, dann wendet sie sich mir zu. »Und du? Ich habe gehört, du hast gestern was mit Kale unternommen.« Sie bückt sich und greift nach einer Flasche Limonade, die sie sich wohl am Kiosk gekauft hat. »Was macht ihr nur mit unseren Jungs? Wenn ihr jetzt noch eine Freundin habt, dann verkuppeln wir die mit Dominik.«

Er sieht zu uns und lacht. »Lasst mal gut sein, ich bin bedient. Mit der Bar hab ich genug zu tun.«

»Kein Problem.« Ich hebe die Hand. »Das mit der Bar ist aber ziemlich cool. Wann willst du sie eröffnen?«

»In zwei oder drei Monaten hoffentlich. Sie soll so eine Art Wohnzimmer werden. Ich bin gespannt, wie das Konzept ankommt, aber zum Glück sitze ich ja an der Studentenquelle.«

Isa grinst. »Du sagst es, und wir werden dir auch alle zur Hand gehen.«

Ich muss feststellen, dass Dominik wirklich auch ein hübscher Kerl ist und dass es Spaß macht, ihm zuzuhören. So erfahren wir, dass er ursprünglich aus Nürnberg kommt, dann jedoch nach München ging, wo er als Koch arbeitete. Es war aber immer sein Traum, eine eigene Bar zu haben. Jetzt ist er richtig happy, dass es geklappt hat. Er hat ein Objekt in der Weißgerbergasse angemietet und arbeitet dort auf Hochtouren, um bald eröffnen zu können.

Wir plaudern noch weiter über alles Mögliche, bis die Jungs schließlich den Platz betreten – allen voran Kale, der Teamkapitän. Er trägt ein blaues Trikot und weiße Shorts, am Arm eine neongelbe Binde. Sein Blick wirkt konzentriert, und ich erinnere mich daran, dass er meinte, er sei während des Spiels immer in seinem Modus.

Während die beiden Mannschaften sich in einer Reihe in der Mitte des Spielfeldes aufstellen, sieht Kale tatsächlich in unsere Richtung. Als er mich erkennt, hebt er die Hand und lächelt.

Isa ist das natürlich sofort aufgefallen. Sie stupst mich an. »Was läuft denn da zwischen euch?«

»Wie? Ach was, nichts Großes, wir haben gestern nur ein bisschen Zeit zusammen verbracht.«

Noch immer mustert sie mich mit leicht zusammengekniffenen Augen. »Wenn Kale mit einem Mädchen Zeit verbringt, bedeutet das schon was. Glaub mir, ich kenne ihn schon ein wenig länger durch Josh. Also?«

Doch dann pfeift der Schiedsrichter das Spiel an, die Zuschauer applaudieren, und ich bin froh, mich auf diese Weise geschickt aus der Affäre ziehen zu können. Zumindest für den Moment, denn so wie ich Isa einschätze, wird sie das Thema schon noch mal anschneiden.

Doch fürs Erste sehen wir einfach nur dem Spiel zu. Es gibt viele gefährliche Aktionen, ein Schuss von Kale geht sogar an die Latte, doch ein Tor fällt in der ersten Halbzeit nicht.

Als der Schiedsrichter zur Pause pfeift und die Jungs in die Kabine gehen, verlässt Kale mit gesenktem Kopf den Platz. Josh hingegen winkt in unsere Richtung, woraufhin Louisa wieder diese hübsche rote Wangenfarbe bekommt.

Isa ist das sicherlich auch nicht entgangen, sie sagt aber nichts, und ich denke, Louisa ist froh darüber.

»Holen wir uns was zu trinken?«, fragt sie.

Ich nicke, denn Durst habe ich in der Tat ziemlich.

Also schlendern wir alle mit Ausnahme von Dominik, der uns nur gebeten hat, ihm ein Bier mitzubringen, zum Kiosk.

Gerade als wir mit unseren Getränken in der Hand wieder zurückgehen wollen, hält mich ein Typ am Arm fest. Erschrocken blicke ich mich um. Es ist Lukas, der Kerl, der mich schon im Club angebaggert hat.

»Hey. Schön, dass wir uns hier treffen«, meint er mit einem Lächeln, das zumindest für mein Gefühl ein wenig schmierig ist. »Gutes Spiel bisher, oder?«

»Ja, klar.«

»Jetzt fehlt nur noch ein Tor«, ruft Isa ihm zu und nimmt mich an der Hand. »Aber dafür wird der Kapitän hoffentlich noch sorgen.« Dann zieht sie mich einfach mit sich.

»Danke«, flüstere ich ihr erleichtert zu, als wir unseren Platz am Geländer wieder erreicht haben. »Er hat schon im Club versucht, mich vollzuquatschen.«

»Kein Problem, gern geschehen.«

Kaum haben wir Dominik sein Bier in die Hand gedrückt, laufen die Jungs auch schon wieder ein. Kale wirkt noch immer hochkonzentriert.

In den ersten Minuten verläuft das Spiel eher unspektakulär, doch dann erkämpft sich Josh den Ball, läuft damit gezielt nach vorn und passt ihn ab zu Kale. Dieser steht frei und will abziehen, doch er wird von seinem Gegenspieler rüde gefoult und stürzt zu Boden. Wütend steht er auf, packt den Gegner am Trikot und schreit ihn an. »Bist du bescheuert, oder was?«

»Kale, beruhige dich«, ruft Isa.

Louisa neben mir schüttelt den Kopf. »Das war aber auch echt Mist.«

Der Schiedsrichter zeigt nicht nur dem Spieler, das Foul begangen hat, die gelbe Karte, sondern auch Kale. Dieser ist jetzt völlig außer sich und tritt gegen die Werbebande. Ich hoffe so sehr, dass er sich rasch beruhigt, damit er nicht noch vom Platz fliegt. Tatsächlich schafft er es, sich einigermaßen unter Kontrolle zu bringen.

»Kale ist immer so hitzig«, meint Isa. »Er muss das echt lassen, das bringt ihn nur in Schwierigkeiten.«

Durch meinen Kopf wandern die Gedanken. Der Vorfall an der Tankstelle. Ja, ich weiß, dass Kale hitzig ist, jeder weiß es. Und dass er schon mal in heftige Dinge verwickelt war, zumindest erzählt man sich das. Vorbestraft sei er, weswegen ich ihm auch helfen wollte.

Dominik nickt. »Er muss unbedingt ruhiger werden«, pflichtet er Isa bei.

Schließlich geht das Spiel weiter. Isa fragt mich, ob sie meine Haare flechten dürfe. Sie meint, das würde sie ein bisschen ablenken, weil sie unheimlich nervös sei. Ich finde das so lustig, dass ich Ja sage.

In der siebzigsten Minute gibt es dann endlich ein Tor für unsere Mannschaft. Nicht Kale hat es geschossen, sondern ein anderer Spieler aus dem Team. Dennoch freue ich mich riesig und falle Isa und Louisa in die Arme. Ich hätte nicht gedacht, wie sehr man beim Fußball mitfiebern kann und was für ein Hochgefühl ein einziges Tor auslöst.

Das gegnerische Team schafft beinahe noch den Ausgleich, aber Josh geht dazwischen und leitet einen Konter ein, den Kale tatsächlich mit einem Tor abschließt. Wieder umarmen wir uns, und ich fühle mich unfassbar stolz. Das ist Unfug, ich weiß, trotzdem fühlt es sich so an. Immerhin wollte Kale, dass ich hier bin.

Doch nun machen sich Bedenken in mir breit. Wie wird es jetzt sein, vor seinen Freunden? Wie sollen wir uns ihnen gegenüber verhalten? Irgendwie haben wir das überhaupt noch nicht besprochen.

Als der Schiedsrichter das Spiel abpfeift, feiern die Jungs, und schließlich verteilt sich alles. Die einen verschwinden gleich in die Kabine, andere bleiben noch kurz auf dem Platz und reden mit den Zuschauern – so auch Josh und Kale, die zu uns herkommen.

Louisa lächelt Josh zu. »Hey, gutes Spiel.«

»Stimmt«, pflichtet Isa ihr bei. »Das hast du gut rausgeholt. Wenn der Typ Kale nicht gefoult hätte, dann hätte er das Ding gemacht.«

Kale sieht mich an. Mit einem Mal wirkt er merkwürdig.

»Hey«, begrüße ich ihn, weil ich nicht weiß, was ich sonst sagen soll.

»Cool, dass die Mädels hier sind, oder?«, fragt Josh. »Und du siehst toll aus, Jass, diese Frisur steht dir.«

»Danke, hat Isa gerade gemacht.«

Er schüttelt gespielt vorwurfsvoll den Kopf. »Also echt, nicht mal auf dem Fußballplatz kannst du es lassen.«

»Ich bekenne mich schuldig.« Isa senkt verschämt den Blick, doch dann lächelt sie.

Kale hingegen verzieht keine Miene. »Na ja, geht so«, sagt er nur und wendet sich dann Josh zu. »Ich gehe duschen. Bist du dabei?«

Geht so. In meinem Magen sticht es.

»Wie immer der absolute Charmeur, unser Kale«, meint Josh. »Nimm ihn nicht ernst, Jass, deine Haare sind klasse.« Er blickt zu Louisa. »Deine natürlich auch.«

»Schleimer«, entgegnet sie.

Er lacht. »Seid ihr nachher noch da? Dann könnten wir uns doch am Kiosk treffen.«

Ich zucke mit den Schultern. Keine Ahnung, was ich noch hier soll.

Aber Louisa ist schneller. »Klar, wir sind da. Viel Spaß in der Dusche.«

»Den werde ich haben. Leider allein.«

Louisa grinst. »So allein bist du nicht, lauter nackte Jungs um dich herum.«

»Zwischen euch fliegen ja die Funken«, stellt Isa fest, nachdem die Jungs gegangen sind.

Louisa zwinkert ihr zu. »Meinst du mich?«

»Klar.« Isas Blick wandert zu mir, und ich erkenne leichtes Mitleid darin. »Und Kale ist eben Kale, denk dir nichts dabei. Er wird einfach zu sehr von seinen Stimmungen beeinflusst, das darfst du dir nicht zu Herzen nehmen.«

Ich winke ab. »Quatsch, warum sollte ich? Alles gut.« Aber wenn ich ehrlich sein soll, hatte ich doch etwas anderes erwartet, zumindest ein kleines Lächeln oder so, nachdem der gestrige Tag so schön war und Kale mich ja gefragt hat, ob ich zum Spiel komme. Doch dann ermahne ich mich. Das mit uns ist nicht echt, wir kennen uns doch kaum.

»Gehen wir rüber?«, fragt Isa in die Runde.

Wir machen uns auf den Weg zu den Stehtischen, die vor dem Kiosk aufgebaut sind. Louisa hält mich ein wenig zurück, wahrscheinlich möchte sie mit mir reden.

»Alles okay?«, fragt sie dann auch tatsächlich. »Kale wirkte nicht so begeistert, oder?«

Ich nicke. »Schon, aber ist echt in Ordnung. Wahrscheinlich war es genau das, was ich gebraucht habe. Ich war zu euphorisch, weil es gestern so schön war. Jetzt bin ich wenigstens wieder in der Realität angekommen.«

Am Kiosk geben wir unsere leeren Flaschen ab und bestellen Nachschub, dann suchen wir uns einen Platz an einem der Tische.

Plötzlich schlingen sich Hände um meine Taille. Ich drehe mich um und erstarre, denn es ist schon wieder Lukas. »Was soll das? Nimm die Finger weg!«, rufe ich.

Er lässt mich los und tritt einen Schritt zurück. »Hey, warum fährst du denn gleich so aus der Haut?«

»Warum soll ich nicht aus der Haut fahren?« Ich sehe ihn böse an. »Du hast mich einfach angetatscht.«

»Also echt, ist doch kein Drama. Ich finde dich eben süß.«

»Und? Das gibt dir noch lange nicht das Recht, mich anzufassen.«

Er kommt erneut näher. »Aber du bist doch Single, oder? Also, was meinst du, wollen wir mal zusammen ausgehen? Das wollte ich dich im Club schon fragen.«

»Nein, sie will nicht.« Kales Stimme dringt auf einmal in meine Ohren. Er baut sich vor Lukas auf, die Haare noch feucht von der Dusche.

»Ach ja? Und was geht dich das an, Kale?«, fragt Lukas.

Kales Augen beginnen zu funkeln. »Erstens tatschst du Mädels an, die absolut keinen Bock auf dich haben«, sagt er scharf. »Und es geht mich erst recht was an, wenn das Mädchen, das du antatschen willst, *mein* Mädchen ist.«

Mein Mädchen?

Ehe ich realisiere, was er da gesagt hat, zieht Kale mich schon an sich, und seine Lippen landen auf meinen. Seine Hände fahren durch mein Haar, berühren meine Wangen, und ich nehme nichts anderes mehr um mich herum wahr, fühle nur noch seine Lippen auf meinen, seinen Mund, der mich küsst. Mich, Jasmin Blum. Und auch wenn ich mir eingeredet habe, dass ich das alles locker nehmen sollte, schmelze ich gerade einfach dahin. Erst als sich seine Lippen von meinen lösen, höre ich die Pfiffe um uns herum.

Kale sieht über meine Schulter hinweg in Lukas' Richtung. »Haben wir uns verstanden?«

Dieser hebt die Hand. »Ja, Mann, verstanden.« Dann wendet er sich ab und geht davon.

Alle Augen sind nun gefühlt auf uns gerichtet.

Kale nimmt meine Hand und blickt in die Runde. »Dann wisst ihr es jetzt eben. Jass und ich sind zusammen. Alles klar?«

Isa ist schließlich die Erste, die ihre Sprache wiederfindet. »Das ist zwar eine Überraschung, aber toll. Ich freue mich für euch.«

Kale beugt sich zu mir. »Deine Haare sehen übrigens klasse aus. Sorry, dass ich vorhin so ein Arsch war.« Er sieht zu den anderen. »Also dann, wollen wir noch was trinken?«

Ich wusste nicht, was heute passieren würde, aber jetzt ist es klar. Und für den Moment ist das vielleicht gut so.

Tausend Fragen, keine Antworten

»Und wie geht das jetzt weiter mit dir und Kale?«, will Louisa wissen.

Wir sitzen in der Cafeteria der Uni, vor uns zwei Latte macchiato, und ich rühre mit meinem Löffel darin herum. Ein paar Tage geht das Ganze jetzt schon, und Kale schickt mir immer wieder Nachrichten auf WhatsApp oder Instagram. Aber getroffen haben wir uns nicht mehr.

»Was meinst du?«

Sie zuckt mit den Schultern. »Na ja, diese Woche habt ihr euch ja noch nicht so oft gesehen, oder?«

Sie hat recht. Nachdem Kale auf dem Sportplatz bekannt gegeben hatte, dass wir zusammen sind, ist in der Tat nicht so viel passiert. In der Uni war er zwar immer mal wieder in meiner Nähe, aber eher nur kurz. Was auch okay ist. Es ist viel zu tun, die Uni, die Arbeit im Café, und auch Kale hat seinen Stress, den Fußball und die alltäglichen Verpflichtungen. Oder sollte ich mir Gedanken machen? Wenn man die Blicke der Mädchen deutet, die sie mir immer wieder zuwerfen, müsste ich das eigentlich tun. Denn natürlich hat es sich verbreitet, dass der einstige Bad Boy jetzt in einer Beziehung steckt. Und so bleibt mir das Getuschel hinter meinem Rücken nicht verborgen, ebenso wenig die bösen Blicke von Anne und ihrer Freundin Jenny, die sich jetzt selbstverständlich auf ihre Seite geschlagen hat. Was ich verstehen kann, Louisa würde es ja vermutlich genauso machen.

»Ich weiß es ehrlich gesagt nicht«, sage ich. »Kale meinte, dass er viel zu tun hat. Ist doch okay, oder? Und bei mir ist es ja das Gleiche, heute noch die Arbeit im Café und …«

»Aber heute ist Freitag«, unterbricht sie mich. »Habt ihr nicht mal da was geplant? Kino zum Beispiel? Steht ja auch auf der Liste.«

Was soll ich darauf jetzt antworten?

Louisa winkt ab. »Eigentlich ist das ja total egal.«

Als wir schließlich aufbrechen, bin ich irgendwie froh. Louisa hat ihr Seminar in Medientechnik, und ich muss noch in die Bibliothek, um ein wenig zu recherchieren. Wir verabschieden uns vor der Cafeteria mit einem Wangenküsschen. Louisa geht nach links, ich hingegen die Treppen nach unten in die Bibliothek.

Dort herrscht eine angenehme Stille, die mich sogleich einnimmt. Nachdem ich mir im Computerverzeichnis das Buch herausgesucht habe, das ich brauche, mache ich mich auf den Weg in den entsprechenden Gang. Die grauen Regale reichen beinahe bis zur Decke, und ich muss mich auf einen der kleinen Hocker stellen, um das Buch aus der obersten Reihe herauszuziehen.

Als ich wieder von dem Hocker hinabklettere, steht Kale plötzlich vor mir. Er trägt heute ein weißes Shirt, darüber eine schwarze Lederjacke. »In der Bibliothek, wo auch sonst«, sagt er und lehnt sich lässig an eines der Regale.

»Wieso, was meinst du?«

»Nun, Bücher liegen dir ja am Herzen, wie ich inzwischen weiß. Mit Geschichten, die du auch mal erleben möchtest.«

Ich rolle mit den Augen. »Das ist eben das Hobby, das mich ausfüllt und glücklich macht, so wie dich Fußball oder Boxen.«

»Unter anderem, aber da gibt es schon noch einiges mehr.«

»Motorradfahren?«

Er nickt. »Ja, zum Beispiel.«

Mir fällt sein Profilbild ein, das mit dieser Motorradmontur. »Ich habe zufällig dein Profilbild auf dem Handy gesehen. Was genau machst du da eigentlich?«

Er lächelt. »Motocross, etwas, das ich ziemlich gut finde. Aber ich lerne es gerade erst, trainiere ab und zu.«

»Ist das nicht gefährlich?«

»Was im Leben ist denn nicht gefährlich?«

Sein Blick bohrt sich in meinen, und er kommt ein paar Schritte auf mich zu. Sofort geht mein Puls schneller.

»Und was machst du hier?«, frage ich, um das Gespräch in eine andere Richtung zu lenken.

»Ich?« Er sieht sich um. »Eigentlich wollte ich mir etwas zu essen kaufen, aber na ja, hier gibt es nur Bücher. Nein, im Ernst, ich brauchte ein Buch, das aber gerade ausgeliehen ist. Da habe ich dich gesehen und mir gedacht, ich sag mal Hallo zu meiner Freundin. Zudem wollte ich dich fragen, was du heute noch vorhast.« Er zwinkert mir zu.

Ich lasse das Buch, das ich mir herausgesucht habe, in meine Tasche gleiten. »Ich muss gleich nach der Uni im Café aushelfen, danach habe ich frei. Warum?«

»Wie wäre es mit einem kleinen Abenteuer?«

Als er die Worte ausspricht, spüre ich gleich wieder dieses Prickeln in mir. Ein Abenteuer. Das hört sich spannend an, verführerisch – und genau nach Kale.

»Und woran hast du da gedacht?«

Er tritt noch näher an mich heran, so dicht, dass ich die Wärme seines Körpers spüren kann. »Das wird natürlich nicht verraten. Aber da ich heute sowieso dort hinfahren wollte, dachte ich, du hast vielleicht Lust, mitzukommen. Zumal ich dich in den letzten Tagen ohnehin etwas vernachlässigt habe.«

»Stimmt«, entgegne ich. »Die Leute glauben schon, dass zwischen dir und mir etwas nicht stimmt.«

Er zuckt mit den Schultern. »Mir war schon immer total egal, was die Leute denken. Die sollen sich um ihren eigenen Kram kümmern.«

Auf einmal höre ich Stimmen. Zwei Mädchen kommen den Gang entlang, und als sie uns entdecken, bleiben sie stehen und blicken tuschelnd zu uns herüber.

»Sie sind alle nur neugierig«, haucht Kale mir zu. Ohne dass ich damit rechne, senkt er den Kopf und lässt seine Lippen meinen Hals entlangwandern. Ganz langsam und zart.

In mir passiert etwas, das ich so nie für möglich gehalten hätte. Augenblicklich ist da Hitze, und ich sehne mich nach mehr.

Schließlich gehen die beiden Mädchen weiter, wahrscheinlich haben sie genug gesehen.

»Jetzt haben wir ihnen ein bisschen Stoff zum Tratschen geliefert.« Kale löst sich von mir und blickt auf sein Handy. »Wann hast du Schluss im Café?«

»Meine Schicht geht bis vier. Warum?«

»Perfekt, dann hole ich dich ab.«

Seine Mundwinkel beginnen, verdächtig zu zucken, und ich frage mich schon, was nun wohl kommt, als er die Hand hebt und mir erst über die Haare streicht, bevor er mit den Fingerspitzen sanft meinen Kopf krault. »Bis dann, Jass«, flüstert er.

»Bis dann, Kale.« Ich sehe ihm noch nach, bis er um die Ecke biegt und aus meinem Blickfeld verschwindet.

»Ihr seid also tatsächlich zusammen, du und Kale?«, fragt Isa, während sie das Glas, das sie eben mit Zitronenlimonade befüllt hat, auf ihr Tablett stellt. Irgendwie scheint es niemand zu glauben, und ich weiß ja auch, warum. Und dass es eigentlich absurd ist.

Aber ich versuche, mir nichts anmerken zu lassen, also nicke ich. »Ja, schon. Es ist noch ganz frisch und neu, aber ja …«

Ihr Blick ist skeptisch, und ich hoffe, dass sie jetzt aufhört, mich so zu mustern. »Diese Woche habt ihr euch aber nicht so oft gesehen, oder?«

»Nein, es war viel los«, antworte ich nur.

Sie lehnt sich gegen die Wand und mustert mich. »Bitte versteh mich nicht falsch, Jass, ich freue mich echt für euch, aber … na ja, das ist alles so ganz und gar untypisch für Kale.«

»Kann sein, aber heute unternehmen wir was zusammen. Er will mich nach der Schicht abholen. Ich denke, wir sind da ganz entspannt und schauen einfach, wie es weitergeht.«

»Das ist gut. Was habt ihr vor?«

Ich zucke mit den Schultern. »Ehrlich gesagt weiß ich das gar nicht, er wollte es mir nicht verraten.«

»Hat er denn mit dir schon über seine Ex gesprochen? Über Alina?«

Ich sehe Isa kurz an, dann schüttele ich den Kopf. Aber ich weiß, wer diese Alina ist, zumindest vermute ich es. »Sie ist blond, oder?«, frage ich. »Mit langen Haaren?«

»Ja, das ist sie. Und sie hat wohl auch von euch gehört, denn sie war gestern hier und hat mich ausgefragt.«

Ich ziehe eine Augenbraue nach oben. »Und?«

»Nichts, ich habe nur gesagt, dass es so ist und dass sie ja ihre Chance hatte.«

Jetzt werde ich doch neugierig. Ich muss daran denken, wie Kale an der Tankstelle wegen Alina ausflippte – was ja mein Glück war, sonst wäre die Situation nicht so, wie sie jetzt ist. Und neulich am See hat er das Foto von ihr zerknüllt und weggeworfen. Ich frage mich, was wirklich zwischen den beiden lief. Kale behauptet ja immer, dass er nichts für Liebe übrig habe. Aber was war mit ihr?

»Waren die beiden lange zusammen?«, will ich wissen.

»Hat Kale dir echt noch nichts darüber erzählt?«

»Nein.«

»Dann sollte er das selbst tun.« Für einen Moment schweigt sie und wirkt irgendwie nachdenklich. »Ich muss dann mal zu dem Tisch dort drüben, wir sehen uns gleich wieder«, sagt sie schließlich mit ihrem professionellen Kellnerinnenlächeln und geht davon.

Nun frage ich mich noch mehr, was da mit Alina war und warum sie sogar Nachforschungen über Kale und mich anstellt. Doch ich komme nicht mehr allzu sehr dazu, darüber nachzudenken, geschweige denn mit Isa zu reden, denn im Café wird es zunehmend voller.

Um Viertel vor vier trudelt meine Ablöse ein, und kurze Zeit später betritt auch Kale das Café. Als Isa ihn begrüßt, flüstert sie ihm irgendwas zu. Er entgegnet etwas, woraufhin Isa nickt.

Danach kommt er zu mir an den Tresen. »Na, bereit?«, fragt er mich.

»Ich bin zwar echt gespannt, was du vorhast. Aber ja, ich vermute, ich bin bereit.«

Nachdem ich meine Schürze abgenommen und sie nach hinten in die Küche gehängt habe, trete ich hinter dem Tresen hervor und bin überrascht, als Kale mich schmunzelnd ansieht.

»Was ist?«, frage ich.

»Bekomme ich keinen Kuss?«

Ich schlucke und betrachte seine Lippen. »Jetzt? Hier?«

»Warum nicht? Los, trau dich, bisher hab immer ich den Anfang gemacht.«

Soll ich jetzt etwa wirklich …?

Mit zitternden Knien trete ich näher an ihn heran. Er duftet so gut, allein das lässt mein Herz heftig pochen. Dann hebe ich den Kopf und gebe ihm schnell einen Kuss auf die Lippen.

»Das müssen wir noch üben, Jass.« Er greift nach meiner Hand. »Ich bin mir sicher, du kannst das besser.«

Auf einmal taucht Isa neben uns auf. »Lust, dass wir morgen alle was zusammen machen? Oder eher nicht?«

»Meinetwegen«, antwortet Kale, »aber jetzt sind wir erst mal verplant.«

Wir beschließen, dass wir uns morgen über die WhatsApp-Gruppe, zu der Isa mich hinzufügen wird, noch mal austauschen. Dann verlassen Kale und ich das Café.

Draußen empfängt uns warme, sogar leicht schwüle Luft. Ich sehe mich um, kann aber das Motorrad nirgendwo entdecken.

Kale scheint meinen Gedanken zu erraten. »Nein, heute mal nicht. Ich habe da drüben geparkt«, sagt er und deutet auf einen grauen BMW auf der gegenüberliegenden Straßenseite.

Er hält mir die Beifahrertür auf, und nachdem er neben mir auf dem Fahrersitz Platz genommen hat, lächelt er mir zu. »Dauert nur 'ne gute halbe Stunde. Ich bin schon gespannt, was du sagst.« Er steckt sein Handy ein, startet den Motor und lenkt das Auto aus der Parkbucht. Aus den Boxen erklingt Musik. *Rescue Me* von OneRepublic.

»Ich mag das Lied«, sage ich.

Er wendet kurz den Kopf zu mir, blickt dann aber gleich wieder auf die Straße. »Du magst OneRepublic?«

»Klar, ich finde die Texte sehr schön, vor allem diesen hier.«

»Das ist momentan auch eines meiner Lieblingslieder«, entgegnet er, und ich frage mich, ob wohl mehr dahintersteckt.

Währenddessen geht es weiter durch die Stadt und schließlich in Richtung Zirndorf.

»Und was machen wir hier?«, will ich irgendwann wissen.

Kale antwortet mit einer Gegenfrage. »Was das Wort *Überraschung* bedeutet, weißt du schon, oder?« Er grinst. »Es dauert nicht mehr lange.«

Die Stimmung ist so gelöst, und ich überlege, ob ich das, was mir auf der Seele brennt, in diesem Augenblick wirklich ansprechen soll, aber schließlich traue ich mich. »Übrigens hat Isa erzählt, dass deine Ex-Freundin wohl im Café war und sie über uns ausgefragt hat.«

Kurz ist es still, dann nickt er. »Kann sein, ist mir aber ziemlich egal.«

Okay, wie soll ich jetzt noch mehr darüber herausfinden?

»Ist sie das Mädchen von dem Foto?«, frage ich.

»Warum interessiert dich das?«

»Nur so, ich dachte einfach …«

»Mach dir darüber keine Gedanken, ja? Es ist unwichtig. Und wie ich neulich schon sagte, manche Dinge bleiben ein Geheimnis.«

Dann schweigen wir, bis Kale auf einen Waldweg einbiegt und schließlich vor einer Halle anhält, auf deren Fassade ein großes Motorrad prangt.

»Da wären wir«, sagt er. »Motocross, ich habe es heute Morgen ja schon angedeutet. Ein Hobby von mir, das mich runterbringt.«

Aha. Er wird jetzt doch wohl nicht denken, dass ich auch … Zaghaft frage ich: »Aber ich soll nicht, also …«

Er lächelt. »Nein, nein, schon klar. Ich habe heute eine Trainingsstunde und dachte, es wäre ganz cool, wenn du zusiehst.«

Erleichtert atme ich aus. »Ich bin gespannt.«

Kale nimmt noch einen Rucksack und eine Motorradmontur in Weiß und Orange aus dem Kofferraum, bevor wir auf die Halle zugehen. Aus dem Inneren empfängt uns Motorenbrummen, und natürlich riecht es nach Benzin.

Ein junger Mann mit hellen, kinnlangen Haaren und einem leichten Bartschatten begrüßt Kale mit Handschlag.

»Hey, mega, dass es geklappt hat«, sagt Kale und zeigt dann auf mich. »Das ist Jass, sie schaut heute zu.«

Der Mann reicht mir ebenfalls die Hand. »Ich bin Ben, freut mich. Du kannst da oben von der Tribüne aus zusehen, wenn dieser Kerl hier mal wieder an seine Grenzen stoßen will.« Er wirft einen Seitenblick auf Kale. »Nicht wieder übertreiben, Mann, ja?«

»Ich versuche es«, antwortet Kale nur.

»Hab selten so einen Adrenalinjunkie erlebt wie ihn hier«, erzählt Ben mir weiter. »Aber er hat es drauf, Körperbeherrschung vom Feinsten.«

»Das kann ich mir vorstellen.« Belustigt hebe ich die Augenbrauen.

Kale beugt sich vor und gibt mir einen Kuss auf den Mund. »Also dann, mach es dir gemütlich. Bis später.«

Ich genieße das Herzklopfen, das sich augenblicklich wieder bei mir einstellt. Noch immer diesem Gefühl nachspürend steige ich die Treppe nach oben zu einer kleinen Tribüne, setze mich auf eine der Holzbänke und lasse meinen Blick über die teils erdige, teils gepflasterte Strecke unter mir schweifen. Einige Männer oder auch Frauen - ich kann es aufgrund der Helme ja nicht erkennen - sitzen bereits auf ihren Maschinen und fahren konzentriert die Hindernisse ab. Staub wirbelt auf, und von überallher ertönt das Geräusch der heulenden Motoren.

Nun entdecke ich Kale, er trägt jetzt seine Montur, jedoch noch keinen Helm, und schiebt eine Maschine zum Startpunkt. Sein Anblick lässt heftige Hitze in mir aufsteigen. Er sieht heiß aus, verdammt heiß sogar, sodass ich meine Augen kaum von ihm abwenden kann. Einen Adrenalinjunkie hat Ben ihn genannt. Ich kann mir gut vorstellen, dass Kale bei diesem Sport an seine Grenzen geht.

Schließlich geht es los, und ich sehe Kale dabei zu, wie er die Hindernisse nimmt und heftig in die Kurven geht. Hin und wieder sieht es wahrlich brenzlig aus. In mir kribbelt es, und ich kann nicht wegsehen.

Irgendwann hält Kale an, und Ben geht auf ihn zu. Die beiden diskutieren kurz miteinander, ehe Kale sichtlich erregt abwinkt, wieder seinen Helm aufsetzt und Gas gibt. Noch einmal fährt er die Strecke ab. Vor der letzten Kurve legt er eine Vollbremsung hin, die Maschine dreht sich, Kale fliegt über den Lenker und bleibt schließlich am Boden liegen.

Was sollte das denn?

Mich hält nun nichts mehr auf meiner Bank. Ich springe auf und wünsche mir nichts mehr, als dass es Kale gut geht. Nach ein paar Augenblicken rappelt er sich langsam auf. Ben, der jetzt wieder am Rand der Strecke steht, schüttelt den Kopf, und auch ich frage mich, was Kale mit diesem Manöver bezwecken wollte.

Er setzt seinen Helm ab und schiebt das Motorrad von der Strecke. Währenddessen verlasse ich die Tribüne. Am unteren Ende der Treppe kommt er mir leicht humpelnd entgegen.

»Das sah spektakulär aus«, stelle ich fest. »Aber was wolltest du machen?«

»Ach, ich probiere schon die ganze Zeit an einem Stunt herum. Ich wollte das endlich mal hinkriegen, war aber wieder nichts. Und jetzt habe ich ein fieses Ziehen in der Leiste.«

Ben gesellt sich zu uns und tippt Kale gegen die Brust. »Mann, wie oft habe ich dir schon gesagt, dass du noch nicht so weit bist. Ist er immer so ungeduldig?«, will er von mir wissen.

Ich lächle nur. Was soll ich dazu sagen?

»Langsam, Mann«, sagt Ben, »das ist die Kunst. Aber das wird schon noch. Geht's mit der Leiste?«

»Klar, geht schon wieder.« Kale zwinkert mir zu. »Es ist nur Mist, weil ich Jass eigentlich mitnehmen wollte, nur eine Runde.«

»Was?«, frage ich entgeistert.

»Ja, warum nicht? Dir hat es doch neulich auf dem Motorrad gefallen, und das hier ist noch etwas aufregender. Also nur eine Runde, Ben, wenn ich darf? Ausnahmsweise?«

Ben überlegt kurz, und ich vermute schon, dass er Nein sagen wird, aber dann nickt er. »Okay, aber wirklich nur eine Runde, verstanden? Und du baust keinen Mist, Kale, ist das klar? Ich hole einen Helm und 'ne Montur.«

»Aber ich weiß nicht …«, versuche ich, einzuwenden, doch Kale grinst mich an.

»Das wird gut, keine Angst.«

Ben braucht nicht lange, bis er mit dem Helm und der Montur zurückkommt. Nachdem ich mir beides angezogen habe, setze ich mich zögernd hinter Kale auf die Maschine.

»Halt dich gut fest«, ruft er mir zu.

Bevor ich etwas antworten kann, dreht er schon den Motor auf, Staub wirbelt auf, und ich klammere mich an Kales Taille fest, während er über einen kleinen Hügel fährt. Mir rutscht beinahe das Herz in die Hose, aber es ist gut, aufregend. Und ja, es macht Spaß.

Kale beschleunigt erneut, wir nehmen noch eine Erhebung, diesmal sogar eine etwas höhere. Ich genieße es, und als wir zum Stehen kommen und ich von der Maschine steige, bin ich voller Adrenalin.

Ich ziehe den Helm ab und blicke Kale an, während ich innerlich noch völlig unter Strom stehe. »Das war total gut«, sage ich.

»Freut mich, dann haben wir ja heute ein kleines Abenteuer erlebt. Meine Leiste inbegriffen.« Er verzieht kurz das Gesicht.

»Ja, die solltest du nach dem Sturz schonen«, pflichtet Ben ihm grinsend bei. Dann wendet er sich mir zu. »Ich weiß nicht, was ihr heute noch vorhattet, aber ich denke, das muss wohl ausfallen.« Augenblicklich werden meine Wangen rot, doch Ben lacht. »Nur Spaß. Also, dann zieht euch mal um.«

Wir schlüpfen aus unseren Monturen, und Kale bringt die Maschine weg. Schließlich verlassen wir die Halle und gehen langsam zurück zum Auto. Kale humpelt noch immer.

»Geht's echt?«, frage ich.

»Klar, mich haut so schnell nichts um.«

Ich lächle. »Das war echt toll, und dein Stuntversuch sah auch so cool aus. Wie bist du überhaupt zum Motocross gekommen?«

»Na ja, ich mag einfach dieses Risiko und wie der Körper mit der Maschine verschmilzt, dieses Herzklopfen. Irgendwie kann ich davon nicht genug bekommen. Eine Zeit lang hatte ich damit ausgesetzt, aber jetzt bin ich wieder dabei.«

»Ich finde, es steht dir auch gut. Es ist schön, dass du es wieder machst. Und danke, dass ich mit auf die Maschine durfte.«

Er mustert mich. »Dann ist dir das nicht zu gefährlich? Hast du dir keine Sorgen um mich gemacht?«

»Doch, klar. Aber im Leben ist vieles gefährlich, das hast du ja selbst gesagt. Wenn es dein Herz glücklich macht, dann musst du es tun. Und ich kann es verstehen, war echt ein gutes Gefühl.«

»Ja, so ist es wohl«, meint er nachdenklich, während er den Schlüssel ins Schloss schiebt. Bevor er den Wagen startet, beugt er sich zu mir und küsst mich auf die Stirn.

»Wofür war das?«, will ich wissen.

»Na ja, die Liste, oder?«

Stimmt. Die Liste.

Wie kann er nur so verdammt süß sein und dann doch wieder solche harten Züge haben und so heftige Sprüche raushauen, mit denen man erst mal klarkommen muss?

»Und wohin geht's jetzt?«

Er grinst. »Du weißt, dass du darauf keine Antwort bekommen wirst, oder?«

Geheimnisse und so

»Okay, unser heutiges Dinner findet also bei McDonald's statt«, stelle ich fest, als Kale auf das Gelände des Schnellrestaurants einbiegt.

»Nicht ganz. Wir holen uns was, dann geht es weiter. Wenn du Elan dafür hast?«

»Klar, ich bin voller Elan. Und du? Die Leiste?«

Er zwinkert mir zu. »Das ist schon wieder gut, lass das mal meine Sorge sein.«

Wir bleiben vor der Sprechanlage stehen.

»Guten Tag, willkommen bei McDonald's. Ihre Bestellung bitte«, begrüßt uns eine junge Frau.

Wir geben unsere Bestellung auf, und nachdem wir das Essen erhalten haben – Burger und Pommes sowie zwei Cola –, fahren wir weiter, nur ein kurzes Stück, bis Kale auf einem verlassenen Waldparkplatz anhält.

»Da wären wir«, meint er. »Jetzt geht es bergauf, ist das ein Problem für dich?« Er sieht mich an, und als ich nicht gleich antworte, hebt er eine Augenbraue. »Notfalls trage ich dich eben mitsamt unserem Essen.«

Ich lächle. »Nein, nein, ich kriege das schon hin. Aber du mit der Leiste?«

»Alles gut, das hab ich dir doch schon gesagt.« Er winkt ab. »Es hat nur nach dem Sturz kurz gezogen, also mach dir keine Gedanken.«

Schließlich betrete ich hinter ihm einen schmalen Trampelpfad. Es geht ständig bergan durch relativ dichtes Geäst, und ich spüre die Wärme, die heute den Aufstieg - wenn es auch nur ein kleiner ist - etwas beschwerlicher macht.

Mein Herz schlägt jetzt zunehmend heftiger und schneller, mein Puls ist gefühlt am Limit, und so bleibe ich kurz stehen. Das ist nicht gut, und ich will das auch nicht haben. Ich fühle mich schwach und bekomme merklich Panik. Denk an was anderes, Jass, rede ich mir ein. Dass es hier schön ist, dass alles gut ist, dass ich nicht umfallen werde.

Kale dreht sich zu mir um. »Alles klar?«

Ich nicke. »Schon, ich hab nur Seitenstechen.«

Er kommt ein paar Schritte zurück und bleibt vor mir stehen. »Ein einfacher Trick: Die Arme nach oben und einatmen, dann die Arme fallen lassen und dabei ausatmen, okay?«

Ich probiere es aus, und wirklich, es wird besser.

Dennoch weiß ich, was da eben los war. Ein Gefühl, das mir vertraut ist und das ich nicht mag.

»Komm, du Couch-Potato«, sagt Kale, »es ist nicht mehr weit.«

»Wie bitte?« Entrüstet sehe ich ihn an.

Er zuckt mit den Schultern. »Na ja, die Sportlichste bist du nicht gerade. Ist aber nicht schlimm, das kriegen wir schon hin.«

Blödmann.

Ich entgegne nichts mehr, sondern folge ihm stumm weiter den Hang hinauf. Doch schon nach wenigen Schritten atme ich wieder schwerer, und mir wird so was von schwindlig.

Kale scheint zu merken, dass ich zurückbleibe, denn er blickt über die Schulter und kommt dann sofort zu mir her. »Jass? Du bist ja ganz bleich. Dir geht es wirklich nicht gut, oder?«

»Ist okay, ich habe heute nur ein bisschen Kreislauf, den ganzen Tag schon.«

»Du hast dein Zeug, oder?« Er verzieht das Gesicht.

Wie kommt er denn jetzt darauf?

»Was? Mein Zeug?«

»Frauen haben immer Kreislauf, wenn sie ihr Zeug haben.«

Ich rolle mit den Augen. »Nein, ich habe nicht mein Zeug. Und falls doch, dann geht es dich nichts an.«

»Na ja, ich sollte es schon wissen.« Er nimmt meine Hand. »Ich meine, vielleicht habe ich ja vor, dich hier oben zu verführen, und es wäre dann bedenklich schlecht, wenn du doch dein …«

Augenblicklich schießt mir die Hitze ins Gesicht, und als er zu grinsen beginnt, noch viel mehr.

»Entspann dich, Jass, alles gut. Komm, nimm meine Hand, dann gehen wir zusammen. Es ist auch nicht mehr weit.«

Dieser Kerl ist echt unverbesserlich. Er ist forsch, beinahe schon frech, undurchschaubar, dennoch lieb und …

»Machst du mal eben die Augen zu«, bittet er mich kurze Zeit später.

»Was?«

»Nur kurz.«

»Okay.«

Wir gehen weiter, und ich fühle mich mit den geschlossenen Augen unsicher, trotzdem gibt mir seine Hand irgendwo auch Sicherheit.

Er ist echt … Wo war ich vorhin stehen geblieben? Bestimmend, ja, das ist er auch und …

»Jetzt kannst du wieder schauen.«

Ich öffne die Augen, und da liegt sie vor uns: Nürnberg, unsere Stadt – und in diesem Moment gefühlt auch die Welt.

Romantisch. Ja, das hier ist romantisch. Und *er* ist romantisch.

Mein Herz schlägt jetzt wieder ruhiger, und ich genieße jedes einzelne Pochen in meiner Brust, fühle mich beschwingt und voller Glück. »Das ist so unheimlich schön«, sage ich andächtig. Weil ich es genau so empfinde. Weil es mich wegträgt und träumen lässt. Von der großen Weite.

Nachdem ich ein paar Minuten lang nur diesen unfassbar tollen Ausblick genossen habe, setzen wir uns auf eine schon ziemlich verwitterte Bank und genießen unser Essen. Kale holt sein Handy heraus und macht ein Foto von mir.

Ich schlage mir die Hände vors Gesicht, aber da ist es schon zu spät. »Oh nein, damit habe ich nicht gerechnet.«

»Macht nichts«, entgegnet er, »ist doch viel authentischer.«

»Das sagst gerade du mit deinen vielen Oben-ohne-Fotos auf Instagram. Voll authentisch.«

Er mustert mich mit einem verschmitzten Lächeln. »Sie gefallen dir nicht?«

»Doch, aber ...«

»Na also. Außerdem bin ich da beim Sport, da kann man schon oben ohne herumlaufen.«

Er klickt noch kurz auf dem Handy herum und stellt Musik an. Die Pommes und der Burger schmecken perfekt – vor allem, weil dieser Ort sie perfekt macht. Noch nie in meinem Leben hat sich etwas romantischer angefühlt als dieser Augenblick mit Kale. Unter uns spiegeln die Dächer der Stadt das Licht der untergehenden Sonne. Dazu noch die Musik. Bald werden mehr und mehr Sterne den Himmel betupfen.

»Langsam frage ich mich echt, woher du all diese schönen Ecken kennst«, sage ich. »Erst der See, jetzt das hier ...«

»Ich bin eben voller Überraschungen, wie du siehst.«

»Ja, allerdings. Das heute beim Motocross war auch wirklich spannend. Danke noch mal, dass du mich mitgenommen hast. Aber mal im Ernst, woher?«

»Auch wenn du es vielleicht nicht glaubst, ich mag die Natur sehr, sie gibt mir was. Mit meinem Dad war ich früher oft unterwegs, bevor er starb. Und ich mag es einfach.«

»Das mit deinem Vater tut mir leid.«

Er wiegt den Kopf hin und her. »Ist schon länger her.«

»Schon, aber deswegen tut es sicher nicht weniger weh.«

»Das stimmt. Doch die guten Erinnerungen überwiegen, weißt du. Na ja, jedenfalls hilft es mir immer, in der Natur abzuschalten. Ebenso Sport zu treiben. Mein Dad ist auch Cross gefahren. Irgendwie brauche ich das, wenn ich merke, dass alles zu viel wird. Dann will ich raus, ein Risiko eingehen, spüren, dass ich lebe. Damit bin ich ihm irgendwie nah.«

Seine Worte berühren mich sehr. »Das kenne ich«, antworte ich. »So geht es mir auch, allerdings mit meinen Büchern. Ich träume mich dann weg, in andere Geschichten, damit meine eigene sich nicht mehr so schlimm anfühlt.«

Was habe ich denn da gerade von mir gegeben?

Er sieht mich an. »Warum? Was ist an deiner Geschichte so schlimm?«

»Ähm, nichts, das war doof. *Schlimm* ist das falsche Wort, ich … na ja, es ist einfach so, wie du sagst, es gibt Augenblicke, in denen alles zu viel ist. Da möchte man dann entfliehen, indem man an etwas anderes denkt. Damit es sich anfühlt, als würde man leben. Und ich will etwas hinterlassen, verstehst du? Etwas Positives. Zum Beispiel Jugendlichen helfen, herauszufinden, was ihnen liegt. Jedem liegt etwas.«

Einen Moment lang hängen wir beide unseren Gedanken nach, dann fragt er mich: »Studierst du deswegen Kommunikation, Pädagogik und diese Dinge?«

»Ja. Und es macht Spaß. Mal sehen, was ich später damit alles anfangen kann. Und was ist dein Plan?«

Er zuckt mit den Schultern. »Nun, das wechselt bei mir ziemlich. Heute denke ich so und morgen wieder anders. Keine Ahnung. Ich habe das, was ich machen möchte oder kann, noch nicht wirklich gefunden. Es soll gut sein, am liebsten wäre ich mein eigener Chef, mit etwas, das mich glücklich macht.«

»Ist ja auch nicht so leicht. Lass dir Zeit, du findest schon noch heraus, wonach du dich sehnst.«

Jetzt wirkt er sichtlich erstaunt. »So siehst du das? Ehrlich? So eine Antwort wie von dir habe ich noch nicht bekommen. Alle sagen eher immer: ›Mann, was ist los? Du brauchst doch einen Plan, du musst dich festlegen.‹ Aber ich möchte das nicht. Das Leben ist so groß, und es gibt unzählige Möglichkeiten. Warum also immer einen Plan haben? Weißt du, ich bin lieber spontan. Was klappt, das klappt, und wenn nicht, dann eben nicht. Ich weiß eben noch nicht, was ich wirklich will.« Er lächelt. »Wobei ich so eine Antwort von dir irgendwie nicht erwartet hätte. Schließlich hast du, was das mit uns beiden anbelangt, auch einen Plan, eine fixe Vorstellung.«

»Schon. Das heißt aber nicht, dass ich es nicht wie du sehe. Doch hin und wieder bleibt einem nichts anderes übrig, als Pläne zu machen.«

Eine tiefe Falte bildet sich auf seiner Stirn. »Warum? Wir sind jung, wir haben doch Zeit.«

»Klar, ich meine ja nur.«

Er mustert mich skeptisch, und ich habe das Gefühl, dass er gleich noch weiter nachhaken wird.

Und er tut es tatsächlich. »Jetzt mal ganz ehrlich, Jass. Warum das alles, das mit dieser Liste? Ich hätte gern, dass du es mir sagst.«

»Nun, ich habe meine Gründe. Und wie schon gesagt, manche Dinge bleiben Geheimnisse – deine Worte.«

Wie er mich ansieht …

»Sorry, ich wollte dir nicht zu nahe treten. Es interessiert mich nur. Ich meine, du bist …«

»Ich bin was?«

»Du bist nicht unattraktiv. Überhaupt nicht. Also weshalb das Ganze? Und warum gerade mit mir?«

Wie soll ich ihm das erklären?

»Weil mir diese Dinge wichtig sind, und du … dich wollte ich eben, weil ich dachte, dass es passt. Und weil ich glaube, dass da mehr ist. Da war eben etwas.«

Er lächelt. »Weil es passt und da etwas war? Das ist der Grund? Komm schon, Jass, warum sagst du es mir nicht?«

»Du sagst mir auch vieles nicht, oder? Mich interessiert auch, wieso dich das Foto so wütend gemacht hat, was es mit dem Mädchen auf sich hat. Mit deiner Ex, die wohl nach dir gefragt hat. Aber du willst es mir ja nicht verraten. Geheimnisse und so.«

»Okay, verstehe.«

Stumm sitzen wir da, und ich möchte nicht, dass die Stimmung zwischen uns so blöd ist. »Es tut mir leid«, sage ich, »aber …«

»Schon gut, lass uns über was anderes reden. Es ist wie gesagt nicht mein Ding, mich festzulegen. Und du hast recht, es waren meine Worte.«

»Ja, das weiß ich, und du hast es mir mehr als deutlich gesagt. Deswegen wundern sich auch gerade alle. Sie fragen sich – und übrigens auch mich –, was mit dir los ist. Weil du auf einmal mit einem Mädchen zusammen bist.«

Er lacht. »Sie werden es überleben. Aber es stimmt, ich habe schon ein paar Nachrichten bekommen von Frauen, die wissen wollten, was da abgeht. Und sie haben mich auch gefragt, ob ich nicht doch lieber mit ihnen … na ja, du weißt schon.«

»Nicht dein Ernst. Wirklich?«

»Ja, wirklich.«

Ich seufze. »Das ist echt …«

»Was?«

»Nichts. Ich meine nur … Hast du mit all diesen Frauen, die sich jetzt bei dir melden, geschlafen?«

Sein Blick haftet auf mir. »Nicht mit allen, aber natürlich hatte ich mit einigen von ihnen Sex.«

»Einfach so?«

»Einfach so nicht. Man flirtet mit ihnen, muss zusehen, dass sie mit nach Hause kommen, und dann …«

Ich boxe ihn in die Seite. »Bitte nicht noch mehr Details.«

Er grinst.

»Aber du bist dann nicht in sie verliebt?«, hake ich nach. »Du hast dabei keine Gefühle, oder?«

»Na ja, ich fühle durchaus was, bei der einen mehr, bei der anderen weniger. Manche liegen nur da wie tote Fische, andere wiederum …«

Ich boxe ihn noch einmal. »Tote Fische? Hallo? Ich will das nicht hören, echt nicht.«

»Schon gut, schon gut.«

Ich betrachte ihn von der Seite. Wie gut er aussieht, die schmale Nase, diese besonderen Augen, die verwuschelten Haare. Ich kann verstehen, dass die Mädchen ihm verfallen – ich habe ihn mir ja auch ausgesucht.

»Macht es dir nicht zu schaffen, wenn sie sich wieder melden oder doch mehr Gefühle entwickeln?«, will ich wissen.

»Nun, ich sorge vorher immer für klare Verhältnisse und kläre die Fronten ab. Wenn sie es nicht verstehen, dann haben sie eben Pech.« Er neigt den Kopf und lässt seine Augen über mein Gesicht wandern. »Dir habe ich es ja auch gesagt.«

Ich nicke. »Das weiß ich.«

»Gut.«

»Kale?«

»Ja?«

»Wer oder was hat dir so wehgetan, dass du dein Herz derart verschlossen hast? War sie es?«

Er wendet sich ab und senkt den Kopf. »Nun, ich könnte dich das Gleiche fragen. Warum hast du eine Liste, mit der dir jemand vorspielen soll, dich zu lieben? Hast du das nötig?«

Seine Worte schmerzen. Er hat recht, und doch treffen sie mich.

»Vielleicht sind wir ja beide einfach total daneben«, antworte ich. »Du kannst nicht lieben und ich nicht geliebt werden.«

Im denkbar schlechtesten Augenblick klingelt mein Handy. Es ist die Nummer von zu Hause, von meinen Eltern. Mist, ich habe mich schon zu lange nicht bei ihnen gemeldet, aber im Moment ist es einfach schwierig mit ihnen.

»Alles in Ordnung?«, fragt Kale.

»Ja, klar.«

Gerade will ich das Handy wegstecken, als eine Nachricht eintrudelt. Ich werfe einen kurzen Blick darauf und erstarre. Denn es ist eine Nachricht, von der ich gehofft habe, sie nicht zu erhalten. Zumindest nicht so schnell. Aber natürlich war ich in gewisser Weise darauf vorbereitet.

»Was ist los? Geht's dir nicht gut?«, fragt Kale prompt.

»Doch wirklich, aber ehrlich gesagt würde ich jetzt lieber nach Hause gehen. Es war schön, trotzdem ...«

»Okay«, erwidert er lediglich, ohne weiter nachzuhaken.

Erst als wir nebeneinander im Auto sitzen, fragt er noch einmal: »Was ist los, Jass?«

»Nichts, ehrlich«, beteuere ich erneut.

Er nickt nur, dann startet er den Motor und fährt los.

Die ganze Fahrt über schweigen wir. Ein Schweigen, das mich belastet, das mich unsagbar quält. Aber ich kann es ihm nicht sagen.

Nachdem er das Auto vor meiner Tür abgestellt hat, atmet er tief durch und fährt sich durch die Haare. Dann sieht er mich an. »Ich weiß gerade nicht mehr, ob das wirklich so eine gute Idee ist, Jass.«

Damit habe ich nicht gerechnet.

»Warum? Weil ich deine Frage nicht beantwortet habe? Du hast meine ja auch nicht beantwortet, also ist das nur fair.«

»Nein, das ist es nicht. Ich … ich habe irgendwie das Gefühl, dass es am Ende nicht so gut für dich ist, dass es … ich weiß nicht, dass … es dich verletzen könnte.«

Jetzt werde ich sauer. »Ich verstehe es nicht. Weißt du was, Kale? Ich glaube eher, dass du ein Problem hast. Weil du vielleicht nicht damit klarkommst, dass du nicht die Kontrolle über das Ganze hast oder dass ich dir nicht alles sage. Aber genau wie du habe auch ich meine Gründe. Und was hat das bitte mit der Vereinbarung zwischen uns beiden zu tun? Außerdem habe ich dir ja schon mal gesagt, dass du dir um mich keine Sorgen zu machen brauchst.«

Mit diesen Worten steige ich aus und knalle die Autotür hinter mir zu.

Hier bei mir

An diesem Abend höre ich nichts mehr von Kale, und ich vermute sogar, dass die Sache nun endgültig gelaufen ist. Ich habe heftig reagiert, irgendwie. Aber in diesem Augenblick ging es mir einfach zu nah.

Als ich Louisa davon erzähle, nimmt sie mich in den Arm. »Warte doch einfach mal ab«, meint sie. »Ich glaube nicht, dass er wirklich aussteigt. Ihr hattet eine Meinungsverschiedenheit, das kommt schon mal vor.«

Aber ich bin mir da nicht so sicher. Immerhin denkt Kale, dass es nicht gut für mich ist und dass er mich verletzen könnte.

Auch am nächsten Tag herrscht Funkstille zwischen uns beiden, was mich unsicher macht. Stattdessen telefoniere ich mit meiner Mama, höre mir an, was sie zu sagen hat, und irgendwann bin ich einfach nur erschöpft. Wegen allem. Ich möchte am liebsten nur noch vergessen.

Umso erleichterter bin ich, dass Louisa die Idee hat, abends ins *Hinz und Kunz* zu gehen. Ich gebe zu, ich freue mich ehrlich darauf.

Als wir im Club ankommen, ist es schon recht spät, und ich bestelle mir an der Bar erst mal einen Cocktail.

Louisa mustert mich stirnrunzelnd. »Bist du sicher, dass du das wirklich willst?«

»Hallo? Hast du nicht neulich erst gesagt, dass man sich auch mal amüsieren soll?«

»Ja, aber das hier ist eher Frusttrinken, oder?«

Ich atme tief ein und aus. »Louisa, wie lange kennen wir uns jetzt? Und wie oft wollte ich einfach nur mal Spaß haben?«

»Na ja, so gut wie nie.«

»Eben.«

Ich hebe mein Glas, und wir stoßen an. Mit jedem Schluck wird mir wärmer im Bauch. Ich vergesse alles, den Gedanken, dass Kale womöglich aussteigen will, und die schlechte Nachricht, die ich erhalten habe. Ich will nur tanzen, feiern und mich losgelöst fühlen.

Irgendwann merke ich, dass ich nur noch am Lächeln bin, und steuere erneut mit Louisa die Bar an.

»Was nehmen wir jetzt?«, frage ich. »Wie wäre es mit Tequila? Sagt man nicht, wenn dir das Leben eine Zitrone gibt, frag nach Tequila? Würde zum heutigen Tag jedenfalls perfekt passen.«

Ehe Louisa etwas erwidern kann, bestelle ich auch schon zwei Gläser. Als sie dann endlich vor uns stehen, lasse ich mein Glas gegen das von Louisa klingen und trinke es sogleich in einem Zug aus.

»Hey, was habt ihr denn heute noch vor?« Josh steht mit einem Mal neben uns.

»Einfach feiern«, antworte ich.

Louisa hebt eine Augenbraue. »Ich denke, Jass übertreibt es gerade ein wenig.«

Jetzt werde ich doch ein wenig ungehalten. Ganz ehrlich, warum muss sie so eine verdammte Spielverderberin sein – ausgerechnet sie, die alles von mir weiß?

»Von wegen übertreiben, ich feiere nur. Eigentlich mit dir, aber wenn du keine Lust hast, dann musst du ja nicht. Ich finde schon jemanden, der Spaß haben will. Ist Isa da?«, frage ich Josh, dessen Augen sich weiten.

»Ist echt alles okay mit dir, Jass?«

»Warum soll denn etwas nicht okay sein?«, erwidere ich genervt. »Ich will feiern und Spaß haben. Darf ich das etwa nicht?« Ich habe es so satt, dass alle auf mich aufpassen und zu wissen glauben, was ich zu tun habe. »Noch einen Tequila!«, rufe ich dem Barkeeper zu.

Auch dieses Glas leere ich beinahe in einem Zug.

»Sie hatte Streit mit Kale, das nimmt sie zusätzlich mit«, höre ich Louisa hinter meinem Rücken zu Josh sagen.

Zusätzlich? Hat sie Josh etwas erzählt? Etwa von der Nachricht?

Hastig drehe ich mich zu ihr um. »Zusätzlich?« Ich kneife die Augen zusammen und werfe ihr einen ziemlich bösen Blick zu. Sie soll ruhig wissen, wie blöd ich das gerade finde.

»Zusätzlich zu deinem ohnehin schon miesen Tag«, antwortet sie nur.

Okay, sie hat also nichts gesagt.

»Ja, er war mies, aber das mit Kale ist mir total egal. Er soll machen, was er will, und ich tue es auch. Also dann, viel Spaß noch – ach so, du willst ja gar keinen Spaß haben.« Mit diesen Worten wende ich mich von den beiden ab.

»Jass, jetzt warte doch mal«, ruft Louisa mir noch hinterher, aber ich habe echt keine Lust mehr auf ihre Predigten. Gerade sie sollte verstehen, warum ich einfach abschalten will. Ja, vielleicht ist zu viel Alkohol keine gute Idee, aber ich möchte auch mal über die Stränge schlagen, und das tue ich genau jetzt.

Es treibt mich in Richtung Tanzfläche, die Musik wummert in meinem Kopf, und als ein Lied kommt, das ich mag, beschließe ich zu tanzen. Allein. Ich brauche dafür niemanden. Also lasse ich mich vom Beat der Musik treiben. Eine ganze Weile – bis mir jemand auf die Schulter klopft. Es ist Lukas. Ausgerechnet.

»Na, wo hast du denn deinen Freund gelassen?«, fragt er. Seine Haare sind locker gestylt, sein Grinsen ist breit.

»Ist nicht da«, sage ich nur.

»Cool.« Schon beginnt er, mich anzutanzen, was mir zu meinem eigenen Erstaunen überhaupt nichts ausmacht. Irgendwie bin ich froh, nicht mehr allein zu sein.

Ein paar weitere Jungs kommen dazu. Lukas stellt sie mir als seine Kumpels vor, und ich fühle mich wohl mit ihnen.

Irgendwann reicht er mir eine Flasche Bier. »Ich denke, du brauchst Nachschub.«

»Da denkst du richtig, danke.«

Er ist doch netter, als ich erst geglaubt habe, und das Getränk kommt gerade zur rechten Zeit. Ich tanze weiter, leere dabei meine Bierflasche, und mit jedem Schluck wird mir ein bisschen leichter, bis ich irgendwann das Gefühl habe zu schweben.

Einmal stolpere ich kurz, spüre dann aber gleich Lukas' Hände an meiner Taille, die mich halten und jetzt näher an ihn ziehen.

»Weißt du, dass du verdammt heiß aussiehst?«, haucht er mir ins Ohr.

»Findest du?«

»Oh ja, absolut. Kale ist ein Idiot, dich allein weggehen zu lassen. Ich jedenfalls …«

»Was? Würdest du mich einsperren?«

Er lacht. »Quatsch. Aber wenn ich so eine Freundin wie dich hätte, würde ich abends andere Dinge mit ihr tun wollen.« Er drückt sich noch ein Stückchen enger an mich. »Ganz andere Dinge.«

Ich weiß nicht, wie ich das finden soll, der Alkohol in meinem Kopf macht mich schwindelig. Kale, ja, zwischen uns lief es gestern nicht so optimal. Und er will mich nicht. Er möchte aus der Sache raus, zumindest vermute ich das.

Kurz überlege ich. Und wenn schon. »Tja, sein Pech«, antworte ich nur und überlege kurz, ob das überhaupt zu dem, was Lukas zuvor gesagt hat, passt.

»Wollen wir uns in eine ruhigere Ecke setzen?«, schlägt er vor, und ich nicke wie in Trance.

Ein bisschen Ruhe wäre gut, oder? Oder lieber nicht? Keine Ahnung. Jedenfalls nimmt Lukas meine Hand und zieht mich mit sich.

Wie ich tatsächlich auf dieses Sofa gekommen bin, zudem auf Lukas' Schoß, kann ich nicht so recht sagen. Er flüstert mir immer wieder etwas ins Ohr. Dinge, die er jetzt gern mit mir anstellen würde, doch das meiste davon geht einfach so an mir vorbei.

»Was?«, frage ich irgendwann.

Er wendet mir sein Gesicht zu und lächelt. »Ich habe gesagt, ich würde jetzt gern mit dir irgendwo hingehen, wo wir allein sind. Was meinst du?«

Was ich meine? Ehrlich gesagt weiß ich es nicht. Ich kann gerade kaum einen klaren Gedanken fassen.

»Warum willst du denn jetzt schon heim?«

Er lacht. »Du bist so süß, weißt du das? Ja, ich will heim. Mit dir. Um ... na ja, ich will mit dir schlafen, Jass.«

Kale. Auf einmal sehe ich sein Gesicht ganz deutlich vor mir. Wenn ich mit jemandem schlafen möchte, dann doch mit ihm.

Aber jetzt, wo er weg ist und ich vielleicht niemals die Möglichkeit dazu bekomme, muss ich das vielleicht noch mal überdenken. Und na ja, Lukas ist nicht hässlich. Gut, er ist aufdringlich, doch vielleicht gibt er mir das, wonach ich suche. Diesen Moment, dieses Herzklopfen.

»Mit mir schlafen?«

»Ja, und wie. Also, bist du bereit für eine heiße Nacht?«

Während ich noch nachdenke, ob ich Ja oder Nein sagen soll, greift er schon um meine Taille, steht zusammen mit mir auf und streicht mir über die Wange. »Komm, lass uns gehen.« Dann zieht er mich an der Hand mit sich in Richtung Ausgang.

Werde ich jetzt wirklich mit Lukas schlafen?

Ist es richtig, mit ihm mitzugehen?

Ja, warum eigentlich nicht?

Weil du es dir so nicht ausgemalt hast, Jass, warnt mich meine innere Stimme. Weil du dabei nicht betrunken sein solltest. Weil du Kale willst. Was auch immer gestern zwischen euch war, du willst ihn.

Aber er will mich nicht – das Spiel ist vorbei.

Trotzdem bleibe ich stehen, ganz unbewusst.

»Was ist?«, fragt Lukas.

Ich zucke mich den Schultern. »Ich weiß nicht, ich …«

Doch ich komme nicht dazu, meine Bedenken in irgendeiner Art und Weise auszusprechen, denn Lukas zieht mich einfach weiter mit sich und drückt mich einige Schritte später mit dem Rücken gegen eine Wand.

»Ich verstehe, ich muss wohl noch etwas Überzeugungsarbeit leisten«, flüstert er mir ins Ohr. Er presst sich gegen mich, und seine Lippen sind mit einem Mal so nah.

In diesem Augenblick weiß ich es. Ich will das alles nicht, aber es ist so schwer und …

Plötzlich wird Lukas von mir weggezogen, und als ich aufsehe, steht Kale vor uns. »Was soll der Scheiß?«, ruft er. »Versuchst du gerade, meine Freundin besoffen abzuschleppen?«

Lukas hebt die Hand. »Ich tue nichts, was sie nicht will. Vielleicht solltest du auf deine Freundin besser aufpassen, immerhin wollte sie eben mitgehen, um ...« Er grinst breit. »Um mit mir zu ficken, wäre ja nicht die Erste«, ergänzt er unüberhörbar.

Ohne Vorwarnung holt Kale aus und stößt Lukas heftig von sich.

Lukas stolpert nach hinten, rempelt dabei mehrere Leute um, rappelt sich dann aber wieder auf. »Du verdammter Wichser, ich brech dir gleich alle Knochen!«

Wut flackert in Kales Augen. »Komm ruhig her, ich schwöre dir, dann stehst du nicht mehr auf. Was bist du nur für ein verdammtes Arschloch. Schau sie dir doch an, sie kann kaum gerade stehen!«

»Ist das mein Problem? Ich würde mal sagen, nein.«

Auf einmal taucht Josh auf und hält Kale an den Armen fest. »Alter, scheiß auf den. Kümmern wir uns lieber um Jass.«

Bei diesen Worten merke ich überhaupt erst richtig, was mit mir los ist. Mir ist schwindelig, mein Puls rast, und ich bekomme Angst. Habe ich es doch übertrieben? Werde ich gleich die Quittung dafür erhalten?

»Wir bringen dich jetzt heim.« Diese Stimme ist mir ebenso vertraut. Sie gehört zu Louisa, und ich bin unheimlich froh, dass sie da ist, obwohl ich vorhin so gemein zu ihr war. Alle habe ich vor den Kopf gestoßen.

»Louisa«, flüstere ich.

»Es ist alles okay, Jass.«

»Kannst du gehen?«, fragt Kale, doch ich sehe ihn nur an. Seine Augen wirken so sanft, dabei habe ich gerade solch einen Mist gebaut.

»Ihr haut jetzt mal ab für heute«, unterbricht uns der Türsteher.

Kale nickt. »Klar. Sorry, aber dieser Wichser ...«

»Wir kennen ihn, er macht das öfter. Ich werde dafür sorgen, dass er nicht mehr hier reinkommt. Aber für heute ist dennoch auch bei euch Schluss.« Der Türsteher betrachtet mich kurz und blickt dann wieder zu Kale. »Bringt sie heim, ich denke, sie kotzt gleich.«

»Ich kotze nicht, sicher nicht, es geht schon«, versuche ich, mich zu wehren.

Doch Kale nickt noch einmal dem Türsteher zu, bevor er seinen Arm um meine Taille legt, sodass ich mich an ihm festhalten kann. Sofort fühle ich mich sicher und geborgen. Schritt für Schritt verlassen wir zusammen den Club. Als ich draußen vor der Tür dann die frische Luft einatme, wird mir mit einem Mal richtig übel.

»Ein Taxi nimmt uns sicher nicht mit«, überlegt Kale an Louisa und Josh gerichtet.

»Dann würde ich sagen, wir gehen zu Fuß. Meinst du, du schaffst das, Jass?« Louisa mustert mich mit mitleidsvoller Miene. Ich weiß, dass sie sich Sorgen macht.

»Ich weiß nicht«, wispere ich. Mir ist so schwindlig, mein Magen überschlägt sich beinahe.

»Na schön. Zur Not trage ich sie«, höre ich Kale noch sagen, dann kann ich mich nicht mehr zurückhalten. Ich kotze mitten auf die Straße.

»Scheiße, Jass. Alles okay?« Kale hält mich noch ein wenig fester und nimmt mir die Haare aus dem Gesicht. Was einerseits lieb ist, aber auch so schrecklich peinlich.

»Geh weg, Kale, du musst das nicht sehen«, keuche ich, ehe ich mich aufs Neue erbreche. Weil mein Körper in diesem Augenblick nichts anderes will, als den Alkohol loszuwerden, den ich so unkontrolliert in mich hineingeschüttet habe.

»Schon gut«, flüstert er, bleibt aber bei mir stehen.

Er hält meine Haare und krault mir den Kopf. Etwas, das ich gerade so sehr brauche und das mir unglaublich viel Halt gibt, während sich alles um mich herum dreht.

Ich erbreche mich noch mal, würge anschließend noch eine Weile, doch dann scheint mein Magen leer zu sein. Kale reicht mir ein Taschentuch, das von Louisa stammen muss, denn es riecht nach Aloe vera. Louisa kauft immer Taschentücher mit diesem Duft, sozusagen ihr Markenzeichen.

»Ach, mein Herz.« Sie streicht mir über den Arm. »Ist es jetzt besser?«

Ich seufze. »Ja, viel besser.«

»Okay, dann gehen wir weiter«, beschließt Kale. »Schaffst du es?«

»Ich glaube schon.«

Irgendwann erreichen wir tatsächlich unsere Wohnung.

»Danke fürs Bringen«, sagt Louisa zu Kale. Sie holt den Schlüssel aus ihrer Tasche und sieht dann Josh an. »Und danke, dass du Kale geholt hast, das war sehr lieb von dir.«

»Klar, was denkst du denn? Wir sind doch Freunde, oder?«

Sie nickt, und in ihrem Blick liegt etwas, das ich nicht deuten kann. Louisa mag Josh, das ist unübersehbar. Und ich denke, er mag sie auch.

Während ich zusehe, wie Louisa den Schlüssel ins Schloss steckt, halte ich mich noch immer an Kale fest und spüre eines genau jetzt und hier: Ich möchte nicht, dass er geht, dass er sich gleich verabschiedet. Ich will, dass er bleibt. Bei mir. Auch wenn er ja eigentlich nicht bei Mädchen schläft, wünsche ich mir gerade nichts mehr als das.

Als er merkt, dass ich ihn ansehe, fragt er: »Alles gut? Musst du noch mal brechen?«

Ich schüttele den Kopf. »Nein, das ist es nicht, ich …«

»Ja?«

Ich fasse all meinen Mut zusammen und flüstere: »Bitte geh nicht.«

»Du willst, dass ich mit reingehe?«, raunt er zurück.

Ich will noch mehr als das. Auch wenn es gegen die Regeln ist, das ist mir in diesem Augenblick so egal.

»Ich möchte, dass du bei mir bleibst.« Ich schlucke. »Bitte«, füge ich hinzu, weil ich es wirklich will. Es würde mir so viel bedeuten.

»Jass, ich …«

»Bitte«, sage ich noch einmal.

Er denkt kurz nach, dann nickt er. »Ich soll Jass noch reinbringen«, erklärt er Josh. »Ist es okay, wenn du allein heimgehst?«

»Das fragst du noch? Mann, ich bin groß, ich schaff das schon. Kümmere du dich um Jass.«

Die beiden schlagen ein, und schließlich begleitet Kale Louisa und mich nach oben in die Wohnung. Als wir eintreten, schaltet Louisa das Licht im Flur ein, und ich halte mir die Hand vor die Augen, weil es mich so grell blendet. Sofort schwirrt mir wieder der Kopf.

»Aus, schnell!«, ruft Kale Louisa zu.

Louisa lacht und betätigt dann nur den Lichtschalter in der Küche, während ich in Richtung Badezimmer tapse.

»Ich komme gleich wieder«, murmele ich. Bevor ich die Badezimmertür hinter mir schließe und nur die kleine Wandleuchte über dem Waschbecken einschalte, höre ich noch, wie Louisa Kale erklärt, wo er sich etwas zu trinken holen kann.

Ich lasse mir kurz kaltes Wasser über die Unterarme laufen, was mir wirklich guttut. Auch meinem Magen geht es jetzt besser, doch ein Blick in den Spiegel verrät mir, dass ich schrecklich aussehe. Meine Haare sind ein einziges Vogelnest, und die Augenschminke ist total verlaufen. Ich schäme mich so sehr und kann es noch immer nicht begreifen, dass Kale tatsächlich mit nach oben gekommen ist.

Eilig wasche ich mir das Gesicht und rubble den Rest der Wimperntusche mit dem Handtuch ab. Meine Zähne putze ich sogar dreimal, bevor ich in meine Schlafshorts und ein Shirt schlüpfe.

Als ich in mein Zimmer komme, empfangen mich Dunkelheit und Stille. Ist Kale womöglich schon gegangen? Bitte nicht, flehe ich stumm. Auch draußen in der Küche und im Wohnzimmer habe ich nichts von ihm gehört oder gesehen.

»Kale?«, frage ich leise.

»Ich sitze auf dem Bett.«

Ich schließe die Tür und hangle mich im Dunkeln auf das Bett zu. Jetzt endlich erkenne ich seinen Schatten im leichten Licht der Straßenbeleuchtung, das durch das Fenster ins Zimmer dringt.

»Ich bin gewaschen«, sage ich, als ich mich zu ihm auf die Bettkante setze.

»Klingt gut.« Er steht auf und schlägt die Bettdecke zurück. »Leg dich hin, jetzt wird geschlafen.«

Ich tue, wie mir befohlen, und genieße es, wie er die weiche Decke über mir ausbreitet.

»Hier habe ich noch etwas Wasser.« Er reicht mir ein Glas. »Trink das, es wird dir guttun.«

Ich richte mich ein wenig auf und leere das Glas in einem Zug. Kale hatte recht, es tut mir wirklich gut, so frisch und belebend. Während er das leere Glas auf dem Schreibtisch abstellt, lege ich mich wieder hin.

»Und du?«, frage ich, als er sich auf dem Schreibtischstuhl niederlässt.

»Ich bin hier, wenn du mich brauchst. Du kannst ruhig schlafen, Jass.«

Aber ich brauche ihn nicht nur hier, in diesem Raum, ich brauche ihn ganz nah. Das ist alles, was ich gerade will.

»Kale?«

»Ja?«

»Legst du dich bitte zu mir?«

Er atmet tief ein und aus. »Jass …«

»Bitte«, flüstere ich.

Er kommt zu mir her und bleibt vor dem Bett stehen. »Willst du wirklich, dass ich hier schlafe? Mit dir in einem Bett?«

»Ja, wirklich.« Ich taste nach seiner Jeans und ziehe daran. »Du kannst sie auch ausziehen.«

Wieder atmet er laut, sagt aber nichts.

»Ist bequemer so«, erkläre ich.

Kurze Zeit später höre ich, wie er erst den Gürtel, dann den Reißverschluss öffnet, und schließlich rutscht die Jeans von seinen Hüften nach unten.

Ehe ich einen Blick auf seine nackten Beine erhaschen kann, beugt er sich nach vorn. »Na schön, dann rutsch mal ein wenig zur Seite.«

Nachdem ich ihm Platz gemacht habe, senkt sich die Matratze, und Kale legt sich zu mir. Ich mag das Gefühl, ihn bei mir zu haben. Ohne um Erlaubnis zu fragen, drehe ich mich zu ihm und lege mich in seine Armkuhle.

Ich habe mir immer gewünscht, das einmal zu tun. Wie oft habe ich Bücher gelesen, in denen eine Frau das bei ihrem Geliebten machte. Dann habe ich mir ausgemalt, wie sich das wohl anfühlt. Und was soll ich sagen? Obwohl mir nach wie vor schwindlig ist und ich einen leichten Druck im Magen spüre, fühlt es sich noch besser an als in meiner Vorstellung. Es gibt mir Sicherheit und Geborgenheit.

Als Kale nun seine Hand über mich legt und meinen Rücken streichelt, kann ich nicht anders, ich fange einfach an zu weinen. Mit einem Mal bricht es aus mir heraus.

»Was ist los, Jass?«, fragt er sanft.

Was los ist? Viel zu viel, denke ich, antworte jedoch nur: »Es tut mir so leid. Dass du das sehen musstest und dass ich so bescheuert war. Dieser Lukas, ich wollte nicht mit ihm mitgehen. Bitte glaub mir das, bitte …«

»Pssst, es ist alles gut.« Kale drückt mich an seine Brust, sodass ich seinen Herzschlag spüren kann, und hält mich ganz fest. Niemals habe ich mich jemandem näher gefühlt als ihm in diesem Moment.

»Ich wollte auch diesen blöden Streit gestern nicht«, schniefe ich, während er mich noch immer streichelt. »Ich wollte das alles nicht.«

»Wir waren beide bescheuert«, sagt er. »Und du hattest übrigens recht.«

»Womit?«

»Ich kann nicht erwarten, dass du mir dein Geheimnis verrätst, wenn ich dir meines nicht sage. Weißt du, ich wurde verletzt. Sehr sogar. Als mein Dad starb, hat er eine große Lücke hinterlassen. Meine Mutter hat dann etwas später diesen Kerl kennengelernt.« Er atmet tief durch. »Erst habe ich ihn gemocht, aber dann … Er hat uns nur belogen, nicht nur mich, sondern auch meine Mutter. Er hat ihr nur was vorgemacht, wirklich Liebe war das nicht. Doch das war nicht das einzige Mal, dass jemand mich emotional belogen und verletzt hat.«

Mein Herz wird ganz schwer. »Das tut mir leid«, flüstere ich.

»Ist okay. Und, Jass, ich weiß nicht, wohin das mit dieser Liste noch führt. Aber du musst dir über eines im Klaren sein: Ich weiß nicht, ob ich lieben kann oder so tun als ob, aber ich möchte nicht, dass du am Ende verletzt wirst.«

Ich nehme jedes seiner Worte in mich auf und lege dann einfach meine Hand auf seine Brust. »Du denkst zu viel, Kale. Du hast ein Herz, das heißt, du kannst lieben, wie auch immer die Dinge sind. Und du hast ja auch schon geliebt.«

»Wenn ich lieben kann, dann kannst du aber auch geliebt werden. Mir tut es leid, dass ich das gesagt habe.«

»Das muss es nicht.«

»Was ich dir eigentlich schon die ganze Zeit sagen wollte: Ich denke, du hast so eine Liste gar nicht nötig. Ich war so ein Arsch …«

Ich rücke noch ein Stückchen näher an ihn heran. »Das bist du nicht«, sage ich leise. »Ich werde dir auch mein Geheimnis verraten, irgendwann auf jeden Fall.

Nur jetzt kann ich das noch nicht. Weißt du, in meinem Leben gab es immer so viele Pläne, so wie jetzt auch diese Liste. Aber ich möchte nicht, dass es sich nach einem Plan anfühlt. Und wenn du mein Geheimnis kennst, dann wäre das so, verstehst du?«

Einen Moment lang ist es still, dann antwortet er: »Ja. Und dieser Anruf neulich, als du gehen wolltest, hat er was damit zu tun?«

»Das waren meine Eltern. Ich war immer so behütet, das war auch ein Grund, warum ich von zu Hause wegwollte und ... Ach, es fühlt sich alles so schwer an. Sie können es nicht akzeptieren.«

»Für heute müssen wir nicht mehr reden«, meint er. »Manchmal gibt es solche Tage, die wirklich scheiße sind. Du hast über die Stränge geschlagen, und ich war bescheuert. Doch jetzt ist es ja wieder okay.« Er hält kurz inne, ehe er hinzufügt: »Aber mach das nicht wieder, ja?«

Noch immer liegt meine Hand auf seiner Brust. Ich hebe den Kopf und sehe ihn an. Seine Augen wirken selbst im Dunkeln so klar.

Zärtlich streicht er mir über die Wange. »Nicht wegen mir, sondern deinetwegen. Männer wie dieser Lukas nutzen das aus. Es hätte auch anders enden können, ich habe das schon erlebt.«

Deswegen also Lukas' Bemerkung, dass ich nicht die Erste sei? Ich sage jedoch nichts.

Die Muskeln auf Kales Brust versteifen sich spürbar, als er weiterspricht: »Das hätte ich nicht ertragen, und das hättest du auch nicht verdient, Jass. Wenn jemand mit dir schläft, dann möchte ich das sein.« Bei diesen letzten Worten ist seine Stimme nur noch ein Hauch.

Was? Habe ich das gerade richtig verstanden?

»Du möchtest …?«, flüstere ich, während ich spüre, wie sein Herz jetzt heftiger schlägt.

»Ja, wenn du das noch willst. Dich kann man ja nicht allein lassen.«

Ich lasse den Kopf auf seine Brust sinken und schniefe.

»Weinst du jetzt?«, fragt er mit sanfter Stimme. »Das tust du ziemlich oft, oder?«

Kurz rolle ich mit den Augen. »Ja, aber doch nur, weil ich mich so freue. Ich … ich möchte auch nur mit dir schlafen.«

Gut, die Situation mag für Außenstehende absurd, womöglich sogar lächerlich wirken, doch ich weiß, was er sagen wollte. Er ist da, weil er mich mag und weil ich ihm auf irgendeine Weise vielleicht doch etwas bedeute, zumindest fühlt es sich so an.

»Aber …«, beginnt er von Neuem.

Oder doch nicht?

Er hält mich noch fester. »Aber nicht jetzt, denn du sollst es ganz genau fühlen können, mit jedem deiner Sinne.«

Ich nicke. »Klar, nicht jetzt.«

»Aber …«

Noch ein Aber?

»Aber wenn ich darf, dann würde ich dich jetzt gern küssen, Jass.«

Bei seinen Worten rauscht ein Kribbeln durch meinen gesamten Körper. Oh Gott, wie sehr ich das will.

»Macht es dir denn nichts aus, dass ich mich vorhin übergeben habe?«, frage ich zögernd.

Statt einer Antwort legt er sich mit dem Gewicht seines Körpers auf mich und stützt sich mit den Ellenbogen auf beiden Seiten meines Kopfes ab.

»Egal«, flüstert er nur noch, ehe er seine Lippen auf meine senkt.

Sein Kuss ist anders als die letzten Male, sehnsüchtiger, drängender und inniger. Ja, viel vertrauter. Ich seufze gegen seinen Mund und versinke in dem Gefühl, das alles andere um mich herum ausblendet. Sein Mund bewegt sich auf meinem, mit meinem. Immer wieder küssen wir uns, und irgendwann spüre ich seine Zunge an meinen Lippen. Ich öffne sie, und als sich unsere Zungen vereinen, breitet sich eine rasende Hitze in jeden Winkel meines Körpers aus. Kale so zu spüren - nichts, keine Beschreibung in den Büchern, die ich gelesen und an gewissen Stellen auch verschlungen habe, kann das ausdrücken, was ich gerade empfinde.

Wie von selbst, ohne zu wissen, was ich tue, schlinge ich die Beine um seine Hüften. Es fühlt sich genau richtig an. Sein Becken drückt sich an meines, und durch den dünnen Stoff der Shorts spüre ich seine Erregung.

Unter weiteren Küssen lasse ich meine Hand unter sein Shirt wandern, wir drehen uns auf die Seite, und ich keuche auf, als sich unsere Zungen nun noch intensiver berühren. Sanft knabbert er an meiner Unterlippe und saugt daran, was mich noch mehr Hitze fühlen lässt. Niemals hätte ich gedacht, so etwas Schönes erleben und empfinden zu können. Ich weiß jetzt schon, dass ich ab sofort süchtig danach sein werde. Denn unsere Küsse fühlen sich nach mehr an. Auch wenn ich so nicht denken darf, tue ich es in diesem Augenblick trotzdem.

Mehr fühlen, mehr wollen. In jeder Hinsicht.

Irgendwann möchte ich Kale einfach nur das Shirt vom Körper ziehen. Er hilft mir dabei und liegt schließlich mit freiem Oberkörper neben mir. Als er beginnt, meinen Hals zu küssen, fahre ich mit den Fingerspitzen über seine starke Brust, seine Seiten entlang, über die Erhebungen seiner Muskeln und seinen Bauchnabel, der, wie ich merke, leicht hervorsteht. Schließlich gelange ich an den Rand seiner Shorts und halte inne.

Soll ich mich trauen und mich weiter nach unten vorwagen? Während Kales Lippen sich wieder auf meine legen, tue ich es einfach. Ich will wissen, wie sich das anfühlt. Zaghaft ertaste ich seine Härte unter dem Stoff, groß und prall. Ich fahre von oben nach unten darüber und wieder zurück, woraufhin Kale heftig gegen meinen Mund keucht.

»Jass«, haucht er.

Allein die Art und Weise, wie er meinen Namen ausspricht, macht mich wahnsinnig, lässt mich erbeben und erzittern, lässt mich Hitze spüren an Stellen, von denen ich nicht mal vermutet habe, dass sie so fühlen können.

Er zieht mein Bein noch enger an sein Becken, und ich spüre ihn jetzt noch näher an mir. Verdammt, wie sehr ich ihn will. Jetzt, hier. Er darf nicht aufhören, mich zu küssen, mich zu berühren, aber er tut es. Er hält inne und sieht mich an, sein Blick ist dunkel vor Verlangen.

»Ich will dich gerade so sehr«, flüstert er gegen meine Lippen und küsst sie erneut. »Aber es geht nicht, Jass. Du weißt das, ja?«

»Ehrlich gesagt weiß ich gerade gar nichts mehr.«

Er lächelt schief. »Gut, aber heute nicht. Heute gibt's nicht mehr.« Er streicht mit den Fingerspitzen über mein Schlüsselbein bis zum Ansatz meines BHs. »Und glaub mir, das fällt mir auch nicht leicht.«

Jetzt bin ich es, die lächelt. »Dann mache ich dich also an?«

»Hast du das nicht eben selbst gespürt?«

Er beginnt, den Ansatz meiner Brüste zu küssen, und ich lege den Kopf zurück. »Du kannst nicht sagen, dass es nicht mehr gibt, Kale, und dann das tun, verdammt«, stöhne ich, als er den BH zurückschiebt und ich seine Lippen auf meinen Brustwarzen fühle.

»Tut mir leid«, haucht er sanft, küsst meine Brustwarzen erneut und pustet dann leicht darüber. Sofort versteifen sie sich, und ich muss tief durchatmen.

»Mehr«, flüstere ich und küsse seine Haare, während er beginnt, seine Zunge über meine Brustwarzen kreisen zu lassen. »Oh, Kale«, seufze ich und merke immer mehr Hitze. Eine Hitze, die sich gefühlt gar nicht mehr steigern lässt.

Doch ich werde rasch eines Besseren belehrt, denn nun wandert seine Hand tiefer, immer tiefer über meinen Bauch, bis sie an meiner empfindlichsten Stelle angelangt ist. Selbst durch den Stoff meiner Shorts spüre ich die Wärme seiner Finger.

»Ich möchte fühlen, wie es ist, wenn du mich dort berührst«, raune ich ihm zu.

Er gibt ein leises Brummen von sich, dann hebt er den Kopf. »Ich will dich aber dabei ansehen, Jass.«

Eigentlich hätte ich gedacht, dass ich das seltsam finde, doch das ist es überhaupt nicht. Ich liege da, meine Augen mit seinen verwoben, während seine Hände meine Seiten nach oben tasten, um dann über meinen Bauch wieder nach unten zu gleiten.

Am Bund meiner Shorts hält er kurz inne, sein Blick liegt intensiv auf mir. Schon schieben seine Finger langsam den Stoff zur Seite und ertasten meine nackte Haut darunter. Als er den einen Punkt zwischen meinen Beinen berührt, lässt mich das sofort erzittern.

Sein dunkler Blick verrät die Sehnsucht, die auch in ihm brennt. »Du machst mich so an, Jass«, murmelt er. »Verdammt, dich anzusehen, ist so erregend.«

Mein Atem geht nur stoßweise. »Hör bitte nicht auf, Kale«, presse ich hervor.

Nein, ich schäme mich nicht für das, was ich empfinde, dass ich mich nach ihm verzehre, dass ich nicht mehr ohne diese Gefühle sein möchte.

Wieder berührt er mich an dieser einen Stelle, fährt mit den Fingerspitzen daran auf und ab. Ich schließe die Augen, lege den Kopf zurück und genieße jede einzelne seiner Berührungen, kann nur noch daran denken, wie wahnsinnig er mich damit macht, wie gut es sich anfühlt. Heißer, es wird immer heißer, und ich kralle mich fest, suche Halt an seiner Brust, finde ihn irgendwie – und doch auch nicht.

»Kale«, keuche ich, als seine Bewegungen schneller werden und ich nicht mehr weiß, was ich noch tun soll.

Auf einmal gleitet sein Zeigefinger in mich, nicht wild, sondern sanft. Sein Daumen allerdings liegt weiter auf der Stelle, die mich brennen lässt. Die Hitze hat längst ein Feuer in meinem Körper entzündet.

»Oh, Kale.« Ich weiß nicht, wohin mit all meinen Empfindungen.

Während sein Daumen weiter über diesen einen Punkt kreist, sein Zeigefinger immer wieder in mich dringt, spannt sich alles in mir an, und schließlich keuche ich so laut auf, dass ich damit bestimmt alle im Haus aufwecke. Doch Kale erstickt mein Stöhnen mit einem Kuss, seine Zunge verbindet sich zum wiederholten Male mit meiner.

Und dann beginne ich zu schweben, aber anders als vorhin mit der Wirkung des Alkohols, sondern auf eine Art und Weise, die niemals enden soll.

Irgendwann hat sich alles in mir so sehr angespannt, dass ich glaube, mein Körper müsse jeden Augenblick explodieren. Nun streicht Kale nur noch ein paarmal langsam über die Stelle, bevor er schließlich ganz damit aufhört. Meine Atmung beruhigt sich, wird langsamer, leichter, immer leichter. Ich öffne die Augen, versinke in Kales Blick.

Er lächelt. »Alles in Ordnung?«

Ich nicke. »Mmh.« Mehr als diesen einen Laut bringe ich nicht heraus.

»Das ist gut, Jass.« Er küsst mich sanft auf die Stirn. Diese Geste ist so liebevoll, dass ich kurz davor bin, in Tränen auszubrechen. »Und jetzt schläfst du, ja?«

»Und du?« Ich drücke mich an ihn.

»Keine Angst, ich bleibe hier. Schlaf einfach.«

»Aber …« Meine Hand tastet für ihn sichtlich unerwartet zwischen seine Beine. Noch immer ist das, was ich dort fühle, hart und angespannt.

Er atmet gepresst aus. »Kein Aber«, sagt er streng und schiebt meine Hand weg. »Ich schaffe das schon, und Vorfreude ist ja bekanntlich die schönste Freude. Außerdem hat mich seit Langem nichts mehr so erregt, wie dich eben zu sehen.«

Jetzt lächle ich. »Ja?«

»Oh, ja. Komm her.« Er zieht mich an seine Brust, und ich lege meinen Kopf darauf ab, streichle dabei noch ein bisschen seinen Bauch. Kurz fahre ich auch erneut über seine Erregung, doch er hält meine Hand fest. »Du bist …« Er seufzt.

»Was bin ich denn?«

»Genug für heute. Oder willst du mich doch quälen?«

Ich schlucke. »Wenn du mich dann auch wieder quälst?«

Kurz ist es still zwischen uns. Währenddessen beginnt Kale, mir den Kopf zu kraulen, und schließlich küsst er mich. »Ich quäle dich morgen wieder, wenn du möchtest, aber jetzt wird geschlafen.«

Tatsächlich werden meine Lider nun langsam schwer, ich lausche dem Herzschlag in seiner Brust, und irgendwann schlafe ich in seinen Armen ein. In den Armen von Kale Haber, der mal sagte, dass er nie bei einem Mädchen schläft. Und doch tut er es heute Nacht und bleibt hier. Hier bei mir.

Türen schließen sich

Mein Handy weckt mich, leider, denn ich hätte weiterschlafen können, müssen, wollen. Ich habe mich noch nie so wohl gefühlt. Dennoch weiß ich, dass ich jetzt aufstehen muss.

Kale neben mir atmet ruhig und gleichmäßig, hält mich noch immer fest. Das war auch so, wenn ich in der Nacht mal kurz wach war. Doch ich bin immer gleich wieder eingeschlafen, weil ich mich so geborgen fühlte. Diese Art von Nähe, die er mir gibt, tut mir gut. So unglaublich gut.

Vorsichtig schiebe ich seinen Arm von meiner Taille, woraufhin er irgendwas brummt und sich auf die Seite dreht, während ich nach meinem Handy auf dem Nachttisch taste und die Erinnerungsfunktion ausschalte. Draußen ist es schon hell, das Sonnenlicht sickert durch die Vorhänge, und ich krame in meinem Schreibtisch nach den Tabletten, die ich mit dem letzten Rest Wasser, der noch in der Flasche ist, hastig hinunterspüle. Ich brauche die Medizin jetzt dringend, denn ich spüre mit einem Mal einen Druck in der Brust. Der Alkohol war doch zu viel, zudem bin ich erschöpft. Kurz habe ich Angst vor dem, was passieren könnte, aber dann lässt das Gefühl langsam nach.

»Was machst du da?«

Kales Stimme fährt in mich hinein, und ich schrecke auf. Ja, was mache ich da?

Ich drehe mich zu ihm um und lächle. »Ich nehme eine Kopfschmerztablette und Vitamine.«

Er hat sich im Bett aufgerichtet und sieht mich an. »Ist dir sehr schlecht?«

»Nein, nur ein bisschen.«

Was auch stimmt. Mir geht es gut. Okay, da ist dieser Druck in meiner Brust, aber übel ist mir eigentlich nicht besonders.

»Nur für den Fall der Fälle, dann wird es hoffentlich nicht schlimmer.« Grinsend klopft er mit der Handfläche auf den leeren Platz neben sich auf der Matratze. »Komm her.« Seine Stimme ist zart und bestimmt zugleich.

Ich krabble zurück zu ihm ins Bett. Sofort nimmt er mich in die Arme, und ich seufze gegen seine Brust, als ich die Nase darin vergrabe. Seine Haut riecht so gut – besser, als jedes Aftershave jemals riechen könnte. Dann hebe ich den Kopf und sehe ihm ins Gesicht. Er hat die Augen geschlossen, sie treffen mich erst, als er die Lider leicht öffnet.

»Guten Morgen«, flüstere ich und ziehe die Decke nach oben. »Tut mir leid, mein Atem ist sicher nicht der beste.«

»Morgen«, flüstert er zurück. »Meiner ist sicher auch nicht rosig, aber das ist okay.«

»Du bist noch hier?«

»Ja, das bin ich.« Er beugt sich vor, um mich zu küssen, was einfach nur schön ist.

»Du musst bestimmt gleich gehen.«

Er hebt eine Augenbraue. »Soll ich?«

»Nein, ich dachte nur, du musst. Und da du nie bei Mädchen schläfst ...«

»Vielleicht war ich ja die ganze Zeit wach.«

Ich muss schmunzeln. »So wie du geschnarcht hast, sicher nicht.«

»Geschnarcht? Das hat mir auch noch niemand gesagt.«

»Dann bin ich jetzt die Erste. Ich sehe schlimm aus, oder?«, will ich wissen, als er meine Wange berührt.

»Na ja, es gibt Schlimmeres.«

Ich boxe ihn leicht in die Hüfte und streife dabei seine Shorts, fühle die Härte darunter. Kale lacht, was sicher an dem Ausdruck in meinem Gesicht liegt.

»Immer noch?«, frage ich.

»Wer weiß.« Er beugt sich über mich und stützt sich abermals mit den Armen links und rechts neben meinem Kopf auf.

»Was hast du jetzt vor?«

»Das überlege ich gerade noch.«

Auf einmal bleibt sein Blick auf meiner Haut liegen. Erst überlege ich, doch dann wird mir klar, was er da gerade sieht. Die Narbe unter meinem linken Schlüsselbein. Eigentlich fällt sie kaum auf, doch jetzt, wo er mir so nah ist, kann er sie natürlich kaum übersehen.

Er streckt seine Finger aus und streicht darüber. »Was ist das?«

»Eine Narbe.«

»Ja, klar. Aber woher hast du sie?«

Ich weiß nicht, was ich jetzt antworten soll. Die Wahrheit? Es täte mir weh, ihn anlügen zu müssen. Aber dann komme ich in Erklärungsnot, und das möchte ich auch nicht.

»Ich habe mich dort mal verletzt«, sage ich also nur ganz vage.

»Das habe ich schon vermutet. Was ist passiert? Sie ist ziemlich groß.«

»Nun ja, es war ein Unfall. Scherben und so. Seitdem habe ich sie.« Damit komme ich mir gleich so blöd und heuchlerisch vor, aber diese Version mit den Scherben klingt eindeutig besser als die Wahrheit.

Kale sieht mich an, und mir ist, als würde er mir glauben. »Und das hier?« Er streicht über die Erhebung unter meiner Haut. »Das fühlt sich so hart an, ist da was drunter?«

Er spürt es also. Was sage ich denn jetzt?

»Nichts Schlimmes, eine Art Platte«, erkläre ich. »Ich muss da nur ein bisschen vorsichtig sein, aber sonst ist alles okay.«

Ich ertappe mich dabei, wie ich mich zu schämen beginne. Ob er das eklig findet? Diese Makel und Fehler an meinem Körper? »Das ist nicht sexy, ich weiß. Tut mir leid, ich …« Ich will ihn von mir schieben, doch er lässt es nicht zu.

»Unsinn, Narben machen doch sexy.« Er grinst.

»Ach ja?«

»Ja, sagt man doch so.« Er nimmt meine Hand und führt sie zu seinem Auge. »Ich habe hier doch auch eine, wie du ja weißt.«

Ich nicke. »Und woher hast du sie?«

Er antwortet nichts, sondern sieht mich nur an, dann küsst er meine Narbe und die Erhebung darunter. Unweigerlich atme ich schneller.

»Ich mag Narben und Dinge, die nicht perfekt sind. Meine Augen, sie sind ja eigentlich auch ein Fehler«, murmelt er, während seine Lippen weiter meine Haut berühren. »Zudem erzählen Narben Geschichten, die wir uns irgendwann vielleicht mal anvertrauen.«

Er hat mich also durchschaut. Oder bilde ich es mir nur ein? Doch er hakt nicht weiter nach, und ich tue es umgekehrt auch nicht. Er kann sich bestimmt nicht vorstellen, was wirklich hinter der Narbe steckt, und darüber bin ich froh.

Meine Gedanken drehen sich, doch er küsst sie einfach weg. Seine Lippen wandern weiter über meinen Hals und schließlich zu meinem Mund. Seine Zunge ertastet meine. Augenblicklich ist da wieder diese Hitze, die er in mir auslöst.

Ich ziehe ihn noch näher zu mir heran. »Was kannst du noch alles?«, will ich wissen, als wir kurz innehalten.

Er lächelt. »Du machst mich fertig, Jass.«

Die Farben seiner Augen sind erneut deutlich dunkler geworden, mittlerweile kann ich es ganz gut deuten.

Wieder küsst er mich, und ich seufze auf, als er meine Brüste zu streicheln beginnt.

»Ich denke, wir sollten erst mal was Kleines essen. Oder wie siehst du das?«

»Überbewertet«, raunt er, »ganz eindeutig.«

»Aber duschen und was trinken und ... na ja, was man noch so tun muss.«

»Ja, gut, das ist ein Argument.« Sein Blick wird noch intensiver. »Wir könnten aber zusammen duschen, wenn du das möchtest.«

»Klingt gut, aber vorher ...«

»Ja, vorher müsste ich auch mal. Ich weiß ja, wo das Bad ist.« Bevor er aufsteht, küsst er mich noch mal. »Bin gleich wieder da.«

Ich sehe ihm zu, wie er das Zimmer verlässt, dann greife ich sofort nach meinem Handy und wähle Louisas Nummer. Es klingelt nur einmal, bis sie rangeht.

Ohne Begrüßung fällt sie gleich mit der Tür ins Haus. »Sag mal, warum ist Kale gerade in Boxershorts an unserer Küche vorbeigegangen?«

»Ich, wir ...«

»Habt ihr ...?«

»Nein, aber wir ...«

»Mach dir keine Gedanken, ich wollte sowieso gerade gehen. Josh fährt mit mir in den Club. Du hast deine Jacke dort vergessen, und wir dachten, dass wir bei der Gelegenheit gleich dort frühstücken könnten. Dann habt ihr die Wohnung für euch.«

Ich höre das Rauschen der Toilettenspülung. »Danke, das ist lieb. Er kommt zurück«, sage ich nur noch.

Kaum habe ich aufgelegt, taucht Kale auch schon wieder im Zimmer auf. »Du kannst jetzt«, meint er.

Schließlich traue ich mich einfach, ihn aufzufordern: »Komm in fünf Minuten nach, ich warte im Bad auf dich.«

Ohne eine Reaktion von ihm abzuwarten, gehe ich aus dem Zimmer, winke Louisa noch zu, die gerade die Wohnung verlässt, und verschwinde ins Bad. Nachdem ich mir noch rasch die Haare gekämmt habe, stelle mich schon mal unter die Dusche. Mein Herz klopft schnell, viel zu schnell. Wird Kale wirklich kommen?

Wenig später höre ich tatsächlich meinen Namen. »Jass?«

»Ich bin schon unter der Dusche.« Ich wundere mich, wie mutig ich klinge, dabei bin ich doch wahnsinnig nervös. Mit einem Mal ist mir nämlich klargeworden, dass Kale mich gleich komplett nackt sehen wird. Und ich ihn.

»Hey.« Kale öffnet die Duschkabine und kommt zu mir herein.

»Hey.« Ich sehe ihm ins Gesicht, auch wenn ich unheimlich gern tiefer blicken würde.

Das Wasser prasselt auf uns beide herab. Die Tropfen auf seiner Haut lassen ihn noch attraktiver wirken. Sie gleiten über seine Muskeln, und ich spüre Gänsehaut.

Als er jetzt seinen Blick über meinen Körper wandern lässt, fühle ich mich etwas unwohl dabei, was er wohl bemerkt.

»Mach dir keine Gedanken, Jass. Du bist wunderschön.«

Seine Worte, ich kann sie gar nicht glauben. »Ach, Unsinn, ich …«

Er nimmt meine Hände, zieht mich an sich und küsst mich, während das Wasser noch immer auf uns beide herabrieselt. »Nicht so viel denken«, haucht er mir zu.

Schließlich riskiere auch ich einen Blick abwärts. »Ich hab noch nie … also so … gesehen«, stammle ich verlegen.

Er lächelt. »Alles gut.«

Wieder küsst er mich, diesmal so voller Leidenschaft, dass mir schwindlig wird.

Irgendwann löst er sich von mir, nimmt etwas Duschgel aus der Flasche und seift mich sanft und langsam damit ein, am gesamten Körper. Dieser Augenblick ist so voller Sinnlichkeit, dass ich richtig Mühe habe, nicht vor Rührung in Tränen auszubrechen.

Anschließend nimmt er meine Hand, gibt ebenfalls etwas Duschgel darauf und führt sie dann zu seiner Brust. Ich verteile nun ebenfalls den Schaum auf seinem Körper, erst zaghaft, doch dann werde ich nach und nach etwas mutiger.

Nachdem wir uns gegenseitig das Duschgel abgespült haben, küsst Kale mich erneut, und schließlich wandert seine Hand zwischen meine Beine.

»Ich möchte was mit dir machen, Jass, aber nicht hier«, haucht er gegen meine Lippen.

Er stellt das Wasser ab, zieht mich aus der Dusche und greift nach einem Handtuch. Sorgfältig trocknet er mich am ganzen Körper ab, lässt nicht eine Stelle aus. Wieder sorgen diese kleinen Gesten dafür, dass ich beinahe die Fassung verliere.

Schließlich nimmt er sich ebenfalls ein Handtuch und wickelt es sich um die Hüften. Als er mich hochhebt, hinüber in mein Zimmer trägt und auf dem Bett ablegt, hämmert mein Herz heftig in meiner Brust.

Kurz ist mir kalt, aber nicht lange, weil Kale mich bereits Sekunden später mit seinem Körper bedeckt und abermals zu küssen beginnt. Ich genieße dieses Gefühl, wie weich sich seine Lippen anfühlen, wie zärtlich sie sich immer und immer wieder auf meinem Mund niederlegen. Unsere Zungen treffen sich. Er schmeckt so gut. Ich könnte ewig damit weitermachen, ewig genau das hier fühlen.

Irgendwann löst er seinen Mund von meinem und gleitet damit über meinen Hals abwärts. Das leichte Sonnenlicht schimmert auf seinem Haar, und ich streiche ihm mit der Hand über den Nacken.

Es kommt mir wie eine gefühlte Ewigkeit vor, bis sein Mund schließlich meine Brüste erreicht und sie zärtlich küsst. Als seine Zunge erst über der einen, dann über der anderen Brustwarze kreist, seufze ich auf, weil es sich so gut anfühlt. Durch meinen Unterbauch fährt ein Ziehen, ein heißes, wohliges Ziehen, das irgendwann meinen gesamten Körper erfüllt. Aber ich will noch mehr, will seinen Mund überall.

Als hätte er meine Gedanken gelesen, küsst Kale sich weiter nach unten, meine Seiten entlang, über meinen Bauch, und ich erschaudere, weil meine vom Duschen aufgeweichte Haut so empfindlich auf seine Berührungen reagiert. Ein Gefühl, das ich so nicht kenne, das mich völlig unter Strom setzt und alles vergessen lässt. Jeder Kuss ist wie ein brennender Schlag, alle Nerven scheinen sich durch seine Küsse zu aktivieren, und ich spüre Dinge, die ich noch nie zuvor gefühlt habe. Es ist jetzt auch anders als heute Nacht, viel intensiver, weil diesmal nicht Kales Hände über meinen Körper gleiten und ihn ertasten, sondern sein Mund.

Der Gedanke daran, was jetzt noch kommt, macht mich nervös. Kale scheint es zu merken, denn er hebt den Kopf und sieht mich an. »Geht's dir gut?«

»Ja«, flüstere ich nur.

»Schließ die Augen, Jass.« Zärtlichkeit liegt in seiner Stimme.

Vorsichtig drückt er meine Beine auseinander und schiebt sich zwischen sie. Kaum habe ich den Kopf zurückgelegt und die Augen geschlossen, beginnt Kale, die Innenseite meiner Schenkel zu streicheln, was mich scharf einatmen lässt. Wenn sich das schon so gut anfühlt, was kommt dann als Nächstes?

Wenig später spüre ich dann seine Lippen zwischen meinen Beinen, und als er meine empfindlichste Stelle erreicht hat, küsst er sie nicht nur, sondern streicht mit der Zunge darüber.

»Oh Gott, Kale«, stöhne ich, bevor er mir mit jeder weiteren Bewegung seiner Zunge den Atem raubt.

Er lässt seine Zungenspitze auf und ab gleiten, mal langsam, mal schneller. Mein Herz scheint zu zerspringen, und ich kralle mich mit den Händen in seinen Haaren fest. Mein Keuchen wird lauter, aber es ist mir egal, ich kann nicht anders. Niemals zuvor habe ich so intensiv empfunden.

Auf einmal hält Kale inne.

Nein, bitte nicht aufhören, flehe ich in Gedanken und öffne die Augen. Die Farbmischung seines Blickes trifft mich mit voller Wucht, dunkel vor Verlangen, Freude und etwas, das ich nicht identifizieren kann.

»Nein, nicht«, presse ich hervor.

Er lächelt. »Nicht was?«

»Nicht aufhören.«

»Warum?«

»Kale? Willst du mich quälen?« Dabei sind es allein schon diese Worte, die mich quälen, weil ich einfach noch mehr möchte.

»Ich will dich so verrückt machen, dass du nichts mehr denken kannst.«

»Das hast du doch schon geschafft.«

»Dann schauen wir mal, was wir noch schaffen können«, raunt er, ehe er schon wieder seinen Mund zwischen meine Beine senkt.

Und diesmal hört er nicht auf. Seine Zunge bewegt sich auf eine unglaublich erfüllende Weise, sodass ich irgendwann wirklich nur noch fühle. Es ist eine Steigerung, die langsam beginnt, doch dann immer schneller wird. Ein Ziehen und Überschlagen, alles auf einmal. So lange, bis sich die Gefühle, die er mit seinem Mund in mir auslöst, überschlagen und ich nur noch seinen Namen stöhnen kann. Aus tiefer Seele, aus irgendeinem Winkel in mir, den ich bislang noch nicht gekannt habe.

Meine Atmung geht nur noch stoßweise. Jeder meiner Muskeln scheint angespannt zu sein, mein Körper ist kurz vorm Zerbersten und fühlt sich doch so leicht an, dass ich es kaum bemerke. Und das alles nur, weil Kale mich dort berührt.

Schließlich überrollt es mich mit voller Wucht, schnell, hart und weich zugleich. Ich werde in die Luft gehoben – und dann fallen gelassen. Ein weicher Aufschlag jedoch. Für einen Moment ist da einfach nichts. Ein Moment zwischen Zeit und Raum, nur eine Sekunde lang, aber auf ewig in meinen Kopf eingebrannt.

Zaghaft öffne ich die Augen. Kale liegt jetzt dicht neben mir.

»Wieder da?«

»Ich denke schon.«

Lächelnd zieht er mich in seine Arme, und ich schmiege mich an ihn, spüre seine Muskeln. Eine ganze Weile atme ich einfach nur den Duft seines Körpers ein, der mich so erfüllt, und genieße es, wie er mich festhält, in seinen Armen wiegt und mir über den Rücken streichelt.

»Das war … keine Ahnung«, sage ich, weil es mir wirklich schwerfällt, es mit Worten zu beschreiben.

»Ja, finde ich auch.«

Erstaunt sehe ich zu ihm auf. »Du hattest ja aber nichts davon, oder?«

Auf seiner Stirn bildet sich eine kleine Falte. »Doch, und wie.«

»Aber du …« Meine Hand wandert ein klein wenig abwärts, und er hält sie sanft fest.

»Weißt du, Jass, dich so zu sehen, dich dort zu berühren, zu schmecken, das macht mich unglaublich an. Also denk nicht, dass ich nichts davon habe. Das ist nicht so.«

Ich nicke und kuschele mich wieder an ihn, trotzdem hören meine Gedanken nicht auf, sich zu drehen. »Ich … ich will dir doch auch …«, flüstere ich.

»Das machen wir, aber für heute …«

Ich weiß nicht, was er noch sagen will, doch auf einmal klingelt es an der Tür.

»Erwartest du Besuch?«, fragt er.

Ich schüttele den Kopf. »Nicht dass ich wüsste. Vielleicht hat Louisa was vergessen, sie ist vorhin mit Josh los.«

»Hat sie nicht einen Schlüssel?«

Da hat er auch wieder recht.

Jetzt klingelt es erneut, zudem klopft jemand an die Tür. »Jasmin?«

Ich zucke zusammen, denn die Stimme kenne ich zu gut.

»Wer ist das?«, will Kale wissen.

In diesem Augenblick beginnt auch noch mein Handy zu vibrieren. Ich stehe auf, wickle mir ein Handtuch um den Körper, und als ich auf das Handy blicke, habe ich endgültig Gewissheit. Mamas Name steht auf dem Display.

»Meine Mutter«, stammle ich. »Ich … ich bin gleich wieder da. Ich … Warte einfach hier, okay?«

Kale bedenkt mich mit einem merkwürdigen Blick. Doch ich achte nicht weiter darauf, sondern verlasse rasch das Zimmer, schließe die Tür hinter mir und gehe den Flur entlang auf die Wohnungstür zu. Einmal atme ich noch tief durch, bevor ich die Klinke hinunterdrücke und in die grünbraunen Augen meiner Mutter sehe.

»Jasmin, was …« Ihr Blick wandert an mir hinunter.

»Ich war in der Dusche, Mama. Was ist denn los?«

Ohne eine Antwort schiebt sie sich an mir vorbei in die Wohnung. Ihre Unterlippe zittert, was immer passiert, wenn sie erregt und nervös ist. »Du fragst mich tatsächlich, was los ist? Ich schicke dir Nachricht um Nachricht, aber du meldest dich nicht. Nicht mal nach dieser einen von gestern.«

Ich nicke. Sie hat recht. »Es tut mir leid, Mama, es war so viel los, und gerade war ich noch duschen und …«

Weiter komme ich nicht, denn nun zieht sie mich in ihre Arme. »Egal, komm her. Ich hab dich so vermisst«, flüstert sie.

Der Duft ihres Parfüms strömt in meine Nase. Ja, ich habe sie auch vermisst, aber die Realität, die ich immer mit ihr und Papa in Verbindung bringe, nicht. Ich weiß, warum sie mich so fest drückt. Es ist wegen dieser Nachricht. Weil sie sich Sorgen macht, das tue ich ja auch. Aber ich will das nicht. Sie soll sich nicht immer Sorgen machen.

Eine Weile stehen wir noch so da, ehe sie sich wieder von mir löst. »Ich verstehe das alles. Du weißt, ich habe dieser Situation hier zugestimmt, obwohl ich davon noch immer nicht begeistert bin. Aber du kommst kaum noch nach Hause, meldest dich nicht mal mehr bei uns. Warum rufst du nicht wenigstens mal an, um zu besprechen, wie wir das jetzt alles machen? Immerhin steht in den nächsten Tagen doch einiges an.«

»Weil ich einfach mal nicht dran denken will. Kannst du das nicht verstehen? Ich möchte normal leben und nicht pausenlos nur daran denken müssen, dass ich …« Ich schrecke auf, denn Kale steht plötzlich im Flur.

»Hallo«, sagt er nur.

Er hat sich mittlerweile angezogen, trägt das Shirt und die Jeans von gestern. Seine Haare sind verstrubbelt.

Was macht er denn hier? Er sollte doch im Zimmer bleiben.

Mama starrt erst ihn an, dann mich. »Duschen. Du warst also duschen?«

»Ja, das war ich vorhin auch und …«

Sie hebt eine Hand. »Willst du mir irgendwas sagen?«

»Nein, was soll ich denn …«

»Zum Beispiel, wer das ist.«

Kale räuspert sich. Die Situation ist ihm sichtlich unangenehm. »Entschuldigung, ich bin Kale. Ihre Tochter und ich, wir …«

»Was soll das heißen?«, unterbricht Mama ihn, sieht dabei aber mich an.

»Na ja«, beginne ich zögernd, »wir hängen zusammen ab, lernen und …«

»Und?«

»Mama, im Ernst, das ist unpassend. Was willst du denn jetzt hören? Bitte lass es sein.«

Sie nickt. »Du weißt, was ich dir geschrieben habe. Ich bin der Meinung, dass es das Beste ist, wenn du wieder nach Hause kommst. Du musst dich schonen, du musst …«

»Bitte nicht jetzt, okay? Und überhaupt, es geht mir gut, noch ist nichts durch. Nächste Woche ist wichtig, aber bis dahin …«

Sie hebt eine Augenbraue. »Jedenfalls sieht er nicht gerade aus, als würde er dein Herz schonen, eher das Gegenteil.«

»Mama, bitte.«

»Was immer da mit ihm ist, Jass, bitte sei vernünftig. Du weißt, dass ich recht habe. Ruf mich später an, unbedingt. Ach ja, und hier habe ich noch was für dich.«

Sie zieht einen Briefumschlag aus ihrer Handtasche, und mein Herz fängt heftig an zu klopfen. Ich weiß, was das für ein Brief ist. Und ich weiß auch, warum ich ihn bei meinem Auszug daheim zurückgelassen habe.

»Ich weiß, du drückst dich davor«, fügt sie hinzu, als ich einen Schritt zurückweiche, »aber du solltest ihn dir wenigstens mal ansehen.«

Schließlich greife ich doch nach dem Umschlag und nicke. »Ja, das mache ich noch. Aber nicht jetzt. Irgendwann.«

»Gut.« Sie versucht zu lächeln, es gelingt ihr aber nicht. »Ich appelliere an deinen Verstand, denk darüber nach. Über alles.« Sie blickt zu Kale. »Nichts gegen Sie, ja?« Sie drückt mir schnell ein Küsschen auf die Wange und rauscht aus der Wohnung.

Nachdem ich die Tür hinter ihr geschlossen habe, atme ich tief durch, ehe ich ein fröhliches Gesicht aufsetze und mich zu Kale umdrehe. »Du solltest doch im Zimmer bleiben.«

»Wolltest du mich vor deiner Mutter verstecken?«, fragt er mit zusammengekniffenen Augen.

Ich weiß, das kam merkwürdig rüber, also schüttele ich den Kopf. »Nein, natürlich nicht, aber …«

»Aber?«

»Nichts, keine Ahnung. Sie ist einfach schwierig, und ich wollte diese Situation vermeiden. Also was machen wir jetzt?«

Ich gehe an ihm vorbei ins Zimmer. Als ich den Brief auf den Schreibtisch lege, erstarre ich. Die Packung mit den Tabletten, ich habe vorhin vergessen, sie wegzuräumen. Ob Kale sie entdeckt hat? Hoffentlich nicht.

Mit einem Mal wird mir übel. Das ist alles zu viel.

Ich beschließe, mich vorsichtshalber normal zu verhalten. »Wollen wir vielleicht was essen gehen?«, frage ich betont gelassen, während ich zum Kleiderschrank gehe, um mir etwas zum Anziehen herauszusuchen.

Er antwortet mit einer Gegenfrage. »Warum wirkte deine Mutter so besorgt, Jass?«

»Ach, sie hat immer irgendwas. Denk dir nichts dabei, das habe ich dir doch gesagt.« Ich sehe zu ihm und lächle, doch er erwidert es nicht.

»Warum reagierst du angeblich nicht auf ihre Nachrichten und sollst nach Hause kommen? Und was ist das für ein Brief?«

Langsam beginnen mich seine Fragen zu nerven, obwohl ich das gar nicht will. »Hast du etwa gelauscht?«

»Was? Nein, aber es war ja nicht zu überhören. Genauso wenig wie ihre Feststellung, dass ich dein Herz nicht schone.« Er tritt an meinen Schreibtisch. »Dazu noch die Tatsache, dass du irgendwelche Herzmedikamente nimmst. Also, was ist die Erklärung dafür?«

Er hat die Tabletten also entdeckt. Mist. Was soll ich jetzt sagen?

Kale wartet kurz, währenddessen wandert sein Blick zu meiner Narbe. Als ich noch immer nicht geantwortet habe, spricht er weiter: »Jass, noch einmal: Ich bin nicht blöd, das hier sind Betablocker. Was ist los mit dir? Bist du krank?«

Ich schlucke. »Was? Nein, ich bin nicht krank. Alles ist in Ordnung. Jetzt lass es mal gut sein, Kale. Wir hatten doch gesagt, dass wir uns nicht gegenseitig bedrängen, dass es nichts mit der Sache zu tun hat und …«

»Wenn du krank bist, Jass, oder sonst irgendein Geheimnis hast, dann hat das sehr wohl was mit der Sache zu tun!« Seine Stimme wird lauter, schneidender.

In meiner Brust beginnt es zu drücken. »Das hat es eben verdammt noch mal nicht!«

»Im Ernst, ich möchte jetzt eine Antwort!«

Doch ich gebe ihm keine.

»Also gut, wie du willst.« Abrupt wendet er sich ab und hastet aus dem Zimmer.

Ich laufe ihm nach, doch er ist schneller als ich. Plötzlich beginnt mein Herz zu rasen und zu stolpern, mir wird schwindelig. Aber ich versuche dennoch, die Wohnungstür zu erreichen.

Tatsächlich gelingt es mir, und ich bekomme seine Hand zu fassen. »Was soll das? Warum willst du gehen?«, frage ich atemlos.

»Weil hier irgendwas gehörig nicht stimmt. Und wenn das so ist, dann möchte ich es wenigstens wissen. Immerhin ...«

»Immerhin was? Wir sind nicht zusammen, schon vergessen?«

»Doch, das sind wir irgendwie. Zumindest im Spiel, und auch da ist man ehrlich, das schuldet man sich.« Er sieht mich eindringlich an. »Da will ich auch nicht belogen werden. Und wenn es etwas gibt, das ich hinsichtlich dieser Liste wissen sollte, dann erwarte ich, dass du mir das sagst.«

»Fängt das jetzt wieder an? Kale, bitte, kannst du nicht einfach damit aufhören? Wir haben das doch so vereinbart und ...«

»Ich weiß, aber das hier scheint was anderes zu sein. Geheimnisse, ja, jeder von uns hat welche. Doch es gibt solche und solche. Geheimnisse sind nicht gut, Jass.

Also sag mir, was da los ist, und ich erzähle dir von der Sache mit Alina. Deal?«

Für ein paar Augenblicke starren wir uns nur an. Ich kann es ihm nicht sagen. Nicht jetzt, nicht so.

»Da ist nichts«, antworte ich schließlich.

»Na schön, wenn du meinst.«

Mit diesen Worten tritt er aus der Tür und wirft sie hinter sich zu, während ich mit einem schrecklichen Gefühl im Bauch an das Stolpern in meiner Brust denken muss und mit einem Stich im Herzen zurückbleibe.

Noch nicht an der Zeit

Nachdem die Haustür unten ins Schloss gefallen ist, stehe ich da und starre auf meinen Schreibtisch. Auf die Tabletten, den Brief und die vielen Postkarten an der Wand. Ein fieser Schmerz breitet sich in meiner Brust aus. Verdammt. Gerade lief es doch so gut – und jetzt das. Ich muss hier weg, mit jemandem reden, dringend, und deswegen bin ich froh, dass Louisa Zeit hat und wir uns noch vor meiner Schicht in der Stadt treffen können.

»Okay«, meint sie, als wir die Gassen der Altstadt entlangschlendern, »das mit deiner Mutter ist wirklich dumm gelaufen. Gerade jetzt, wo du und Kale euch so hörbar angenähert habt.«

Was? »Du hast uns gehört?«

Sie lächelt. »Dich habe ich gehört, ja.«

Ich werde rot, spürbar. »Weißt du, ich, wir … Louisa, er hat Dinge mit mir gemacht, mit seinem Mund und seinen Händen … Ich weiß nicht, wie ich das beschreiben soll.«

»Hört sich jedenfalls sehr gut an. Und jetzt habt ihr doch wieder Streit. Das muss nicht sein. Willst du wissen, was ich darüber denke?«

Ich nicke.

»Lass es einfach zu und erzähle ihm, was er wissen möchte.«

»Was? Nein, sicher nicht. Und du weißt auch, warum. Weil ich nicht will, dass er mich dann mit anderen Augen sieht oder nicht damit zurechtkommt.«

»Schon klar. Aber überleg doch mal, was jetzt dann auf dich zukommen wird. Nächste Woche geht's zum Arzt, die Werte müssen geprüft werden und, und, und. Da wird er doch sowieso irgendwann dahinterkommen. Es gehört einfach zu dir. Also warum schämst du dich?«

Ich schüttele den Kopf. »Ich schäme mich nicht. Ich möchte nur, dass es keine Rolle spielt. Mir bleibt sicher noch genug Zeit. Die drei Monate kann ich locker so überstehen.«

Louisa atmet tief durch. »Gut, wenn du es so willst. Aber ich denke, Kale wird nicht nachgeben. Wenn du nicht mit ihm redest und ihm alles erklärst, wirst du keine Zeit mehr mit ihm zusammen haben. Also überleg dir genau, was du jetzt machst. Und was den Brief betrifft: Ich finde auch, es ist wirklich an der Zeit, dass du ihn liest.«

Wir shoppen noch einige Zeit, dann verabschiedet sich Louisa, und ich mache mich auf zum Café. Heute habe ich wieder Schicht mit Isa. Ich freue mich wirklich, sie zu sehen, hoffe aber, dass Josh nicht auftaucht oder womöglich sogar Kale. Louisa hat mir jedoch vorhin noch versichert, dass Josh heute wohl nicht mehr unterwegs ist. Er möchte angeblich noch etwas Musik machen, und ich war ganz erstaunt, als ich das hörte.

»Josh macht Musik?«

»Ja, ein wenig, hin und wieder sogar zusammen mit Kale«, erklärte sie mir. »Hast du das gewusst? Vielleicht hat Kale ja deswegen so flinke Finger, weil er Gitarre spielen kann.«

Daraufhin rollte ich mit den Augen. »Sag so was nicht, das ist einfach nur schrecklich.«

Als ich nun das Café betrete, ist Isa schon da. Sie winkt mir zu, dann nimmt sie mich in die Arme. »Hey, alles gut bei dir? Ich habe schon gehört, dass du gestern ein bisschen zu viel getrunken hast. Deswegen hätte ich heute eher nicht mit dir gerechnet.«

Verlegen senke ich ein wenig den Kopf. »Hat Josh dir das erzählt?«

»Unter anderem. Und Kale. Er war vorhin auch hier, die beiden wollten noch zu uns nach Hause, um ein bisschen zu jammen.«

Okay, Louisa hatte also recht.

»Ich wusste gar nicht, dass Josh Musik macht«, sage ich, als wir zusammen beginnen, Gläser zu polieren und den Tresen in Ordnung zu bringen.

»Doch, doch, er hat sogar einen Instagram-Kanal, da laden beide immer wieder Songs hoch. Ich glaube, das macht ihnen einfach Spaß. Josh jedenfalls liebt die Musik schon von klein auf. Mit sieben hat er seine erste Gitarre bekommen und mich damit in den Wahnsinn getrieben.«

Jetzt muss ich kichern.

»Hast du eigentlich Geschwister?«, will sie wissen, während ich mir eine frische Schürze umbinde.

»Nein, ich bin ein Einzelkind.«

»Du Glückliche, das habe ich mir früher auch manchmal gewünscht. Aber na ja, dir ging es sicher umgekehrt.«

»Stimmt, ab und an habe ich mir tatsächlich gewünscht, eine Schwester zu haben oder einen Bruder«, flüstere ich.

Dabei merke ich, wie ich traurig werde. Ohne es in diesem Augenblick tatsächlich zu wollen, muss ich an Mama und Papa denken, daran, wie sie sich an mich klammern. Ich frage mich, ob es anders wäre, wenn sie außer mir noch ein Kind hätten. Das Ganze ist für meine Eltern schon schwer, all die Jahre haben sie so vieles mit mir durchgestanden. Mit einem Mal schäme ich mich sogar, dass ich mich von ihnen distanziert habe und mich auch heute noch so verhalte. Doch anders hätte ich nie dieses Gefühl von Freiheit spüren können, hätte nicht mal durchatmen können, wenn es auch nur für kurze Zeit ist.

»Alles okay?« Isa mustert mich.

»Ja, ich musste nur gerade an meine Eltern denken, gerade an meine Mutter. Ich fehle ihr sehr, und in letzter Zeit habe ich mich auch nicht so oft bei ihnen gemeldet. Immer war was los, die Arbeit, die Uni …«

»Und Kale.« Sie zwinkert mir zu. »Sie hat euch gesehen, oder? Kale meinte, es gab etwas Drama, aber mehr wollte er nicht verraten.«

Erleichtert nicke ich. Mehr scheint Isa also nicht zu wissen.

»Was war denn los?«, hakt sie nach.

»Ach, meine Mutter möchte, dass ich zurück nach Hause komme. Sie war schon immer sehr, sehr auf mich fixiert. Dann hat sie auch noch Kale gesehen und war ganz durch den Wind. Und Kale war sauer.« Ich winke ab. »Egal.«

»Aber sie liebt dich trotzdem, und manchmal müssen Eltern auch lernen, dass sie uns loslassen müssen und dass es im Leben nicht immer nach ihrem Plan geht«, sagt Isa. »Bei mir ist das doch genauso. Meine Eltern verstehen das mit der Friseurlehre immer noch nicht, weil sie der Meinung sind, dass ich viel mehr erreichen könnte. Sie meckern, aber sie lieben mich, und das ist die Hauptsache. Ich denke, da haben wir beide noch Glück. Das geht nicht jedem so, Kale zum Beispiel.«

»Warum? Was meinst du?«

Sie beißt sich auf die Unterlippe. »Nichts, ich hätte nichts sagen sollen.«

Jetzt bin ich natürlich neugierig geworden. Also scheint da doch noch mehr zu sein als das, was er mir erzählt hat. »Sein Vater ist tot, das weiß ich. Und dann gab es angeblich noch einen Stiefvater. Aber was ist mit seiner Mutter? Hat er zu ihr kein gutes Verhältnis?«

»Sagen wir so, es ist kompliziert. Am besten versteht er sich noch mit seiner Oma. Aber wenn du mehr wissen möchtest, muss er dir das selbst sagen.« Sie zuckt mit den Schultern. »Und bei euch? Ist jetzt wieder alles gut?«

»Ehrlich gesagt weiß ich es nicht. Wir hatten erst Streit, dann haben wir uns versöhnt und heute wieder Streit …«

»Und warum? Du musst es mir natürlich nicht sagen, wenn du nicht willst.«

»Genau wegen diesem Vorfall mit meiner Mutter. Kale meinte, er hasst es, angelogen zu werden, und ist gegangen. Keine Ahnung, was jetzt ist.«

Isa sieht mich an. »Kale hasst Lügen wirklich. Er wurde in dieser Hinsicht schon oft enttäuscht. Wenn du ihn magst, dann mach das nicht, okay? Er wirkt immer so hart, und es wird viel über ihn geredet, doch eigentlich hat er ein gutes Herz, das aber schon häufig strapaziert wurde.«

Ihre Worte treffen mich. Ja, mit strapazierten Herzen kenne ich mich aus.

»Ich glaube, er mag dich«, fährt sie fort. »Und das ist etwas, das bei ihm wirklich selten vorkommt. Also denk darüber nach, Jass. Aber jetzt lass uns was arbeiten.« Mit einem Lächeln wendet sie sich ab und geht auf die Tische zu, während ich noch ein paar Augenblicke lang dastehe und über ihre Worte nachdenke.

Kale scheint also auch ein paar tiefere Geheimnisse zu haben, so wie ich. Vielleicht muss man ja nicht gleich jedes lüften, aber es ist immer gut, einen Schritt aufeinander zuzugehen. Und ich beschließe, genau das zu tun.

Als ich nach der Schicht im Café mit Louisa zu Hause auf dem Sofa sitze, wo wir uns eine Folge *Haus des Geldes* reinziehen, nehme ich das Handy gefühlt hundertmal in die Hand. Immer wieder sehe ich nach, wann Kale zum letzten Mal online war, und hoffe insgeheim, dass er mir schreibt, was er aber nicht tut. Und auch nicht tun wird, wenn ich an Isas Worte denke. Es ist wie eine Folter, jedoch keine schöne Folter wie die, unter der ich letzte Nacht und auch noch einmal heute Morgen gelitten habe, sondern eine quälende.

»Jetzt schreib ihm endlich oder lass es sein«, sagt Louisa irgendwann und wirft ein Kissen nach mir.

»Was? Ich mache doch gar nichts.«

»Doch, du machst mich wahnsinnig. Entweder tippst du ihm jetzt irgendwas, oder du lässt es bleiben, Ende. Melde dich lieber mal bei deiner Mutter, sie hat vorhin schon wieder angerufen.«

»Ist ja gut, du hast recht.«

Seufzend klicke ich Kales Kontakt weg und schreibe stattdessen Mama, dass ich sie liebe und sie sich keine Sorgen machen soll. Ich schlage vor, dass ich sie am Montag nach der Uni besuche, damit wir reden können. Sie antwortet mir sofort, dass das heute nicht böse gemeint war, dass sie mich auch liebhat, mich versteht und sich freut, wenn wir uns sehen.

Ich bin erleichtert, denn ich will keinen Streit. Ich war noch nie ein Mensch, der Konflikte verträgt, sondern suche immer nach Harmonie.

Jetzt muss ich nur noch die Sache mit Kale wieder ins Lot bekommen. Aber wie? Reicht es, ihm jetzt zu schreiben, oder sollte ich ihm nicht lieber persönlich erklären, worum es geht? Ich beschließe, dass Letzteres der bessere Weg ist.

»Morgen haben die Jungs wieder ein Fußballspiel, oder?«, frage ich Louisa.

Sie sieht auf. »Ja, warum?«

»Lass uns zusehen, dann rede ich mit Kale. Würdest du mitgehen?«

»Klar, mach ich, für dich doch immer. Und ich hab auch nichts dagegen, Josh zu sehen.« Sie lächelt.

»Erzähl mal, was war denn heute mit ihm?«

»Nichts. Wir reden, albern viel herum, er flirtet mit mir, ja, aber ich weiß auch nicht.«

»Du magst ihn so sehr, Louisa, du solltest es ihm sagen«, rate ich ihr. »Nicht dass eine andere auftaucht, er sich in sie verliebt, und das war's dann für dich.«

»Dann ist es eben so. Daran könnte ich auch nichts ändern, oder?«

»Allein wie ihr beide euch anseht. Mal im Ernst, Josh mag dich. Und er ist nicht Stefan, der war ein Arsch, ein …«

Sie winkt ab. »Mal sehen, ich … ich bin einfach noch nicht so wirklich dazu bereit. Mein Herz, es ist noch ziemlich verbeult.«

»Armes Herz.«

»Du sagst es, diese Herzen können ganz schön nerven.« Ihr Blick wird ernster. »Du musst das mit Kale klären, Jass. Du bist meine beste Freundin, wenn noch mal so was passiert wie damals, das geht nicht. Echt nicht, ich …«

»Mach dir keine Sorgen«, wiegele ich ab. »Es wird alles gut, ganz sicher. Meine Mama hat einfach übertrieben. Ja, die Werte sind schlecht, aber das heißt gar nichts. Lass uns jetzt lieber noch was Schönes anschauen. Irgendeine Idee?«

Sie hebt eine Augenbraue. »Weißt du, was ich glaube? Du solltest den Brief lesen. Und zwar jetzt.«

Ich antworte nichts. Wir sehen uns noch eine Folge an, dann mache ich mich auf ins Bett. Allein. Eigentlich bin ich es ja gewohnt, allein zu sein. Doch heute ist es anders, weil ich jetzt weiß, wie unglaublich schön es sein kann, mit jemandem im Bett zu liegen. Noch immer riecht mein Laken nach Kale, und ich würde zu gern wissen, ob er auch an mich denkt. Vielleicht ist es ihm aber auch total egal, was mit mir ist.

Ich nehme mein Handy in die Hand und rufe seinen Kontakt auf. Er war gerade eben online, erst vor einer Minute. Schließlich halte ich es nicht mehr aus und schreibe ihm: *Ich erkläre dir alles, versprochen. Wenn du das noch willst?*

Kaum habe ich die Nachricht abgeschickt, ist er wieder online, und die beiden Häkchen unter dem Text werden blau. Ich warte eine ganze Weile, er ist noch immer online, schreibt aber nichts. Auf einmal ist er weg. Er hat meine Nachricht also gelesen, aber nicht geantwortet.

Ich lege das Handy auf den Nachttisch und kuschele mich in die Decke. Ist es am Ende wirklich zu spät?

Isas Worte fallen mir ein, dass Kale oft belogen wurde. Und ich denke daran, was er mir anvertraut hat. Da ist es irgendwo schon nachvollziehbar, dass er enttäuscht ist, auch wenn ich es selbst nicht direkt als Lüge empfinde, was ich getan habe. Aber was weiß ich schon, was in seinem Herzen vorgeht. Niemand kennt das Herz des anderen. Niemand weiß, was es aushalten kann oder nicht, wie viel man ihm vorspielen kann.

Ich lausche dem Klopfen in meiner Brust, das jetzt schneller geworden ist. Ja, wem spiele ich etwas vor? Louisa, meinen Eltern, mir selbst? Wovor laufe ich davon?

Schließlich muss ich an den Brief denken. Ich habe eindeutig Angst vor dem, was darin steht. Aber vielleicht ist es wirklich an der Zeit, dass ich mich endlich mal damit auseinandersetze.

Ich stehe auf und trete zum Schreibtisch, wo der Brief noch immer liegt. Als ich Lisas Handschrift erkenne, kann ich nicht verhindern, dass mir Tränen in die Augen treten. Weil plötzlich alle Erinnerungen wieder da sind. All die Gefühle, Ängste und Sorgen. Alles, was wir erlebt haben.

Ich weiß, ich sollte den Umschlag jetzt öffnen. Aber ich kann es nicht.

Ja, wovor laufe ich davon? Vor der Vergangenheit vielleicht, weil ich weiß, dass sie auch meine Zukunft sein kann?

Ich stecke den Brief ungeöffnet in die unterste Schreibtischschublade, ehe ich mich wieder ins Bett lege. Es ist noch nicht an der Zeit. Das ist mein letzter Gedanke, ehe ich einschlafe.

Sie und er

»Was ist jetzt, kommst du?« Louisa taucht an der Tür zu meinem Zimmer auf. Eigentlich wollten wir schon vor zehn Minuten los zum Fußballspiel, doch irgendwie kann ich mich nicht dazu aufraffen.

»Vielleicht ist es keine gute Idee, hinzugehen«, überlege ich. »Ich schätze, Kale will mich nicht sehen.«

»Warum das? Nur weil er dir nicht geantwortet hat?«

»Na ja«, ich zucke mit den Schultern, »ich habe ihm heute noch zweimal geschrieben, aber wieder nichts. Und ich komme mir dabei auch total bescheuert vor. Ich sollte ihm nicht nachlaufen.«

»Das kann ich verstehen. Trotzdem, wenn du es nicht versuchst, wirst du es nie erfahren. Am Ende hatte er einfach viel zu tun.«

»Oder keinen Bock zu antworten, keinen Bock auf mich, auf das, was ich ihm sagen möchte.«

Louisa kommt zu mir her und setzt sich neben mich auf die Bettkante. »Unsinn, das ist eben Kale. Ich weiß, du hast ein bisschen Angst, dass er dich blöd behandelt, wenn wir bei dem Spiel aufkreuzen. Aber das ist jetzt nun mal das Risiko bei der Sache.« Sie beginnt zu grinsen. »Und du wolltest doch Abenteuer, Risiko, Herzschmerz.«

Ich rolle mit den Augen. »Du bist total blöd, weißt du das?«

»Nö, ich gebe nur das wieder, was du gesagt hast. Also bist du blöd, Spiegel und so.«

»Sehr witzig.«

»Selber. Und jetzt hör auf zu jammern und komm mit«, sagt sie entschieden, und schließlich lasse ich mich von ihr mitziehen.

Das Abenteuer Fußball – oder eher das Abenteuer Kale – startet eine gute Stunde später. Kale würdigt mich natürlich keines Blickes.

Keine Ahnung, wie ich mich jetzt verhalten soll. War das, was ich getan habe, so schlimm, dass er mich derart abweisend behandeln muss? Dass er alle anderen grüßt, mich jedoch nicht mehr zu kennen scheint?

Isa ist da, Josh und auch Dominik. Ich weiß nicht, ob es ihnen aufgefallen ist. Falls ja, lassen sie es sich zumindest nicht anmerken.

Lange Zeit passiert im Spiel nichts, bis dem Gegner kurz vor Ende der ersten Halbzeit ein Treffer gelingt. Kale ist deswegen außer sich vor Wut und brüllt Josh an, warum er nicht in den Zweikampf gegangen sei. Wenn das so weitergeht, wird das heute wohl eher nichts mit einer Versöhnung, denn nach einer Niederlage wird Kales Laune sicher nicht besser werden.

In der Halbzeitpause holen wir uns am Kiosk etwas zu trinken und reden. Dominik berichtet, wie es mit seiner Bar vorangeht und dass er sie wohl wie geplant eröffnen kann.

Als die Jungs zurückkommen und das Spiel weitergeht, wird es nicht besser. Auf dem Platz herrscht eine heftige Anspannung, die auch unter den Zuschauern zu spüren ist. Einmal gelingt es Kale, vor das Tor zu kommen, er schießt jedoch weit darüber.

Und so endet das Spiel 1:0 für den Gegner.

Nach dem Schlusspfiff verschwindet Kale postwendend in Richtung der Kabinen. Als er wieder herauskommt, bemerkt er uns ganz sicher, doch er tut noch immer, als wäre ich Luft.

»Ich denke, ich lasse das heute lieber bleiben«, sage ich zu Louisa. »Es macht jetzt keinen Sinn, mit ihm zu reden.«

In diesem Augenblick geht eine Blondine auf Kale zu und stupst ihn an. Sie sagt irgendwas zu ihm, er nickt, dann verschwindet er mit ihr in eine ruhigere Ecke etwas abseits.

Mein Herz sticht, denn ich weiß, wer sie ist. Das Mädchen von der Tankstelle und von dem Foto. Diese Alina. Sie blickt nun kurz in meine Richtung, woraufhin Kale den Kopf schüttelt.

Isa taucht neben mir auf. »Was will die denn noch von ihm? Sie soll es doch einfach lassen.«

Man merkt gleich, dass die beiden keine Freundinnen sind und es auch niemals waren.

»Und was will sie von Kale?«

»Immer viel zu viel, sie kann keine Ruhe geben. Ich an deiner Stelle würde hingehen und das Ganze unterbrechen.«

Erstaunt sehe ich sie an. »Was?«

»Er ist dein Freund, Jass, also geh hin.« Stimmt, Isa denkt ja, dass ich Kales Freundin bin.

»Aber unser Streit? Und Kale, er ist sauer auf mich.«

»Na und? Trotzdem, komm!« Sie packt mich am Arm und hakt sich bei mir unter.

Und dann stehen wir auch schon vor den beiden.

Alina ist wirklich wunderhübsch, fast puppengleich, ihre Figur ist schlank, das Haar seidig. Als sie mich und Isa erblickt, zieht sie eine Augenbraue nach oben. »Ist was? Kale und ich unterhalten uns gerade.«

»Ich muss jetzt sowieso unter die Dusche«, sagt Kale und will sich abwenden, doch Alina hält ihn am Arm fest.

»Nur einen Moment noch. Bitte, Kale, mir ist das so wichtig.« Sie wirkt beinahe verzweifelt.

»Ich hab es dir doch schon hundertmal gesagt, Alina. Und ich …«

Er sieht zu mir, und ich weiß nicht, wie ich jetzt reagieren soll oder darf. Was er wohl gerade denkt? Ob er mich hasst?

»Und ich bin vergeben«, fügt Kale an Alina gewandt hinzu, »also bitte lass es jetzt gut sein.« Er greift nach meiner Hand und küsst mich auf die Stirn. »Bin gleich wieder bei dir, ich dusche nur kurz.« Dann dreht er sich endgültig weg und geht.

Alinas Augen weiten sich, und auch ich bin mehr als perplex. Was sollte das denn bitte?

Ohne lange nachzudenken, beschließe ich, ihm zu folgen. »Kale, warte einen Moment.« Als ich vor ihm stehe, nehme ich sein Gesicht in meine Hände und ziehe ihn sanft zu mir, um ihn auf den Mund zu küssen.

»Das ändert nichts daran, dass ich noch sauer auf dich bin«, raunt er mir zu. »Wir reden gleich, klar?«

»Klar.« Ich sehe ihm nach, wie er in der Kabine verschwindet, allerdings wirkt er nicht mehr so verkniffen wie vorhin, sondern grinst leicht.

»Zusammen? Du und er?«, höre ich Alina in meinem Rücken fragen.

Ich werfe einen Blick über die Schulter in ihre Richtung. »Ja. Was dagegen?«

Es kommt keine Antwort mehr von ihr, stattdessen macht sie auf dem Absatz kehrt und verschwindet in der Menge.

Ich sehe zu Isa, die sich das Lachen kaum verkneifen kann. »Geht doch«, meint sie mit einem Augenzwinkern.

Bis Kale kommt, dauert es noch eine gute halbe Stunde. Doch als er dann endlich da ist, bin ich aufgeregt, sehr sogar. Noch mehr natürlich, als er meine Hand nimmt, mich mit sich zieht und etwas abseits von den anderen stehen bleibt.

Wie gut er aussieht, die noch etwas feuchten Haare, das blaue Hemd, die kurze Jeans. Seine Finger, sein Mund, alles an ihm löst Hitze in mir aus, weil ich weiß, was er damit anstellen kann. Aber mehr noch, weil er einfach da ist, weil ich ihn vermisst habe. Ich wollte keinen Streit.

»Du hast nicht auf meine Nachricht geantwortet«, sage ich.

Er nickt. »Ja, ich weiß.«

»Mit Absicht?«

»Mit voller Absicht.«

Ich schlucke. Okay, er verhält sich doch distanzierter. Ob er das mit dem Kuss vorhin nur wegen Alina gemacht hat?

Ich beschließe, all meinen Mut zusammenzunehmen, um diese Stille zu beenden. »Du magst es nicht, angelogen zu werden, Kale, ich verstehe das. Wer mag das schon? Aber jemanden zu ignorieren, ist auch nicht gerade nett.«

Er zuckt nur mit den Schultern.

»Soll das jetzt immer so sein, wenn wir uns nicht einig sind oder Streit haben?«, frage ich. »Drohst du mir dann immer gleich damit, dass es vorbei ist, ignorierst mich und stößt mich weg?«

Er sieht mich an, antwortet aber immer noch nichts.

»Es stimmt«, fahre ich fort, »ich habe dir nicht gleich gesagt, was hinter dem Besuch meiner Mutter steckt, aber ich … Es ist nicht so einfach für mich, verstehst du? Ich habe jahrelang zu Hause gelebt, und jetzt bin ich zum ersten Mal auf mich gestellt, und alles … alles ist so neu.«

Ja, so vieles ist neu. Ich denke an die Nacht mit Kale, an seine Hände auf meiner Haut, seinen Mund, seine

Küsse und noch so viel mehr. Dabei steigt mir spürbar die Röte auf die Wangen, was er natürlich bemerkt.

»Woran denkst du gerade?«, fragt er prompt. »Du hast diesen Blick …«

Ich schüttele den Kopf. »Nichts.«

»Ja, klar.« Er beginnt zu schmunzeln.

»Bitte lach nicht, Kale. Was ich damit sagen wollte: Es ist nicht einfach, und wenn man dann auch noch in Streit gerät und …«

Er kommt etwas näher und sieht mich an. Intensiv ruht sein Blick auf mir.

»Und ja, du bist vielleicht verletzt worden. Aber ich wollte dich nicht verletzen oder belügen, ich wusste nur nicht, wie ich es dir sagen soll. Denn es ist nicht so leicht und …«

Weiter komme ich nicht, denn auf einmal zieht er mich an sich und legt völlig unerwartet seine Lippen auf meine. Er küsst mich so heftig, dass meine Knie zu zittern beginnen. Mein gesamter Körper schmilzt dahin, und sein Kuss raubt mir so sehr den Atem, dass ich fast keine Luft mehr bekomme. Sofort ist da wieder überall Hitze, und ich will mehr, so viel mehr.

Irgendwann lösen wir uns voneinander. »Kale, du wolltest doch die Wahrheit wissen, oder?«, frage ich.

»Ja, nichts als die Wahrheit. Also sag mir, was los ist.«

Noch immer spüre ich das Prickeln seiner Lippen auf meinen. Ich atme tief durch. »Dass ich die Tabletten nehme, hat einen Grund«, beginne ich zögernd, doch dann fasse ich Mut und erzähle einfach drauflos. »Als ich sechzehn war, wurde ich plötzlich ganz schwach. Alles wurde mir zu viel, jeder Schritt. Schließlich wurde eine Herzmuskelentzündung diagnostiziert, ich musste behandelt werden, immer wieder wurden verschiedene Tests durchgeführt. Gut, es wurde besser, aber seitdem muss ich laufend diese Tabletten nehmen. Meine Eltern waren natürlich total in Sorge, und so bin ich nie wirklich ausgegangen, habe nicht viel Sport gemacht. Hin und wieder ein wenig laufen, das schon, aber … Na ja, sie haben mich eben sehr behütet, so als wäre ich zerbrechlich.«

»Okay.« Er hält kurz inne und scheint nachzudenken. »Deswegen also auch dein Blog und der Name *Leseherz*? Wegen deinem Herzen?«

»Ja. Und deshalb hat meine Mutter auch so reagiert. Ich habe zwar durchgesetzt, dass ich ausziehe und endlich auf eigenen Beinen stehe, aber es ist nicht so leicht für sie zu akzeptieren.«

»Und warum das mit der Liste? Steckt da was Schlimmeres dahinter?«

»Weißt du, meine Eltern machen sich einfach die ganze Zeit Sorgen. Sie tun das, weil sie mich lieben, aber es macht mich verrückt. Und ich wollte mich von ihnen lösen, endlich etwas erleben. Deswegen die Liste.«

»Ich verstehe. Bist du denn wirklich gesund?«

»Nun, ich muss schon aufpassen, aber …«

»Aber?« Wieder ist sein Blick so tief.

»Es ist alles gut«, wiegele ich schnell ab. »Und jetzt hör auf, das wirkt ja so, als würdest du dir Sorgen machen. Steht dir irgendwie nicht.« Ich zwinkere ihm zu, woraufhin sich seine Mundwinkel nach oben bewegen.

Wie süß er doch sein kann, denke ich mir, verwerfe es aber gleich wieder. Es ist nicht echt.

Oder doch? Ich meine, kann es sein, dass er sich tatsächlich Sorgen um mich macht?

»Das ist keine Antwort auf meine Frage«, sagt er.

»Ich muss nur darauf achten, meine Medikamente pünktlich zu nehmen, das ist alles.«

»Na, dann ist ja alles gut. Und, war das jetzt so schwer, es mir einfach zu sagen?«

»Nein.« Erleichtert schüttele ich den Kopf. Dennoch ist da dieser Druck, denn es war ja noch nicht die ganze Wahrheit. Doch ich schiebe den Gedanken beiseite. Stattdessen frage ich: »Dann ist das wirklich okay für dich? Du kannst damit leben?«

Er lächelt. »Du bist wirklich anders als andere Mädchen. Du sagst mir, dass du dieses Problem hast, und fragst, ob es für mich okay ist. Ja, es ist okay. Alles gut.« Er kommt noch ein wenig näher. »Nur das mit der Liste verstehe ich noch nicht so richtig, aber na ja …«

»Sieh mich nicht so an«, sage ich und trete einen Schritt zurück. »Aber wenn das alles so leicht ist, dann jetzt zu dir, Kale Haber. Was ist das Geheimnis mit Alina und dir?«

Einen Moment lang mustert er mich. »Ich sage es dir, jedoch nicht hier. Lass uns irgendwo was essen gehen. Ich füttere dich auch, einverstanden?«

Ich ziehe eine Augenbraue nach oben. »Na schön, wohin willst du?«

»McDonald's. Ich schiebe dir liebevoll die Gurke aus dem Hamburger in den Mund.«

»Mmh, das klingt ja so romantisch, Kale«, erwidere ich spöttisch, woraufhin er zu grinsen beginnt.

Er bückt sich nach seiner Sporttasche und hängt sie sich über die Schulter. »So bin ich eben. Weißt du was? Wir gehen zu mir und kochen. Ich hab noch ein bisschen was daheim.«

Damit habe ich nicht gerechnet. »Im Ernst? Wir kochen? Bei dir?«

»Na ja, Fischstäbchen oder Chicken Nuggets ist nicht gerade die hohe Kochkunst. Aber irgendwie zaubern wir schon was. Einverstanden?«

Ich bin einverstanden und hoffe, dass ich dann noch mehr Antworten auf meine Fragen bekomme.

Eine Pizza und ihre Folgen

»Das ist also deine Wohnung von innen«, sage ich, als ich hinter Kale eintrete und mich in dem schmalen Flur umsehe.

Von der Wohnungstür aus gesehen geht es links ins Badezimmer. Daneben steht eine Garderobe, an der seine Jacken, der Motorradhelm und ein paar Andenken hängen, unter anderem eine Medaille von einem Zombielauf, den Kale gewonnen hat.

»Du hast bei einem Zombielauf mitgemacht?«

Er zuckt mit den Schultern. »Das war cool, du hast was verpasst.«

Dann werfe ich einen Blick ins Bad. »Das ist ein Playboy-Handtuch da drüben, oder?«

»Hab es beim Umzug wiedergefunden, war ein Geschenk zum vierzehnten Geburtstag, und es steht mir wieder.«

Ich schüttele den Kopf, schaffe es aber nicht, mir das Lachen zu verkneifen. »Klar, zum Vierzehnten. Sicher hast du es dir selbst besorgt. Von wegen Bad Boy Equipment und so.«

»Bad Boy Equipment, auf so was kannst auch nur du kommen.«

Ich sehe mich weiter um. Alles ist ganz neu, mit Badewanne, einer edlen Dusche und einem Boden in Holzoptik, der alles noch gemütlicher wirken lässt. Alles ist aufgeräumt - bis auf ein paar Kondome, die auf der Ablage liegen.

»Noch mehr Equipment«, stelle ich fest.

Er grinst. »Ich bin nur immer vorbereitet.«

Schließlich gehe ich zurück in den Flur und folge Kale in den Wohn- und Essbereich. Links befindet sich eine kleine Küche, in der Mitte das Sofa, davor ein Tisch, auf dem Kale sogar ein wenig Dekoration stehen hat. Eine große Glasfront sorgt für Licht und führt auf eine großzügige Terrasse mit Blick auf ein Feld.

»Jetzt kennst du alles. Klein, aber trotzdem fein.« Er überlegt kurz, ehe er auf eine weitere Tür zeigt. »Fast alles, das Schlafzimmer hast du noch nicht gesehen. Von dort aus geht es in einen Abstellraum, den ich noch herrichten muss, im Moment schaffe ich das jedoch nicht. Und der Esstisch fehlt auch noch, dabei wollen mir die Jungs helfen. Ich habe da nämlich eine bestimmte Vorstellung und schon mal was gezeichnet, aber na ja, die Zeit.«

Ich sehe ihn an. »Gezeichnet? Wie meinst du das?«

»Ist so ein Hobby von mir.« Er winkt ab. »Hin und wieder hab ich Ideen für Möbelstücke oder so, dann zeichne ich das eben.« Er spricht es aus, als wäre es nichts, dabei ist es alles andere als das.

Doch ich sage nichts weiter, sondern öffne stattdessen die Tür zum Schlafzimmer. Auf der rechten Seite befindet sich ein Schrank, der die gesamte Breite der

Wand ausfüllt, auf der linken das Bett, direkt unter dem Fenster. Ich stelle mir vor, wie schön es sein muss, morgens hier aufzuwachen, wenn die Sonne ins Zimmer strahlt. Es könnte romantisch sein.

»Gefällt's dir?«, reißt er mich aus meinen Gedanken.

»Ja, sehr. Und jetzt? Essen?«

Kale öffnet den Kühlschrank. »Nun, ich war wohl etwas zu optimistisch, vielleicht bestellen wir doch lieber was.«

Ich trete neben ihn und sehe hinein. Tatsächlich ist nicht viel darin zu finden. Etwas Salat und Eier, außerdem eine Packung Milch, die er sicher für seinen Kaffee braucht, denn ich entdecke auf der Arbeitsplatte eine kleine Kaffeepad-Maschine.

»Ich müsste eigentlich im Gefrierfach noch Hähnchen haben«, meint er nachdenklich und streicht sich dabei durch die Haare, was ihn so unbeholfen und süß aussehen lässt. Das würde ich ihm aber natürlich niemals sagen.

»Also meinetwegen, Salat mit aufgetautem Hähnchen ist doch okay«, bemerke ich.

Er lacht. »Du veräppelst mich, oder?«

»Nein, ich bin nicht wählerisch.«

Wieder schiebt sich ein Lächeln über seine Lippen. Bevor er noch etwas entgegnen kann, beginnt der Kühlschrank zu piepen. Bestimmt hat er zu lange offen gestanden. Rasch drückt Kale die Kühlschranktür zu.

»Lange Rede, kurzer Sinn, wir sollten was bestellen.« Er zieht sein Handy aus der Hosentasche. »Was willst du? Pizza?«

»Pizza klingt gut, ich nehme Hawaii.«

Er nickt und wählt dann eine Nummer. Sieht so aus, als würde er sich öfter was bestellen.

»Haber, hallo. Ich möchte bitte zweimal Pizza bestellen … Ja, wir nehmen einmal Hawaii und einmal Rucola mit Parmaschinken.« Schließlich gibt er noch die Adresse durch, eher er das Handy weglegt. »Vierzig Minuten. Wir könnten uns inzwischen ja einen Film aussuchen, oder?« Er setzt sich auf das Sofa und klopft mit der flachen Hand auf den Platz neben sich. »Komm zu mir.«

Sofort bekomme ich wieder dieses Kribbeln im Bauch. Nachdem ich mich neben ihn gesetzt habe, greift er nach der Fernbedienung und schaltet den Fernseher an. Ehe ich mich versehe, zieht er mich näher zu sich heran. Ich lasse es zu, lege den Kopf an seine Schulter, und mein Herz beginnt, heftig und schnell zu klopfen.

Was wollten wir hier eigentlich noch mal? Wollte ich ihn nicht nach Alina fragen? Aber irgendwie erscheint mir das in diesem Augenblick mehr als unpassend. Zudem kann ich mit einem Mal an nichts anderes mehr denken, als Kale zu küssen. Sein Duft in meiner Nase, der so herb und anziehend ist, und mein Kopf so nah an seinem vernebelt jeden anderen Gedanken. Ich weiß nicht mal, was er eingeschaltet hat, bis er den Kopf neigt und mich anschaut.

»Hast du schon mal *Game of Thrones* gesehen?«, fragt er. »Ist 'ne coole Serie, es läuft gerade Staffel sechs.«

Ich nicke. Klar, *Game of Thrones* kenne ich. »Ehrlich gesagt habe ich schon was davon gesehen, bin aber nicht wirklich dran hängen geblieben.«

»Nicht? Und an was bleibst du zum Beispiel hängen?«

»Unterschiedlich«, antworte ich. »Ich mag Filme wie *Titanic, P.S. Ich liebe dich* oder *Für immer Liebe.* Die könnte ich mir immer wieder reinziehen. Genau wie *Zwei an einem Tag,* der Film ist so traurig.«

»Passt zu dir«, stellt er fest.

»Warum?«

»Na ja, so romantisches Zeug voller Emotionen. Ich bin da eher für, na ja, für was anderes.«

»*Game of Thrones* ist auch romantisch«, wende ich lächelnd ein.

Er grinst. »Wenn du die Liebesgeschichten zwischen den Schlachten und dem vielen Blut meinst ...«

»Wie auch immer, ich mag Romantik«, erwidere ich leise, aber bestimmt. »Natürlich ist sie oft kitschig, und in den Büchern und Filmen entspricht wahrlich nicht alles der Realität, aber es gibt sie, diese wahren Geschichten. Nehmen wir mal den Film *Für immer Liebe,* der auf einer wahren Geschichte basiert. Also ist es doch nicht unmöglich.«

»Ja, vielleicht«, meint er nachdenklich.

»Und das lässt einen träumen, von Sonnenuntergängen, von Hoffnung und Gefühlen«, füge ich hinzu.

Unsere Blicke verbinden sich für eine ganze Weile, dann beginnt er zu schmunzeln. »Und von Kissenschlachten, von Essen, mit dem man sich gegenseitig füttert, und von heißen Kerlen in Playboy-Handtüchern, die gar nicht solche Bad Boys sind, wie man vermutet.«

»Veräpple mich nicht, Kale.«

»Das tue ich nicht. Aber gib's zu, deswegen hast du mich doch ausgewählt. Weil ich böse bin.«

Ich lecke mir demonstrativ über die Lippen. »Nicht nur deswegen.«

»Warum noch? Weil ich so nett bin?«

Ich lächle. »Weil ich glaube, dass viel mehr hinter deiner kalten Fassade steckt.«

»Das solltest du aber nicht denken, das ist total klischeehaft. Vielleicht steckt ja gar nichts dahinter. Das hier ist kein Roman, Jass.«

»Vielleicht. Aber das glaube ich nicht. Allein schon der Auftritt von Alina heute und …«

»Und?«

»Und dass du mich mit hierhergenommen hast.«

»Ich habe schon viele Mädchen mitgenommen, das weißt du.«

Da hat er auch wieder recht.

»Du solltest nicht zu viel in die Dinge hineininterpretieren. Und vor allem nicht …« Seine Lippen sind jetzt nur noch wenige Millimeter von meinen entfernt. »Vor allem nicht so viel reden«, flüstert er nur noch, ehe er seine Lippen auf meine legt.

Als unsere Zungen sich finden, seufze ich auf. Augenblicklich wird mir klar, dass ich so viel mehr von ihm will. Dass ich ihn vermisst habe in den letzten Tagen. Vor allem diese Nähe. Ihn zu küssen, fühlt sich intensiv und warm an.

Er zieht mich auf seinen Schoß, und ich sitze auf ihm, während wir uns weiter küssen, uns streicheln und seine Hände an meiner Taille auf und ab wandern. Der Film ist nebensächlich geworden.

Irgendwann hebt er mich hoch und trägt mich ins Schlafzimmer, wo er mich aufs Bett legt. Noch immer küssen wir uns. Meine Hände gleiten unter sein Shirt, wandern an den Bund seiner Hose, wo ich kurz innehalte. Schließlich nehme ich meinen Mut zusammen und beginne, die Knöpfe seiner Jeans zu öffnen. Ich lasse meine Hand hineingleiten, spüre sogar durch die Shorts hindurch, wie erregt er ist.

Hastig schiebt er sich die Jeans von den Hüften und zieht dann sanft an meiner, nachdem er auch dort die Knöpfe geöffnet hat. Nun ist da nur noch die dünne Stoffschicht unserer Unterwäsche zwischen uns.

Als ich mich traue, die Hand auf seine Erregung zu legen, stöhnt er auf.

»Was gefällt dir?«, frage ich leise.

Er lächelt. »Dich hier zu haben, das ist schon ziemlich gut.«

»Du weißt, was ich meine. Ich möchte doch auch, dass du …«

»Du redest zu viel.« Rasch verschließt er meinen Mund mit einem Kuss, der mir unter die Haut fährt, meine Knie weich werden und mich erzittern lässt.

Nach einer Weile löst er seine Lippen kurz von meinen. »Ich weiß, was du sagen willst, aber ich werde jetzt nicht mit dir schlafen. Nicht so und hier und heute«, flüstert er.

Ich schlucke. Er hat recht, es ist nicht der richtige Moment - wobei ich nicht weiß, was eigentlich der richtige Moment dafür ist. Gibt es den überhaupt? Denn in diesem Augenblick verspüre ich solch eine Sehnsucht danach - und nach Kale. Diese Sehnsucht abzustellen, ist nicht gerade leicht, schon gar nicht, wenn ich fühle, wie erregt er ist.

Während Kale erst sich, dann mir das Shirt vom Körper streift, sieht er mich an. Pures Verlangen spiegelt sich in seinem Blick, und mein Herz klopft so heftig, dass mein gesamter Körper davon erfüllt ist. Abermals lege ich die Hand über seine Erregung, während er meine Brüste streichelt. Ich genieße es so sehr. Wie kann er sagen, dass er jetzt nicht mit mir schlafen möchte, und mich dann weiter so berühren?

Ich küsse seinen nackten Oberkörper, fühle seine Haut auf meinen Lippen und wandere tiefer. Irgendwann halte ich kurz inne. »Wie kann ich dich denn ...?«

»Denk nicht zu viel nach, Jass, berühr mich einfach. Du tust das Richtige, glaub mir.«

Ich atme tief durch, und dann traue ich mich. Ich lasse meine Hand in seine Shorts wandern, erst zaghaft, dann immer mutiger, bis ich seine Erregung mit meiner Hand umschließe und damit auf und ab fahre.

Kale keucht auf. »Das ist schon sehr gut.« Er küsst mich nun wieder, noch intensiver, während ich nicht aufhöre, über seine Härte zu streichen. Sein Blick ist dunkel vor Leidenschaft geworden.

Als ich mich leicht aufrichte, um ihm die Shorts nach unten zu schieben, rast mein Puls so schnell, dass ich glaube, jeden Augenblick zu zerspringen. Schließlich liegt Kale komplett nackt vor mir, er sieht so sexy aus.

Ich senke die Lippen auf seinen Bauchnabel, küsse ihn sanft und lecke an seiner Haut, die so gut schmeckt, wie sie riecht und sich anfühlt. Gleichzeitig gleitet meine Hand an seine Erregung, um sich dort wieder auf und ab zu bewegen.

Langsam wandert mein Mund weiter, erst zu seinen Leisten und schließlich ebenfalls an seine Erregung.

»Verdammt, Jass«, stöhnt Kale.

Das Kribbeln in mir lässt sich kaum mehr steigern. Jetzt verstehe ich auch, was er neulich gemeint hat. Dieses Gefühl, den anderen verrückt zu machen, ist genauso erregend, wie selbst berührt zu werden. Seine Hände streicheln mein Haar, während ich noch immer meinen Mund über seine Härte gleiten lasse und sie schließlich in mich aufnehme. Erst vorsichtig, weil ich noch unsicher bin. Doch dann ist es auf einmal einfach, weil ich mich leiten lasse von der Lust, den Gefühlen, die ich für Kale empfinde und die seine Nähe in mir auslöst.

Er schmeckt so gut, neu und aufregend und nach Kale. Ich genieße es, ihn so unter Kontrolle zu haben, mir ausgeliefert, auf eine gute Art und Weise. Und ich wünsche mir, dass es ihn genauso erregt, wie mich seine Zunge zwischen meinen Beinen erregt hat.

So wie ich in meinen Bewegungen schneller werde, beschleunigt sich auch seine Atmung. Jedoch halte ich immer wieder kurz inne, um dann aber gleich wieder von Neuem zu beginnen und damit seine Lust noch zu steigern. Ich denke an nichts anderes als daran, wie ich es genieße, dass er sich unter mir windet, und dass auch ich in der Lage bin, ihm das zu geben, was ihn befriedigt.

Auf einmal klingelt es an der Tür. Ich schrecke auf und stoppe sofort.

»Nein!« Kale seufzt. »Das ist die Pizza.« Er sieht mich an und lächelt. »Jass, du machst mich echt schwach. Also, ich habe keinen Hunger, zumindest nicht mehr auf Pizza. Aber ich muss ja wohl …«

Er steht auf, jedoch nicht, ohne mich vorher noch mal zu küssen. Schließlich zieht er sich die Boxershorts über und geht zur Tür, während ich im Bett liegen bleibe.

Draußen höre ich ihn kurz reden, dann scheint er die Kartons in der Küche abzustellen, eher er zurück ins Schlafzimmer kommt.

»Jetzt ist die Pizza noch heiß, also …« Er zwinkert mir zu.

»Ich weiß nicht«, antworte ich zögernd. »Und du? Wir hatten ja gerade was anderes vor und …«

»Ich laufe nicht weg, versprochen.« Lachend kommt er zu mir her, greift nach meinen Händen und zieht mich an sich. »Und ich bleibe heiß auf dich – auch nach dem Essen.«

Die Sache mit den Gefühlen

Wir sitzen auf dem Sofa und essen Pizza, während *Game of Thrones* noch immer läuft. Doch irgendwie beachten wir den Film nicht, sondern unterhalten uns.

»Und, schmeckt sie dir?«, will Kale wissen.

Ich schlucke hinunter, dann antworte ich. »Ja, sehr gut. Ich mag es, wenn extra Käse dran ist.«

»Ich auch. Käse ist sowieso eines der besten Lebensmittel.«

Ich lache. »Als ob du mit deiner Figur so viel Käse isst.«

»Mit meiner Figur?« Er hebt eine Augenbraue.

»Jetzt willst du, dass ich dir sage, was für tolle Muskeln du hast«, entgegne ich, »aber das tue ich nicht.«

Er grinst. »Nein, natürlich nicht, das will ich auch gar nicht hören.«

»Klar, natürlich nicht.« Ich nehme einen erneuten Bissen von meiner Pizza, ehe ich das Thema anschneide, das mir seit vorhin nicht mehr aus dem Kopf geht. »Was hat es eigentlich mit dem Zeichnen auf sich? Das hat mich neugierig gemacht. Du sagtest, es ist nur ein Hobby, aber es hat sich nach mehr angehört.«

Er kaut und wartet einen Moment. »Wegen des Tisches?«

»Ja, du sagtest, du hast etwas entworfen.«

»Stimmt, aber wirklich nicht so spektakulär, wie du vielleicht glaubst. Mein Opa und auch mein Dad haben immer gern mit Holz gearbeitet, und irgendwie ist das auch in mir drin. Es gefällt mir, etwas zu entwerfen, aber keine Ahnung, ob das ein Talent ist.«

»Das ist es. Das ist sogar richtig toll. Du solltest das weiterverfolgen, wirklich.« Ich lasse meine Augen im Zimmer umherwandern, und erst jetzt wird mir bewusst, wie hübsch auch der niedrige Couchtisch ist, an dem wir essen. »Hast du diesen Tisch auch selbst designt?«, frage ich.

Er nickt, winkt dann jedoch ab. »*Designt* klingt so gehoben. Ich habe mir einfach Gedanken gemacht und ihn dann gebaut. Weißt du, ich mag das. Es ist etwas, das mir Freude macht. Aber mal sehen, was daraus wird.«

Ich streiche über eine freie Stelle auf der Holzplatte. »Das ist großartig, Kale, du solltest das wirklich überdenken. Ich glaube nämlich, du hast Talent, und es macht dir doch auch Spaß. Das sieht alles echt gut aus, ich …« Mehr kann ich nicht sagen, denn auf einmal habe ich ein Stück Pizza an den Lippen. »Was soll das?«

»Ich wollte dich füttern. Liste und so.«

»Aber doch nicht so und ohne Vorwarnung.« Ich wische mir die Tomatensoße von der Wange.

»Wie dann?«

Ich rolle mit den Augen. »Das fragst du mich doch jetzt nicht ernsthaft?«

»Doch. Füttere du mich doch mal, damit ich sehe, wie du es dir vorstellst.«

»Na schön.« Seufzend nehme ich ein Stück Pizza in die Hand. »Ganz einfach, ich halte es dir an den Mund, und du beißt ab.«

Als ich mit der Pizza seine Lippen berühre, reißt er den Mund weit auf. Irgendwie sieht das so unwirklich aus, dass ich zu lachen beginne. Er will gerade abbeißen, doch ich ziehe die Pizza schnell wieder weg und muss nun noch mehr lachen.

Er verzieht das Gesicht. »Das soll romantisch sein?«

»Ein bisschen vielleicht. Also versuchen wir es noch mal.« Wieder halte ich ihm das Pizzastück hin, und diesmal beißt er auch ab.

»Total romantisch«, stellt er trocken fest, nachdem er hinuntergeschluckt hat. »Willst du auch?«

Ich nicke.

Er hält mir ein Stück von seiner Pizza hin, ich beiße zaghaft ab und sehe ihm dabei in die Augen. Ja, es ist vielleicht nicht wirklich romantisch, aber irgendwie schon ein wenig.

»Dann hätten wir das ja auch«, meint er.

»Ja, hätten wir.«

»Und jetzt?«

»Jetzt erzählst du mir, was es mit Alina auf sich hat, du hast es mir versprochen.«

Einen Moment lang blickt er zur Seite. Ich merke, dass er nicht wirklich Lust hat, darüber zu reden. Als er mich wieder ansieht, wirkt er beinahe nachdenklich. »Können wir uns nicht einfach noch weiter füttern?«

Schon, Hunger hätte ich, aber eher nach seiner Haut, seiner Nähe. Und vor allem danach, was er in mir auslöst. Es ist so viel stärker als der Hunger nach Pizza und das Bedürfnis, uns gegenseitig zu füttern.

Meine Frage nach Alina steht nach wie vor im Raum, aber Kale sagt nichts. Vielleicht sollte ich ihn mit diesem Thema ja lieber in Ruhe lassen, dabei würde ich gern so vieles wissen. Was mit Alina war, was sie mit Kale gemacht hat, dass er jetzt so viele Mädchen hat, von denen ihm aber keine etwas zu bedeuten scheint.

»Woran denkst du, Jass?«, fragt er auf einmal.

Ich sehe ihn an. »Hattest du schon viele Mädchen? Ich meine, hast du schon mit vielen geschlafen?«

Er zögert kurz. »Ist das denn wichtig?«

»Nein, aber es interessiert mich eben.«

»Okay, um dein Interesse zu stillen: Ja, ein paar hatte ich schon.«

»Und wie war das?«

Er lächelt. »Du willst wissen, wie es mit den anderen Mädchen war?«

»Ist das komisch?«

»Ein bisschen schon. Vor allem, was willst du wissen?«

»Na ja, wie viele es waren. Erinnerst du dich an ihre Namen, haben sie dir was bedeutet?«

»Eine von ihnen schon, die anderen … ich weiß nicht. Da war es okay, mal mehr, mal weniger. Es war Sex, ich habe mir geholt, was ich wollte, und die Mädchen ebenfalls. Zumindest hatte ich das Gefühl, dass es gut war. Wie gesagt, ich habe immer die Regeln offengelegt, immer gesagt, was ich will.« Sein Blick liegt auf mir. »Sex ist erfüllend für den Moment, er ist wild, kann aber auch mal nicht so harmonisch sein, das kommt auch vor. Eines habe ich mittlerweile gelernt: Wenn man mit jemandem schläft, der einem was bedeutet, dann ist es anders. Dann ist es noch berauschender, weil eben alles dabei ist, der Körper, das Herz, eine Verbindung.« Er greift sich an die Brust, nur ganz kurz, für einen winzigen Moment, aber es kommt mir so vor, als hätte er gerade ein wenig sein Herz geöffnet.

Eilig zieht er die Hand zurück, es ist ihm offensichtlich unangenehm – vielleicht bilde ich mir das aber auch nur ein.

»Okay«, antworte ich nur und lehne mich an ihn.

In mir sind gerade zu viele Fragen. Vor allem eine, die ich mir nicht stellen sollte. Ob ich wirklich nur eines der Mädchen bin, von denen er sich das holt, was er braucht. Oder ob er womöglich doch etwas mehr für mich empfindet.

Schnell verdränge ich den letzten Gedanken. Weil er bescheuert ist, weil ich weiß, was das hier ist. Dass Kale und ich nicht zusammen auf diesem Sofa säßen ohne die Liste.

»Was denkst du, Jass? Sag es mir«, reißt er mich aus meinen Gedanken.

»Nichts, ich denke wirklich nichts. Oder zu viel … aber nichts, wirklich.«

Er zieht eine Augenbraue nach oben. »Von wegen. Also raus damit.«

»Wirklich, es ist nichts, Kale.«

»Du weißt schon, wie die Dinge sind, oder?«

Ich schlucke. Genau das wollte ich jetzt nicht hören. Aber ja, er hat mich durchschaut. Ich weiß, wie die Dinge zwischen uns sind, wie sie sein müssen. Er hat es mir deutlich gesagt, mehr als einmal. Und jetzt wieder.

»Klar, alles gut, ich weiß es natürlich. Du brauchst mir das nicht zu sagen.«

Er nickt. »Gut.«

Und doch muss ich daran denken, wie nah wir uns waren, wie viel er mir heute auch von sich preisgegeben hat. Wie kann er mich so küssen, so berühren und dann doch wieder auf Distanz gehen? Haben Männer da irgendeinen Schalter im Kopf? Oder sind die Gedanken von uns Frauen einfach zu kompliziert? Ist vielleicht das auch das Problem, dass Männer Herz und Kopf offenbar ganz leicht voneinander trennen können, wir Frauen aber nicht wirklich dazu in der Lage sind? Auch wenn wir es immer behaupten?

Ja, die Dinge sind, wie sie sind, flüstert meine innere Stimme. Es ist eine Liste, und es ändert nichts. Eigentlich dachte ich, ich kriege das ohne Probleme hin, aber langsam merke ich, dass es doch schwerer ist als erwartet. Weil ich mich zu wohl bei Kale fühle.

Und ich kann mich auch wohl bei ihm fühlen, ich darf nur nicht mehr erwarten. Ich versuche, mich wieder auf den Film zu konzentrieren, schaffe es aber nicht. Es ist wirklich Mist. Stecke ich schon, ohne es zu wollen, viel zu tief drin? Wusste ich wirklich, worauf ich mich da einlasse?

Aber Gefühle, das merke ich gerade, können verrücktspielen, und man kann sie schwerer kontrollieren als gedacht. Gerade in Herzensdingen. Man kann sich noch so sicher sein, alles unter Kontrolle zu haben, da wird sie einem einfach entrissen.

Vielleicht sollte ich jetzt gehen, die Sache beenden. Aber ich weiß, warum ich hier bin. Weil ich all die Dinge auf der Liste erleben will. Doch für heute wäre es vielleicht schon ratsam – einfach auch, um einen klaren Kopf zu bekommen.

»Ich glaube, ich gehe jetzt mal«, sage ich und versuche, total cool zu wirken. »Ich muss noch lernen, und morgen ist ja Uni und so.«

»Du möchtest gehen? Warum?«

Ich will aufstehen, doch er zieht mich zurück auf die Couch.

»Weil eben …«

Er kneift die Augen zusammen. »Weil eben was? Was ist los?«

»Nichts.«

»Das kaufe ich dir nicht ab. Also?«

»Hab ich doch gerade gesagt, die Uni und alles und … Es ist schon spät, und ich sollte … ich muss gehen, für heute und …«

»Scheiße.« Er sieht mich an.

»Was?«

»Du fühlst mehr für mich, oder? Du hast dich verliebt?«

Nein, bitte, das hat er jetzt nicht gesagt. Bitte nicht.

»Was?« Ich springe auf. »Unsinn! Jetzt bilde dir mal nichts ein, Kale. Nur weil ich sage, dass ich jetzt gehen muss, und wir uns so nah waren. Ich hatte das eben noch nie und bin etwas … sagen wir so, gefühlsmäßig durcheinander. Aber das würde sicherlich jeder in mir auslösen, ich habe das eben noch nicht gespürt. Und wie gesagt, das kann sicher jeder …«

Was rede ich denn da?

Ich beschließe, zur Garderobe zu gehen, um meine Jacke zu holen, doch ehe ich den Flur erreiche, hält Kale mich an der Taille fest und dreht mich zu sich herum.

Bin ich gerade leicht hysterisch geworden? Irgendwie schon, oder?

»Ich denke nicht.« Seine Stimme ist rau.

»Was?«

»Dass jemand das in dir auslöst, was ich in dir ausgelöst habe. Und um ehrlich zu sein, will ich das auch nicht hoffen.« Sein Blick hält mich fest und lässt schon wieder meine Knie weich werden.

Was soll das? Wieso macht er das mit mir?

»Warum? Das kann dir doch egal sein, oder? So ist der Deal. Mir ist es ja auch egal, was du machst und wie viele du beglückst. Es ist mir total egal …«

Zu mehr komme ich nicht, denn dann spüre ich schon Kales Lippen auf meinen. Seine weichen Lippen, die so sanft sind, aber auch so hart sein können. Abermals breitet sich diese rasende Hitze in mir aus.

Ohne weiter nachzudenken, schlinge ich die Arme um seinen Nacken und lasse mich von ihm ins Bett tragen, zurück in die leicht zerwühlten Laken, die wir vorhin hinterlassen haben.

»Ich muss jetzt echt gehen«, keuche ich und drücke die Hände gegen seine Brust, wehre mich aber nicht wirklich.

»Nein, du musst …«

Ich spüre seine Hand an meinem Slip. Er schiebt ihn zur Seite und streicht mit den Fingerspitzen über meine empfindlichste Stelle.

»Ich muss was?«, frage ich noch.

Doch mit einem Mal ist es mir egal, was ich muss, denn meine Gedanken sind nun völlig woanders. Weggetragen von Kales Fingern, die immer wieder dort Hitze in mir aufflammen lassen, wo ich sie gerade brauche.

Für einen kurzen Moment hält Kale inne, aber nur, um zwischen meine Beine zu knien. Er küsst die Innenseiten meiner Schenkel, gleitet dann weiter nach oben, und als er wieder an diesem einen Punkt angelangt ist, lässt er alle Gedanken in mir verschwinden, vertreibt sie mit seinem Mund, der mich in Sphären hebt, die ich gar nicht definieren kann. Alles in mir brennt, ich keuche, kralle mich irgendwo fest, suche Halt, mein Herz klopft heftig, und ich schwebe, bevor ich schließlich sanft zurück auf die Matratze falle. So liege ich da, einen Augenblick lang, bis Kale zu mir nach oben kommt und mich auf den Mund küsst.

»Du denkst also, das hier kann jeder?«, haucht er gegen meine Lippen.

Ich schüttele gespielt empört den Kopf. »Deswegen das Ganze also? Du bist wirklich so was von selbstverliebt, Kale. Was willst du hören? Dass du der Beste bist, der es mir jemals gemacht hat? Ja, das bist du. Aber auch der Einzige, also bilde dir mal nichts ein.« Den letzten Satz flüstere ich nur noch.

»Ich weiß.« Er grinst.

»Idiot. Ehrlich, du bist ein Idiot.«

Er legt sich auf mich und sieht mich mit einem Mal ernst an. Sicher denkt er daran, worüber wir vorhin gesprochen hatten, ehe er mich ins Bett trug.

»Jass, auch wenn die Dinge so sind, wie sie sind, will ich dir eines sagen: Ich mag dich. Mit dir ist es anders als mit irgendeiner anderen. Wir beide sind vertrauter. Vielleicht beantwortet das ja die Frage, die in deinem Kopf umherzuschwirren scheint.«

Ich nicke. Seine Worte lösen Herzklopfen in mir aus. Also bedeute ich ihm doch etwas?

»Aber ich warne dich dennoch«, fährt er fort. »Auch wenn du dich vielleicht gerade so fühlst, es ist keine gute Idee, sich in mich zu verlieben, okay? Also tue es nicht. Das mit uns ist gut, so wie es ist. Diese Liste, ich meine, wir haben noch einiges vor, wir sollten also nichts dazwischenkommen lassen. Wir sind so was wie …« Er zögert kurz, ehe er weiterspricht. »So was wie Freunde.«

»Freunde?« Hat er gerade wirklich *Freunde* gesagt?

»Ja, Freunde, die einiges verbindet, und das ist viel wert.«

Innerlich seufze ich. »Okay, dann eben Freunde oder so was.«

Er rollt sich von mir herunter, und wir liegen einfach nur da, sein Kopf auf meiner Brust. Es ist schön. Wirklich.

»Das mit deinem Herz …«, sagt er irgendwann.

Ich streiche ihm durchs Haar. »Ja?«

»Wie macht sich das bemerkbar, wenn es dir nicht gut geht? Wie muss ich mir das vorstellen?«

»Na ja, ich bin einfach hin und wieder schwächer, doch dafür habe ich ja die Medikamente. Es kann aber trotzdem passieren, dass ich mich abgeschlagen fühle.«

Er hebt den Kopf und sieht mich an. »Deswegen wurdest du neulich so bleich, als wir dieses Stück bergauf gegangen sind? Du hättest mir das gleich sagen sollen, okay?«

»Okay.«

»Und wie äußert sich das noch? Kann ich dir irgendwie … wehtun?«

»Nun, mein Herz rast schon ziemlich schnell bei den Dingen, die du mit mir anstellst.« Er wirkt nun richtig erschrocken, sodass ich lachen muss. »Nein, quatsch, alles gut. Ich falle schon nicht tot um oder so was. Das hoffe ich zumindest.«

Er hebt eine Augenbraue. »Das ist nicht lustig, Jass, echt nicht. Also sag schon, wirklich nicht?«

»Ja, wirklich nicht.«

»Und deine Eltern? Sie sind also sehr vereinnahmend?«

»Schon. Ich bin ihr einziges Kind, und ich verstehe, dass es ein Schock für sie war, das war es für mich damals genauso. Aber ich musste ja auch irgendwie damit leben. Zu leben ist doch so wichtig, und ich will es jetzt umso mehr. Ich meine, Garantien gibt es doch für nichts. Im Prinzip kannst du auch vom Motorrad fallen und tot sein. Aber du denkst nicht die ganze Zeit darüber nach, dass dieser schlimmste Fall eintreten könnte. Und ich möchte das auch nicht mehr tun.«

»Das stimmt schon. Aber klar, ich kann sie auch verstehen, es ist sicher nicht leicht. Sie machen sich nun mal Sorgen.«

»Ich weiß, doch wenn sie sich so an mich klammern, macht es das noch schwerer, für alle Beteiligten«, gebe ich zu bedenken. »Vertrauen kann man doch nur gewinnen, wenn man auch loslässt.«

»Das schon, aber du hast sie ja sehr losgelassen. Anscheinend hast du dich ja gar nicht mehr bei ihnen gemeldet.«

»Das war falsch, ich weiß das. Ich werde auch zu ihnen gehen und, na ja, alles erzählen, was ich tue und …«

Er hebt eine Augenbraue. »Alles? Jetzt wird es interessant.«

»Na gut. Fast alles.«

»Aber deine Mutter wird sich schon einiges denken, oder? Von mir hat sie ja bereits einen wirklich tollen Eindruck bekommen«, meint er grinsend. »Mir geht nicht mehr aus dem Kopf, wie sie mich angesehen hat.«

»Sie ist okay, glaub mir. Und sie hat nichts gegen dich persönlich. Sie denkt nur, dass du eine Gefahr für mein Herz bist.«

»Das bin ich doch auch, oder? Wenn man das mal so sieht …«

Lächelnd klopfe ich ihm auf die Schulter. »Nur im Positiven, absolut im Positiven.«

Dann schweigen wir.

»Kale?«, frage ich nach ein paar Minuten.

»Hm?«

»Ist diese Alina das eine Mädchen, das dir etwas bedeutet hat?«

Er sieht mich an. »Kann sein«, flüstert er.

»Und, ist es noch so? Bedeutet sie dir noch immer was?«

Jetzt wird er gleich abblocken, so wie vorhin, als wir Pizza gegessen haben. Doch zu meinem Erstaunen antwortet er: »Sie ist nicht mehr das Mädchen, das ich damals mochte. Diesen Menschen vermisse ich vielleicht, ja. Und das, was wir hatten. Ich vermisse aber nicht den Menschen, der sie jetzt ist. Es hat gedauert, bis ich das begriffen hatte, doch dann war es einfach so.«

»Was ist passiert?«

»Sie hat mich belogen.« Er atmet tief durch. »Deswegen bin ich in dieser Hinsicht auch so empfindlich.«

Langsam beginne ich, die Zusammenhänge zu verstehen. »Hatte es was mit Lukas zu tun? Diese Bemerkung, dass ich nicht die Erste wäre?«

Er nickt. »Sie ist mit ihm mit, ja. All das hat dazu beigetragen, dass das mit der Lügerei ein wunder Punkt bei mir ist, das habe ich dir ja schon erzählt.«

»Okay, klar. Und was wollte sie dann heute von dir?«

»Jass, du fragst so viel …«

»Will sie wieder mit dir zusammen sein?«, hake ich nach. Ich möchte jetzt nicht gleich locker lassen, wenn er schon dabei ist, etwas zu erzählen.

Zögernd antwortet er: »Ja, vielleicht will sie das.«

»Und du?«

Eine ganze Weile ruht sein Blick auf mir. Doch dann sagt er: »Genug ausgefragt für heute, es ist schon spät. Ich denke, ich bringe dich jetzt heim.«

Ich nicke. Er hat schon mehr gesagt, als ich überhaupt erwartet hatte, und ich beschließe, jetzt nicht mehr weiter nachzubohren.

Nachdem wir uns angezogen haben, begleitet Kale mich zu meiner Wohnung. Wir haben uns entschieden, zu Fuß zu gehen. Es ist bereits dunkel und sternenklar, er hält meine Hand, es ist schön und unwirklich zugleich.

Irgendwann bleibt er einfach stehen.

»Was ist?«, will ich wissen.

Er blickt nach oben und grinst. »Sterne, das ist romantisch und so.«

»Schon, das steht aber gar nicht auf der Liste.«

»Nicht?«

»Ähm, nein, nicht wirklich. Tanzen steht auf der Liste.«

»Tanzen im Regen«, korrigiert er mich lächelnd. »Es regnet aber nicht.«

»Nein, und Musik haben wir auch nicht.«

»Wobei sich das jedenfalls machen ließe.« Er zückt sein Handy und klickt darauf herum, bis Musik ertönt. Ich muss lachen, denn das Lied, das er ausgesucht hat, ist ganz und gar nicht romantisch.

»Nicht gut?«, fragt er.

»Doch. Aber na ja, nicht für einen romantischen Tanz, oder?«

»Wer sagt, dass man immer romantische Musik braucht?« Grinsend bewegt er sich zum Rhythmus des Liedes. »Was willst du denn hören?«

Er reicht mir das Handy, und ich klicke mich durch die Songs. Erst finde ich nichts Passendes, doch dann bekomme ich *Lovely* von Billie Eilish angezeigt und klicke darauf.

Als die ersten Töne erklingen und die Melodie uns zu umspielen beginnt, sehen wir uns an, und irgendwie liegt plötzlich eine Spannung in der Luft. Etwas, das ich nicht definieren kann.

»Das wäre also ein Lied für dich, um zu tanzen?«, fragt er.

Ich schlucke. »Ja, vielleicht schon.«

Ohne dass ich es möchte, bin ich mit einem Mal voller Erwartung. Es ist merkwürdig zwischen uns, dazu noch der Himmel, die Sterne. Ja, ich würde gern mit ihm tanzen. Auch wenn ich weiß, dass so etwas in der Realität niemals vorkommt. In Filmen vielleicht.

Er streckt seine Hand nach mir aus, sein Blick trifft auf meinen. Irgendwas Echtes ist da schon spürbar. Ich will ihm meine Hand reichen, doch stattdessen greift er nach dem Handy und drückt auf Stopp.

»Nun ja«, er zuckt mit den Schultern, »wenn es regnen würde. Aber so ...«

Dann blickt er in den Himmel, und ich tue es ihm gleich. Dabei versuche ich, mir nicht anmerken zu lassen, wie seltsam das gerade war.

»Schön, die Sterne, oder?«, frage ich.

Er wendet den Kopf zu mir. »Ja, ich mag den Sternenhimmel, er hat so etwas Magisches.«

»Du veräppelst mich, oder?« Ich hebe eine Augenbraue. »Gerade war dir das zu romantisch, aber jetzt magst du auf einmal den Sternenhimmel?«

»So romantisch sind Sterne nicht. Es sind eben einfach Sterne. Irgendwie ist der Himmel etwas, das greifbar ist – und doch auch wieder nicht. Und er erinnert mich an einiges.«

»Mich auch«, flüstere ich.

»Woran erinnert er dich?«

»An eine Zeit, als es mir nicht gut ging.« Auf einmal habe ich das Bedürfnis, Kale davon zu erzählen. »Mein Papa hat früher immer gesagt, dass jeder Stern ein Herzmoment ist und dass wir in der Lage sind, unseren Himmel zum Leuchten zu bringen. Dass es nicht wichtig ist, wie kraftvoll das Herz ist. Wichtig ist nur, für was es schlägt.«

Kales Blick verwebt sich mit meinem. »Das ist ein schöner Gedanke«, sagt er.

»Ja. Er hat mich immer aufgemuntert, wenn ich mal wieder traurig war, weil ich irgendwas nicht mitmachen konnte oder nicht wusste, was auf mich zukommt oder was mit mir los ist. Wenn ich mich krank fühlte, hat mich das wieder aufgebaut.«

Ich frage mich, was er jetzt wohl denkt, doch er sagt nichts, sondern küsst einfach meine Stirn. Ganz zärtlich. Ich halte kurz die Luft an, so innig fühlt sich dieser Moment an, mit Kale und dem Sternenhimmel über uns, der wirkt, als würde er nur für uns funkeln.

»Wofür war das?«, frage ich. »Für die Liste war es ja nicht.«

Er nickt. »Schon klar. Das war einfach nur so.«

Ich muss erst noch seine Worte auf mich wirken lassen, doch dann überkommt mich mit einem Mal eine leise Ahnung. »Scheiße«, presse ich hervor.

»Was meinst du?«

»Kann es sein, dass du doch Gefühle für mich entwickelst? Ich habe dich gewarnt, Kale.« Ich beginne zu grinsen und tue so, als hätte ich das im Spaß von mir gegeben. Aber es fühlt sich in der Tat so an.

Kale wirkt nachdenklich, sein Blick ist unergründlich und tief. Ich warte darauf, dass er etwas sagt, doch er tut es nicht. Stattdessen gehen wir stumm weiter und bleiben schließlich vor dem Haus, in dem ich wohne, stehen.

»Also dann«, sage ich.

»Also dann, schlaf gut, Jass.« Er küsst mich auf die Wange und will sich schon abwenden, aber ich halte ihn an der Hand zurück.

»Was ist?«

»Es ist nicht schlimm, wenn man jemanden mag«, flüstere ich.

»Vielleicht ist das so, vielleicht aber auch nicht.« Mit diesen Worten dreht er sich um und geht davon.

Erinnerungen werden wach

»Na, da bin ich aber erleichtert«, meint Louisa.

Wir sitzen am nächsten Morgen beim ersten Kaffee zusammen in der Küche und erzählen uns gegenseitig, was gestern noch passiert ist. Als ich nach Hause kam, schlief sie schon, und ich wollte sie natürlich nicht aufwecken, auch wenn ich zu gern noch mit ihr geredet hätte.

»Ja, ich auch«, antworte ich, verschweige jedoch dieses merkwürdige Gefühl, das ich seit gestern Abend in mir herumtrage. Es war plötzlich da, als Kale mich nach Hause brachte. Vielleicht hätte ich das mit den Gefühlen nicht sagen sollen. Habe ich damit vielleicht den Moment, der zuvor mit diesem Kuss auf die Stirn so innig gewesen war, zerstört?

Ich muss daran denken, was Kale mir über Alina anvertraut hat, dass sie ihn belogen hat, was vieles zwischen ihnen beiden zerstörte. Natürlich weiß ich noch immer nicht, was geschehen ist. Zudem schwelt in mir mit einem Mal die Angst, was passieren wird, wenn er erfährt, dass ich ihm nicht wirklich die Wahrheit gesagt habe – natürlich schon ein wenig, doch nur einen kleinen Teil davon.

Louisa holt mich aus meinen Gedanken zurück. »Und diese Alina ist also der Grund für sein verschlossenes Herz, vermutest du?«

»Ich vermute es nicht nur, es ist so. Sie hat ihn wohl belogen, das hat ihn sehr enttäuscht.«

»In welcher Hinsicht?«

Ich zucke mit den Schultern. »Das weiß ich nicht.«

»Verstehe. Und deswegen machst du dir jetzt auch Gedanken, oder?«

»Wenn ich ehrlich bin, ein klein wenig schon.« Ich nehme einen Schluck aus meinem Kaffeebecher.

»Weißt du, er hat doch super toll reagiert, als du ihm von der Sache mit deinem Herzen erzählt hast. Also warum sagst du ihm nicht die ganze Wahrheit?«, schlägt Louisa vor.

»Weil es dann anders ist.«

»Warum?«

Einen Moment lang blicke ich gedankenverloren aus dem Fenster. Unten auf der Straße sehe ich einen jungen Mann. Irgendwie habe ich das Gefühl, ihm schon mal begegnet zu sein. Und tatsächlich, er ist der Junge, mit dem ich neulich vor dem Café fast zusammengestoßen wäre. Kurz schaue ich ihm noch nach, ehe ich antworte: »Das weißt du doch genau. Und ja, vielleicht ist alles halb so wild, und meine Werte haben sich wider Erwarten zum Positiven entwickelt. Aber mal ehrlich, ich spüre es doch hier.« Ich greife mir an die Brust.

In Louisas Augen spiegelt sich Sorge, ernsthafte Sorge, sodass ich meine Hand rasch wieder wegziehe. »So schlimm?«, fragt sie leise.

»Siehst du, jetzt bekommst du auch Mitleid, und das ist das Letzte, was ich möchte – auch nicht von Kale. Aber ich will auch nicht, dass er am Ende total enttäuscht von mir ist und …«

»Oh nein.« Louisa unterbricht mich.

»Was?«

»Du magst ihn. Noch viel mehr, als du zugibst, oder?«

»Was? Jetzt fang du nicht auch noch damit an.«

»Warum *auch*?«

»Ach, ich hatte so ein Gespräch mit Kale, da hat er mir noch mal eindringlich gesagt, wie die Dinge zwischen uns sind.«

»Na ja«, sie blickt mich ernst an, »man sieht es dir schon an der Nasenspitze an. Aber das darfst du nicht, du darfst dich nicht so heftig verlieben. Nicht in Kale.«

Ich weiß, sie hat recht. Ich darf es nicht – aus verschiedenen Gründen. Trotzdem frage ich mich, ob es ihm wohl genauso geht wie mir.

Ich berichte Louisa von dem Kuss auf die Stirn und davon, dass ich ihn gefragt habe, ob er am Ende doch Gefühle für mich hat. Dass ich es zwar als Neckerei dargestellt habe, sein Blick jedoch unergründlich war.

»Okay, das ist heftig«, meint sie. »Irgendwie glaube ich schon, dass er dich mag, das hat er ja auch gesagt. Aber er will dir auch keine Hoffnungen machen, und deswegen stellt er ganz klar, wie die Dinge zwischen euch sind.«

»Ja, ich weiß, wie die Dinge sind und dass es keinen Sinn macht, mich in ihn zu verlieben. Das war ja auch nicht der Plan. Glaub mir, ich weiß es wirklich …«

Mit einem Mal überkommen mich die Gefühle. Sie greifen mich, viel zu sehr. Weil ich mir insgeheim wünsche, dass die Dinge doch anders sein könnten, so wie in den Büchern. Aber mir ist auch klar, dass das reale Leben nicht so ist. Ich weiß, wie alles ist, wie es um mich steht.

Und dann passiert es. Eine Träne, die sich in meinem Augenwinkel gesammelt hat, läuft mir über die Wange.

»Oh nein, Jass, es tut mir leid.« Louisa kommt zu mir her und schließt mich in die Arme. »Ich wollte das nicht, wirklich nicht, ich …«

»Schon gut, es stimmt ja, was du sagst.«

Ich wische mir die Träne vom Gesicht, und in diesem Augenblick beginnt mein Handy zu klingeln. Es ist meine Mutter. Ich hatte ja versprochen, sie zu besuchen, aber gerade habe ich keine Lust, mit ihr zu sprechen, sodass ich beschließe, ihr später einfach zu schreiben.

»Wann gehst du noch mal zu deinen Eltern und zum Arzt?«, fragt Louisa.

»Heute wollte ich zu meinen Eltern, und am Donnerstag ist der Arzttermin, dann weiß ich auch mehr. Bis dahin ist zumindest mal alles gut, das war nur ein kleiner, unnötiger Ausbruch«, erkläre ich und versuche, meine Stimme so fest wie möglich klingen zu lassen.

»Okay, aber du weißt, wenn du reden willst …«

»Ja, ich weiß, du bist da, und das ist mir auch total wichtig.«

»Und Jass?«

»Ja?«

»Eine Sache noch wegen deiner Bedenken hinsichtlich Kale. Ich weiß, du möchtest nicht, dass er die volle Wahrheit erfährt, aber du solltest sie ihm dennoch sagen. Denn so wie du es mir erzählt hast, hat er womöglich am Ende doch Gefühle für dich. Und wenn dann alles herauskommt, wird er enttäuschter sein, als er es jemals zuvor war.«

Ich weiß, Louisa hat recht, doch für den Moment will ich ihren Worten keinen Raum geben. Weil sie dann zu groß würden.

Aber mir ist bewusst, was das für mein Gewissen bedeutet.

Wir fahren schließlich in die Uni, doch Kale begegne ich nicht, wir haben unterschiedliche Vorlesungen. Allerdings schickt er mir eine WhatsApp-Nachricht, in der er schreibt, wie gern er mich in diesem Augenblick bei sich hätte.

Ich freue mich darüber, und doch ist da immer wieder dieser eine Gedanke: Ist es echt oder tatsächlich nur ein Spiel? Und was, wenn sich die Dinge zwischen uns am Ende doch ändern? Gibt es überhaupt eine Chance, oder ist es aussichtslos?

Eigentlich weiß ich ja, was wir vereinbart haben, aber ich beschließe, mich trotzdem über die Nachricht zu freuen. Weil seine Worte mir einfach guttun.

Nach den Vorlesungen fahre ich zu meinen Eltern. Von der Uni aus habe ich ihnen geschrieben, dass ich zum Mittagessen komme.

Während ich vor der Haustür stehe und den Klingelknopf drücke, bin ich aufgeregt, aber dann ertönt der Summer, und die Aufregung ist mit einem Mal weg. Es ist doch schön, nach Hause zu kommen, das wird mir jetzt wieder bewusst, als ich die Treppenstufen nach oben gehe und meiner Mama in die Arme falle.

»Schön, dass du da bist«, sagt sie und streicht mir verstohlen über die Wange.

Als ich die Wohnung betrete, riecht es sofort vertraut, nach Pfannkuchen und Heimat, und mein Herz macht einen kleinen, wohligen Hüpfer. Ich lasse meinen Blick durch den Flur wandern, sehe die vielen Bilder, all die Erinnerungen, die dort eingerahmt an der Wand hängen und einen in der Zeit zurückreisen lassen.

Eines der Fotos zeigt mich mit einem Buch in der Hand im Bett liegend. Ich weiß noch genau, wann es aufgenommen wurde. Als ich einmal länger im Krankenhaus lag und so unglücklich darüber war, brachte mein Papa mir ein Buch mit, das ich mir schon lange gewünscht hatte. Darin ging es um ein Mädchen, das sein Herz verschenkt. Plötzlich fühlte ich mich nicht mehr so traurig.

Beim Betrachten des Fotos muss ich an Kale denken, an das, was gerade zwischen uns passiert und mir so viel gibt – egal, wie die Dinge letzten Ende sind. Denn eigentlich ist es ja das, worauf es ankommt. Die Momente zu genießen, die sich in unsere Gedanken brennen und alles einfach besser machen. Vielleicht sollte man diese kleinen Herzmomente, die einem ein bisschen Glück schenken, nicht ständig zerdenken.

Ich muss schlucken. Wie viele solcher Momente mir wohl noch bleiben?

Mama mustert mich. »Alles in Ordnung?«

Ich nicke. Ihr Blick ist tief, und ich kenne den Ausdruck in ihrem Gesicht. Ich weiß, sie sorgt sich, sehr sogar. Und ehrlich gesagt sorge ich mich auch, aber ich will stark sein, nicht darüber nachdenken, was passieren kann. Und ich möchte positiv sein, das ist eine Eigenschaft, die ich mir antrainiert habe. Deswegen bin ich auch so positiv an den Plan mit Kale und der Liste herangegangen und werde jetzt sicher nicht damit aufhören.

»Ja, alles okay, wirklich«, antworte ich, während ich ihr in die Küche folge.

Papa ist auch schon da, und ich lasse mich von ihm drücken. Dann setze ich mich an den Tisch, wir essen, reden über die Uni. Es ist so normal und schön. Ich bin erleichtert, dass es erst mal nicht um meine Krankheit oder um das Thema Kale geht.

Doch irgendwann legt Papa das Besteck weg und sieht mich an. »Mama hat erzählt, dass ein Junge bei dir war.«

»Das stimmt«, antworte ich. »Er heißt Kale und geht mit mir auf die Uni, wir verstehen uns ganz gut.«

»Ach ja?«

»Ja, aber wir sind nur Freunde.«

Er grinst. »Nur Freunde, soso.«

»Wirklich, wir verbringen etwas Zeit zusammen, das tut mir einfach gut.«

»Ich habe früher auch immer gesagt, dass dein Papa und ich Freunde sind«, meint Mama. »Und das waren wir auch, oder?«

Die beiden lächeln einander zu, und ich finde es bewundernswert, wie verliebt sie nach all den Jahren noch immer wirken. Ich wünschte, dass ich das auch irgendwann mal von mir sagen kann. Aber ich weiß, das ist nicht so realistisch. Leider.

»Seinen besten Freund oder Freundin zu heiraten, ist das Beste, was es gibt«, stellt Papa fest.

»Das kann gut sein«, pflichte ich ihm bei, »bei euch hat es jedenfalls funktioniert.«

Kurz herrscht Stille.

»Weiß er denn von deinem Problem?« Mamas Frage trifft und überfährt mich gleichermaßen.

»Er weiß etwas, ja, aber nicht alles«, gebe ich zu.

Die beiden tauschen einen kurzen Blick.

»Und er mag dich?«, bohrt Mama weiter.

»Ich denke schon. Wie gesagt, wir sind Freunde. Ich schätze, er mag mich irgendwie.«

»Neulich hatte ich das Gefühl, dass er dich mehr mag als nur *irgendwie*. Ich habe ihn hoffentlich nicht zu sehr erschreckt?«

»Es geht«, erwidere ich nur.

Zu gern würde ich jetzt über etwas anderes reden, weiß aber nicht, wie ich es anstellen soll. Auch wenn ich das Thema Krankheit nicht mag, ist es mir in diesem Augenblick noch lieber, darüber zu sprechen als über Kale und das, was zwischen uns ist.

»Soll ich dann am Donnerstag hierherkommen, oder holt ihr mich ab?«, frage ich spontan.

Mama sieht zu Papa. »Ich denke, wir holen dich ab. Wenn es dir recht ist?«

Ich nicke, und schließlich steht Mama auf und fängt an, den Tisch abzuräumen. Weil ich noch ein Buch aus meinem Zimmer holen möchte, beschließe ich, kurz mitzuhelfen und dann nach oben zu gehen.

Als ich wenig später mein einstiges Kinderzimmer betrete, sehe ich mich um. An den Wänden hängen noch immer die romantischen Poster aus meiner Teenagerzeit, von Stränden und Sonnenuntergängen, von Paaren, die sich umarmen. Damals habe ich hier gesessen und mir vieles ausgemalt. Es ist gerade so nah, und doch ist es nur eine Illusion, so wie die Poster an der Wand. Ich hole das Buch, das ich mitnehmen wollte, aus dem Regal, dann gehe ich wieder nach unten.

Als ich auf der untersten Treppenstufe angelangt bin, halte ich inne, denn ich höre Mama und Papa miteinander reden.

»Ich finde, sie sollte wieder nach Hause kommen«, sagt Mama gerade. »Die Werte waren so schlecht wie schon lange nicht mehr. Ich weiß nicht, ob sie die Tabletten regelmäßig nimmt, ob sie …«

Ihre Stimme wird erstickt. Ich vermute, Papa küsst sie gerade, das macht er oft. Irgendwie erinnert mich das plötzlich an Kale. Ich muss daran denken, wie auch er mich küsste und meinte, dass ich zu viel rede und zu viel nachdenke.

»Ich weiß, es ist schwer«, antwortet Papa nun, »für mich genauso wie für dich. Aber wir müssen Jass auch loslassen, sie etwas erleben lassen. Das ist wichtig, denn nur so kann sie erkennen, was sie zu verlieren hat, und trifft vielleicht doch noch eine andere Entscheidung, wenn es hart auf hart kommt. Du weißt, wie sie über die Sache denkt, nach dem, was mit Lisa passiert ist. Das hat ihr den Boden unter den Füßen weggezogen. Sie schafft es ja nicht mal, Lisas Brief zu lesen.«

Lisa. Als er ihren Namen ausspricht, trifft mich gleich dieser Schmerz.

»Sie braucht jetzt wieder Stärke«, fährt er fort, »einen Grund, ein Fundament. Und wenn es am Ende dieser junge Mann sein sollte, dann …«

Ich verliere kurz den Halt und stolpere, denn noch immer hallt Lisas Name durch meine Gedanken. Sofort hören die beiden auf zu reden. Glücklicherweise kann ich mich am Treppengeländer festhalten und betrete schließlich lächelnd wieder die Küche, als wäre ich gerade erst nach unten gekommen.

»Und, hast du das Buch gefunden, das du mitnehmen wolltest?«, fragt Papa.

»Ja, kein Problem. Es ist das Buch, das du mir damals ins Krankenhaus mitgebracht hast.« Ich trete zu den beiden, nehme sie in den Arm und spüre die Wärme, die sie ausstrahlen. »Ich werde dann mal wieder gehen. Also bis Donnerstag.«

Mama folgt mir hinaus in den Flur, wo ich mir meine Tasche umhänge. »Was auch immer dir guttut, ich bin dabei, Liebes.« Sie streicht mir liebevoll über die Haare. »Aber pass auf dein Herz auf, du weißt ja …«

Ich nehme ihre Hand. »Das mache ich, Mama, keine Sorge.«

Bevor ich die Tür öffne, werfe ich einen kurzen Blick auf eines der Fotos, die dort hängen. Es zeigt mich zusammen mit Lisa, und ich muss schlucken. Ja, das Herz ist kostbar. Deswegen bin ich nun umso entschlossener. Es war gut, hierherzukommen, denke ich noch, dann trete ich aus der Tür.

Zu Hause setze ich mich aufs Bett und lese in dem Buch, das ich mitgebracht habe. Dabei vergesse ich völlig die Zeit.

Als eine Nachricht von Kale eintrudelt, wird mir erst bewusst, wie spät es schon ist. Er entschuldigt sich dafür, dass er sich kaum gemeldet hat, schreibt, dass er mir eine schöne Nacht wünscht und dass es morgen bei ihm auch wieder stressig wird, weil Fußball ansteht. Er schlägt aber vor, dass wir uns doch am Mittwoch in der Stadt auf ein Eis treffen könnten. Ich antworte, dass ich mich darauf freue.

In diesem Augenblick verschwindet auch das ungute Gefühl. Nachdem ich heute kaum etwas von Kale gehört hatte, dachte ich schon, dass er mich meidet, doch das scheint nicht der Fall zu sein. Ich freue mich, dass ich Kale am Mittwoch sehen kann, gerade auch, weil der Donnerstag immer näher rückt und ich vor Arztbesuchen immer unheimlich nervös bin.

Ich schreibe ihm außerdem, dass ich ihn jetzt auch gern bei mir hätte. Er antwortet darauf nicht mehr viel, doch ich verwerfe das merkwürdige Gefühl, das wieder in mir aufkommen will.

Am nächsten Tag bin ich erst in der Uni, danach im Café, und schließlich lerne ich noch zu Hause. Ich habe viel zu tun, sodass mir nicht auffällt, dass Kale sich nicht meldet. Meine Nachricht, in der ich ihm einen guten Morgen gewünscht hatte, hat er zwar gelesen, aber nicht beantwortet. Auch wenn ich es nicht will, kommt dieses Drücken im Magen zurück.

Am Abend schreibt er nur, dass es wie erwartet stressig war, er sich aber auf unser Treffen freut. Vielleicht bilde ich es mir nur ein, doch mein Bauch sagt mir, dass irgendwas nicht stimmt. Und ich werde Kale morgen darauf ansprechen.

Auf einmal ist es anders

Aufgeregt warte ich am darauffolgenden Tag in der Stadt am Schönen Brunnen auf Kale. Als er schließlich kommt, scheint erst alles ganz normal zu sein. Er lächelt mich an, doch dann umarmt er mich nur, anstatt mich zu küssen. Erneut lässt mich der Gedanke nicht los, dass irgendwas hinter seinem seltsamen Verhalten steckt.

»Alles okay?«, fragt er, nachdem wir unser Eis bestellt haben.

»Ja, viel zu tun mit der Uni und so«, antworte ich. »Irgendwie steckt das gerade zu sehr in meinen Gedanken.« Dass ich mir über etwas ganz anderes Gedanken mache, über ihn und den morgigen Arzttermin zum Beispiel, verschweige ich erst mal.

Doch Kale sieht mich eindringlich an. »Du schwindelst, Jass. Also raus mit der Sprache, was bedrückt dich wirklich?« Er stützt die Ellbogen auf dem Tisch ab. »Keine Lügen, oder? War das nicht der Deal?«

»Okay, du hast recht.« Ich atme tief durch und beschließe, ihm aber nichts von meinen merkwürdigen Gefühlen ihn betreffend zu sagen. Seit dem Abend in seiner Wohnung ist das sowieso ein heikles Thema.

»Um ehrlich zu sein, ich habe morgen einen wichtigen Arzttermin, meine regelmäßige Routineuntersuchung. Ich hoffe einfach, dass alles stimmt. Darüber denke ich in den letzten Tagen viel nach.«

»Das verstehe ich.« Er greift über den Tisch nach meiner Hand. Also doch Zärtlichkeiten? Aber er berührt sie nur kurz und zieht seine Hand dann gleich wieder weg. »Es wird alles gut gehen, Jass, ganz sicher. Du bist fit, und mit deinem Herzen ist alles in Ordnung, ich weiß es.«

»Danke, das macht mir Mut.« Trotzdem sehne ich mich danach, dass er mich berührt.

»Gern geschehen.«

Während wir unser Eis essen, reden wir über die Uni, Kale erzählt vom Fußball und vom Motocross.

Irgendwann blickt er auf die Uhr. »Übrigens, Dominik hat gefragt, ob wir bei ihm in der Bar vorbeischauen wollen. Ich habe gesagt, dass wir gern kommen. Ist das okay? Oder hast du keine Lust mehr wegen morgen und möchtest lieber nach Hause?«

Er würde also tatsächlich jetzt schon gehen?

Ich schüttele den Kopf. »Nein, schon gut, ich bin sehr gespannt, wie weit er mit der Bar vorangekommen ist.«

»Ja, ich auch.«

Kale ruft die Bedienung, wir zahlen, dann machen wir uns auf den Weg in die Weißgerbergasse, eine kleine, aber ganz besondere Straße in der Nürnberger Altstadt. Dort ist alles noch so, wie es im Mittelalter war. Die Häuser wurden vom Altstadtverein restauriert, viele Blumen, Bars und schnuckelige Geschäfte sorgen für eine besondere Atmosphäre.

Wir schlendern nebeneinander her, kurz berührt Kales Hand auch meine, aber er greift nicht danach. Also habe ich es mir doch nicht nur eingebildet, dass er auf Distanz geht. Vorhin hat er seine Hand ja auch schon weggezogen.

Als wir die Weißgerbergasse beinahe erreicht haben, brennt mir diese Sache immer mehr auf dem Herzen, und ich spüre, dass ich sie nicht länger totschweigen kann. Ich will jetzt endlich wissen, was der Grund für sein Verhalten ist. Spontan bleibe ich stehen. »Kale?«

»Ja?«

»Es gibt da noch etwas, das ich mit dir besprechen möchte.«

»Und das wäre?«

»Meine Bemerkung neulich, als du mich nach Hause gebracht hast, das war nur Spaß, wirklich. Ich denke nicht, dass du Gefühle für mich hast, und ich habe auch keine für dich. Also warum kommt es mir so vor, als würdest du auf Distanz zu mir gehen?«

Für ein paar Augenblicke sieht er mich wortlos an. »Ich gehe nicht auf Distanz, Jass«, antwortet er dann. »Wie kommst du darauf?«

»Na ja, wir halten uns zum Beispiel nicht mehr an den Händen. Irgendwie spüre ich das einfach. Ich kann mich auch täuschen, aber es wirkt nun mal so.«

»Ach, ich habe nur viel um die Ohren, wirklich, das Training, die Uni. Es ist alles gut, wir sind jetzt doch hier.«

Ich glaube ihm allerdings nicht.

Sein Handy klingelt, und er fischt es aus der Hosentasche. Als er aufs Display blickt, verändert sich sein Gesichtsausdruck. Ich kann nicht genau sagen, warum, aber wieder ist es merkwürdig.

»Du kannst schon rangehen«, sage ich.

Doch er schüttelt den Kopf. »Mache ich später, ist nicht so wichtig.«

»Keine Lügen hatten wir gesagt, oder?« Natürlich sind die Worte heuchlerisch – gerade aus meinem Mund. Wobei ich nicht mal weiß, ob dieser Anruf wirklich von Bedeutung ist. Auf jeden Fall scheint Kale mir auch etwas zu verheimlichen.

»Jass, was willst du?« Er fährt sich durch die Haare. »Es ist die Wahrheit. Also was ist jetzt?«

Schließlich gehen wir weiter – was soll ich auch anderes tun?

Vor einem Fachwerkhaus mit einem hellblauen Schild und dem Schriftzug *D's Domizil* über der Tür bleibt Kale stehen. »Das ist es«, erklärt er.

Wir betreten einen kleinen Flur, in der Ecke wird wohl später mal die Garderobe sein. Von hier geht es weiter in einen großen Raum. Die anderen sind bereits da: Isa, Josh, Hanna, Chris und auch Louisa. Dominik sowieso, er steht hinter dem Tresen.

Kale geht auf ihn zu und schlägt mit ihm ein. »Hey, richtig genial. Ich hätte nicht gedacht, dass es so gut wird. Was für eine Hammerbar.«

Ich muss zugeben, dass er recht hat. Es wirkt gemütlich und modern zugleich. Die Wände sind in einem warmen Rotton gehalten, ein langer Tresen durchzieht den Raum. Es gibt verschiedene Ledersofas, runde Bartische und – was ich nicht gedacht hätte – Bücherregale. *Chill out!* steht auf einem Schild neben den Regalen. Mein Blick fällt auf eine kleine Bühne, vor die ein roter Samtvorhang gezogen ist, und ein Mischpult – wohl für die DJs, die hier auflegen sollen. Die Einrichtung gleicht einer Partybar, vermittelt aber auch das Gefühl, auf einer ziemlich coolen Wohnzimmerparty zu sein.

»Was kann ich euch anbieten?«, fragt Dominik.

Ich lasse meine Augen über das umfangreiche Cocktailangebot wandern, darunter Namen wie *Cloud Dream*, *Threesome* und *Much Longer Island Ice Tea*. Auch eine Bierkarte hängt aus, und ich lese, dass man hier in der Bar die Möglichkeit hat, einen Bier-Bachelor zu machen. Darunter kann ich mir allerdings nicht viel vorstellen.

Zum Glück hakt Kale gleich nach. »Was ist das denn, dieser Bier-Bachelor?«, will er wissen.

Dominik erklärt, dass er verschiedene Biersorten im Sortiment hat. Wenn man eine probiert hat, erhält man einen Stempel in seinen Bierausweis. Hat man alle Sorten durch, gibt's ein Freigetränk und eine Auszeichnung.

Kale grinst. »Ziemlich cool, dann fange ich mal gleich an und nehme eines. Ich lass mich überraschen.«

»Und du, Jass?«, fragt Dominik.

»Für mich nur eine Limo, wenn das geht.«

»Klar, einen Moment. Macht es euch doch schon mal gemütlich.«

Wir setzen uns zu den anderen, die auf einem großen Sofa Platz genommen haben.

»Na, ihr zwei, was habt ihr unternommen«, fragt Isa sogleich.

»Wir waren Eis essen, Miss Neugierig«, antwortet Kale. »Und, wie war es heute bei dir im Laden?«

Sie kneift die Augen zusammen. »Gut, ganz gut, ich hatte Besuch.«

»Nun, das hoffe ich mal. Wäre ja blöd, wenn niemand zum Haareschneiden kommt.«

Isa mustert ihn noch immer auf diese eigenartige Weise, doch Kale geht nicht weiter darauf ein.

Ich sehe zu Louisa. Wie sie da so mit Josh sitzt – wann wird sie ihm wohl endlich eine Chance geben? Immer wieder sucht er ihren Blick und sie seinen.

Dominik kommt mit den Getränken, und wir stoßen alle an. »Ich denke, in ein paar Wochen kann ich eröffnen«, meint er. Er blickt zu Kale und Josh. »Wenn ihr wollt, könnt ihr auftreten. Wäre jedenfalls sehr cool.«

»Ich weiß nicht.« Kale winkt ab. »Ich mag es zwar, Musik zu machen, aber eher für zu Hause.«

Doch Josh nickt begeistert. »Hey, das ist eine prima Chance. Lass uns das machen, ich sage jetzt mal spontan Ja.«

Isa lacht. »Das wird was werden, ich bin echt gespannt. Oder, Louisa?«

»Klar. Ich werde auf alle Fälle kommen und euch anfeuern.«

Schließlich verrät Dominik noch ein paar Details zu seiner Speisekarte. Er hat sich ein paar spezielle Gerichte einfallen lassen, die auf der Karte vertreten sein sollen. Fränkische Häppchen zum Beispiel. Er hat sogar etwas vorbereitet, das wir probieren dürfen. Die kleinen Bratwürstchen im Brot mag ich besonders gern, und wir sind uns alle einig, dass sie unbedingt auf der Karte bleiben müssen. Die Stimmung wird immer ausgelassener.

Irgendwann fragt Isa Dominik: »Was mich interessieren würde, wie kamst du überhaupt auf die Idee mit der Bar?«

»Um ehrlich zu sein …« Er wirkt mit einem Mal nachdenklich.

Isa beginnt zu grinsen. »Es geht um ein Mädchen, stimmt's?«

»Schon. Wir haben keinen Kontakt mehr, aber ich hoffe, sie wiederzusehen. Irgendwann.«

»Hoffen? Wie meinst du das?«, will Kale wissen. »Ist sie denn von hier?«

»Ja. Wir sind allerdings nicht gerade im Guten auseinandergegangen und haben seit Jahren keinen Kontakt mehr. Das ist eine lange Geschichte. Eine sehr lange. Sie war meine erste große Liebe.« In seinem Blick spiegelt sich nun eine heftige Sehnsucht.

»Wie schön«, sagt Isa. »Das klingt, als ob du sie noch magst.« Ihr Blick wandert zu Kale, und ich bekomme erneut ein ungutes Gefühl. Was ist in den letzten Tagen denn passiert?

»Mal sehen, wie das wird«, entgegnet Dominik. »Aber jetzt genug der Gefühlsduselei, wer will noch ein Bier?«

Die Jungs trinken jeweils noch eines, und als wir alle die Bar verlassen, ist es schon kurz vor elf. Eigentlich steht jetzt schon fest, dass dies unsere neue Stammbar wird.

Draußen vor der Tür verabschieden wir uns voneinander. Josh, Louisa, Kale und ich machen uns zusammen auf den Weg nach Hause. Hanna und Chris gehen in die entgegengesetzte Richtung, ebenso Isa, was schade ist, denn ich hätte sie gern noch gefragt, was los ist. Vor allem, weil es noch immer so distanziert zwischen Kale und mir ist. Was ist nur los?

»Kann ich mich bei dir einhaken?«, frage ich ihn nach ein paar Minuten, weil mir kalt ist und wir viel zu schnell gehen.

Er stoppt und sieht mich an. »Warum?«

Allein schon die Frage finde ich unpassend.

»Mir ist etwas kalt«, antworte ich.

»Okay, aber wird es davon wirklich wärmer? Na gut, klar«, fügt er dann doch hinzu.

Doch ich schüttele den Kopf und gehe einfach weiter. »Nein, nein, passt schon.«

Als wir schließlich vor unserer Haustür angekommen sind, küsst Kale mich zu meiner Überraschung, und ich bin erleichtert. Es ist zwar nur ein kurzer Kuss, dennoch spüre ich seine Lippen. Vielleicht war seine Bemerkung eben nicht so gemeint, sie hat trotzdem wehgetan.

»Schlaf gut«, sagt er. »Und morgen wird alles gut gehen, ganz sicher. Du meldest dich dann bei mir, ja?«

»Klar, das mache ich.«

Nachdem Louisa sich auch von Josh verabschiedet hat, gehen wir beide zusammen hoch in die Wohnung.

»Tolle Bar, oder?«, fragt Louisa, während sie die Wohnungstür aufschließt.

Ich nicke, kann jedoch nicht verbergen, dass ich mir Gedanken mache.

»Was ist los?«

»Er ist so distanziert.«

Mit einem Mal wirkt auch sie merkwürdig. »Du bist meine beste Freundin, deswegen sage ich dir, was ich weiß.«

Meine Brust verkrampft sich.

»Isa wollte auch noch mit dir reden«, fährt sie fort. »Deswegen war das heute auch so angespannt. Die Sache ist die, dass wohl diese Alina bei Isa im Friseursalon war und erzählt hat, dass sie und Kale sich in den letzten Tagen wieder geschrieben hätten. Angeblich wollen die beiden sich am Freitag treffen. Hat dir Kale was davon gesagt?«

Habe ich es also doch gewusst. Kale schreibt wieder mit Alina. Jetzt wird mir einiges klar. Er hat wohl noch Gefühle für sie und will mir das natürlich nicht verraten, wegen der Liste und allem.

»Alles okay, Jass?«

Ich schlucke. »Vielleicht ist es ja besser so. Ich habe keinen Anspruch auf ihn, es ist nur ein Spiel. Sie und er, ich weiß nicht, was zwischen ihnen gelaufen ist. Und wer weiß, was morgen alles herauskommt …«

»Willst du denn nichts zu ihm sagen?«

Ich schüttele den Kopf. »Wenn es was zu sagen gibt, wird er es sicher tun. Ich gehe jetzt wohl besser schlafen.«

Louisa kommt zu mir her und drückt mich. »Mach dir keine Gedanken, das mit ihm ist unwichtig. Wichtig ist der Termin morgen, okay? Alles andere wird schon.«

Ich versuche, nicht zu weinen, doch es gelingt mir nicht wirklich. »Sag was Lustiges«, murmele ich.

»Was Lustiges.« Sie grinst, und ich muss ebenfalls lächeln.

»Du bist doof.«

»Warum? Ich sollte doch *was Lustiges* sagen.«

Sie will sich abwenden, doch ich halte sie zurück. »Und bei dir und Josh, warum geht da nichts vorwärts?«

Sie zuckt mit den Schultern. »Ich weiß es nicht, wir sind eben einfach Freunde.«

»Freunde?«

»Ja, und vielleicht ist das auch gut so.«

Schließlich verabschiedet sich jede in ihr Zimmer.

Als ich endlich im Bett liege, sollte ich eigentlich schlafen, doch ich kann nicht aufhören, an Kale zu denken, an das, was ich erfahren habe. Trotz allem sehne ich mich nach seiner Nähe.

Irgendwann nehmen die Gedanken überhand. Ich greife nach meinem Handy. Er ist gerade online, und so schreibe ich ihm: *Kale, was immer der Grund ist, dass es gerade so zwischen uns ist, du sollst wissen, es ist okay.*

Ich schicke die Nachricht ab und warte. Die beiden Häkchen werden blau, und er schreibt zurück: *Es ist doch alles in Ordnung. Schlaf gut, ich denke morgen an dich.*

Ich atme tief durch. Morgen denkt er also an mich. *Du schwindelst,* antworte ich, weil ich nicht anders kann.

Wieder folgt seine Antwort rasch: *Okay, ich gebe es zu, ich schwindle. Um ehrlich zu sein, ich dachte, ein bisschen weniger Körperkontakt ist gerade besser für dich. Ich will nicht, dass deine Gefühle für mich noch mehr verrücktspielen und du am Ende nur enttäuscht bist. Denn ich möchte dich nicht verletzen. Das ist das Letzte, was ich will. Verstehst du das?*

Ich wusste es. Doch die Worte schwarz auf weiß zu lesen, trifft mich dennoch. Ich muss daran denken, was Louisa gesagt hat, dass er wieder mit Alina schreibt, und ich weiß, sie ist einer der Gründe, warum es zwischen Kale und mir jetzt so ist. Ich würde ihn am liebsten damit konfrontieren, lasse es dann aber lieber sein.

Also antworte ich nur: *Okay, ist vielleicht wirklich besser so. Ich möchte dir auch bei nichts im Weg stehen. Du kannst tun, was du willst, auch was den Körperkontakt mit anderen angeht.*

Ich schicke die Nachricht ab und warte, aber es kommt nichts mehr von ihm. Schließlich lege ich das Handy weg.

In einem merkwürdigen Film

Meine Eltern holen mich gegen zwölf Uhr ab. In der Nacht zuvor habe ich unsagbar schlecht geschlafen, und als ich nun im Auto sitze, greift es mich mit einem Mal, und ich muss an so vieles denken. An die Zeit, die hinter mir liegt, an die Erlebnisse, die Angst, die ich habe, und an dieses Gefühl, das mich immer wieder überkommt. Trotzdem darf ich mich jetzt nicht komplett verrückt machen. Ich bin einfach erschöpft, sehr sogar. Aber ich will mir nichts anmerken lassen, weil meine Eltern das gleich falsch interpretieren würden.

Denn wenn ich ehrlich bin, hat diese Schwere, die ich in mir spüre, nicht nur etwas mit der Krankheit zu tun, sondern vor allem damit, dass ich traurig bin wegen Kale, was ich ja eigentlich gar nicht sein sollte. Neulich hat er zu mir gesagt, dass er eiskalt sei, und irgendwie ist er das tatsächlich, auch wenn ich gehofft habe, dass dem nicht so ist. Ich versuche, zu lächeln und nicht zu abgeschlagen zu wirken, es gelingt mir aber nicht sonderlich gut. Mein Herz ist einfach schwer, und ich bemühe mich, die Gedanken an Kale zu verdrängen.

Die Fahrt dauert nicht lange, es geht nach Erlangen in die Uniklinik. Hunderte Male bin ich gefühlt bereits hierhergefahren. Es wird schon gut gehen, sage ich mir, doch als wir das Auto parken und aussteigen, atme ich dennoch erst mal tief durch.

Jetzt muss ich mich auf die anstehenden Tests konzentrieren, die wahrlich nicht angenehm sind: ein Belastungs-EKG, eine Ultraschalluntersuchung und die Kontrolle des Defibrillators, die mir wieder einiges abverlangen wird, denn dabei wird ein künstliches Herzrasen erzeugt, und das ist mehr als unangenehm. Überhaupt mag ich Krankenhäuser nicht besonders. Und schon gar nicht die Krankenschwestern, die jedes Mal ewig in meinen Venen herumstechen, als würden sie darin nach Gold suchen. Ich hoffe, ich gerate heute mal an jemanden, der etwas davon versteht.

Nachdem ich mich am Empfang gemeldet habe, werde ich ins Behandlungszimmer gebracht, dann geht es auch schon los. Fragen, Tests, die Blutabnahme – und natürlich habe ich kein Glück. Die Schwester braucht drei Stiche, bis endlich Blut kommt, und ich weiß schon jetzt, dass ich morgen einen riesigen blauen Fleck haben werde.

Nach einer kurzen Pause wird von einer anderen Schwester das Gerät hereingebracht, mit dem der Defibrillator kontrolliert wird. Ich liege auf dem Bett und lasse mir die Saugnäpfe anbringen, dann wird mir gesagt, dass ich mich entspannen soll. Aber wie soll das gehen, wenn das Herz künstlich auf Hochtouren gefahren wird? In meiner Brust rast es, mir wird schlecht, und ich bemühe mich, nicht in Panik zu verfallen, während mein Herz heftig gegen meinen Brustkorb knallt und nicht weiß, wie ihm geschieht. Mir bleibt ja auch nichts anderes übrig. Danach werden noch allerhand andere Dinge gemessen, und ich lasse alles wie in Trance über mich ergehen.

Nachdem ich eine gefühlte Ewigkeit warten musste, sitzen wir schließlich bei Professor Göller im Zimmer. Nach all den Jahren gehört er beinahe schon zur Familie. Er lächelt uns zu, als er eintritt und sich hinter seinen Schreibtisch setzt. Doch er wirkt angespannt, ich merke es sofort, vielleicht weil ich ihn schon so lange kenne.

»Nun, Jasmin«, beginnt er und faltet die Hände, »gab es in letzter Zeit eine Situation, in der du dein Herz wieder stark gespürt hast? Ein Stolpern?«

Sofort muss ich an die letzten Vorfälle denken, an die Schwere und daran, wie schwach ich mich gefühlt habe. Natürlich habe ich es gespürt. Deswegen habe ich ja auch Angst. Während der Professor auf meine Antwort wartet, scheint mich der Blick meiner Eltern zu durchbohren.

»Na ja, so ein oder zwei Momente gab es schon.« Es fällt mir unheimlich schwer, das zuzugeben. Doch ich weiß, dass ich hier nicht schwindeln kann, ich muss die Wahrheit sagen. Zumal ich sie ja sowieso nicht verbergen kann.

Professor Göller nickt. »Im Speicher des Defibrillators steht, dass du letzte Woche Ausschläge hattest. Kommt das hin mit dem Datum?«

In meinem Kopf machen sich Bilder breit von dem Moment, als ich mit Kale an der Tür gestritten habe, nachdem Mama da gewesen war. Ich denke auch daran, wie wir nach dem Motocross auf die kleine Anhöhe gestiegen sind. Zwangsläufig antworte ich: »Ja, das kann hinkommen.«

»Das war wieder gefährlich, Jasmin, und das beunruhigt mich. Wir sollten es kontrollieren, nicht dass die Herzmuskelentzündung zurück ist.«

Eine Schwester bringt mich ins Ultraschallzimmer, wo ich den Oberkörper frei machen und mich hinlegen muss. Während Professor Göller mit dem Ultraschallgerät meine Brust abtastet, drehe ich mich bewusst vom Monitor weg. Ich habe solche Angst, dass ich gar nicht hinsehen will. Weil ich nicht wissen möchte, was ich ohnehin schon weiß. Weil ich es spüren kann, trotzdem noch Hoffnung habe und gerade am liebsten einfach zu denken aufhören würde. Wie gern wäre ich jetzt irgendwo anders.

Ich sollte einfach noch abwarten, bis die Untersuchung vorbei ist, doch plötzlich kann ich es nicht mehr. Ich sehe hin und bereue es einen Augenblick später schon, denn Professor Göller deutet auf den Monitor. Sein Gesichtsausdruck ist ernst.

»Kannst du das hier sehen, Jasmin?« Er kreist das Herz ein, dann schweigt er kurz, ehe er weiterspricht. »Das Herz bewegt sich nicht sauber. Wir sind leider wieder nur bei einer Herzleistung von vierzig Prozent.«

Als er die Worte ausspricht, wird mir kalt und übel, und ich fühle mich, als würden mich die Schatten der

Vergangenheit einholen. Wird jetzt wieder alles von vorn losgehen? Gibt es denn gar keine Chance? Ich hatte es ja schon gespürt, trotzdem ist es immer noch mal was anderes, wenn man dann die Tatsachen serviert bekommt.

Nachdem ich mich wieder angezogen habe, sitzen wir erneut im Büro, und Professor Göller schildert meinen Eltern, was er eben auf dem Monitor gesehen hat.

»Es ist leider so wie befürchtet. Die Herzleistung hat drastisch abgenommen, und das trotz der Medikamente«, sagt er.

Mamas Augen weiten sich. Ich will mir nicht ausmalen, was sie gerade denkt. Sicher, dass sie mir doch gesagt hat, dass alles zu viel ist. Dass ich nicht hätte ausziehen dürfen. Und in Papas Gesicht spiegeln sich die gleichen Gedanken.

»Ist dir das in letzter Zeit nicht aufgefallen?«, fragt Professor Göller. Sein Blick ist scharf auf mich gerichtet, und ich frage mich, was er von mir erwartet, welche Antwort ich ihm jetzt geben soll.

Ja, mir ist es aufgefallen, hin und wieder schon, doch dann auch wieder nicht. Natürlich hatte ich dieses eigenartige Gefühl in der Brust. Da waren schon diese Momente wie der Streit oder die kleine Wanderung. Aber Kale hat mein Herz immer wieder so in Geschwindigkeit versetzt, dass ich auch Hoffnung hatte, dass es nur damit etwas zu tun hat. Ich wollte nicht daran denken, dass es von der Krankheit herrühren könnte.

Ich zucke mit den Schultern. »Es geht. Eigentlich ging es mir gut. Ab und zu, ja, da war ich schwächer, aber es war trotzdem gut.«

Mamas Blick trifft mich, und sie atmet schwer. »Ich habe dir gleich gesagt, dass es nicht gut ist, auszuziehen und all das.«

»Es ist, wie ich sage«, beharre ich. »Ich habe dann natürlich langsamer gemacht. Aber ich muss mich doch auch bewegen dürfen. Ich meine, was soll ich denn tun? Immer daheim sitzen und nichts machen?«

»Ich verstehe dich, Jasmin«, ergreift nun wieder Professor Göller das Wort. »Deine neuen Lebensumstände sind anstrengend für dein Herz, das sollte uns allen klar sein. Natürlich sollst du leben, und das darfst du auch. Aber das Gefährliche daran ist, dass du wohl teilweise nicht exakt genug abschätzen kannst, was Stress für dich bedeutet. Wir müssen auf alle Fälle eine Biopsie machen, um zu prüfen, ob die Herzmuskelentzündung wieder da ist und wie sich alles entwickelt hat. Ich schlage vor, wir terminieren das auf nächste Woche.« Er blickt auf den Kalender vor sich auf dem Tisch, dann trägt er etwas ein. »Also kommende Woche am Donnerstag, du müsstest danach über das Wochenende noch hier bleiben. Bis zu dem Termin nimmst du Medikamente, die ich dir gleich mitgebe. Wenn es eine Herzmuskelentzündung ist, müssten sie eigentlich helfen und das Ergebnis verbessern. Nimm die Tabletten in den nächsten Tagen morgens und abends.« Er reicht mir eine Packung, und ich stecke sie ein. »Ansonsten kann ich dir nur raten, es langsamer angehen zu lassen. Keinen Sport, keine Arbeit und weniger Uni, wenigstens so lange, bis wir wissen, ob die Tabletten anschlagen. Lies mal wieder ein Buch, vielleicht entspannt dich das auch. Falls nicht …« Er wirkt nachdenklich, spricht aber nicht weiter.

»Falls nicht was?«, hakt Mama nach.

Er räuspert sich. »Ich möchte nichts schwärzer malen, als es ohnehin schon ist. Warten wir einfach ab. Ruh dich aus, vermeide zu viel Anstrengung und nimm die Medikamente«, sagt er nur noch zu mir, dann steht er auf.

Doch Mama lässt nicht locker. »Ich würde gern wissen, was Sie vermuten.«

Professor Göller sieht erst zu mir, dann zu meinen Eltern. »Nachdem die bisherigen Medikamente nicht mehr anschlagen, ist zu befürchten, dass es sich auch um eine chronische Erkrankung handeln könnte. Also solltest du die neuen Tabletten unbedingt sorgfältig einnehmen, ja?«

»Klar«, antworte ich. Solange es sich um ein Medikament handelt, bin ich nicht abgeneigt, auch wenn ich noch nicht weiß, wie heftig die Nebenwirkungen sein werden. Aber natürlich sage ich nicht Nein.

»Gut, dann machen wir das so«, sagt Professor Göller. »Der Termin für die Biopsie ist eingetragen, wir sehen uns dann kommenden Donnerstag. Es wird schon.«

Mit diesen Worten werde ich schließlich entlassen. Ich weiß ja, er meint es gut, doch es kommt gerade nichts bei mir an. Trotzdem nicke ich, weil jedes Widerwort nichts bringen würde.

Als wir endlich das Krankenhaus verlassen, fühle ich mich wie zerschlagen und will nur noch nach Hause in mein Bett. Während der Fahrt reden meine Eltern pausenlos auf mich ein. Dass ich nicht vergessen darf, die Medikamente einzunehmen. Dass ich mich wirklich schonen muss und mit ihnen nach Hause kommen soll. Zwischenzeitlich streiten sie sich auch mal kurz, ehe sie wieder mit mir zu reden beginnen. Ich höre gar nicht mehr richtig zu, sondern träume mich weg, irgendwohin, suche nach der Stille in mir, um nicht unter der Last der Worte erdrückt zu werden.

Ich kann es kaum erwarten, bis Papa endlich vor unserer Wohnung anhält. Kaum steht der Wagen still, reiße ich auch schon die Tür auf. Ich will raus hier, einfach weg, und so verspreche ich meinen Eltern, dass ich jetzt wirklich langsamer mache, daheim bleibe und mich nicht überanstrenge. Wir drücken uns noch, aber alles wirkt irgendwie so unrealistisch.

Als ich oben in meinem Zimmer ankomme und die Tür hinter mir schließe, fühle ich mich noch immer wie in einem merkwürdigen Film. Ich lasse mich aufs Bett fallen und weine. Einfach so, weil es mich erleichtert und mir in diesem Augenblick einfach nur guttut. Ab und an muss man den Schmerz auch mal rauslassen, damit er einen nicht auffrisst und das Herz noch schwerer macht.

Nachdem ich mich beruhigt habe, gehe ich ins Wohnzimmer und schalte den Fernseher ein. Mehr will ich gerade nicht tun. Aber ich nehme das Programm, das gerade läuft, nicht wirklich in mich auf.

Irgendwann schreibt Kale mir und will wissen, wie es war. Ich würde am liebsten überhaupt nicht antworten. Mir kommt das alles gerade so falsch vor. Also schreibe ich nur zurück, dass es okay war. Mehr nicht.

Ein Wink des Schicksals

Nach dieser letzten Nachricht höre ich nichts mehr von Kale. Am Freitagnachmittag muss ich daran denken, dass er sich ja heute angeblich mit Alina trifft, doch ich versuche, es zu ignorieren.

Stattdessen rede ich mit Louisa. Sie will mir Mut machen, indem sie sagt, dass die Idee mit den Tabletten doch gut sei. Schließlich verziehe ich mich mit einem Buch ins Bett, aber selbst das Lesen bereitet mir Mühe.

Irgendwann stehe ich auf, weil ich jetzt weiß, was ich zu tun habe, was mich auch die ganze Zeit über belastet hat. Ich trete an den Schreibtisch und hole Lisas Brief aus der Schublade. Es fällt mir schwer, ihn zu öffnen, aber vielleicht tut es mir gerade jetzt gut, wenn ich mich endlich mit ihm auseinandersetze.

Meine Finger zittern, als ich mich mit dem Umschlag aufs Bett setze. Eine Weile starre ich ihn noch an, dann öffne ich ihn zaghaft und ziehe einen gefalteten Briefbogen daraus hervor. Sofort schießen mir die Tränen aus den Augen. Allein schon das Papier zu sehen, ruft Erinnerungen in mir zutage, die ich tief in mir vergraben hatte. Erinnerungen daran, wie Lisa und ich uns zum ersten Mal im Krankenhaus begegneten, wie wir

Freundinnen wurden und wie wir zusammensaßen und uns die Zukunft ausmalten. Diesen Brief gab sie mir, als es ihr schon ganz schlecht ging. Sie sagte mir, dass er für den Fall der Fälle sei und ich ihn dann erst lesen solle.

Die Zeit scheint sich zu drehen, und schließlich lasse ich mich von ihr fortziehen.

Es gibt Menschen, die verbindet einfach etwas, vom ersten Augenblick an. Ich weiß nicht, ob Lisa und ich uns auch unter normalen Umständen angefreundet hätten. Doch die Umstände waren nun mal alles andere als normal.

»Schau dir mal diesen blauen Fleck an. Das ist doch die totale Scheiße.« Das war das Erste, das sie zu mir sagte, und ich erinnere mich daran, wie ich aufsah und in die hellbraunen Augen dieses Mädchens blickte. Ihr Gesicht war schmal, blonde Haare umspielten ihr Kinn, und ich betrachtete die blauen Flecken auf ihrem Arm. Natürlich wusste ich sofort, was sie meinte.

»Die Schwestern hier sind einfach unfähig«, antwortete ich lapidar und brachte sie damit zum Schmunzeln.

»Dabei gibt es schon welche, die es draufhaben, nur haben die irgendwie immer was anderes zu erledigen, wenn mir Blut abgenommen wird«, erzählte sie weiter, und ich klappte mein Buch endgültig zu. Sie streckte mir die Hand hin. »Lisa«, stellte sie sich vor.

Ich ergriff ihre Hand und antwortete nur: »Jass.«

In diesem Moment ahnte ich noch nicht, was uns alles verbinden würde. Auf jeden Fall hatten wir sofort einen Draht zueinander. Wir erzählten einander, was uns hierher-

gebracht hatte. Irgendwann teilten wir uns dann ein Krankenzimmer, Lisa hatte sich dafür eingesetzt, und von nun an redeten wir nächtelang und vertrauten uns unsere Träume und Sehnsüchte an.

Lisa war vierundzwanzig und beim Treppensteigen einfach zusammengeklappt. Sie wurde reanimiert und schließlich ins Krankenhaus gebracht. Damit hatten wir etwas gemeinsam. Denn auch ich war damals, als alles begonnen hatte, einfach umgekippt. Herzstillstand. Dann die Operation, bei der mir der Defibrillator eingesetzt wurde. Und schließlich erst vor wenigen Wochen ein erneuter Herzstillstand, weshalb ich jetzt hier lag. Der Defibrillator hatte nicht mehr richtig funktioniert. Wir waren gerade auf einem Ausflug gewesen, als es mir immer schlechter ging. Eine erneute OP. Hoffen und Bangen und Tausende von Fragen nach dem Sinn.

»Ich habe eine Idee«, sagte Lisa irgendwann. Sie saß im Bett und hatte einen Schreibblock vor sich liegen. »Du versinkst doch dauernd in deinen Büchern. Ich bin zwar keine Leseratte, aber was du mir manchmal vorliest, ist echt zu schön. Wie wäre es, wenn wir mal eine Liste machen?«

»Was für eine Liste denn?«, wollte ich wissen.

»Na ja, eine Liebesliste mit all den Dingen, die man sich für eine Beziehung wünscht und ausmalt.«

»Das ist nicht dein Ernst, oder?«

»Doch, mein voller Ernst. Also ich für meinen Teil wüsste schon, was ich gern hätte. Tanzen im Regen, leidenschaftliche Küsse im Schnee. Mit einem heißen Kerl, der einfach alles tut, was man sich von ihm wünscht. Es dreht sich doch alles um die Liebe, oder?« Sie deutete zur Wand, wo sie eine

Postkarte angeheftet hatte. »It's all about love. Meine Lieblingskarte, wie du ja weißt.«

Sie meinte es tatsächlich ernst.

»So einen Kerl gibt es nicht«, wandte ich ein. »Wie soll das funktionieren?«

»Keine Ahnung. Vielleicht müssten wir einfach jemanden suchen, der mitmacht. Ich meine, wir sind doch recht attraktiv, oder?« Sie zwinkerte mir zu. »Und was soll daran verkehrt sein?«

»Du bist verrückt, Lisa.«

Doch mit einem Mal wurde ihr Blick ernst. »Nein, ehrlich. Weißt du, wir sehnen uns immer nach so vielen Dingen und trauen uns nicht. Aber was hätten wir schon zu verlieren? Wenn wir sagen, was wir möchten, kann er im schlimmsten Fall nur ablehnen. Aber vielleicht sagt er auch Ja. Und überhaupt, warum hat man immer so viel Angst davor, zu leben? Schau doch uns beide mal an. Wir haben uns den Arsch aufgerissen, waren ehrgeizig ohne Ende. Doch das richtig Erfüllende haben wir irgendwie nicht gefunden. Eines Tages dann, zack, sagt das Leben ›Stopp‹ – und jetzt, jetzt fehlt genau das. Am Ende denkt man doch darüber nach, was man sich ersehnt, aber nicht bekommen hat, warum man bestimmte Dinge nicht versucht oder gewagt hat. Zumindest denke ich mir das gerade.«

Ich spürte die Traurigkeit in ihren Worten, die nun auch mich ergriff. Lisa hatte recht. Mir war es immer genauso gegangen wie ihr. Und mit der Zeit hatte ich mich mehr und mehr versteckt und zurückgehalten. Aber warum sollte man nicht einfach sagen, was man möchte, warum es nicht wagen?

Also nickte ich. »Okay, ich bin dabei.«

»Wunderbar.« Sie grinste. »Dann lass uns mal loslegen.«

Nachdem ich mich zu ihr ans Bett gesetzt hatte, riss sie ein Blatt aus ihrem Block und reichte es mir. Schließlich hielt jede von uns in einer eigenen Liste fest, was sie sich von einer Liebesbeziehung erträumte.

Als wir fertig waren, konnte ich es nicht glauben. »Und jetzt?«

Lisa lächelte. »Jetzt werden wir gesund, dann geht es los.«

Dann geht es los. Lisas Worte hallen durch meinen Kopf und ziehen mich zurück in die Gegenwart. Schwere überkommt mich, während ich noch immer ihren Brief in der Hand halte. Aber ich bringe es in diesem Augenblick nicht über mich, ihn zu lesen.

Ich will das Blatt gerade wieder zurück in den Umschlag stecken, als ich das Herz aus Papier darin entdecke, das wir zusammen gebastelt haben. Bei der Erinnerung daran, was wir uns diesbezüglich versprochen haben, kommen mir erneut die Tränen. Nein, ich bin noch nicht bereit.

Schließlich packe ich den Brief ein und verstaue ihn wieder in der Schublade. Ich weiß nicht, wie alles weitergeht, und spüre die Angst, dass es bei mir genauso sein wird wie bei Lisa.

Damals im Krankenhaus sagte sie mir, dass man das Leben leben sollte. Vielleicht ist es nicht vernünftig, aber mir fällt gerade wirklich die Decke auf den Kopf. Ich will raus, einfach weg, also gehe ich hinüber ins

Wohnzimmer, wo Louisa vor einem Vergrößerungsspiegel sitzt und sich die Augenbrauen zupft.

»Ich muss weg«, sage ich nur.

Sie sieht zu mir auf. »Weg? Wie meinst du das?«

»Raus, weg, ich kriege keine Luft mehr.«

Sofort weiten sich ihre Augen, und ich wiegele schnell ab. »Nein, nein, nicht deswegen. Ich will einfach was unternehmen, in die Stadt, was trinken, tanzen.«

»Tanzen? Du sollst dich doch ausruhen.«

»Das schon, aber ganz ehrlich, ich ruhe mich doch die ganze Zeit aus. Aber gerade merke ich, dass ich etwas anderes brauche, sonst machen mich meine Gedanken noch verrückt, und das ertrage ich echt nicht mehr.«

»Kale?«, fragt sie nur.

»Auch. Aber einfach alles, verstehst du? Bitte.«

Sie beginnt zu lächeln. »Gib mir eine halbe Stunde, okay?«

Nachdem wir ein bisschen in der Stadt herumgebummelt sind, überrede ich Louisa, mit mir ins *Hinz und Kunz* zu gehen. Sie ist dagegen und meint, wir sollten lieber wieder heimgehen, aber ich kann sehr überzeugend sein, wenn ich will. Kein Alkohol, nur ein wenig abhängen und tanzen. Ablenkung, leben.

Schließlich gibt sie doch nach, und ich bin froh darüber. Denn mit der Musik fühle ich mich echt wohl. Es ist nicht zu voll, wir haben Spaß. Ein paar Mädels aus der Uni sind auch da, und wir stehen zusammen und reden. Ja, es geht mir gut – zumindest so lange, bis ich Kale an der Bar entdecke, zusammen mit Alina. Mein Herz rutscht mir gefühlt tief in den Magen. Schnell sehe ich weg, während ein heftiger Schlag durch mich hindurchfährt. Doch ich versuche, mir trotz allem nichts anmerken zu lassen. Ist doch egal, dann ist er eben mit ihr hier, rede ich mir ein, aber mir ist trotzdem flattrig im Bauch.

Nach einer Weile wage ich einen erneuten Blick. Kale steht noch immer mit ihr an der Bar, sie flüstert ihm gerade etwas ins Ohr. Zum Glück bemerkt er mich nicht. Und auch sonst niemand aus der Clique.

»Wollen wir tanzen gehen?«, fragt eines der Mädels, ich glaube, sie heißt Tanja.

»Tanzen klingt gut«, antworte ich, und so schieben wir uns in Richtung Tanzfläche.

Ich hoffe, dass Kale mich auch jetzt nicht entdeckt, und nehme mir vor, nicht mehr zu den beiden hinzusehen. Aber dann tue ich es doch, und tatsächlich trifft mich genau in diesem Moment sein Blick mit voller Wucht. Eilig gehe ich weiter und beschließe, nicht mehr daran zu denken, sondern jetzt einfach nur zu tanzen. In meinem Leben ist gerade sowieso alles kompliziert genug. Ich weiß, ich sollte es nicht tun, ich bin unvernünftig, ich übertreibe vielleicht auch, doch ich will heute Abend einfach nur vergessen.

Wir tanzen eine Weile, die Musik ist gut, die Mädels haben Spaß, aber irgendwann fühle ich mich mehr als erledigt. Es war doch zu viel, ich hätte es wissen müssen. Außerdem möchte ich nicht mehr hier sein.

Ich zupfe Louisa am Ärmel. »Tut mir leid, aber ich bin wirklich müde. Bist du mir böse, wenn ich gehe?«, frage ich.

»Geht es dir nicht gut?« Sie sieht mich besorgt an, doch ich schüttele den Kopf.

»Ach, in den letzten Tagen war so viel los, so viele schlechte Nachrichten. Es hat mir gutgetan, rauszukommen, aber jetzt bin ich einfach fertig.«

»Klar, ich verstehe das. Also lass uns gehen.«

Ich winke ab. »Du kannst ruhig hierbleiben, ihr habt doch Spaß. Ich nehme mir draußen ein Taxi, dann bin ich ganz schnell im Bett.«

»Ich weiß nicht.« Sie verzieht das Gesicht. »Ist das wirklich okay? Ich meine, ich mache mir Sorgen um dich.«

Doch ich kneife sie spielerisch in den Oberarm. »Alles gut, ich schaffe das allein. Warum sollen wir beide schon so früh nach Hause gehen?«

Ich hauche ihr einen Kuss auf die Wange, ehe ich den Mädels noch mal zuwinke und mich dann in Richtung Ausgang begebe. Die frische Luft, die ich draußen einatme, belebt mich ein wenig. Ich sehe mich um und entdecke auch tatsächlich gleich ein Taxi.

Gerade will ich einsteigen, als ich auf einmal eine Stimme höre. Seine Stimme. Sie dringt in meine Ohren, fährt durch meinen Körper. »Jass, warte, ich muss mir dir reden.«

Einen Moment lang stehe ich einfach nur da, regungslos, lediglich mein Herz klopft heftig in meiner Brust. Erst dann drehe ich mich langsam zu ihm um.

Kale steht vor mir, die Hände in den Taschen seiner Jeans vergraben. Das graue Shirt spannt sich um seinen Oberkörper. »Hast du kurz Zeit zum Reden?«

Nein, ich will nicht reden, und das sage ich ihm auch. »Es gibt nichts zu reden, Kale. Genieße den Abend, du kannst tun, was du willst. Das habe ich dir ja auch geschrieben, und es war ernst gemeint.«

Aus dem Augenwinkel sehe ich, wie zwei Mädels auf das Taxi zugehen und es mir wegschnappen. Na wunderbar.

Kale nimmt eine Hand aus der Hosentasche und fährt sich durch die Haare. »Bitte, wirklich nur ganz kurz, Jass, okay?«

»Tut mir leid, ich hab's eilig. Hab 'nen schönen Abend, Kale.«

Suchend sehe ich mich abermals um, finde glücklicherweise auch sogleich das nächste freie Taxi und gehe mit schnellen Schritten darauf zu. Ich ziehe die Tür auf und lasse mich auf die Rückbank fallen. Nachdem ich dem Fahrer meine Adresse genannt habe, treten mir die Tränen in die Augen. Es ist besser so, rede ich mir ein. Aber es fühlt sich gar nicht gut an.

Auf einmal öffnet sich die Wagentür erneut. Ein junger Mann steht da. Er hat blaue Augen, und mir fällt ein, woher ich ihn kenne. In letzter Zeit habe ich ihn schon zweimal gesehen.

»Oh, Entschuldigung«, sagt er und lächelt mir zu, »ich dachte, das Taxi ist noch frei.«

»Schon gut, wohin musst du denn?«

»Eigentlich nur ein paar Straßen weiter. Kann ich mitfahren, dann teilen wir uns den Betrag?«

Ich nicke. »Klar, kein Problem.«

»Super, danke.« Er setzt sich nach vorne auf den Beifahrersitz.

Der Taxifahrer blickt uns fragend an. »Wohin soll ich dann zuerst?«

»Ich muss in die Frommanstraße«, antworte ich.

»Und ich in die Innere Laufer Gasse«, ergänzt der Junge. »Dann vielleicht ich zuerst?«

Er hat recht, von der Strecke haut es ganz gut hin. Erst er, und von dort geht es in einer kurzen Schleife dann zu mir.

Der Fahrer nickt, startet den Motor, und wir fahren los. Verstohlen wische ich mir die Tränen weg und versuche, nicht mehr an Kale zu denken, an alles, was in den letzten Tagen passiert ist. Aber so leicht ist es nicht. Ich bin traurig, und wenn man traurig ist, kann man oftmals seine Gefühle nicht verstecken.

Der Junge dreht sich zu mir herum. »Geht es dir nicht gut?«, fragt er.

Ich zucke mit den Schultern. »Gerade ist alles kompliziert. Mein Leben, meine Gesundheit, und der Junge, den ich mag, interessiert sich nicht mehr für mich. Ich wusste die ganze Zeit, dass es mit uns nichts werden kann, trotzdem …«

»Verstehe ich. Das Herz ist meist viel stärker als der Kopf.«

»Ja«, flüstere ich.

Der Taxifahrer biegt in die Innere Laufer Gasse ein und hält schließlich nach ein paar Metern an.

Die blauen Augen des Jungen sind jetzt intensiv auf mich gerichtet. »Ich weiß nicht, was dich alles bedrückt, aber lass dir eines gesagt sein: Jede Begegnung im Leben hat ihren Sinn – und auch jeder Verlust.«

Seine Worte gehen mitten in mein Herz, ich weiß nicht, warum. Sie sind einfach, dennoch haben sie gerade diese Tiefe, nach der ich gesucht habe.

»Danke«, antworte ich nur.

»Kein Ding, immer gern. Ist eine Art Lebensmotto von mir.« Er greift sich an die Brust und klopft dagegen. »Also mach's gut.« Dann zieht er zwanzig Euro aus der Tasche und reicht sie dem Fahrer. »Bring sie gut nach Hause«, meint er mit einem Augenzwinkern.

Ich will noch etwas sagen, aber er steigt schon aus dem Taxi, und ich kann ihm nur nachsehen, wie er in einem Haus verschwindet.

Die Fahrt geht dann schnell vorüber, und schließlich hält der Taxifahrer in unserer Straße. Ich steige aus, winke ihm noch mal zu, ehe ich hinauf in unsere Wohnung gehe. Oben angekommen schminke ich mich gleich ab und lege mich ins Bett, liege dann aber noch ziemlich lange wach da.

Ich bin traurig, ja. Weil Kale jetzt mit Alina im Club ist.

Doch ich darf nicht traurig sein. Alles zwischen uns war von vornherein klar. Es war nur ein Spiel, ermahne ich mich, also sei vernünftig.

Im Leben ist es jedoch manchmal nicht so leicht, vernünftig zu sein. Da will man einfach mehr, oder man erhofft sich mehr, auch wenn man es leugnet. Ab und zu sollte das reale Leben doch ein bisschen wie eine Geschichte aus einem Buch sein.

Aber das Leben ist kein Buch. Und man sucht nach dem Sinn.

Auf einmal wandern die Worte des Jungen aus dem Taxi durch meinen Kopf: *Jede Begegnung im Leben hat ihren Sinn – und auch jeder Verlust.*

Ob man es wirklich so sehen sollte? Wird es dann leichter? Und war das ein Wink des Schicksals?

Ich liege da, umhüllt von der Dunkelheit, und begreife nun: Für die einen ist die Dunkelheit einfach nur schwarz, andere wiederum finden darin auch etwas Licht.

Und plötzlich ist es echt

Ein helles Licht dringt an meine Augen, durchbricht die Dunkelheit, und ein Summen holt mich aus dem Schlaf, immer und immer wieder. Ich frage mich, ob es echt ist oder ob ich träume. Erst weiß ich nicht, wo ich bin, doch dann begreife ich. Ich liege in meinem Bett, und dieses penetrante Geräusch verbunden mit dem Licht kommt von meinem Handy, das beinahe ununterbrochen klingelt und blinkt. Ich taste danach und blinzle auf das Display. Es ist Louisa, und ich setze mich auf, um das Gespräch anzunehmen.

»Ja?«, sage ich verschlafen.

»Jass, bist du es?«

»Wer soll ich denn sonst sein?«

»Sorry, ich hab dich sicherlich geweckt. Aber hör mal, wir sind noch immer im Club. Und Kale, er …«

Augenblicklich bin ich wach, und mein Herz schlägt etwas heftiger. »Was ist mit ihm?«

»Er ist mit Alina hier, und das geht einfach nicht.«

Ich seufze. »Ach, Louisa, Ich kann doch auch nichts tun.«

»Weißt du, sie macht sich an ihn ran, das ist so furchtbar …«

Die Worte tun weh. Es hat ja vorhin im Club schon geschmerzt, Kale mit Alina zu sehen, aber es ist eben, wie es ist. So ist nun mal die Abmachung, und ich habe ihm ja gesagt, dass er tun kann, was er möchte, auch noch einmal vorhin am Taxi. Es ist ja auch so: Er ist frei, wir haben nur diese Liste, ein Spiel.

»Louisa, ehrlich gesagt, ich … ich habe die beiden schon im Club zusammen gesehen, und deswegen wollte ich auch gehen. Es ist okay, Kale kann tun, was er will. Ich finde es nicht gut, aber was soll ich machen? Wenn Alina die Frau ist, die er will, dann kann ihn nichts aufhalten, dann muss ich ihn lassen.«

»Oh, Jass, warum hast du denn nichts gesagt?«

»Weil es dir auch den Abend verdorben hätte, und das wäre total unnötig gewesen. Stell dir einfach vor, er ist ein Straßenschild, das niemand beachtet, okay?«

Jetzt lacht sie.

»Also feiere noch schön, ich schlafe weiter«, füge ich noch hinzu, ehe wir das Telefonat beenden.

Auch wenn ich gerade so cool getan habe, kann ich jetzt doch die Tränen nicht zurückhalten. Ich sehe auf die Uhr, es ist erst eins, dennoch habe ich gefühlt schon fest geschlafen.

Warum bin ich nur ans Telefon gegangen, statt es auf lautlos zu stellen? Und warum habe ich überhaupt diesen ganzen Mist mit der Liste angefangen? Dennoch bereue ich es nicht. Was Kale und ich bislang hatten, was ich mit ihm gefühlt habe, war schön, und ich kann es mitnehmen, in meinem Herzen, wohin auch immer die Reise geht.

Ich bin jetzt endgültig wach, und das nervt mich so sehr, dass ich aufstehe, in die Küche gehe und mir etwas zu trinken hole. Dann beschließe ich, mich wieder ins Bett zu legen und zu lesen, mich einfach mit einem Buch wegzuträumen. Es gelingt mir tatsächlich. Bücher haben es bisher immer geschafft, dass ich mich besser fühle, und dafür bin ich gerade sehr dankbar. Vielleicht ist es gut, wenn ich mich wieder daran gewöhne, nun, da mir der Aufenthalt in der Klinik bevorsteht.

Schneller als gedacht werden allerdings meine Augen schwer. Ich bin gerade dabei, wieder einzuschlafen, als mein Handy erneut zu summen beginnt. Aber ich werde es einfach klingeln lassen, weil ich gar nicht wissen möchte, wer dran ist oder welche Idee Louisa womöglich jetzt wieder hat. Doch irgendwann überwiegt die Neugier, ich luge kurz aufs Display und zucke zusammen, denn ich lese Kales Namen.

Was nun?

Nein, ich werde nicht rangehen. Ich will nicht hören, was er mir zu sagen hat. Nicht jetzt.

Eine ganze Weile summt das Handy noch, dann macht es *Pling*. Er hat mir nun wohl geschrieben.

Ich will nichts von ihm lesen, und doch will ich es so sehr. Verdammt. Ich öffne WhatsApp, und tatsächlich, die Nachricht ist wie erwartet von Kale.

Kannst du mich bitte abholen, Jass?

Ich starre die Worte an. Ist das echt sein Ernst? Das kann er vergessen. Wütend setze ich den Zeigefinger aufs Display und tippe nur ein Wort: *Warum?*

Prompt schreibt er zurück: *Bitte, ich erkläre es dir nachher. Ich bin noch am Club. Um die Ecke ist doch dieser Bäcker, dort kannst du bestimmt kurz parken.*

Was denkt er sich nur? Während ich eine Antwort eintippe, merke ich immer mehr, wie unheimlich sauer ich auf ihn bin. Ich soll ihn von dort abholen, wo er mit Alina war? Geht's noch? Warum bringt sie ihn nicht heim? Und was will er überhaupt von mir?

Ich bin doch nicht dein Taxi!, antworte ich.

Er schreibt und schreibt und schreibt, und schließlich macht es wieder *Pling*: *Nein, natürlich, das bist du nicht, aber ich … Scheiße, du hast recht, ich bin ein Idiot. Ich komme zu dir, bis gleich.*

Sofort setze ich zur Antwort an: *Was? Nein, ich will nicht, dass du kommst! Bleib bloß, wo du bist.*

Doch er lässt mein Nein nicht gelten: *Ich werde auf jeden Fall kommen, es sei denn, du holst mich ab.*

Der spinnt wohl! Aber dann denke ich einen Moment lang nach. Natürlich will der eine Teil von mir ihn nicht sehen, der andere jedoch möchte es unbedingt.

Mit gemischten Gefühlen blicke ich auf die Uhr, es ist kurz nach zwei. Schließlich tippe ich doch meine Antwort ein: *Gut, ich komme. In einer Viertelstunde?*

Seufzend stehe ich auf, schlüpfe in Shirt und Hose und putze mir noch mal die Zähne, ehe ich die Wohnung verlasse.

Ich kann es nicht fassen, dass ich mich tatsächlich ins Auto gesetzt habe, um Kale, diesen Idioten, abzuholen.

Aus dem Club, wo er mit einer anderen war, seiner Ex-Freundin, um genau zu sein. Wie tief kann man denn noch sinken? Ich bin wirklich bescheuert, oder? Und wo ist eigentlich Louisa? Ich hatte ihr geschrieben, bevor ich losgefahren bin, aber keine Antwort bekommen. Sicherlich ist sie noch beim Feiern.

Als ich in der Seitenstraße des Clubs ankomme und dort den Wagen parke, überlege ich in der Tat kurz, ob ich wieder umkehren soll. Doch dann schrecke ich auf, denn es klopft gegen die Scheibe. Es ist Kale.

Er öffnet die Beifahrertür und lässt sich auf den Sitz fallen. Irgendwie sieht er müde aus und trotzdem so gut. Dabei will ich das gar nicht so sehen, doch es lässt sich nun mal nicht leugnen.

»Hey«, sagt er und sieht mich an. Der Blick aus seinen Augen trifft mich heftig.

»Hey.« Ohne ein weiteres Wort starte ich den Wagen. Schweigend fahren wir zu seinem Wohnblock, vor dem ich kurze Zeit später anhalte.

Kale räuspert sich mehrmals. »Kommst du noch mit rein? Bitte.« Er ist sichtlich etwas angetrunken, und ich frage mich erneut, was das hier soll.

»Wieso sollte ich das tun?«

»Weil ich dich darum bitte«, flüstert er. Seine Stimme ist jetzt ganz weich.

Aber ich will nicht mit ihm reden und schon gar nicht mit ihm mitgehen. Aus dem Radio erklingt *Lovely* von Billie Eilish, und ich muss schlucken, denn ich erinnere mich daran, wie Kale und ich zusammen die Sterne angesehen haben.

Unsere Blicke verschmelzen ineinander. »Ich hätte damals mit dir tanzen sollen, Jass«, flüstert er auf einmal.

Meint er das ernst, oder veräppelt er mich?

»Wie kommst du jetzt darauf?«, frage ich.

»Ich weiß nicht. Es ist doch dieses Lied, und ich dachte einfach nur, dass ich es hätte tun sollen. Wegen der Liste und allem und …«

Ich atme tief durch. »Du bist betrunken, Kale. Geh jetzt ins Bett und schlaf dort deinen Rausch aus.«

»Komm mit rein, bitte«, versucht er es noch einmal.

»Nein, ich will jetzt heim. Ich bin müde und …« Meine Stimme bricht.

»Bitte nicht wieder weinen. Komm lieber mit, ja?«

In mir beginnt es nun endgültig zu brodeln, und ich blinzle die Tränen weg, die sich tatsächlich aus meinen Augen stehlen wollten. »Was soll das, Kale? Warum sollte ich dich abholen? Hast du niemand anderen gefunden, der dich heimbringt? Ein Taxi zu Beispiel. Oder Alina, mit ihr kannst du ja auch tanzen, aber mit mir nicht. Und jetzt raus hier«, sage ich scharf.

»Weil ich dich sehen wollte, deswegen.« Seine Worte sind warm, trotzdem lasse ich sie an mir abprallen.

»Weil du mich sehen wolltest, aha. Das hast du ja jetzt. Also kannst du bitte aussteigen, ich will fahren.«

Er richtet sich im Sitz auf und beugt sich zu mir. »Verdammt, Jass, jetzt komm doch bitte mit rein, ich will mit dir …«

»Was?«

»Reden.«

»Du bist angetrunken, ich denke, das macht keinen Sinn.« Ich will den Motor wieder starten, aber Kale ist schneller. Ehe ich reagieren kann, zieht er den Schlüssel ab, öffnet die Tür und steigt aus.

»Kale, was soll das?«

Ohne lange nachzudenken, verlasse ich in meiner Erregung ebenfalls das Auto. Nachdem ich die Tür hinter mir zugeworfen habe, betätigt er rasch den Schließmechanismus. Der Wagen ist verriegelt.

»Das ist nicht dein Ernst!«, rufe ich. »Spinnst du denn total?«

»Doch, mein voller Ernst. Und jetzt hör auf, so zu sein, und komm mit.«

Was bildet er sich eigentlich ein?

»*So zu sein*? Wie bin ich denn? Ich habe dich immerhin abgeholt, also übertreib es lieber nicht. Gib mir den Schlüssel wieder.«

Doch er beachtet mich gar nicht, sondern geht auf die Haustür zu und schließt sie auf. Im Türrahmen bleibt er stehen. »Kommst du jetzt, oder willst du da draußen Wurzeln schlagen?«

Kurz überlege ich ernsthaft, aus Trotz zu Fuß nach Hause zu gehen, aber dann überlege ich es mir doch anders und folge ihm in seine Wohnung.

Drinnen riecht es nach Kale, nach seinem Parfüm, und ich atme den Duft tief in mich ein. Während er schon ins Wohnzimmer vorgeht und dort das Licht einschaltet, bleibe ich an der Wohnungstür stehen und bewege mich keinen Meter weiter.

»Gibst du mir jetzt endlich den Schlüssel, damit ich heimfahren kann?«

Er kommt zurück in den Flur und lehnt sich mir gegenüber an die Wand. »Jass, ich …«

Ich winke ab. »Schon okay, du und Alina, du willst es mir sagen, bevor es wieder ernster mit euch wird. Und am besten lassen wir auch das mit der Liste sein. Du glaubst vielleicht, dass ich blöd bin, aber ich bin es nicht. Mir war die ganze Zeit klar, dass du dich aus einem bestimmten Grund so merkwürdig verhältst. Und dann noch dein Geschreibe von wegen wir sollten uns nicht mehr so nah sein und dass es so besser ist. Es ist okay. Mach, was du willst, das habe ich dir ja schon gesagt. Aber ich möchte jetzt einfach nach Hause, ja? Also gib mir den Schlüssel!« Meine Stimme sollte bestimmt klingen, doch sie zittert leicht. Ich hoffe trotzdem, dass er die Verzweiflung darin nicht bemerkt.

Warum quält er mich so? Warum sieht er mich so an mit diesem Blick, dem ich sofort verfalle und der mich schwach werden lässt? Obwohl ich genau weiß, wie die Dinge liegen, und er es mir ja auch schon gesagt hat. Und dann habe ich ihn ja heute Abend auch noch mit ihr gesehen, was alles noch bestätigt hat. Aber ich will jetzt nicht schwach werden, ich darf es nicht.

Noch immer stehen wir einander gegenüber, und er sieht mich einfach nur an.

»Das alles war ein Fehler«, sage ich, doch er antwortet nicht. »Was nun?«, frage ich schließlich.

Jetzt greift er nach meiner Hand, aber ich entziehe sie ihm.

»Kale, bitte«, flüstere ich. »Ich weiß, was du gesagt hast, und es tut mir leid. Ich mag dich einfach. Und ich wollte immer nur, dass auch mich jemand mag. Ein einziges Mal sollte jemand zu mir sagen: ›Du und ich, das ist alles, was zählt. Du bist mein Herz.‹ Das mit der Liste, ich hätte das nicht anfangen sollen. Ich habe es unterschätzt. Es war nicht echt, ich habe mich in etwas reingesteigert.«

»Jass, pass auf, ich hatte nichts mit Alina, okay?«

Ich schlucke. »Ja, klar.«

Ich gebe es zu, ich habe es mir schon vorgestellt. Und ja, in den letzten Tagen habe ich vermehrt mit ihr geschrieben und mich auch für heute Abend mit ihr im Club verabredet. Ich war so durcheinander und dachte, es ist besser, wenn wir beide auf Abstand gehen.«

Seine Worte tun weh, doch ich nicke. »Es ist okay. Wie gesagt, ich hatte es schon bemerkt. Deswegen auch die Distanz. Und noch mal, du kannst tun, was du willst. Aber hör dann bitte auf, irgendwelche Dinge von dir zu geben von wegen, dass wir hätten tanzen sollen und so.«

»Ich war noch nicht fertig.« Die Farben seiner Augen vermischen sich mit meinen. »Ja, sie wollte mit mir schlafen, ich sollte vorhin mit ihr mitgehen. Aber es ging nicht, und das hat einen ganz bestimmten Grund.«

Mein Herz schlägt mit einem Mal hart gegen meinen Brustkorb. »Und der wäre?«, frage ich vorsichtig.

»Verdammte Scheiße, weil ich … weil ich nur an dich denken konnte.« Er fährt sich mit beiden Händen durch die Haare. Inzwischen steht er dicht vor mir, doch ich weiche nicht zurück und wage es auch nicht, mich sonst irgendwie zu bewegen, sondern sehe ihn einfach nur an.

»Sie wollte mich küssen«, erzählt er weiter. Noch immer ist er mir so nah. »Wir waren schon kurz davor, aber dann … dann musste ich an dich denken. An das, was ich fühle, wenn wir uns berühren. Wie deine Augen leuchten, wenn ich dich streichle. Wie du schmeckst. Ich konnte sie nicht küssen, weil ich doch nur dich küssen will, weil das mit dir plötzlich echt ist.«

Ich spüre seine Hände an meiner Taille. »Ist das dein Ernst?«, flüstere ich. »Ich dachte, du bist eiskalt.«

Jetzt lächelt er. »Scheiße, Jass, du bist echt anders, und du sollst wissen, dass du etwas in mir auslöst. Wir müssen jetzt auch nichts tun, ich wollte es dir nur sagen. Ich möchte einfach, dass du hier bist und …« Er schluckt. Es fällt ihm sichtlich schwer, sich mir zu öffnen. »Dass du heute Nacht hier bist, bei mir.«

Er berührt meine Wangen, mein Gesicht. Sein Blick ist tief und so voller Sehnsucht, dass meine Knie weich werden. Dann greift er nach meiner Hand und legt sie sich an die Brust. »Was ich gesagt habe, dass es besser ist, wenn wir uns nicht so nah sind, das war der totale Bullshit. Ich will nichts mehr, als dir nah zu sein und dass du mich berührst«, haucht er.

Er beugt den Kopf zu mir, kommt immer näher, und schließlich küsst er mich. Heftig, leidenschaftlich. Sein Körper drückt mich gegen die Wand. Jede Gegenwehr, die noch in mir vorhanden war, löst sich in Luft auf, schmilzt einfach so dahin. Meine Beine zittern, und ich habe das Gefühl zu schweben. Nur er und ich, hier bei ihm. Sein Mund auf meinem, seine Hände an meinem Nacken und irgendwie gefühlt überall. Er zieht mich mit sich, küsst mich dabei immer weiter, noch eine ganze Weile, bis ich kurz innehalte und ihn ein wenig von mir drücke.

»Scheiße, Kale«, presse ich atemlos hervor. »Du hast wirklich Gefühle für mich, oder?«

Er grinst leicht. »Scheiße, Jass, ich glaube ja.«

Dann küsst er mich erneut, und ich schmelze endgültig dahin.

Kale hebt mich hoch, trägt mich zum Bett und legt mich auf die Matratze. Währenddessen küsst er mich beinahe pausenlos. Mein Herz klopft heftig. Alles um mich herum verschwindet, es bleiben nur er und ich – und unsere Lippen, die sich immer wieder aufeinanderlegen. Die Zeit scheint gerade stillzustehen. Ich genieße es so sehr, als Kale meinen Hals küsst und seine Hände über meinen Bauch streicheln.

»Ich will dich so sehr, Kale«, flüstere ich, und als Antwort gibt er mir erneut einen Kuss auf die Lippen.

Irgendwann hält er inne und sieht mich an. In seinen Augen liegt Verlangen, sie wirken dunkler als sonst, das Blau ist tiefer, das Grünbraun leuchtet sehnsüchtig. »Ich will dich auch, Jass.«

Meine Hand fährt über seinen Oberkörper, über die harten Muskeln, und ich beiße mir auf die Lippe, als ich über den Bund seiner Shorts streiche, meine Finger weiter nach unten wandern lasse und schließlich seine Erregung spüre. In meinem Unterbauch zieht es heftig.

Zwischen uns ist einfach dieses Verlangen, diese Anziehung. Aber es ist noch mehr. Es hat etwas mit unseren Herzen zu tun, die sich scheinbar über die Zeit verbunden haben.

Während Kale mich erneut küsst, wandert seine Hand unter mein Shirt. Er streicht über meine Haut und umfasst meine Brüste, was mich vor Lust erzittern lässt. Und irgendwie auch vor Liebe, zumindest fühlt es sich so an.

Mit einem Mal stoppt Kale, sein Blick ist auf mich gerichtet. »›Tu so, als ob du mich liebst‹, hast du gesagt. Das war das Beste, was mir passieren konnte«, meint er.

»Warum?«

Er lächelt. »Weil ich jetzt nicht mehr nur so tun muss.«

Wir liegen im Bett, küssen uns immer wieder, lachen, reden, und irgendwann schläft Kale mit dem Kopf auf meiner Brust ein. Ich hingegen liege noch längere Zeit wach, denn ich habe noch nicht richtig begriffen, dass Kales Worte wirklich wahr sind. Dass er Gefühle für mich hat. Aber ich höre sie noch ganz deutlich in meinen Gedanken.

Sanft streichle ich ihm über den Kopf und höre ihn atmen. Es ist so ein beruhigendes Gefühl und eine Art von Nähe, die genauso erfüllend ist wie die Nähe, wenn wir uns küssen oder berühren. Von dieser Nähe habe ich schon oft in Büchern gelesen, doch sie nun selbst zu spüren, ist so unbeschreiblich schön.

Dennoch fühle ich auch Angst in mir, sie wieder zu verlieren. Ich denke an das Gespräch mit Professor Göller, an die Konsequenzen, wenn die Medikamente nicht anschlagen. Und ich muss auch an Lisa denken. So oft ist es mir gelungen, es nicht zu tun, doch nun sehe ich ihr Gesicht ganz deutlich vor mir und erinnere mich an die Dinge, die wir im Krankenhaus zusammen gemacht haben. Sie fehlt mir. Nur deswegen hatte ich vieles verdrängt, aber in diesem Augenblick funktioniert das nicht mehr. Ich weiß noch, wie wir in unseren Betten lagen und uns so vieles ausdachten, unter anderem auch diese Liste. Lisa war so voller Hoffnung. Doch dann …

In meiner Brust sticht es, und ich versuche, den Gedanken daran aus meinem Kopf zu verbannen. Was auch besser ist, denn er macht mich langsam verrückt.

Wer sagt denn, dass es mir tatsächlich genauso ergehen muss wie Lisa?

Was ist richtig?

Keine Ahnung. Ich weiß nur eines: Das hier ist echt, es fühlt sich gerade so richtig an, und ich will einfach diesen Moment genießen. Einen Herzklopfmoment für meinen Himmel.

Und dann schließe ich die Augen und schlafe ebenfalls ein.

Ich bin sein Herz

»Ich habe mir Gedanken gemacht wegen den noch fehlenden Punkten auf deiner Liste«, flüstert Kale, als wir zwei Tage später am Morgen gemeinsam aufwachen. Sanft spielt Musik um uns herum.

Ich weiß noch, wie ich mir vorgestellt habe, hier gemeinsam mit Kale zu liegen, in diesem Bett unter dem Fenster. Doch die Wirklichkeit ist noch viel schöner, als ich es mir je hätte ausmalen können.

Ich kuschele mich an ihn, würde gern noch ein wenig vor mich hin dösen, doch dann blinzle ich doch durch meine Lider und sehe seine Augen vor mir. »Ach ja? Da ist das Erste, woran du denkst, wenn du wach wirst?«

Er lächelt. »Nicht nur. Aber ja, das war gerade ein Gedanke. Der andere war, dass es schön ist, dich im Arm zu halten und dabei Musik zu hören.«

»Und zu welchem Schluss bist du noch gekommen? Ich meine, hinsichtlich der fehlenden Punkte?« Sanft streichle ich über seine Brust. Er riecht so gut, und ich genieße es so sehr, bei ihm zu sein.

»Na ja, wir haben ja schon einiges davon gemacht. Aber es fehlt zum Beispiel noch der Punkt Küssen im

Riesenrad und das mit der Gitarre. Und zusammen wegfahren gefällt mir am besten. Was hältst du davon, wenn wir das nächstes Wochenende machen? Da hab ich sonntags spielfrei, es würde also gut passen. Nur du und ich.« Er küsst mich sanft auf die Lippen, und ich spüre die Berührung, nehme sie in mich auf.

»Du bist verrückt«, flüstere ich.

»Nach dir.«

»Ich träume, oder?«

»Ich schätze nicht. Wir könnten auch schon am Donnerstag los und am Freitag einfach die Uni sausen lassen. Was meinst du?«

Ich kann das alles noch immer nicht glauben. Die letzten Tage mit Kale waren viel zu schön, so schön, dass ich alles andere vergessen habe. Wir waren einander immer nah, selbst in der Uni. Jetzt ist es richtig offiziell mit uns, und es ist nicht mehr nur die Liste, die uns zusammengebracht hat, sondern es sind unsere Gefühle, was ich niemals für möglich gehalten hätte. Louisa war ganz aus dem Häuschen, als ich es ihr erzählt habe.

Ja, die Tage mit ihm waren schön, als wäre ich in einer anderen Welt gewesen. Am Morgen gemeinsam aufwachen, sich küssen, noch etwas *muckeln*, wie Kale immer sagt, was ich so süß finde, Musik hören, sich streicheln. Doch als er mir jetzt das gemeinsame Wochenende vorschlägt, erkenne ich, dass ich irgendwann diese Welt loslassen und Kale die ganze Wahrheit gestehen muss. Auch wenn ich unheimlich Angst davor habe. Denn ich möchte sie ihm nicht sagen, noch nicht.

Aber ich muss am Donnerstag ja wieder zur Biopsie in die Klinik.

»Jass?« Fragend sieht er mich an.

Ich atme tief durch. »Das ist eigentlich eine gute Idee, aber …«

»Aber?«

»Ich muss am Donnerstag ins Krankenhaus.«

»Das hast du noch gar nicht erwähnt. Warum das?«

»Nichts Schlimmes, einfach Routine. Ich habe es bislang immer von mir weggeschoben.«

Er mustert mich kritisch. »Ich dachte, alles ist okay?«

Ich nicke, obwohl ich wieder dieses Stolpern in der Brust spüre. Doch ich lasse es mir nicht anmerken. »Ist es auch, wirklich, das ist eine ganz normale Sache. Aber hingehen muss ich auf jeden Fall.«

»Das ist klar, kein Problem. Dann machen wir es eben an einem anderen Wochenende.« Er setzt sich auf und zieht mich an der Hand ebenfalls nach oben. »Soll ich dich hinbringen?«

»Nein, nicht nötig, wirklich nicht. Aber das mit dem Wegfahren wäre schon toll. Wie wäre es denn mit dem Wochenende darauf?«

Kurz überlegt Kale. »Ich denke, ich kann schon mal ein Spiel schwänzen. Also klar, können wir machen.«

»Und wohin wollen wir dann?«

Er grinst. »Das wird eine Überraschung, ich werde nichts verraten.«

Sanft küsst er mich auf den Mund. Mittlerweile ist das so vertraut, und ich kann nicht genug davon bekommen. Ich ziehe ihn enger an mich, schlinge die Hände um seinen Nacken und küsse ihn noch heftiger.

»Dich zu küssen, ist so gut«, haucht er gegen meinen Mund.

Mit gespielt ernster Miene erwidere ich: »Dich zu küssen, ist auch ganz okay.«

»Ganz okay?«

»Ja, ganz okay.«

Er kitzelt mich, und ich muss lachen. »Ganz okay, von wegen.« Er schiebt sich zwischen meine Beine. »Du kannst nicht genug davon bekommen, genau wie von dem hier, oder?«

Langsam zieht er mein Shirt nach oben und lässt seine Fingerkuppen über meine Haut tanzen, erst auf dem Bauch, dann weiter nach oben bis zu meinen Brüsten. Dort schiebt er den BH beiseite und beginnt, meine Brustwarzen zu küssen. Ich seufze auf. Sofort nimmt dieses heiße Kribbeln mich wieder komplett gefangen. Meinen gesamten Körper.

»Das ist auch ganz okay, ja«, flüstere ich.

»Und das hier?«

Ohne eine Antwort abzuwarten, küsst er sich nach unten über meinen Bauch bis zum Bund meiner Shorts, und ich hebe mein Becken, damit er sie mir ausziehen kann. Nur im Slip liege ich jetzt da.

Er senkt den Mund auf den Stoff, zieht mit den Zähnen daran und schiebt ihn ein Stück beiseite. Hitzige Flammen lodern in mir. Ich liebe es, wenn er mich mit den Fingern liebkost oder mit seinem Mund um den Verstand küsst und jeden meiner Sinne belebt.

In diesem Augenblick weiß ich es: Ich will mehr. Endlich mehr.

»Kale«, hauche ich.

Er kommt zu mir nach oben und stützt sich mit den Händen auf beiden Seiten meines Kopfes ab. »Ja?«

»Wenn wir über das Wochenende wegfahren, dann will ich mit dir schlafen.«

Er lächelt. »Ich will auch mit dir schlafen, Jass, sehr sogar.«

»Ehrlich?«

»Ja, ehrlich. Ich wollte schon ewig nichts mehr so sehr wie das.«

Er senkt seine Lippen auf meine und küsst mich. Dann sieht er mich an. »Ich weiß, was wir jetzt machen.«

»Was? Du willst doch jetzt nicht aufhören?«, protestiere ich.

»Doch. Los, zieh dich an.«

»Jetzt sag doch endlich, wohin wir fahren.«

Kale schüttelt den Kopf. »Aus mir bekommst du nichts raus, also komm schon.«

Seufzend ziehe ich dann doch den Helm über und setze mich hinter Kale aufs Motorrad. Es geht durch die Stadt zum Adlerparkhaus, wo wir bis ganz nach oben fahren.

»Und jetzt?«, frage ich, nachdem wir von der Maschine abgestiegen sind.

»Jetzt soll jeder wissen, dass du mir gehörst, Jass.« Er spricht eine Frau an, die gerade an uns vorbeigeht.

»Entschuldigung, wären Sie so nett und machen eben ein Foto von uns?«

Die Frau nickt. »Klar, kein Problem.«

Er reicht ihr das Handy. »Einfach da draufdrücken, am besten ein paarmal.« Dann kommt er zu mir her und legt den Arm um meine Schultern. »Bereit?«

»Was? Nein! Ich … meine Haare«, wende ich ein, »ich sehe sicher schrecklich aus.«

Er drückt mir einen Kuss auf die Stirn. »Ach was, du bist wunderschön.«

Schließlich lächeln wir in die Kamera, während Nürnberg uns zu Füßen liegt. Es ist, als befänden wir uns auf dem Gipfel der Welt, auch wenn wir nur über den Dächern der mittelalterlichen Altstadt stehen.

Die Frau gibt Kale das Handy zurück. »Bitte schön, ich hoffe, sie sind gut geworden.«

»Bestimmt, vielen Dank.«

Während sie sich entfernt, checkt Kale das Handy. Ich versuche, einen Blick auf die Fotos zu erhaschen, doch er dreht mir den Rücken zu und schirmt das Display mit der Hand ab. »Nein, du wirst sie noch früh genug sehen.«

»Jetzt zeig schon her«, bitte ich ihn, doch er schüttelt den Kopf.

»Das wird eine Überraschung, also sei nicht so neugierig.« Er tippt noch ein wenig auf dem Display herum, aber was er tut, erfahre ich nicht. Ich habe keine Chance. Wenn Kale nicht will, dann gibt er auch nicht nach, so weit kenne ich ihn mittlerweile.

Schließlich setzen wir uns wieder aufs Motorrad. Isa hat sich vor ein paar Minuten gemeldet und gefragt, ob wir noch alle in Dominiks Bar vorbeischauen wollen, also steuert Kale jetzt die Weißgerbergasse an.

Als wir die Bar betreten, sind Louisa und Josh auch schon da. Als Louisa mich entdeckt, grinst sie. »Das ist so süß, ehrlich. Kale, ich wusste gar nicht, dass du so ein Romantiker bist.«

Ich sehe sie fragend an. »Hab ich was verpasst?«

»Ja, also wenn du nicht weißt, wovon Louisa redet, hast du auf alle Fälle was verpasst«, meint Isa augenzwinkernd und kommt mit ihrem Handy auf mich zu.

Und dann sehe ich ihn. Einen Instagram-Post mit dem Foto, das die Frau von uns beiden gemacht hat:

Du und ich, das ist alles, was zählt. Du bist mein Herz.

Prompt schießen mir beim Lesen die Tränen in die Augen. Noch nie hat jemand so etwas Schönes für mich gemacht. Es ist eine Liebeserklärung, mit der ich nicht gerechnet habe und die mir den Boden unter den Füßen wegzieht.

Kale wendet sich mir zu und lächelt. »Na, Überraschung gelungen?«

»Ja«, hauche ich, und dann küsse ich ihn einfach.

Dieser Moment ist so schön, doch mit einem Mal kommt wieder dieses Gefühl in mir auf. Ich muss ihm endlich sagen, was los ist. Alles.

Ich bin sein Herz, hat er geschrieben. Er ist auch meines – aber für wie lange noch?

Einfach hoffen

»Bist du schon auf dem Weg?«, fragt Kale am Telefon.

»Noch nicht. Ich bin gerade dabei, noch ein, zwei Bücher in die Tasche zu packen.«

»Okay. Wenn du angekommen bist, meldest du dich, ja?«

»Klar, versprochen.«

»Und wenn was sein sollte, gibst du Bescheid. Ich komme auch gern zu dir und überrasche dich.«

Ich muss lächeln. »Das klingt verlockend, aber wir haben ja bald unser gemeinsames Wochenende. Ich kann es kaum erwarten, mit dir wegzufahren.«

»Na ja, wobei *das* im Krankenhaus ja auch was für sich hätte, oder?«

»Kale …«

Er lacht. »Wie auch immer. Ich freue mich auch drauf, Jass.« Mit einem Mal klingt seine Stimme nachdenklich.

»Ist was?«, frage ich.

»Nein, ich … Du weißt ja, dass du mir alles sagen kannst. Und wenn die Untersuchung nicht so verlaufen sollte, wie du es dir erhoffst, dann sagst du es mir auch, oder?«

Ich spüre einen Stich, den ich nicht fühlen möchte, aber er ist da und lässt sich nicht einfach verleugnen.

»Das mache ich.« In diesem Augenblick klingelt es an der Tür. »Meine Eltern sind da. Also ich schreibe dir, rufe dich an und ...«

»Und?«

»Und ich denke auch mal an dich.«

»Na, dann denke ich auch mal an dich, vermutlich«, erwidert er, und ich höre seiner Stimme an, dass er grinst.

Nachdem wir aufgelegt haben, sehe ich mich im Zimmer um. Ich habe alles eingepackt. Die Bücher, die mir in den nächsten Tagen helfen werden, mein Gedankenkino im Zaum zu halten. Ein paar Klamotten, etwas zu naschen und mein Handy. Schließlich bleibt mein Blick an der Schreibtischschublade hängen. Wie automatisch öffne ich sie, hole Lisas Brief heraus und packe ihn ein. Irgendwie möchte ich ihn dabeihaben.

Als es klingelt und ich die Tür öffne, steht Mama draußen und lächelt mir zu. Sie drückt mir ein Küsschen auf die Wange. »Kann es losgehen?«, fragt sie.

»Klar.«

Es ist merkwürdig, dass ich mal wieder meine Tasche für die Klinik gepackt habe. Eigentlich hatte ich gehofft, das für längere Zeit nicht tun zu müssen. Louisa habe ich vorhin schon weggeschickt, weil ich keine Lust auf ein Verabschiedungsdrama hatte, und außerdem bin ich ja sowieso bald wieder hier, davon bin ich fest überzeugt. Noch immer.

Mit diesen Gedanken schließe ich die Tür hinter mir und trete nach draußen. Unten auf der Straße nimmt Papa mich in die Arme, ehe er die Wagentür öffnet und ich einsteige. Als er den Motor startet und losfährt, überkommt mich plötzlich wieder dieses undefinierbare Gefühl. Nein, ich bin bald wieder da, rede ich mir fest ein, dann schließe ich die Augen.

Die Fahrt nach Erlangen dauert wie immer nicht lang, eine gute halbe Stunde, die ständigen Baustellen eingerechnet. Die Zeit zieht an mir vorüber, denn ich döse immer wieder ein und schwebe zwischen Traum und Realität. Ich finde mich erst im Hier und Jetzt wieder, als Papa mir über die Wange streicht. Er hat das Auto bereits geparkt und meine Tasche aus dem Kofferraum genommen.

»Aufwachen, Prinzessin, wir sind da«, sagt er mit einem Lächeln. Prinzessin – so hat er mich schon von klein auf genannt. Es klingt so vertraut und nimmt mir immer die Angst.

Wir melden uns am Empfang der Uniklinik an und werden gleich in die Abteilung von Professor Göller gebracht, wo wir schon erwartet werden. Ich bekomme ein Zimmer zugewiesen, packe meine Sachen aus und setze mich aufs Bett. Auf einmal fühlt sich alles wieder so bekannt an. Viel zu bekannt.

»Alles okay?«, will Mama wissen, während wir dasitzen und warten.

»Ja, schon, doch ehrlich gesagt ist es auch seltsam, wieder hier zu sein. Ich hatte gedacht, dass es nicht so schnell wieder passiert. Und ich hoffe natürlich …«

Mama nickt, ihr ist klar, was ich hoffe und denke, und in Papas Blick erkenne ich, dass es ihm genauso geht.

»Du hast dich ja eigentlich ganz gut gefühlt in letzter Zeit, nicht so schwach, oder?«, meint er. »Also mal sehen, was jetzt rauskommt, vielleicht liegt es ja an etwas ganz anderem.« Ich weiß, er will mich damit aufmuntern, und dafür liebe ich ihn.

Mein Handy macht *Pling*. Es ist Kale, der wissen möchte, was ich gerade mache. Ich schreibe ihm zurück, dass ich schon auf meinem Zimmer bin und dass die Untersuchungen bald losgehen. Er schickt mir noch ein Herz, dann lege ich mit einem Lächeln das Handy weg.

»War das der Junge von neulich?«, fragt Mama.

Ich beschließe, ihnen alles zu erzählen, und als ich geendet habe, hebt sie eine Augenbraue.

»Ihr seid also zusammen?«

»Ja, es hat sich so ergeben.«

»Das ist ja schön, aber …« Sie hält kurz inne. »Wie geht er damit um? Auch mit der Situation jetzt, besucht er dich?«

Ihre Worte treffen mich wie ein Messer tief in die Brust. Ich weiß nicht wirklich, was ich darauf antworten soll, und versuche, mich erst mal zu sortieren.

Währenddessen steht Papa auf und tritt ans Fenster. Ein paar Sekunden lang sieht er hinaus, ehe er sich mir zuwendet. »Er weiß es also nicht?«

Ich schüttele den Kopf.

»Warum das?«

»Weil ... na ja, es war am Anfang kompliziert mit uns, und ich wollte zudem kein Mitleid. Jetzt stecke ich da drin. Er weiß zwar, dass ich ein Problem habe und dass ich hier bin, aber nicht ...«

»Er kennt nicht das wirkliche Problem?«, hakt Mama nach.

Erneut schüttele ich den Kopf.

»Das ist verzwickt. Aber du weißt schon, dass du es ihm sagen musst, oder?«

»Klar weiß ich das. Ich dachte nur, ich warte die Tage hier ab.«

In diesem Augenblick geht die Tür auf, und Professor Göller kommt herein, eine Schwester im Schlepptau. »Hallo, Jasmin. Nun, wie geht es dir heute? Bereit für das, was vor dir liegt?«

Ich zucke mit den Schultern. »Eigentlich recht gut. Was soll ich sagen? Es ist merkwürdig, wieder hier zu sein.«

»Das kann ich verstehen. Nach deinem letzten Aufenthalt hier hattest du ja gehofft, nicht mehr so schnell herkommen zu müssen.«

»Nichts für ungut. Ich mag Sie, Professor Göller, ehrlich, aber ...«

»Kein Problem, ich verstehe.« Er hebt die Hand und lächelt. »Nun, dann würde ich sagen, starten wir mit den Untersuchungen. Nachdem die Blutwerte vor der Einnahme des Medikaments nicht gut waren, prüfen wir jetzt, ob sie sich verbessert haben. Dann machen wir noch mal Ultraschall und anschließend die Biopsie. Hast du die Tabletten genommen wie verordnet?«

Ich nicke.

»Und, hast du eine Veränderung bemerkt?«

»Nicht wirklich. Es geht mir ja auch nicht schlecht. Gut, ich fühle mich etwas schwächer, aber es hält sich in Grenzen.«

»Nun, wir werden sehen. Schwester Nadine, kümmern Sie sich um die Blutabnahme und den Defibrillator?«

Die nächsten Stunden sind eine erneute Prozedur, wie schon vergangene Woche. Wieder wird mir Blut abgenommen, der Defibrillator wird getestet, ausgewertet, dann folgt noch einmal eine Ultraschalluntersuchung. Als alles geschafft ist, bin ich total fertig.

Anschließend liege ich in meinem Zimmer, blicke aus dem Fenster und denke an so vieles. Vor allem an Kale. Ich hoffe einfach, dass die Medikamente angeschlagen haben und der Zustand meines Herzens sich verbessert hat.

Kurze Zeit später treffen meine Eltern wieder ein, und irgendwann betritt auch Professor Göller erneut den Raum. Er setzt sich neben mein Bett und seufzt kaum hörbar, ehe er zu sprechen beginnt. »Nun, Jasmin, es ist leider, wie es ist. Die Werte haben sich nicht verbessert. Die immunsuppressive Therapie hat nicht das gebracht, was ich mir erhofft hatte. Man muss jetzt weiterdenken, es kann gefährlich werden, die Konsequenz ist klar. Aber erst mal machen wir noch die Biopsie.«

Damit bringt er es gleich auf den Punkt. Ich muss sagen, das beherrschen die Ärzte, kurz und schmerzlos.

»Auch die Herzleistung ist noch immer schlecht«, berichtet er weiter, »und der Defibrillator hat wieder Zwischenfälle aufgenommen. Sogar noch heftigere. Hast du dich wirklich geschont?«

Sofort trifft mich Mamas Blick, und ich werde innerlich wütend. »Ja, das habe ich«, zische ich. Ich habe keine Lust mehr, mich ständig rechtfertigen zu müssen.

»Ist ja schon gut«, meint Professor Göller beschwichtigend. »Ich denke, das Problem ist sowieso ein anderes, doch das muss die Biopsie zeigen. Wir haben sie gleich für morgen früh angesetzt, dann kannst du dich jetzt noch ein wenig erholen.«

Ich nicke nur. Was soll ich auch anderes sagen?

Als der Professor gegangen ist, setzt Mama sich zu mir und streicht mir über die Wange. »Das sollte kein Vorwurf sein, Liebes, wir machen uns alle nur Sorgen.«

»Das ist lieb von euch. Aber ich muss mich auch bewegen können, ich bin doch noch nicht tot.«

Sie schluckt. »Ja, ich weiß.«

Papa tritt ans Bett, zieht ein Buch aus seiner Tasche und hält es mir hin. »Ich dachte, damit mache ich dir vielleicht eine Freude.« Ich nicke, und weil ich keine Anstalten mache, es entgegenzunehmen, legt er es auf dem Nachttisch ab.

»Ich …«, beginne ich zögernd, »ich wäre jetzt lieber allein. Seid mir nicht böse, aber ich bin müde.«

»Klar.« Papa greift nach Mamas Hand. »Wir kommen morgen wieder, wenn die Biopsie vorbei ist, in Ordnung?«

»Ja«, antworte ich. »Kommt gut heim, ich hab euch lieb.«

Mama küsst mich auf die Stirn. »Wir haben dich auch lieb, bis morgen. Und ruh dich aus.«

Nachdem die beiden das Zimmer verlassen haben, liege ich eine ganze Weile nur da. Die Untersuchungen haben mich doch unheimlich geschlaucht.

Ich will leben, ja, aber wie soll das alles weitergehen?

Meine Gedanken drehen sich, so sehr, dass ich mich noch erschöpfter fühle und irgendwann einfach einschlafe.

»Wie geht es dir heute?«, fragte ich und blickte in Lisas Gesicht, das noch schmaler wirkte als sonst. Sie war schon sehr schwach, und so wie es aussah, musste man mit dem Schlimmsten rechnen.

»Jass«, flüsterte sie. »Du hast die Liste noch, oder?«

»Du meinst die mit unseren Wunschvorstellungen von der Liebe?«

Ein leichtes Grinsen breitete sich auf ihren Lippen aus. »Ja, aber ich denke, ich werde meine nicht mehr umsetzen können.«

»Unsinn«, entgegnete ich mit fester Stimme, dabei war mir innerlich ganz anders zumute.

Sie griff nach meiner Hand und drückte sie sanft. »Versprich mir, dass wenigstens du deine Wünsche umsetzt, dass du dich traust, ja? Es kann so schnell vorbei sein, und dann … dann gibt es keine Chance mehr.«

»Sag das nicht, du bekommst ein Herz, und dann werden wir diesen Unsinn gemeinsam umsetzen, okay?« Mein Blick wanderte zu den Geräten, an die Lisa angeschlossen war. Ich wünschte mir so sehr, dass alles gut ausgehen würde.

Nach ein paar Augenblicken sprach sie weiter: »Aber für den Fall, dass es nicht so kommt, legst du die Postkarte und das Papierherz auf mein Grab, dann weiß ich, dass du die Dinge auf der Liste gemacht hast. Dass dein Herz gelebt hat, dass du die Liebe gespürt hast. Und wehe, wenn nicht, dann werde ich dich heimsuchen.«

Vehement schüttelte ich den Kopf. »Wir werden das zusammen machen«, bekräftigte ich noch einmal.

Nun wurde ihr Blick ernst. »Versprich es mir, Jass, auch stellvertretend für mich. Wenn sich die Gelegenheit ergibt, dann tue es. Warte nicht zu lange, diesen Fehler habe ich leider gemacht, und wer weiß, wie es jetzt ausgeht.«

Die Zeit verstrich, eine ganze Weile sahen wir uns nur an. Schließlich nickte ich. »Ja, ich verspreche es.«

Mein Herz schlägt heftig, als ich aufwache. Der Traum war zu real. Die Erinnerung an Lisa, an unser letztes Gespräch hat mich gegriffen. Heftig, mit voller Wucht. Ich weiß nicht, ob es daran liegt, dass ich wieder hier bin, in einem der Krankenzimmer, in dem wir früher mal gemeinsam gelegen haben, oder daran, dass meine Gefühle nur noch durcheinander sind.

Ich taste auf dem Nachttisch nach meinem Handy. Dabei werfe ich beinahe Papas Buch hinunter, bekomme das Handy dann aber doch zu fassen. Es ist bereits halb zwölf in der Nacht. Ich öffne die Nachrichten und sehe, dass Mama und Papa mir geschrieben haben. Sie werden morgen wiederkommen und sagen mir noch mal, dass sie mich liebhaben.

Auch Louisa hat sich gemeldet. Sie schreibt, dass sie an mich denkt.

Und schließlich ist da eine Nachricht von Kale. Sofort weicht die Kälte in mir einer angenehmen Wärme. Er hat sogar mehrmals angerufen, und ich beschließe spontan, ihn zurückzurufen, auch wenn es schon spät ist. Vermutlich ist er aber noch wach. Und tatsächlich, es tutet nur einmal, da geht er schon.

»Hey, alles gut bei dir?«

»Hey, tut mir leid, dass du mich nicht erreicht hast. Es war doch anstrengender als gedacht, und ich bin gleich danach eingeschlafen.« Im Hintergrund höre ich Stimmen und Musik. Scheinbar läuft der Fernseher. »Schaust du *Game of Thrones?*«

»Ja, mal wieder. Ich hab mir Sorgen gemacht, aber schön, dich jetzt zu hören.«

Mit diesen Worten zaubert er mir ein Lächeln auf die Lippen. »Du machst dir Sorgen um mich?«

»Ja, klar.«

»Das musst du nicht. Es … es ist schön, dich zu hören, Kale.«

»Dito. Und, wie war es?«

»Sie haben mir viel Blut abgenommen und na ja, so allerhand eben. Ultraschall und der …« Schnell räuspere ich mich. Beinahe hätte ich den Defibrillator erwähnt, kann mich aber gerade noch bremsen. »Es war eine richtige Qual«, füge ich hinzu.

»Nicht auf die schöne Art und Weise, vermute ich.« Seiner Stimme höre ich an, dass er grinst.

»Nein, nicht auf die Weise, wie du mich quälst.«

»Gut so.« Er macht eine kurze Pause, und die Hintergrundgeräusche werden leiser. »Wissen sie schon, wie es deinem Herzen geht? Schlägt es schön kräftig?«

»Nun, es schlägt, sonst wäre ich ja nicht am Leben.«

»Du weißt, was ich meine, Jass.«

»Ich habe noch kein Ergebnis, zumindest kein eindeutiges. Ehrlich gesagt kann es gut sein, dass es schwächer geworden ist und …«

»Und?«

Ich überlege, ob ich noch mehr sagen soll, aber ich schaffe es nicht. Wie soll ich ihm auch einfach so am Telefon beichten, wie die Dinge vielleicht sind? Auch wenn ich es in diesem Augenblick gern tun würde. Denn wie soll ich ihm die Biopsie verheimlichen? Immerhin wird da ein Eingriff vorgenommen, von dem noch längere Zeit etwas zu sehen sein wird.

»Und?«, fragt er noch einmal.

»Nichts, wirklich, es ist nichts.«

»Wenn du sagst, dass nichts ist, dann beruhigt mich das nicht gerade.«

»Du kannst aber beruhigt sein, ehrlich. Es wird alles gut gehen, ganz sicher. Danach machen wir uns ein schönes Wochenende und werden noch all die Dinge auf der Liste tun, die wir uns vorgenommen haben. Und noch viel mehr.«

Er atmet hörbar ein. »Alles? Du meinst echt alles?«

»Ja, ich meine alles.« Vorsichtig füge ich hinzu: »Vorausgesetzt, du willst das überhaupt?«

»Was ist das für eine Frage«, entgegnet er.

»Ist das ein Ja?«

»Ein großes Ja.«

Ich habe das Gefühl, dass er mich noch etwas fragen will, er tut es aber nicht. Stattdessen sagt er nur: »Gute Nacht und träum schön. Sag mir morgen Bescheid, okay?«

»Ja, das mache ich. Schlaf du auch gut.«

Schließlich legen wir auf, doch ich kann nicht einschlafen, obwohl die Erschöpfung mich jetzt mehr und mehr greift. Ich sehe zum Fenster und denke an Lisa. Daran, wie wir in den vielen Nächten zusammen in einem dieser Zimmer lagen.

Auf einmal weiß ich, was ich jetzt tun werde. Was ich nun brauche und warum ich den Brief eingesteckt habe. Es ist richtig, ihn genau hier und jetzt zu lesen, das habe ich zu Hause schon gespürt.

Ein wenig mühsam stehe ich auf, hole den Brief aus meiner Tasche und setze mich damit aufs Bett. Leichtes Licht erhellt den Raum. Ich bin aufgeregt, habe Angst, muss ein paarmal fest schlucken. Doch dann öffne ich den Umschlag, ziehe das Blatt Papier heraus und atme noch einmal tief durch, bevor ich zu lesen beginne.

Liebe Jass,

wenn du diesen Brief liest, bin ich nicht mehr da. Echt der totale Mist. Ich weiß, wir wollten noch so vieles ge-

meinsam unternehmen. Und auch unsere Liste umsetzen. Ich hätte es mir natürlich anders gewünscht, aber das Leben ist nun mal, wie es ist. Keine Ahnung, wofür das hier gut sein soll, aber ich denke, dass es schon seinen Sinn hat. Hoffnung, du weißt, ich habe dir gesagt, man soll sie nicht verlieren. Auch wenn du mir das nicht glaubst, selbst jetzt bin ich mir sicher, dass es immer Hoffnung gibt.

Und ich hoffe, dass du etwas mitnimmst. Etwas Positives. Nämlich dass das Leben zu kurz ist, um Angst zu haben. Wir beide wissen das, wir wissen, was passieren kann, deswegen ist es umso wichtiger. Ich wünsche mir, du setzt die Liste um, so wie du es mir versprochen hast. Diese Erlebnisse werden deinem Herzen guttun, wann auch immer sich eine Gelegenheit bietet.

Ich hab dich lieb, Jass. Danke, dass du hier im Krankenhaus meine Blödsinns- und Herzenspartnerin warst. Ich werde immer an dich denken und bin hoffentlich auch in deinem Herzen.

Und vergiss nicht, was ich dir gesagt habe. Die Liebe bleibt. It's all about love.

Deine Lisa

Als ich fertig bin, laufen mir die Tränen über die Wangen, und ich frage mich, warum ich den Brief nicht schon viel früher gelesen habe. Denn Lisa so nah bei mir zu fühlen, tut gerade in meiner Situation unglaublich gut.

Ich lege mich zurück ins Bett und nehme das gebastelte Papierherz aus dem Umschlag. Während ich es in der Hand halte, muss ich an so vieles denken. An die Postkarte, die ich von Lisa bekommen habe und die jetzt an meiner Pinnwand hängt. Und an die Liste, daran, was ich noch erleben möchte, was aber vielleicht nicht mehr möglich sein wird. Morgen ist die Biopsie, dann wird das Ergebnis feststehen. Wer weiß, wie Kale reagieren wird.

Wenn sich mir nur eine Gelegenheit bieten würde, von hier wegzukommen. Doch wie?

Ich muss jetzt hoffen, einfach hoffen. Es gibt immer Hoffnung, daran hat Lisa geglaubt und es auch in ihrem Brief noch mal erwähnt. Für sie gab es am Ende keine Hoffnung – aber vielleicht gibt es sie für mich.

Das ist die Gelegenheit

Am nächsten Morgen wache ich auf, als eine Schwester mein Zimmer betritt.

»Dann werden wir mal alles für die Biopsie vorbereiten«, erklärt sie mir, während ich noch verschlafen durch meine Lider blinzele. »Wir müssen jetzt noch mal Blut abnehmen.«

Glücklicherweise geht es mit der Blutabnahme diesmal reibungslos, und schließlich bin ich wieder allein und greife nach meinem Handy. Es ist kurz vor sieben.

Kale hat mir bereits geschrieben, dass er an mich denkt. Ich schicke ihm ein Herz zurück und antworte, dass ich auch an ihn denke.

Ich warte noch fast anderthalb Stunden, doch es tut sich nichts weiter, was schon recht ungewöhnlich ist. Endlich erscheint Professor Göller. Er hält eine Mappe in der Hand, in der er kurz blättert, ehe er sich mir zuwendet.

»Es tut mir leid, Jasmin, dass sich alles verzögert. Aber wir haben heute Morgen schon einen Notfall hereinbekommen, zudem wollte ich dir noch etwas erklären …«

Mit einem Mal passiert etwas in meinem Kopf, und ich bekomme nur noch mit, dass die Biopsie sich auf den Nachmittag verschiebt.

Ich denke an Lisas Brief. Sie hat doch geschrieben, dass ich die Dinge auf der Liste tun soll, wann immer sich eine Gelegenheit bietet.

Und das wäre doch jetzt die Gelegenheit. Während Professor Göller weiter über meine Krankheit und die anstehende Biopsie spricht, denke ich nur noch daran, dass ich keine Zeit mehr verstreichen lassen will. Ich möchte noch so viel mit Kale erleben und nicht mehr länger warten. Wer weiß, womöglich ergeht es mir sonst am Ende wie Lisa.

Ja, ich bin vielleicht unvernünftig, trotzdem will ich nicht nur hier liegen, tagelang, wochenlang. Und deshalb fasse ich einen Entschluss.

»Jass, alles okay bei dir?« Es tut so gut, Kales Stimme zu hören. Besonders in diesem Moment.

»Ja, alles gut.« Mein Blick schweift zu meiner Tasche. »Kale, bist du spontan?«

»Ähm, ja, ich vermute es mal. Was ist los? Was hast du vor?«

»Na ja, wir sagten doch, dass wir nächstes Wochenende zusammen wegfahren. Doch eigentlich hätten wir es ja lieber schon früher gemacht.«

»Und das ging nicht, weil du jetzt im Krankenhaus bist«, ergänzt er.

»Schon, aber ich muss nicht mehr hierbleiben. Kannst du kommen und mich abholen?«

»Jetzt gleich?«

»Ja. Ich habe gerade meine Sachen gepackt und stehe praktisch schon vor dem Krankenhaus. Also, was meinst du?«

»Ich kann in einer halben Stunde da sein. Aber warum wartest du nicht auf deinem Zimmer?«

»Weil ich froh bin, wenn ich hier rauskomme. Wir treffen uns dann unten an der Straße. Soll ich dir die Adresse schicken?«

»Ja, mach das. Ich fahre gleich los.«

Eine gute halbe Stunde später hält Kale vor mir an, steigt aus dem Wagen und schließt mich in die Arme. Ich genieße es so sehr, ihn bei mir zu haben. Er duftet so gut, frisch geduscht, und ich verliere mich kurz in dem Moment – zumindest so lange, bis wir uns wieder voneinander lösen.

»Und du durftest wirklich schon gehen?«, fragt er.

»Ja, darüber bin ich so froh.«

»Dann waren die Ergebnisse also positiv?«

»Sie waren in Ordnung, alles im Rahmen.«

Er wirkt erleichtert. »Du hast dich gestern so traurig angehört«, meint er.

»Ich war auch etwas traurig und erschöpft, aber jetzt bin ich einfach nur glücklich.«

Kale nimmt meine Tasche und hievt sie in den Kofferraum, dabei spannen sich die Muskeln an seinen Oberarmen an. Sofort erwacht in mir diese ganz bestimmte Sehnsucht. Ich möchte einfach alles, was auf der Liste steht, mit ihm erleben. Noch an diesem Wochenende. Ich will die Zeit nutzen, deswegen konnte ich es auch kaum erwarten, endlich hier rauszukommen.

Er öffnet die Beifahrertür. »Also dann, bitte einsteigen.«

Lächelnd setze ich mich und warte, bis er auf der Fahrerseite Platz genommen hat. Ich sehe ihn voller Erwartung an. »Okay, und wohin geht es jetzt?«

»Lass dich überraschen.« Er startet den Wagen, und es geht los.

Wir fahren ein ganzes Stück auf der Autobahn, die Landschaft zieht an uns vorbei, und ich habe noch immer keine Ahnung, wohin es geht. Im Prinzip ist mir das aber auch egal, denn das Beste an diesem Ausflug ist ohnehin, dass Kale und ich zusammen wegfahren. Einfach nur wir beide.

Irgendwann klingelt mein Handy, damit musste ich ja rechnen. Als ich sehe, wer es ist, rolle ich mit den Augen.

»Alles okay?«, fragt Kale.

»Ja, es ist nur meine Mutter, sie will mich schon wieder kontrollieren. Es fällt meinen Eltern so schwer, mir meinen Freiraum zu lassen.«

»Sind sie denn nicht erleichtert, dass alles in Ordnung ist? Ich meine, es spricht doch nichts gegen unseren Ausflug, oder?«

»Nein, solange ich die Tabletten einnehme, nicht. Sie macht sich einfach Sorgen. Wie immer eben.« Ich lege die Hand auf seinen Oberschenkel. »Aber ich schreibe ihr gleich, versprochen. Dass wir unterwegs sind und all das.«

Schließlich rufe ich WhatsApp auf. Mama hat mir sogar schon drei Nachrichten geschickt. Natürlich fragt sie, wo ich bin und ob ich jetzt total verrückt geworden sei. Und ich soll mich sofort melden.

Aber ich werde nicht auf ihre Fragen eingehen. Stattdessen tippe ich: *Alles okay, Mama, ich melde mich am Sonntag. Mach dir keine Sorgen.*

Ich schicke die Nachricht ab und stecke das Handy weg, doch vorher schalte ich es noch auf lautlos.

Irgendwann lenkt Kale das Auto auf einen von Bäumen umgebenen Parkplatz.

»Wo sind wir jetzt?«, will ich wissen.

»An einem kleinen Badesee. Ich dachte, wenn wir abschalten möchten, dann eignet sich nichts besser dafür. Wir können hier übernachten, und auch sonst ist einiges geboten, du wirst schon sehen. Wollen wir?«

»Und ob wir wollen«, entgegne ich, denn ich möchte jetzt endlich erfahren, was Kale sich für unser Wochenende überlegt hat.

Wir steigen aus, Kale holt meine Tasche und einen Rucksack aus dem Kofferraum, und schließlich folge ich ihm zu einer kleinen Holzhütte, in der sich wohl die Information befindet. Trotz des guten Wetters ist nicht viel los, wahrscheinlich weil noch keine Hauptsaison ist.

Als wir eintreten, sieht der Mann hinter dem Tresen auf und lächelt.

»Haber, ich habe angerufen«, sagt Kale.

Der Mann leckt sich den Zeigefinger ab und blättert durch ein kleines Buch. »Richtig, ich habe es notiert. Wir haben schon alles fertig, es ist das Fässchen mit der Nummer fünf, direkt am See. Und Sie können alle Angebote nutzen. Wenn Sie möchten, können Sie jetzt im Restaurant etwas essen. Der Rest«, er sieht zu Kale, »ist ebenfalls organisiert. Für den Abend.«

Kale nickt. »Genau, wie vereinbart.«

Er hat etwas vereinbart? Zu gern würde ich wissen, worum es sich dabei handelt.

Kale bemerkt das wohl und grinst. »Ich weiß, du platzt gerade vor Neugier. Aber du brauchst nicht zu fragen, es ist …«

»Eine Überraschung, ich weiß«, ergänze ich.

»So ist es.«

Der Mann reicht ihm mit einem Augenzwinkern den Schlüssel. »Nur den Weg runter, dann links. Gleich das erste Fässchen am See.«

Wir folgen der Beschreibung des Mannes, und als wir am See ankommen, traue ich meinen Augen kaum. Es handelt sich tatsächlich um ein großes Holzfass, in dem man übernachten kann.

Während ich mich umblicke, beginnt mein Herz, schneller zu schlagen. »Das ist wunderschön, Kale«, sage ich leise. Ich atme ein paarmal tief durch. Denn ich will das alles spüren und diese Momente ganz intensiv mitnehmen.

»Jass«, seine Augen liegen auf mir, »ist echt alles okay mit dir?«

»Ja, natürlich. Ich merke noch ein bisschen die Anstrengung, es war doch stressig in den letzten Tagen. Sonst ist alles in Ordnung.«

Er wirkt nachdenklich, lächelt dann aber. »Gut, daher sollten wir es jetzt auch langsam angehen lassen. Was meinst du, schauen wir es uns mal von innen an?«

Er greift nach meiner Hand, und wir gehen zusammen auf das Fässchen zu. Was ich sehe, nachdem Kale die Tür geöffnet hat, ist einfach nur hübsch. Klein, aber fein. Besonders das Bett sieht unfassbar gemütlich aus. Augenblicklich fühle ich Hitze. Die Vorstellung, dort mit Kale zu schlafen …

Als hätte er meine Gedanken gelesen, steht er mit einem Mal dicht hinter mir. »Ich weiß, woran du jetzt denkst. Doch ich würde sagen, du brauchst heute erst mal Ruhe. Einverstanden?«

Ich drehe mich zu ihm herum. »Was? Nein, ich …«

Er grinst.

»Es ist alles okay, ehrlich«, beteuere ich. »Mir geht es gut. Hier mit dir geht es mir sogar sehr gut.« Ich ziehe ihn an mich und küsse ihn einfach, leidenschaftlich und voller Verlangen.

»Das ist nicht gerade das, was ich unter Ruhe verstehe, Jass«, sagt er irgendwann zwischen zwei Küssen.

»Ich weiß, aber ich habe das ja auch nicht gesagt, sondern du.«

Ich liebe dieses Lächeln, das sich nun auf sein Gesicht stiehlt, doch er weicht gleichzeitig einen Schritt zurück. »Nein, wir küssen uns jetzt nicht weiter.«

»Warum?«

»Weil ich es sage.«

»Du bist ein Bestimmer, weißt du das?«

»Natürlich. Also los, auspacken, und dann schauen wir uns ein wenig draußen um.«

Ich trete wieder näher an ihn heran. »Einen Kuss noch, nur einen.« Ich senke meine Lippen auf seine, und er erwidert den Kuss – zumindest so lange, bis er mich sanft von sich schiebt.

»Ich gebe zu, mir fällt es gerade auch nicht leicht, dir zu widerstehen«, meint er. »Aber jetzt wird erst mal ausgepackt, dann essen wir etwas und schauen, dass wir deinen Puls etwas herunterfahren.«

»Na schön.« Seufzend wende ich mich ab.

Wir räumen noch unser Gepäck aus, dann machen wir uns auf den Weg nach draußen. Nachdem wir uns eine Weile auf dem Gelände umgesehen haben, gelangen wir zu einem kleinen Seerestaurant, wo wir uns an einen Tisch direkt am Wasser setzen. Es fühlt sich an wie Urlaub, obwohl wir nicht weit von zu Hause entfernt sind. Nach dem Aufenthalt im Krankenhaus genieße ich es umso mehr, hier zu sein, vor allem, weil es zusammen mit Kale ist. Dass er sich das alles für mich, für uns überlegt hat – wer hätte das noch vor wenigen Wochen gedacht? Ich zumindest nicht.

Als der Kellner kommt, bestellen wir Pizza. Es dauert nicht lange, bis sie serviert wird. Kale hat Salami gewählt, ich eine Käsepizza, die einfach nur himmlisch schmeckt.

»Fütterst du mich jetzt wieder?«, fragt er lachend.

»Soll ich?«

»Lieber nicht, sonst wird es wieder so eine Schmiererei wie neulich.«

»Was?«, entgegne ich. »Du hast mir doch die Pizza gegen die Wange gedrückt, nicht umgekehrt.«

Er grinst. »Gut, eins zu null für dich.«

»Na dann, willst du?« Ich halte ihm ein Stück von meiner Pizza hin.

Während er hineinbeißt, betrachte ich seine Lippen. Wie sinnlich sie aussehen. In der kurzen Zeit habe ich Kale schon so vermisst, dass mein Herz sich unheimlich nach ihm sehnt. Wenn er da ist, geht es mir so viel besser, und es macht mich traurig, das alles womöglich irgendwann für immer zu verlieren. Auch wenn ich es gar nicht will, kommen mir nun beinahe die Tränen, doch es gelingt mir einigermaßen, mich zusammenzureißen. Ich lächle, trotzdem nehmen mich die Gedanken mit einem Mal viel zu sehr ein. Aber ich darf sie nicht zulassen. Warum auch? Es ist doch alles gut. Hier ist es gut. Wir sind gut …

»Was ist los, Jass? Jetzt sag schon.« Kale mustert mich mit leicht zusammengekniffenen Augen.

Ich sehe auf und räuspere mich. »Nichts, es … es ist nur so schön hier, und ich bin einfach dankbar.«

»Deswegen weinst du fast?«

»Ich weine doch dauernd wegen irgendwas. Hast du selbst gesagt.«

»Schon, aber …« Er wirkt nicht ganz überzeugt, doch er lässt es vorerst gut sein. Stattdessen sagt er: »Wenn wir fertig sind, gehen wir an den See. Und für später hab ich noch was geplant, wie du ja mitbekommen hast. Ich bin gespannt, was du davon hältst.«

»Ich bin auch sehr gespannt«, erwidere ich. »Was du dir wohl wieder ausgedacht hast?«

»Du wirst schon sehen, ich bin genial.«

Ich pruste los. »Ja, und so bescheiden und überhaupt nicht selbstverliebt.«

Sein Blick wird intensiver. »Zum Glück bin ich nicht in mich selbst verliebt, sondern in dich.«

Nachdem wir gegessen haben, gehen wir zurück zu unserem Fässchen, und Kale holt eine Decke sowie ein paar Handtücher aus einem der Schränke. Währenddessen verschwinde ich ins Bad, um mich umzuziehen. Doch mir fällt ein, dass ich ja gar keinen Bikini dabeihabe. Natürlich nicht, mit diesem Ausflug hatte ich ja nicht gerechnet.

Ich öffne die Badezimmertür einen kleinen Spalt und strecke den Kopf heraus. »Kale?«

Er dreht sich zu mir herum. Auch er hat sich mittlerweile umgezogen. Nur mit roten Badeshorts bekleidet steht er vor mir, auf seinem nackten Oberkörper zeichnen sich deutlich die Muskeln ab.

»Was ist?«, will er wissen.

»Ich habe keine Badesachen mit.«

»Egal.« Er zuckt mit den Schultern. »Wir wollen doch sowieso nackt baden, also kein Problem. Wenn du willst, ziehe ich die Shorts auch gleich aus.« Schon wandert seine Hand an den Bund der Hose und schiebt sie ein Stückchen nach unten.

Ich grinse. »Nun, ich hätte nichts dagegen, aber meintest du vorhin nicht, wir müssten meinen Puls herunterfahren?«

Er legt den Kopf schief und zieht die Hose wieder hoch. »Stimmt, das habe ich gesagt.«

»Aber du brauchst meinen Puls nicht zu schonen, ich würde dich gern nackt sehen.«

»Du willst nur meinen Körper, Jasmin Blum.«

»Nicht nur.« Ich gehe langsam auf ihn zu, lediglich mit meiner Unterwäsche bekleidet. Sie ist schwarz und ein wenig mit Spitzen besetzt. Als ich vor ihm stehen bleibe, lasse ich meine Finger über seinen Oberkörper tanzen.

»Und ob du das willst«, entgegnet er.

»Ja, ich will deinen Körper, ich bekenne mich schuldig.«

Ich versuche, ihn zu küssen, aber er schiebt mich von sich. »Wir gehen jetzt schwimmen.«

»Ach, Kale.«

»Schwimmen, los.« Grinsend sieht er an mir hinab, ehe er mich doch wieder an sich zieht. »Und das passt doch so, geht absolut als Badesachen durch«, haucht er, während er anfängt, meinen Hals zu küssen.

Ich lehne den Kopf nach hinten und genieße es. Jede einzelne seiner Berührungen tut mir gut, mir und meinem Herzen.

»Du machst mich schwach, Jass. Ich denke, ich brauche dringend eine Abkühlung. Und du«, er hebt mich hoch, und ich kichere, »und du auch.«

Langsam gleiten wir ins Wasser. Es ist kalt, und ich merke, wie mein Herz darauf reagiert, wie es zu schnell in meiner Brust stolpert. Ich muss es vorsichtig angehen lassen, das weiß ich, und so bin ich froh, dass Kale auch nicht damit anfängt, mich nass zu spritzen. Im Gegenteil, er beäugt mich besorgt, immer wieder.

Nach ein paar Minuten werfe ich mich dann doch ins Wasser und schwimme auf ihn zu. Mein Herz klopft, aber ich will es ignorieren. Vielleicht ist es besser, wenn ich es etwas in Fahrt bringe.

»Kalt, sehr kalt«, raune ich, während ich mich an Kale schmiege. Sein Körper ist merklich wärmer als meiner.

Eine ganze Weile albern wir herum und schwimmen auch ein wenig, ehe wir uns draußen am Ufer abtrocknen und auf die Decke legen. Ich schließe die Augen und genieße die wärmenden Strahlen der Sonne auf meiner Haut. Meine Gedanken wandern zurück. Unser erster gemeinsamer Ausflug führte uns seinerzeit auch an einen See, dabei kamen wir uns zum ersten Mal näher.

»Gefällt es dir hier?«, fragt Kale.

»Ja, sehr.«

Nun gönnen wir uns wirklich Ruhe, so wie Kale sagte. Wir liegen da, spüren die Sonne, streicheln uns und fühlen nur den Tag.

Irgendwann blickt Kale auf die Uhr. »Wir sollten uns was anziehen, es wird frischer. Und na ja, die Überraschung wartet. Sie wird gleich da sein, und ich möchte nicht, dass du etwas mitbekommst. Also lass uns reingehen.«

Er steht auf und zieht mich zu sich in seine Arme. Eng umschlungen gehen wir zurück zu unserem Fässchen, wo wir uns umziehen. Ich trage jetzt etwas Bequemes, das mich ein wenig wärmt, und auch Kale sieht lässig aus in dem roten Shirt und der blauen Hose.

Er öffnet die Tür und sieht hinaus, dann lächelt er. »Ich schätze mal, wir können. Bereit?«

Ich nicke. »Ja, so was von bereit.«

Schließlich folge ich ihm nach draußen. Auf der Decke, wo wir vorhin lagen, ist inzwischen ein Picknick aufgebaut. Kleine Lichter flackern überall um uns herum, ein Korb steht da. Und ein Strauß Blumen. Lilien. Einfach so, für mich. Ich kann kaum glauben, dass Kale das wirklich für mich organisiert hat.

»Das ist unglaublich schön, danke.« Ich gehe auf die Decke zu und betrachte alles ganz genau, während mein Herz schneller schlägt, vor Freude, vor Glück, vor Rührung. »Wie hast du das alles so rasch hinbekommen? Auch das mit den Blumen?«

»Das war nicht sehr schwer. Nachdem du angerufen hattest, hab ich mich einfach darum gekümmert.« Ein wenig verlegen streicht er sich durch die Haare. »Hunger?«

Wir setzen uns auf die Decke und holen die Leckereien aus dem Korb. Doch ehe wir anfangen zu essen, stellt Kale noch eine kleine Box auf, und Musik hüllt uns ein.

»Ed Sheeran?«, frage ich verwundert. »Du magst ihn doch nicht.«

Er zuckt mit den Schultern. »Aber du. Und na ja, ich dachte, er passt gut zu dieser Atmosphäre hier.«

Wir probieren alles, was wir im Korb finden, von Trauben bis Käse, Tomaten und Brot, füttern uns gegenseitig und sehen zu, wie die Sonne langsam mit dem See verschmilzt und letztendlich darin eintaucht.

Irgendwann, als die Sterne auf uns herableuchten, greift Kale in seine Hosentasche und zieht etwas daraus hervor. »Das ist für dich, Jass.«

Es ist ein kleines Herz aus Holz, genauer gesagt ein Anhänger, der an einem Lederband baumelt.

»Das Herz ist nicht perfekt«, sagt er, »aber genau das macht es wunderschön. Ich hatte die Idee, es für dich zu entwerfen, weil es einfach passt.«

Verblüfft greife ich danach und betrachte es von allen Seiten. »Das hast du selbst gemacht?«

Er nickt. »Ich habe viel nachgedacht, darüber, dass du sagtest, ich hätte Talent. Ja, ich liebe diese Arbeit, mal sehen, ob etwas daraus wird. Der Anhänger ist jedenfalls für dich.«

Er legt ihn mir um, und als ich das warme Holz an meiner Brust spüre, habe ich größte Mühe, die Tränen zurückzuhalten. »Das ist das Schönste, das jemals jemand für mich gemacht hat. All das hier. Und du sagst, es gibt keine Romantik.«

Er lächelt. »Da habe ich mich vielleicht getäuscht. Für mich gab es vor dir auch keine Romantik. Und das hier mit dir zu teilen, macht mich glücklich, Jass.

Mich hat schon lange nichts mehr so glücklich gemacht.«

»Sagst du mir jetzt, was mit Alina war? Warum du an der Tankstelle so ausgeflippt bist?«

Er sieht mich an, und ich spüre, dass er jetzt so weit ist, dass er sich mir nun öffnen wird. »Wir sind uns dort zufällig begegnet, sie mit diesem Typen, den sie jetzt hat, da habe ich rotgesehen. Das war in der Vergangenheit schon öfter so. Hättest du mich nicht zurückgehalten und die Polizei wäre dazugekommen, ich weiß nicht, was dann passiert wäre. Ich war einfach durch den Wind, als ich sie mit diesem Typen gesehen habe, das hat mich so provoziert und verletzt. Weil es Erinnerungen hervorgerufen hat. Wir hatten viele Pläne, weißt du, doch plötzlich war alles anders. Ich war danach total am Boden. Seitdem scheue ich mich auch so davor, Pläne zu machen.«

»Das verstehe ich«, sage ich sanft.

»Wir kannten uns schon seit der Kindheit«, erzählt er weiter. »Wir haben in derselben Straße gewohnt, waren in der gleichen Grundschule, und sie war das hübscheste Mädchen in der Klasse. Sie wollte mit mir zusammen sein, und das, obwohl es bei mir daheim richtig mies war. Als dann das mit meinem Stiefvater passierte, hat meine Mama richtig heftig reagiert, von da an hat sie alle Männer gehasst. Und vertrauen konnte sie auch nicht mehr. Sie hat vieles an mir ausgelassen, mich sogar geschlagen. In dieser Zeit war Alina für mich da, hat mir Halt gegeben. Wir haben uns versprochen, uns niemals anzulügen. Aber dann«, er atmet schwer, »dann hat sie mich betrogen. Erst mit Lukas, danach auch noch mit dem Typen, den sie an der Tankstelle dabeihatte. Es war ein einziges Geflecht aus Lügen, und ich konnte einfach nicht mehr. Immer waren nur Lügen um mich herum, das hat mein Herz gebrochen. Eine Zeit lang war es so schlimm, dass ich nicht mehr weiterwusste, und da war ich dann sogar in echten Mist verwickelt. Anders war ich nicht in der Lage, meine Gefühle auszudrücken. Deswegen bin ich auch in diese eine Schlägerei geraten, von der alle sprechen. Und meine Narbe stammt von der Metallplatte, die mir nach der Verletzung eingesetzt wurde.«

Ich berühre sanft sein Gesicht, lasse ihn aber weitersprechen.

»Mit der Zeit bin ich dann einfach in dieses Muster verfallen. Mir war alles egal, was Mädchen und Gefühle betraf. Ja, ich war wie gesagt eiskalt, hatte meine Bedingungen und habe daraus kein Geheimnis gemacht. Ich wollte das so. Weil ich nicht zulassen konnte, dass mein Herz wieder bricht. Ich weiß, das mit der Schlägerei war falsch, ein scheiß Moment, aber es wird nicht wieder vorkommen.« Auf einmal deutet er an mein Schlüsselbein. »Und was steckt hinter deiner Narbe, Jass?«

Was soll ich denn jetzt antworten?

»Nichts Schlimmes, wirklich. Ich hatte damals eine OP wegen dieser Herzgeschichte.«

Er nickt. »Okay, ich mag die Narbe. Gehört auch zu dir. Jass?«

»Ja?«

»Danke, dass du das geändert hast, dass du mich verändert hast. Mit diesem Romantikgebrabbel, dieser Liste und deinen Forderungen an mich. Mit dieser unruhigen, aber liebevollen Art, die mich nicht mehr losgelassen hat, mit der du mich angesehen und mir den Atem geraubt hast. Dafür danke ich dir.«

Ich lege meine Hand an seine Wange. »Ich muss dir danken, Kale, denn ohne dich wäre das alles nicht möglich gewesen. Und danke, dass du mir davon erzählt hast, ich …«

Mit einem Mal wird mir flau im Magen. Erst schlägt mein Herz zu heftig, dann spürbar zu langsam. Ich hoffe, dass jetzt nicht das passiert, was passieren kann.

Nach ein paar Augenblicken geht es jedoch wieder einigermaßen normal. Kale scheint zum Glück nichts davon bemerkt zu haben. Trotzdem würde ich ihm gerade am liebsten die Wahrheit sagen. Aber jetzt und hier?

»Alles okay?«, fragt er dann doch.

Rasch nicke ich und streiche mir eine Haarsträhne aus dem Gesicht. »Schon. Mein Herz spinnt nur manchmal.«

Er kneift die Augen zusammen, als er mich ansieht. »Ich muss gestehen, nach unserem gestrigen Gespräch am Telefon habe ich mir wirklich große Sorgen gemacht.«

»Ich auch, aber es ist alles gut, ehrlich. Hier zu sein mit dir, ist mehr, als ich mir jemals erträumt habe.«

»Siehst du, das mag ich an dir.«

Fragend sehe ich ihn an.

»Na ja«, fährt er fort, »du bist eine Träumerin und so voller Gefühl. Dein Herz scheint so groß zu sein, dass die ganze Welt darin Platz haben könnte, dessen bin ich mir sicher. Und du hast ausgerechnet mich hineingelassen, hast dieses Feuer wieder in mir entfacht, von dem ich dachte, dass es nie mehr brennen wird. Ich habe dich doch mal gefragt, warum du ausgerechnet mich ausgesucht hast. Die Wahrheit ist, ich hatte dich auch schon vorher gesehen und mich irgendwie zu dir hingezogen gefühlt. Sonst hätte ich bei dieser Sache mit der Liste niemals mitgemacht. Ich will, dass du das weißt.«

Ich schlucke. Ist ihm überhaupt bewusst, was für wundervolle Worte er da gerade ausgesprochen hat?

»Und im Ernst«, fügt er hinzu, »ich weiß gar nicht, womit ich das verdient habe, dass es dir umgekehrt genauso ging.«

»Warum solltest du nicht?«

»Jass.« Er streckt die Hand aus und legt sie an meine Wange. »Damals an der Tankstelle habe ich wild um mich geschlagen. Ich trinke hin und wieder zu viel und kann ein richtiger Arsch sein. Aber du, du siehst das nicht so. Du warst da und hast mir den Hals gerettet.«

»Damit habe ich dich eigentlich nur dazu gebracht, mit mir diese Punkte auf der Liste abzuarbeiten.«

Er lacht auf. »Da hast du auch wieder recht. Doch wie gesagt, das war mein größtes Glück, denn damit hast du mich wieder zum Leben erweckt.«

»Nein, so ist es nicht. Du, Kale Haber«, ich tippe an seine Brust, »du bist *mein* größtes Glück. Du bist derjenige, der mich lebendig gemacht hat. Alles, was ich nur aus Büchern kannte, hast du Realität werden lassen. Du hast mein Leben zu meinem Lieblingsbuch gemacht.« Ich sehe ihn ernst an, weil ich möchte, dass er mir glaubt. »Dieses kleine, kaputte Herz fühlt sich heil an, wenn du bei mir bist. Und wäre das hier das Letzte, das ich erlebe, dann wäre es genug, einfach genug.«

»Dein Herz ist nicht kaputt«, widerspricht er, »denn sonst hätte es darin keinen Platz für mich gegeben. Im Gegenteil, es ist perfekt.« Er zieht mich an sich. »Ich bin froh, dass alles so gekommen ist, Jass, denn du hast mich vor der Kälte in meinem Herzen gerettet. Du bist mein Feuer.«

»Und du meines«, flüstere ich. »Du weißt schon, dass Feuer einen umbringen kann, oder?«

»Vielleicht wird es das, aber mit niemandem verbrenne ich lieber als mit dir.« Er beugt den Kopf zu mir, seine Lippen streifen meine schon beinahe. »Eine Bedingung habe ich noch. Wir lügen uns nicht an, okay?«

Ich spüre einen Stich im Bauch, denn ich weiß, dass ich es ihm jetzt eigentlich sagen muss. Doch dann nicke ich nur, ehe er seine Lippen endlich auf meine legt und Hitze durch jeden Winkel meines Körpers fegt. Sein Feuer entfacht meines, und wir sind eins. Mit jeder Berührung mehr und mehr.

Dann ist alles still

Feuer brennt, solange man es nicht löscht und es immer wieder neu entfacht. Genauso geht es uns. Wir brennen, und nichts kann löschen, was in diesem Augenblick zwischen uns passiert. Wir liegen auf der Decke, küssen uns immer und immer wieder. Selbst als Kale mich hochhebt und in das Fässchen trägt, lösen wir uns nicht voneinander. Ich halte mich an ihm fest, er schließt die Tür auf, wirft sie hinter uns zu und legt mich dann vorsichtig auf dem Bett ab. Während unsere Zungen sich ständig aufs Neue finden, schiebt er seinen Körper auf meinen, und ich seufze auf, denn ich möchte mehr. Jetzt und heute mit ihm hier zu sein, ist alles, was ich will und mir jemals erträumt habe.

Seine Finger wandern unter mein Shirt, mit jeder Bewegung etwas weiter nach oben, und schließlich zieht er es mir sanft über den Kopf. Auch meine Hände befinden sich längst unter seinem Shirt und tun das Gleiche. Ich fühle seine Haut auf meiner, seinen Oberkörper, der mit meinem verschmilzt.

»Du sollst wissen, dass es kein Spiel ist, Jass«, flüstert er gegen meinen Mund. »Ich bin hier, weil ich hier sein möchte, mit dir.«

»Ich will es auch nur mit dir«, entgegne ich. »Das wollte ich schon die ganze Zeit.«

Wieder legt er seine Lippen auf meine, ehe er sie langsam mein Kinn entlangwandern lässt. Sein Atem auf meiner Haut, an meinem Hals und dann am Ansatz meines BHs lässt mich erzittern, erst recht, als er an meinen Rücken greift und den BH öffnet.

Er zieht den Stoff weg und sucht meinen Blick. »Du bist wunderschön«, haucht er und lässt seinen Mund gleich wieder auf mich sinken.

»Hör bitte nicht auf, Kale«, flüstere ich.

Ich genieße es so sehr, ihn zu fühlen, auf jedem Zentimeter meiner Haut. Schließlich erreicht er meine Jeans, die er aufknöpft und mir in einer fließenden Bewegung von den Beinen schiebt.

Dann steht er auf und sieht mich einen Moment lang an, öffnet ebenfalls seine Hose und zieht sie sich aus, um dann nur mit Shorts bekleidet vor mir in die Knie zu gehen. Seine Finger wandern an meinen Beinen auf und ab, meine Oberschenkel entlang, ehe sie an meinem Slip innehalten. Langsam senkt Kale den Kopf und beginnt, mich dort zu küssen, wo gerade noch seine Hände waren. Sein Zeigefinger verhakt sich am Bund des Slips und zieht ihn sanft nach unten. Ich hebe mein Becken an und helfe ihm, Stück für Stück den Slip von meinen Beinen zu schieben. Diese Berührung fühlt sich so warm an, so voller Sehnsucht, dass ich innerlich erzittere.

Erneut senkt er seinen Mund auf meine Haut, küsst sie wieder und wieder, bis ich ihn an meiner empfindlichsten Stelle spüre. Er küsst auch sie, sanft, fast unschuldig. Aber ich will, dass er mir mehr gibt, und er weiß es, ohne dass ich etwas sagen muss. Als seine Zunge nun etwas fester darübergleitet, keuche ich auf. Ein kurzer, abgehackter Seufzer, der mir einfach so über die Lippen kommt, weil mich die Gefühle so sehr greifen. Doch nicht nur seine Zunge fühle ich, auch seine Finger steigern meine Lust zusätzlich. Mit jeder Berührung werde ich mehr und mehr fortgezogen.

Kurz hält er inne, aber nur, um sich auf mich zu legen und sich zurück zu mir zu küssen, über jeden Millimeter meiner Haut. Ich umfasse seinen Hintern, spüre den Stoff seiner Shorts, der noch zwischen uns ist, dort aber nicht hingehört. Meine Hände machen sich selbstständig, fahren unter den Bund und schieben den Stoff Stück für Stück zurück. Dort, wo sie nicht mehr greifen können, hilft Kale mir. Nichts soll mehr zwischen uns sein. Ich will so viel, so viel von ihm.

Irgendwann drücke ich ihn von mir, er rollt auf den Rücken, und ich fange an, seinen Körper zu küssen, seine Brust, die hart und angespannt ist, seine Muskeln, die ich unter der Haut ertasten kann. Als ich ihn dann tiefer küsse, weiter unten zwischen seinen Beinen, keucht er auf, schwer und wohlig. Allein dieses Geräusch lässt mein Herz noch stärker gegen meine Rippen poltern. Er soll spüren, wie sehr ich ihn will, also lecke ich über seine Erregung und senke meine Lippen darauf.

»Jass«, raunt er, was mich antreibt, noch etwas mehr zu geben. Ich spüre seine Hände an meinem Kopf, und als ich kurz Luft hole, zieht er mich zu sich heran, küsst mich wild und leidenschaftlich, bevor er sich wieder auf mich dreht.

Sein Blick ruht auf mir. »Bist du dir sicher?«

»Ich war mir nie sicherer«, flüstere ich.

Erneut wandert er mit seinen Küssen abwärts, ehe er nach seiner Hose greift und ein Päckchen herausholt. Er öffnet es und zieht sich den Inhalt über.

Mein Herz überschlägt sich beinahe, als er sich jetzt zwischen meine Beine schiebt, meine Schenkel sanft auseinanderdrückt und die Hände neben meinem Kopf abstützt.

»Dein Herz klopft wie verrückt, ist das okay?«, fragt er.

Ich lächle. »Ich denke schon, oder?« Ohne eine Antwort abzuwarten, lasse ich meine Hände an seinen Nacken gleiten, berühre sein Gesicht, seine Wangen. »Du weißt, dass ich das noch nie gemacht habe.« Zitternd spreche ich die Worte aus.

»Ich weiß, Jass.«

»Tu einfach so, als wäre das nicht der Fall, und nimm keine Rücksicht. Ich will dich, okay?«

»Ich werde immer Rücksicht auf dich nehmen. Vielleicht hab ich am Anfang nur so getan, als würde ich dich lieben. Aber glaub mir, es bedeutet mir sehr wohl etwas, dass ich dein erster Mann bin.« Er streicht mir die Haare aus der Stirn und sieht mir fest in die Augen. »Ich liebe dich, Jass.«

Jetzt küsst er mich so voller Begierde, dass mir beinahe schwindelig wird. Sein Kuss, sein Körper zwischen meinen Beinen, eine Hand an meiner Wange, die andere an meinem Bein, das er jetzt leicht spreizt, seine Hüften, die sich bewegen.

Auf einmal spüre ich seine Erregung an meinem Eingang. Er schiebt sich in mich, ganz langsam, Stück für Stück. Dabei hört er nicht auf, mich zu küssen. Meine Hände umfassen seinen Nacken, ziehen ihn an mich, und mein Atem geht schneller, ebenso mein Herz.

Er hält kurz inne. »Bist du okay?«, fragt er.

»Hör nicht auf«, wispere ich nur zurück.

Daraufhin schiebt er sich noch weiter vor. Ich fühle ein kurzes Ziehen, halte mich an ihm fest, während er mich küsst und streichelt. So liegen wir kurz da, das Ziehen verschwindet, und zurück bleibt nur dieses schöne, intensive Gefühl, Kale in mir zu haben und ihm so nah zu sein.

Ich drücke ihn noch fester an mich, während er beginnt, sich langsam in mir zu bewegen. Augenblicklich erkenne ich, dass ich mehr will, noch mehr von ihm. Er scheint das zu spüren, denn er intensiviert seine Bewegungen. Es ist ein Spiel der Gefühle, ein Verschmelzen von Haut.

Wir sind zusammen irgendwo anders, und ich fühle nur noch Wärme und schließlich etwas Großes, das meinen Körper zum Beben bringt. Ich klammere mich an Kale, höre, wie er stöhnt, fühle seinen Kuss – und dann sinken wir zusammen. Mein Herz klopft, wie es noch niemals zuvor geschlagen hat, als wäre ich auf den höchsten Berg der Erde gerannt. Es ist so voller

Leben, und allein das ist es wert. Mit diesem Gedanken schlafe ich in Kales Armen ein.

In dieser Nacht träume ich nichts und schlafe gefühlt so fest wie schon lange nicht mehr. Als ich aufwache, muss ich mich erst mal orientieren. Das Licht der Sonne blinzelt leicht durch die Vorhänge, und ich höre meinem eigenen Atmen zu. Was für eine Nacht, so voller Herzklopfen, Vertrauen und Liebe. Ja, Liebe.

Ich drehe meinen Kopf zu Kale, der mich noch immer im Arm hält. Seine Wärme ist intensiver, als es jede Sonne sein kann, und in diesem Augenblick bin ich einfach nur glücklich. Von solchen Momenten habe ich schon oft gelesen. Momente, die so leicht sind, so besonders. Weil alles an ihnen stimmt.

Ich greife nach Kales Hand und halte sie fest. Er beginnt, sich zu bewegen und meinen Nacken zu küssen. Sofort spüre ich wieder dieses Flattern in meiner Brust, heftig und ziehend, wohlig.

Eine ganze Weile liegen wir so da. Keine Gedanken, nur Gefühle. Doch dann fällt mir auf, dass das Flattern nicht aufhört. Und auf einmal ist er da, ein fieser Schmerz, der meinen Brustkorb zu erdrücken scheint. Dazu noch ein Schwindel, den ich leider auch schon erlebt habe. Wie ein Kreisel dreht sich alles. Ich weiß, was gleich passiert.

Schon spüre ich den ersten heftigen Tritt in die Brust. Es fühlt sich an, als würde ich von einem Pferd getreten, als würde mich etwas mit voller Wucht zu Boden schleudern. Ich verkrampfe so heftig, dass ich mich wie in einer Art Starre befinde, aus der ich mich nicht befreien kann.

»Jass? Was ist mit dir?«

Wie aus weiter Ferne höre ich Kales Stimme. Erneut bekomme ich einen Tritt, doch mein Herz schlägt nicht weiter.

»Verdammt, sag doch was!«, ruft Kale, aber ich kann ihm nicht erklären, dass die Narbe, nach der er mich einmal gefragt hat, nicht nur eine gewöhnliche Narbe ist, sondern dass darunter mein Defibrillator sitzt, der jetzt unerbittlich kämpft, um mein Herz wieder zum Schlagen zu bewegen.

Nun jagt der dritte Schock durch meinen Körper. Keine Ahnung, wie ich es schaffe zu zählen, doch eines weiß ich: Wenn das Gerät fünf Schocks abgegeben hat und mein Herz auch dann nicht wieder in Fahrt kommt, bin ich tot.

Ich sehe Kales Blick, erkenne, wie aufgebracht er ist. Mein Leben zieht an mir vorbei. Ich werde keine Chance mehr haben, Kale die Kleider vom Körper zu reißen, mich von ihm füttern zu lassen und ihn im Riesenrad zu küssen. Aber eigentlich haben wir doch vieles geschafft. Die letzte Nacht war unglaublich, und vielleicht sollte es so sein.

In Gedanken verabschiede ich mich.

»Jass!« Als der letzte Schuss aus dem Defibrillator abgegeben wird, schreit Kale meinen Namen.

Schon eine Sekunde später höre ich nichts mehr. Alles ist still.

Keine scheiß Postkarte

Ein andauerndes energisches Piepen dringt in meine Ohren, und ich spüre überall Schmerzen, in der Brust, in den Armen. Ich drehe den Kopf zur Seite und erkenne, dass ich an einem Tropf hänge. Doch nicht nur das, in meinem Körper scheinen gefühlt mehrere Schläuche zu stecken. Stück für Stück setzt sich das Puzzle nun zusammen. Ich bin im Krankenhaus, unverkennbar, das ist mein erster Gedanke. Mein zweiter Gedanke gilt Kale und mein dritter der Tatsache, dass ich lebe. So ganz fassen kann ich das aber noch nicht.

Ich wende den Kopf zur anderen Seite, bemühe mich, nicht alles so verschwommen, sondern klar zu sehen. Langsam schaffe ich das auch, und auf einmal entdecke ich Kale. Er steht am Fenster, hat mir den Rücken zugekehrt und telefoniert.

»Ich weiß nicht, sie schläft noch, besser gesagt, mal wieder«, sagt er. »Ich hoffe, dass es diesmal anders ist, wenn sie aufwacht. Wie konnte sie mir das nur verschweigen? Wie? So eine verdammte Scheiße, Josh, ich bin so was von fertig.«

Als ich die Traurigkeit in seiner Stimme höre, muss ich schlucken.

Mal wieder. Diesmal. Was meint er damit?

»Ihre Eltern sind gerade beim Arzt«, erzählt er weiter. »Er meinte, es kann sein, dass sie nicht mehr wird … Das kriege ich nicht hin, Josh. Wie soll ich auch mit so was umgehen? Das schaffe ich einfach nicht.«

Kurz herrscht Stille im Raum, nur noch das Piepen der Geräte ist zu hören, sonst nichts. So lange, bis Kale wieder zu sprechen anfängt. »Okay, ja, mach ich, ich halte dich auf dem Laufenden. Bis dann.«

Nachdem er aufgelegt hat, steht er noch eine Weile da und starrt aus dem Fenster, ehe er sich zu mir umdreht. Rasch mache ich die Augen zu und versuche, mich ruhig zu verhalten. Dann höre ich, wie er den Stuhl zurückschiebt, dessen Beine über den Linoleumboden kratzen. Ich öffne die Lider einen winzigen Spalt und sehe, wie er sich neben mein Bett setzt. Vorhin hatte er den Kopf gesenkt, doch nun hebt er ihn an, und ich schließe schnell wieder die Augen.

Was soll ich denn jetzt zu ihm sagen? Er hat recht. Wie konnte ich ihm das verschweigen? Ich weiß sehr wohl, wie falsch das war. Deswegen schäme ich mich auch, bin verzweifelt und … Lieber wäre ich nicht mehr da, denke ich sogar kurz, verwerfe den Gedanken jedoch gleich wieder. Es ist ein gemeiner Gedanke, ja, ein feiger noch dazu, aber einer, mit dem ich mich davonstehlen könnte. Denn natürlich weiß Kale jetzt Bescheid, über alles.

Wirklich alles.

Vor allem weiß er, dass ich ihn angelogen habe. Und ich wiederum weiß, was das bedeutet.

Ich kann aber nicht ewig so tun, als würde ich schlafen. Zudem ist es mit einem Mal so still, da ist nichts als dieses Piepen, dieses ständige Piepen.

Zaghaft öffne ich die Augen erneut, und dann trifft mich Kales Blick, diese Mischung aus dem hellen Blau, so klar wie der See, an dem wir so wunderbare Stunden verbrachten, und diesem Grünbraun, das die ganze Zeit über so warm und voller Hoffnung war, doch in den letzten Sekunden, als der Defibrillator aktiviert wurde, zu reiner Verzweiflung verschwamm. Eine Verzweiflung, die ich noch als Letztes wahrgenommen hatte, bevor mich die Dunkelheit mit sich wegzog.

»Jass?«, sagt er mit sanfter Stimme und nimmt meine Hand. »Erkennst du mich?«

Ich nicke leicht. »Natürlich«, murmele ich. Das Sprechen fällt mir schwer, meine Zunge wirkt wie ein Fremdkörper in meinem Mund, aber ich versuche, mich zusammenzureißen.

Sichtlich erleichtert streichelt er mit dem Daumen über meinen Handrücken. »Du weißt also wirklich, wer ich bin, und kannst dir denken, wo du bist?«

Erst verstehe ich nicht, was er meint, also sehe ich mich erneut um. Doch es ist klar, dieses Zimmer ist eindeutig nicht meines zu Hause. Also frage ich: »Im Krankenhaus?«

»Ja.« Er schluckt, und ich merke ihm an, wie sehr er mit den Emotionen kämpft. Alles an ihm wirkt angespannt, seine Augen flackern unruhig.

»Es tut mir leid«, flüstere ich, weil ich nicht weiß, was ich sonst gerade tun kann. Am liebsten würde ich mich in seine Arme legen. Ich wünschte so sehr, wir beide wären wieder am See, aber das sind wir nicht, und ich kann mich auch nicht an ihn schmiegen.

Der Blick in seinen Augen verschwimmt. »Das war verdammt große Scheiße, Jass.«

Ich nicke nur, weil ich ja weiß, was ich angerichtet habe. Und je länger ich in Kales Augen blicke, desto bewusster wird es mir. Die Worte, die er eben zu Josh am Telefon sagte, hallen durch meine Gedanken. Dass er es nicht hinbekommt, dass es richtiger Mist ist. Nicht wortwörtlich, aber so etwas in der Art war es doch. Mein Kopf hämmert, mein Herz hingegen ist zu still in Anbetracht der Situation, und das macht mir Angst. Alles hier macht mir Angst.

Er drückt meine Hand noch mal, aber dann lässt er sie abrupt los und steht auf. »Ich hole den Arzt, das ist wichtig, er muss das kontrollieren. Die letzten Male, wenn du wach warst, konntest du dich an nichts erinnern oder hast immer wieder dasselbe gesagt.«

Ich würde ihn jetzt am liebsten zurückhalten, doch ich weiß, dass es sein muss. Und überhaupt, was meinte er damit, dass ich die letzten Male merkwürdig reagiert habe? Ich kann mich nicht daran erinnern, schon mal wach gewesen zu sein.

Schließlich verlässt er den Raum, während ich daliege, allein, mit diesem Piepen und der Unmenge von Fragen in meinem Kopf.

Ich betrachte den Monitor neben meinem Bett. Mein Puls ist schwach, viel zu schwach, und mir ist sehr wohl bewusst, was das bedeutet. Ich fühle es ja selbst.

Dennoch ist da auch dieser eine Gedanke: Egal, was jetzt passiert, wenigstens habe ich in den letzten Monaten gelebt. Kurz, aber intensiv, so wie ich es wollte, und in Kales Nähe hat mein Herz geschlagen wie noch nie. Wenigstens ein kleiner Trost dafür, dass es jetzt scheinbar an seine Grenzen gestoßen ist.

Die Tür öffnet sich, und Professor Göller betritt zusammen mit einem weiteren Arzt, einer Schwester und meinen Eltern das Zimmer. Kale sehe ich auch, aber nur ganz im Hintergrund. Er bleibt an der Tür stehen, abseits, als gehörte er nicht dazu. Dabei ist er es, den ich ganz nah bei mir haben möchte.

»Willst du nicht mit reinkommen und es dir anhören?«, fragt Mama ihn.

Er schüttelt den Kopf. »Ich denke, ich gehe jetzt erst mal.«

»Gut. Du weißt, du kannst jederzeit wieder herkommen, ja?«

Er nickt nur, dann hebt er die Hand und wendet sich ab, was mir unheimlich wehtut, doch ich kann es verstehen. Wie kann man das hier auch ertragen? Die ganze Situation, das Piepen der Geräte, ein Krankenzimmer voller Ärzte, Schwestern und dazu noch meine Eltern. Ich schaffe es ja nicht mal selbst, es zu ertragen.

Zu gern würde ich jetzt die Augen wieder schließen und mich an einen anderen Ort wünschen, durch eine Tür gehen, die mich ebenso wie Kale problemlos von hier wegbringt. Aber hier ist keine Tür und auch kein Buch, dessen Seiten ich einfach umblättern kann, weil mir das Kapitel gerade nicht gefällt.

Mittlerweile stehen alle an meinem Bett. Während Mama und Papa mich mit sorgenvoller Miene mustern, erklärt Professor Göller dem anderen Arzt leise etwas. Ich schnappe nur Bruchstücke auf. Herzstillstand, ich sei eine Dreiviertelstunde lang nicht ansprechbar gewesen, dann irgendwas von Medikamenten, dass ich zuvor bereits zweimal aufgewacht sei, aber mein Kurzzeitgedächtnis nicht funktioniert habe. Ich muss an Dorie, den Fisch aus *Findet Nemo* denken.

»Jass? Kannst du uns verstehen, kannst du uns folgen?«, fragt Mama, und ich nicke, auch wenn ich überhaupt nicht folgen kann. Zu hören, wie sie über mich reden, ist so erschreckend.

»Also, wir müssen sagen, dass du wirklich Glück hattest«, erklärt mir Professor Göller. »Dein Freund hat gut reagiert und … na ja, einfach wegzulaufen, war nicht die beste Entscheidung. Es hat das hier nicht gerade gefördert. Aber die Situation ist jetzt nun einmal, wie sie ist.«

Mit einem hörbaren Seufzer setzt Mama sich auf den Stuhl, auf dem vorhin noch Kale saß, und nimmt meine Hand. »Ich bin so froh, dass du lebst und wieder hier bist«, sagt sie mit belegter Stimme, und auch ich bekomme jetzt einen Kloß im Hals.

»Ja«, krächze ich. »Es tut mir leid.«

»Ich weiß, trotzdem war es schlimm. Für uns alle.«

Professor Göller fährt nun fort mit seinen Erläuterungen, die ich wie kalten Regen auf mich einprasseln lasse. Sie hätten jetzt die Biopsie nachgeholt, die Werte hätten sich weiter verschlechtert, das Herz sei entzündet. Und es sehe nicht gut aus. Man müsse jetzt abwarten, doch die Herzleistung sei so niedrig, dass es momentan nur eine Frage der Zeit sei, bis sie noch schlechter wird. Er betont noch mal, dass jede Anstrengung tödlich sein könne und dass es sehr verantwortungslos von mir gewesen sei, das Krankenhaus zu verlassen.

Natürlich ist mir das bewusst. Es war mir auch bewusst, als ich aus dem Krankenhaus abgehauen bin. Mehr als bewusst.

Professor Göller sieht mich ernst an. »Freunde dich mit dem Gedanken an, dass du wahrscheinlich ein Spenderherz brauchst.«

Die Worte hallen durch den Raum, und augenblicklich steht Mama der Schrecken im Gesicht. Natürlich hat jeder schon damit gerechnet, aber es jetzt so zu hören, ist noch mal was anderes.

So heftig, wie es mir nur möglich ist, schüttele ich den Kopf. »Nein, ich will das nicht. Meine Meinung hat sich diesbezüglich nicht geändert.«

»Jass«, flüstert Mama. »Warum bist du nur so stur? Ich kann das nicht verstehen.« Ihre Stimme versetzt mir einen Stich im Magen, und mir ist klar, wie weh ich nicht nur ihr tue, sondern auch Papa, der sich gedankenverloren durch die Haare streicht.

»Nun, ich kann dich nicht zwingen«, meint Professor Göller. »Zu viele Menschen warten auf ein Organ, die es auch wollen. Aber ich sage dir nur, denk darüber nach.« Mit diesen Worten verlässt er das Zimmer, der andere Arzt und die Schwester folgen ihm auf dem Fuß.

Nachdem er gegangen ist, mustert Mama mich kritisch. »Es ist deine einzige Chance, das ist dir sicher bewusst. Vor allem musst du hoch eingestuft werden, damit du ein Herz bekommst, und das rechtzeitig. Wenn es überhaupt klappt. Du weißt, wie lange sich das hinziehen kann, zumal es ja dann auch passen muss.«

»Mama, ich …«

Sie hebt die Hand. »Sag jetzt nichts, sonst verliere ich noch den Verstand.« Sie schluckt. »Ich weiß wirklich nicht, was in deinem Kopf vorgeht, aber es gibt hier so viele Menschen, die dich lieben. Und dieser Junge, du bedeutest ihm etwas. Es war ein Schock für ihn, weißt du das eigentlich? Ist dir überhaupt klar, was du ihm angetan hast?«

Ihre Worte treffen mich tief, und ich merke, wie sich Tränen aus meinen Augen stehlen wollen, doch ich unterdrücke sie. »Ja, ich weiß es, und es tut mir auch so leid.«

»Leid?« Sie schnaubt und will noch etwas hinzufügen, aber dann mischt sich Papa in das Gespräch ein.

»Du hättest es ihm schon viel früher sagen müssen«, meint er. »Und du hättest niemals abhauen dürfen, bevor die Medikamente eingestellt waren, das war mehr als verantwortungslos. Genau das hat dich jetzt auch in diese Situation gebracht.« Ein paarmal geht er im Zimmer auf und ab, ehe er sich wieder mir zuwendet. »Wir können dich nicht zu einer Transplantation zwingen. Und Professor Göller kann dich nicht auf die Liste setzen, wenn du nicht dein Einverständnis gibst.

Aber ich appelliere an deinen Verstand.« Er tritt neben das Bett, beugt sich zu mir herunter und küsst mich auf die Stirn. »Wir lieben dich und möchten dich nicht verlieren. Ist dir das klar?«

Bei diesen Worten kann ich die Tränen endgültig nicht mehr zurückhalten und nicke nur. Jedes weitere Wort wäre zu viel. Ich will nichts versprechen, das ich nicht halten kann.

Papa wischt mir sanft die Tränen von der Wange. »Jetzt ruh dich aus. Es war alles anstrengend für dich. Wir kommen morgen wieder, ja?«

Nachdem die beiden gegangen sind, liege ich einfach nur da, um mich herum nichts als das Piepen. Ich fühle mich so schwach, zerbrechlich und vor allem unendlich traurig.

Ich weiß nicht, wie viel Zeit verstrichen ist, Sekunden werden zu Minuten und diese gefühlt zu Stunden, als die Tür erneut aufgeht. Zuerst denke ich, dass es die Ärzte sind oder eine Schwester, die mich wieder mit irgendwas quälen will.

Doch es ist Kale. Erst bleibt er in einiger Entfernung stehen, ehe er sich zu mir ans Bett setzt. Eine ganze Weile sitzt er einfach nur da und sagt nichts, während ich spüre, wie die Luft unter dem Druck des Schmerzes immer schwerer wird. Aber auch ich sage nichts, weil ich nicht weiß, mit welchen Worten ich diesen Moment leichter machen könnte. Weil gerade überhaupt nichts leicht ist.

Und doch möchte ich es versuchen. Ich drehe den Kopf zu ihm, unsere Blicke treffen sich, und wir verlieren uns einige Sekunden lang im Schmerz des anderen.

»Hey«, flüstere ich und versuche zu lächeln, doch in seinem Gesicht regt sich nichts.

Schließlich atmet er gepresst ein und aus, bevor er zu sprechen beginnt. »Eigentlich wollte ich nicht wiederkommen, aber ich konnte auch nicht gehen, ohne noch mal mit dir zu reden und dir das hier zu geben.« In der Hand hält er die Kette mit dem Herzanhänger, den er für mich gemacht hat. »Sie haben ihn dir abgenommen, als du eingeliefert wurdest. Hier, er gehört dir.«

Mit zitternden Fingern greife ich danach. Das Herz ist so hübsch, nicht perfekt, wie Kale gesagt hat, aber besonders.

Und ich bin auch alles andere als perfekt, ich bin eine Lügnerin. In meinem Magen drückt es schmerzlich. Kale wollte eigentlich nicht wiederkommen, mir aber doch noch das Herz geben? Natürlich, das Telefonat mit Josh. Abschied, Enttäuschung.

Mit einem Mal ist alles wieder da. Diese Enge in der Brust, die Atemnot, mein Herzschlag, der erst immer schneller, dann langsamer wurde.

»Wir hatten doch gesagt, keine Lügen«, sagt Kale mit rauer Stimme.

»Es tut mir auch so leid, ich …«

»Wusstest du etwa nicht, wie du mir sagen sollst, dass du schwerkrank bist? Dass du nicht aus dem Krankenhaus entlassen wurdest, sondern abgehauen bist?«

»So zusammengefasst, ja.« Ich versuche, ihn anzusehen, seinem Blick standzuhalten, doch es gelingt mir nicht.

»Und deshalb die Liste? Weil du wusstest, das du vielleicht, wenn es blöd ausgeht, sterben wirst?« Er verzieht das Gesicht und wirkt jetzt richtig wütend. »Eher weil du sterben *willst*, du möchtest ja kein Organ annehmen, wenn ich es richtig verstanden habe. Deswegen das alles?«

Ich nicke nur.

»Verdammte Scheiße, Jass, wirklich. Du hättest sterben können, dein Herz hatte aufgehört zu schlagen, und ich musste dich wiederbeleben. Ist dir eigentlich klar, was ich durchgemacht habe, als du so leblos dalagst? Und dann musste ich noch die Wahrheit von deinen Eltern erfahren, die dich verzweifelt gesucht haben. Alle haben davon gewusst, auch Louisa, nur ich nicht. Und es war dir egal, was ich auf mich nehmen musste.«

»Es tut mir leid, ich konnte es nicht, ich … Bitte verzeih mir, Kale.«

Die Farben in seinen Augen wirken eisig, und seine Stimme wird lauter. »Damit machst du es dir jetzt aber verdammt leicht. Du machst es dir überhaupt total leicht. Sagst einfach, du möchtest kein Spenderherz. Du schließt es von vornherein aus, obwohl du nicht mal weißt, ob du tatsächlich eines bekommst. Ist dir denn alles egal? Bist du wirklich so bescheuert?«

Dann bricht er ab, scheint keine Worte mehr zu finden. Wie auch? Ich finde ja selbst keine.

Ihn so zu sehen, quält mich mehr, als ich ertragen kann. »Es ist mir nicht egal«, antworte ich, aber er schüttelt den Kopf.

»Doch, Jass, denn sonst wäre dir bewusst gewesen, was du da anstellst. Mit deinen Eltern, die so sehr leiden. Und mit mir. Es hätte dir klar sein müssen, als du mir diese Liste unter die Nase gerieben hast und mir mit jedem beschissenen Mal, wenn wir uns gesehen haben, mehr ans Herz gewachsen bist. Aber spätestens dann, als ich dir gesagt habe, dass ich es hasse, belogen zu werden.« Er fährt sich durch die Haare. »Du hättest mir sagen müssen, auf was ich mich da einlasse. Denn dann hätte ich niemals mitgemacht, niemals. Doch so habe ich dir mein Herz geschenkt, und wieder musste ich erleben, wie es mir jemand bricht.« Sein Blick trifft mich wie ein Messer in der Brust, scharf bohrt er sich in mein Herz. »Ich habe dir vertraut, Jass.«

»Ich weiß«, entgegne ich matt.

»Und das macht es nur noch schlimmer.«

»Ich habe dir nichts gesagt, weil ich kein Mitleid wollte. Du und ich, wir sollten eine schöne Zeit haben, einfach leben, diese Punkte auf der Liste. So wie auf der Postkarte. Liebe die schönen Momente, *it's all about …*«

»Scheiß doch auf die Liste, auf diese Kacksprüche, von wegen, das Leben ist schön und so. Verdammt, Jass, das ist doch kein Spiel! Und weißt du, warum ich das nicht mag? Willst du es wissen?« Ich spüre die Wut in seinen Worten, die er nun nicht mehr unterdrücken kann, beinahe körperlich. »Ich habe dir damals schon gesagt, dass diese scheiß Postkarten etwas

Falsches vermitteln. Liebe bedeutet doch nicht nur, die schönen Momente zu erleben, sondern alle, auch die traurigen. Das war so egoistisch von dir, weißt du das?«

Tränen sammeln sich in meinen Augen. »Ja, aber vielleicht wollte ich einfach mal egoistisch sein, einmal in meinem Leben.«

»Auf meine scheiß Kosten!«

»Tu so, als ob du mich liebst, das war die Bedingung. Ich wollte doch gar nicht, dass du dich in mich verliebst, Kale, das hatte ich dir ja auch gesagt. Behaupte jetzt nicht, ich hätte dich nicht gewarnt.«

»Komm mir nicht so. Verdammte Scheiße, echt nicht«, fährt er mich an.

Ich schlucke. Was ich ihm jetzt sagen werde, tut mir selbst am meisten weh. »Tut mir leid, aber das ist die Wahrheit, darauf legst du doch immer so großen Wert. Das Ganze hier ist nämlich echt nicht dein beschissenes Problem, sondern meines, und ich kann nichts dafür, dass du das mit uns so ernst genommen und dich in mich verliebt hast.« Ich weiß, die Worte treffen ihn. Seine Augen verengen sich zu Schlitzen, doch ich spreche tapfer weiter: »Das Ganze war ein Spiel, ich wollte nichts, als diese Punkte auf der Liste abhaken. Und deswegen kannst du jetzt auch gehen. Wie gesagt, was jetzt passiert, ist nicht dein Problem.«

Er sieht mich an, eine ganze Weile, dabei wirkt er wie versteinert. Schließlich geht er zur Tür und legt die Hand auf die Klinke, zieht sie jedoch wieder zurück. »Das Leben ist keine scheiß Postkarte, Jass, keine scheiß

Liste, die man einfach abhakt und bei der man danach sagen kann: Passt, ich gehe jetzt, ich bin fertig.«

Ich setze noch einmal an: »Es tut mir leid, was ich getan habe. Es ist wohl wirklich besser, wenn du gehst. Das alles hier ist … ist nichts für dich. Da kommt so vieles auf mich zu, viel zu viel. Wir wollten beide nicht, dass es mit unseren Gefühlen so weit kommt, und jetzt hättest du noch die Gelegenheit, das Spiel zu beenden, denn mehr ist es nicht. Ich habe dich benutzt und …«

Er hebt die Hand, und ich stoppe. Dann schweigen wir.

»Ich habe dir gesagt, was ich zu sagen habe, Kale«, presse ich irgendwann hervor.

Scheinbar hat er es jetzt akzeptiert, denn er drückt die Klinke hinunter. Doch er verlässt das Zimmer noch nicht. Stattdessen sagt er: »Tu das jetzt nicht, Jass. Tu nicht so, als würde ich dir nichts bedeuten, als würdest du mich nicht vermissen, wenn ich jetzt aus dieser Tür trete. Also? Letzte Chance?«

Aber ich entgegne nichts mehr.

Schließlich nickt er und öffnet die Tür. »Den Anhänger kannst du behalten«, flüstert er, »vielleicht wird dir dann klar, was du verloren hast.«

Eine Sekunde später ist er gegangen, ich halte die Kette in der Hand und weine. Ich wollte Kale nicht verletzen, aber was bleibt mir anderes übrig? Denn dieser Schmerz, den er jetzt erfahren muss, ist nichts gegen das, was noch kommen kann. Und dann würde sein Herz endgültig brechen.

Du checkst es nicht

»Du bist einfach nur bescheuert.« Das ist so ziemlich das Erste, das Louisa von sich gibt, nachdem sie sich an mein Bett gesetzt hat.

»Freut mich auch, dich zu sehen, beste Freundin«, erwidere ich matt, woraufhin sie grinst und mir einen Kuss auf die Wange drückt.

Eigentlich möchte ich keinen Menschen sehen, nur weinen und von nichts und niemandem etwas hören. Dennoch tut mir Louisas Anwesenheit gut, zumal sie sich ohnehin nicht abschütteln ließ.

»Ich will dir jetzt nicht sagen, was du eh schon weißt, dass es große …«

Ich falle ihr ins Wort. »Dass es scheiße war, was ich abgezogen habe?«

Sie hebt eine Augenbraue. »Wenn du es so genau wissen willst, ja. Absolut große Scheiße, meine Liebe. Aber …«

»Es gibt ein Aber? Oder habe ich mich verhört?«

»Nein, aber … ich wollte sagen, ich verstehe dich irgendwo auch, zumindest in einer Hinsicht.« Sie wirkt müde und traurig. Sicher hatte sie es in den letzten Tagen auch nicht leicht, weil sie sich Sorgen macht.

»Und in welcher Hinsicht?«

»Dass du das mit Kale einfach noch erleben und bei ihm sein wolltest.«

»Ja, das wollte ich.« Ich nicke. »Danke, das hat noch niemand so gesehen.«

Sie lächelt. »Deswegen hast du ja mich. Aber …«

»Wusste ich es doch.«

Sie holt einen Lipgloss aus ihrer Handtasche und tupft sich etwas davon auf die Lippen. Als sie fertig ist, sieht sie mich ernst an. »Aber eines kann ich nicht verstehen, Jass: dass du Kale jetzt wegschiebst und so scheiße behandelst. Ihn so wegzustoßen, mal ehrlich, was soll das denn bitte bringen? Und du weißt, wie ich über die Sache mit dem Spenderherz denke, über deinen Entschluss, es nicht mal in Erwägung zu ziehen. Willst du wirklich einfach alles so wegwerfen?«

Ich zucke mit den Schultern. »Na ja, ich hatte doch meine Chance, oder? Und Glück hatte ich auch und …«

»So ein Blödsinn! Hast du das auch zu Kale so gesagt? Denn dann kann ich verstehen, dass er …« Sie hält inne und senkt den Kopf.

»Dass er was?«, bohre ich nach, aber sie schweigt. Vorsichtig füge ich hinzu: »Hast du ihn denn gesehen?«

»Nein. Ich weiß allerdings von Josh, dass er total fertig war, als er aus dem Krankenhaus zurückkam. Angeblich hat er sofort seine Sachen gepackt und ist mit dem Motorrad weg. Zusammen mit Dominik, eine kleine Tour oder so. Er muss völlig durcheinander gewesen sein. Isa meint auch, sie hätte ihn noch nie so sehr am Boden gesehen. Und Josh, er …«

»Er hasst mich auch, oder?«

»Nein, natürlich nicht, so ein Unsinn. Aber er versteht es genauso wenig wie ich. Wir beide …«

»Ihr beide? Hab ich da was verpasst?«

Sie hebt die Hand. »Lenk jetzt nicht ab, darum geht es hier nicht. Nicht um mich und Josh und das, was da nicht ist.«

»Was nicht ist oder doch ist oder sein sollte?«

»Ach, was weiß ich.« Sie seufzt. »Na ja, wir haben uns schon geküsst, aber mehr war da nicht, und es schwebt jetzt so im Raum …«

»Ihr mögt euch doch. Deswegen solltest du dich überwinden und ihm eine Chance geben. Nicht dass es irgendwann zu spät ist.«

Sie kneift die Augen zusammen. »Glaubst du ernsthaft, dass du gerade in der Position bist, mir Ratschläge zu geben?«

»Wohl eher nicht.«

»Das sehe ich genauso.«

»Trotzdem«, beharre ich, »das ist was anderes. Ihr beide habt eine Zukunft, im Gegensatz zu mir. Und deswegen war es auch richtig, das mit Kale zu beenden. Er braucht sich das mit mir nicht anzutun, ich wollte ihn einfach schützen.«

»Vielleicht schon«, meint sie nachdenklich. »Aber findest du nicht, dass es seine Entscheidung sein sollte? Und mal ehrlich, du warst doch diejenige, die das Ganze begonnen hat, als du mit der Liste zu ihm gegangen bist. Und jetzt hat er dir sein Herz geschenkt, Jass.« Sie deutet auf den Anhänger, der auf dem Nachttisch liegt.

Tränen wollen mir aus den Augen treten, und ich blinzele sie weg. »Da wusste ich doch noch nicht, dass es so kommt. Und ich ... ich weiß auch nicht ...«

»Du bist echt eine schlechte Lügnerin, Jass.« Ich will etwas entgegnen, mich dagegen wehren, doch sie lässt mich nicht zu Wort kommen. »Insgeheim hast du es nämlich schon gehofft. Du hast dich entschieden, ihn in dieses Spiel mit reinzuziehen, und deshalb kannst du jetzt nicht so tun, als ob es scheißegal ist.« Sie redet sich jetzt richtiggehend in Fahrt. »Josh meinte, du hättest zu Kale gesagt, dass es ihn nichts angeht. Falsch gedacht, es geht Kale sehr wohl etwas an. Nämlich genau seit dem Moment, als du bei ihm aufgetaucht bist, mit diesem Zettel in der Hand und deinen Forderungen.«

Kurz lasse ich ihre Worte auf mich wirken und nicke dann. »Ja, vielleicht. Aber jetzt ist es auch wieder meine Entscheidung, ihm zu sagen, dass es vorbei ist. Weil ich weiß, dass er sonst wirklich viel aushalten müsste. Glaubst du denn, dass das, was auf mich – und damit auch auf ihn – zukommt, leicht wird? Du weißt doch, was ich in der Vergangenheit schon auf mich nehmen musste, doch das war ein Klacks im Vergleich zu dem, was noch kommt. Es wird mir immer schlechter gehen, ich werde schwach sein. Falls ich mich für eine Transplantation entscheide, muss ich warten, und dann kann es auch gut sein, dass das Herz nicht passt. Ich kann trotzdem sterben. Ich ...«

Ihre Augen weiten sich. »Du checkst es echt nicht, oder?«

»Was?«

»Das hier ist das Leben, Jass. Und solange du da bist, hast du Menschen um dich herum, die auch in schweren Zeiten bei dir sind, nicht nur, wenn dir die Sonne aus dem Arsch lacht und alles so toll ist wie auf den Postkarten in deinem Zimmer.« Sie atmet tief durch. »Entschuldige bitte, das war jetzt etwas derb, aber es musste sein.«

»Schon gut.« Ich lächle.

»Verstehst du jetzt wenigstens, worauf ich hinauswill?« Sie nimmt meine Hand. »Stoße Kale jetzt nicht weg. Wenn er gehen will, gut, okay. Doch die Entscheidung darüber solltest du ihm überlassen. Denn schließlich hast du ja auch entschieden, ihn in das Ganze hineinzuziehen.«

Nachdem Louisa gegangen ist, liege ich da und denke über ihre Worte nach. Irgendwann nehme ich mein Handy vom Nachttisch und rufe Kales Kontakt auf. Als ich auf sein Profilbild starre, sticht es in meiner Brust. Ich möchte ihm so vieles sagen, und doch fehlen mir die Worte.

Zum Beispiel: *Mir tut es leid, was ich gesagt habe.*

Natürlich vermisse ich dich.

Du fehlst mir.

Ich bin eine Idiotin.

Doch das alles passt nicht so richtig, denn eigentlich ist es nur eines: *Ich liebe dich. Es war kein Spiel.*

Ich überlege noch ein paar Augenblicke, dann fange ich doch an zu tippen:

Kale,

ich bin eine Lügnerin, war egoistisch, und das tut mir leid. Doch ich kann dir das alles hier einfach nicht zumuten, nur deswegen habe ich diese hässlichen Dinge gesagt. Ich wollte schöne Momente erleben, verstehst du? Ich hoffe, du verzeihst mir irgendwann, was ich dir angetan habe. Aber so ist es wohl besser. Denn das hier ist wirklich nicht schön.

Jass

Ich schicke die Nachricht ab, kurze Zeit später werden auch die Häkchen blau, und es kommt eine Antwort: *Du hast absolut nicht verstanden, was ich dir gesagt habe, aber wenn du meinst …*

Ich starre die Nachricht an. Was hatte ich auch erwartet?

Wenigstens habe ich ihm gesagt, was ich fühle, und auch wenn es nichts bringt, habe ich es mir vom Herzen geschrieben, das sich für einen Moment sogar etwas leichter angefühlt hat. Jetzt nach Kales Antwort wiegt es jedoch wieder zentnerschwer.

Die nächsten Tage ziehen sich wie Kaugummi dahin, und ich bin froh, dass ich von meinen Eltern und vor allem von Louisa mit Büchern versorgt werde. Sie besucht mich auch regelmäßig, und mit ihr kann ich sogar einen kleinen Spaziergang durch das Krankenhaus unternehmen. Die frische Luft draußen im Garten tut mir gut. Natürlich muss ich es langsam angehen, denn ich bin alles andere als fit – wie auch? Immer wieder muss ich stehen bleiben und Luft holen. Ich habe mein Herz mehr als strapaziert, das bekomme ich jetzt deutlich zu spüren.

Doch mit jedem Tag wird es etwas besser. Die Medikamente sorgen dafür, dass mein Zustand sich stabilisiert, aber Professor Göller meint, dass dies nur kurzfristig so sein wird. Kale ist ja schon ein Musterbeispiel, wenn es darum geht, eiskalt zu sein, doch ich finde, Professor Göller hat das echt noch besser drauf.

Ich bin damit beschäftigt, zahlreiche Tests und Untersuchungen über mich ergehen und mich auf die Medikamente einstellen zu lassen. Zudem denke ich über so vieles nach. Kale fehlt mir, das spüre ich mehr und mehr. Und natürlich würde ich auch gern Louisa noch häufiger bei mir haben, obwohl sie mich ja schon besucht, sooft es geht. Es ist einfach so, im Leben ist alles leichter, wenn man Freunde um sich hat. Auch wenn ich meine Bücher liebe, ersetzen sie doch nicht das Zusammensein mit den Menschen, mit denen man seine Probleme und Ängste bewältigen kann.

Irgendwann fühle ich mich wieder so kräftig, dass ich sogar allein die Kantine aufsuchen kann, die es in der Abteilung gibt. Ein Modellprojekt des Krankenhauses, dadurch soll man mit anderen Patienten, denen es ähnlich geht, in Kontakt kommen. Als ich den recht nüchtern gehaltenen Raum eines Abends zum ersten Mal wieder betrete, bleibe ich kurz am Eingang stehen und blicke mich um. Es sieht noch genauso aus wie bei meinem letzten Aufenthalt hier. Alles wirkt so steril und irgendwie merkwürdig, und das Essen ist bestimmt auch nicht viel besser geworden.

»Hey, das ist hier ja fast wie in einem Fünf-Sterne-Restaurant«, höre ich auf einmal eine Stimme hinter mir.

Ich drehe mich um und blicke in die dunklen Augen einer jungen Frau, die mich freundlich anlächelt. »Kann man so sagen«, antworte ich.

»Wir haben die Wahl zwischen Knäckebrot, Putenwurst und Kamillentee. Ich meine, das ist doch mal was, oder?«

Jetzt muss ich ebenfalls lächeln. »Ja, richtig gut, ich kann mich kaum entscheiden.«

»Da geht es dir nicht anders als mir.« Sie streckt mir die Hand entgegen, und ich ergreife sie. »Ich bin Chrissi.«

»Jass.«

Zusammen gehen wir zur Theke und nehmen uns erst mal jede ein Tablett.

»Mal im Ernst«, sagt Chrissi, während wir warten, bis wir an der Reihe sind, »wie kann man bitte auf die Idee kommen, herzkranken Menschen solch einen Anblick zu bieten und ihnen dann auch noch diesen Fraß vorzuwerfen. Ich glaube, selbst im Gefängnis ist es angenehmer.«

Damit spricht sie mir aus der Seele. Mittlerweile sind wir an der Selbstbedienungstheke angekommen und laden uns Knäckebrot und Wurst sowie Tee auf. Dann werden wir auch schon von der Kantinenaufsicht an einen Tisch geschoben. Schließlich erfahren wir noch, dass Handys hier verboten sind. Man soll sich stattdessen lieber mit seinen Tischnachbarn unterhalten.

»Jeder Widerstand ist da anscheinend zwecklos«, meint Chrissi mit einem tiefen Seufzer, nachdem wir uns hingesetzt und die beiden Herren, die mit uns den Tisch teilen, begrüßt haben.

»Es ist halb so schlimm, wie es jetzt aussehen mag«, sagt Michael, der eine der beiden, woraufhin uns der andere, der sich uns als Heinz vorgestellt hat, aufmunternd zunickt. Zwar kann ich mir das gerade nicht vorstellen, doch immerhin scheinen die beiden nett zu sein.

Während des Essens erfahren wir, dass Michael eine Lungenembolie sowie einen Herzinfarkt hinter sich hat und zudem noch an Bluthochdruck leidet. Genau wie Heinz, der vor seinem Infarkt leidenschaftlicher Berufskraftfahrer war. Der Infarkt hat ihn wachgerüttelt, und so berichtet er uns ausführlich, wie wir alle gesünder leben können. Irgendwie scheint er in Chrissi und mir eine Art Ersatzkinder zu sehen.

So vergehen die Tage. Ich bin froh, dass ich Chrissi habe, mit der ich über alles, was mich so beschäftigt, reden kann. An einem Nachmittag stehen wir zusammen im Krankenhausgarten, um frische Luft zu schnappen, und ich starre mal wieder Kales Profil auf WhatsApp an.

Chrissi lugt mir neugierig über die Schulter. »Der ist ja heiß. Ist das dein Freund?«

Ich weiß nicht, was ich antworten soll. »Wir hatten was zusammen, aber …«

Sie hebt eine Augenbraue. »Aber?«

»Ich habe Scheiße gebaut«, gebe ich zu, dabei wird mir schwer in der Brust.

»Willst du darüber reden?«

Als ich nicke, führt sie mich zu einer Bank unter einem Baum, und ich berichte ihr von Kale.

»Das ist echt nicht ohne«, meint sie, nachdem ich geendet habe. »Und er wusste von alldem überhaupt nichts?«

Stumm schüttele ich den Kopf.

»Und jetzt fehlt er dir, oder?« Ihr Blick fällt auf die Kette, die ich zwischenzeitlich wieder angelegt habe.

»Ja, sehr sogar, aber er denkt sicher nicht mehr an mich.«

»Natürlich denkt er an dich, da bin ich mir ganz sicher.« Sie pustet sich eine Haarsträhne aus dem Gesicht. »Wie ich das sehe, geht die Sache zwischen euch viel tiefer. Ich meine, das, was du um den Hals trägst, ist doch Liebesbeweis genug. Aber jetzt bist du dran. Du musst ihm zeigen, dass du ihn wirklich willst. Hast du schon mal darüber nachgedacht?«

»Ich habe ihm doch geschrieben, dass es mir leidtut.«

Sie lächelt. »Na ja, das ist aber in diesem Fall nicht genug, oder?«

Wir werden unterbrochen, denn Michael gesellt sich zu uns. »Aha, Mädchengespräche, da störe ich bestimmt«, sagt er, aber ich winke ab. Ich habe Michael wirklich in mein Herz geschlossen, und so erzähle ich ihm ebenfalls von Kale.

Als ich fertig bin, sieht er mich nachdenklich an. »Weißt du, eines habe ich durch meine Krankheit gelernt: Die schönen Momente im Leben sind wichtig. Aber noch wichtiger ist es, sich in einer schweren Zeit gegenseitig beizustehen. Und ich denke, dieser Junge mag dich sehr, Jass, also schiebe ihn nicht weg. Das Leben ist in der Tat zu kurz, um Dinge zu bereuen.«

Zurück in meinem Zimmer beschließe ich, Kale zu schreiben und ihn einfach zu fragen, wie es ihm geht, doch ich bekomme keine Antwort. Ich kann es schon verstehen – und dann auch wieder nicht. Und ich kann erst recht nicht irgendwas daran ändern.

Kein Zurück mehr

Als ich einige Wochen später entlassen werde, mit meiner Tasche unsere Wohnung betrete und Louisa mir um den Hals fällt, kann ich es noch gar nicht richtig begreifen.

»Wenn irgendwas ist, melde dich bitte sofort«, sagt Mama zum gefühlt hundertsten Mal. Ich musste ihr versprechen, mich nicht zu überanstrengen, doch nach allem, was war, weiß ich schon auch selbst, dass ich mich daran halten muss.

Als ich schließlich in meinem Zimmer sitze und den Blick über die Postkarten an der Pinnwand schweifen lasse, spüre ich aufs Neue, wie sehr mich die Funkstille zu Kale schmerzt. Nicht nur einmal habe ich überlegt, ihm noch mal zu schreiben – eigentlich jeden Tag. Immer wieder schaue ich nach, ob und wann er online war, auch wenn ich das eigentlich nicht tun sollte. Ab und an, wenn wir gleichzeitig online sind, ist es noch schlimmer. Die Vorstellung, dass er zufällig genau in diesem Augenblick ebenfalls auf sein Handy sieht, ist nicht leicht zu verkraften.

Aber ich habe ihn verletzt, und es ist kein Wunder, dass ich nichts von ihm höre. Kann ich denn überhaupt etwas anderes erwarten, angesichts dessen, was ich im Krankenhaus zu ihm gesagt habe? Meine Worte waren mehr als verletzend, auch wenn ich versucht habe, sie zurückzunehmen. Wenn Dinge gesagt sind, dann sind sie nun mal gesagt. Und gerade bei Kale musste ich damit rechnen. Nicht ohne Grund hatte er mich ja gewarnt.

Während Louisa in der Uni ist, liege ich also die meiste Zeit zu Hause auf dem Sofa. Ab und zu, wenn ich etwas Abwechslung brauche, setze ich mich auch mal nach draußen auf den Balkon. Ruhe, das ist die Devise, daran halte ich mich. Und ich lese viel, natürlich. Ich habe mir einige Bücher bestellt und versinke wieder in den Geschichten, so wie früher. Zudem schreibe ich ein paar Blogbeiträge und bin wieder aktiver auf Instagram, was jedoch auch gewisse Hürden mit sich bringt. Denn ich stöbere bisweilen auf Kales Profil, doch viel tut sich da nicht. Hin und wieder postet er eine Story, und mir ist bewusst, dass ihm angezeigt wird, wenn ich sie mir ansehe. Aber er meldet sich nicht mehr bei mir.

Ein paar Tage später steht die Eröffnung von Dominiks Bar an. Dominik hat mich zwar dazu eingeladen, und ich wäre auch zu gern dabei, doch ich habe beschlossen, zu Hause zu bleiben. Es wäre zu viel für mich. Unter anderem auch deshalb, weil Kale sicherlich ebenfalls dort sein wird.

Als Louisa fertig gestylt vor mir steht und sich einmal um die eigene Achse dreht, spüre ich wieder diesen Stich im Magen. So wird es jetzt immer sein, ich werde nicht dabei sein können, bei vielen Dingen, und das macht mich traurig. Und ja, Kale fehlt mir, auch wenn ich das nicht zugeben will. Außerdem habe ich in einer seiner Storys auf Instagram gesehen, dass er mit einem anderen Mädchen unterwegs war. Er ist also wieder in seinem Modus, wie er es nennt, dann ist er eiskalt. Natürlich trifft es mich schon, das zu sehen, doch am Ende ist es vielleicht besser so. Trotzdem tut es weh, zu wissen, dass er sie vielleicht berührt, sie küsst und mit ihr schläft.

Als mich die Gedanken weiter einzunehmen drohen, schiebe ich sie beiseite und widme mich wieder Louisa, die heute Abend besonders hübsch aussieht. Sie hat ihre Haare locker hochgesteckt und trägt ein schwarzes Kleid und hohe Schuhe.

»Schade, dass du nicht dabei sein kannst«, meint sie.

Ich winke ab. »Alles halb so wild. Mach ein paar Fotos und eine Story auf Insta, dann bin ich ja auch irgendwie dabei.«

Sie kommt zu mir her und legt mir die Hand auf die Schulter. »Er hat sich nicht gemeldet, oder?«

»Nein, aber es ist okay. Wie du sagtest, es ist seine Entscheidung, und die hat er getroffen. Ich akzeptiere sie, ich muss es tun. Und er hat sich ja schon damit abgefunden, typisch Kale eben. Bloß nicht zu viele Pläne machen, lieber spontan sein.«

Sie nickt. »Ja, vielleicht ist es so. Deine Entscheidung kann ich allerdings nicht akzeptieren, das weißt du ja.«

»Was meinst du?« Fragend sehe ich sie an, aber als sie sich stumm an die Brust greift, verstehe ich. »Du weißt doch, wie ich über die Sache mit dem Spenderherz denke«, füge ich hinzu.

»Immer noch?«

»Warum soll ich denn auf einmal anders darüber denken?«

»Weil dein Leben noch vor dir liegen könnte, wenn du nicht so bescheuert und lebensmüde wärst, Jasmin Blum!« Ihre Stimme ist kurz lauter geworden.

Ich schlucke. »Schreist du mich gerade an?«

»Ein wenig vielleicht.«

»Du weißt ja, das darf niemand außer dir.«

Sie lacht auf. »Ja, das weiß ich.«

»Kann es sein, dass du ein bisschen nervös bist?«

»Erwischt«, flüstert sie. »Weißt du, ich habe in den letzten Tagen viel nachgedacht und beschlossen, Josh später nach seinem Auftritt zu sagen, was ich fühle. Ich möchte mit ihm zusammen sein, das wünsche ich mir wirklich.«

»Das ist eine gute Entscheidung«, lobe ich sie. »Ich bin hier und drücke die Daumen. Wobei du ja heute Nacht wohl nicht nach Hause kommen wirst, wenn du ihm dein Herz ausgeschüttet hast.«

»Mal sehen, ich hoffe es jedenfalls.«

Ich drücke ihr ein Küsschen auf die Wange. »Grüß alle lieb von mir, besonders Dominik.«

»Das werde ich machen.«

Nachdem sie die Tür hinter sich zugezogen hat, lasse ich mich aufs Bett fallen. Ich wäre zu gern mitgegangen, aber es geht nicht. Dafür bin ich einfach zu schwach. Und in Zukunft werde ich noch schwächer werden, immer mehr.

Doch ich will gerade nicht daran denken, also gehe ich ins Wohnzimmer, setze mich vor den Fernseher und zappe durch die Kanäle. Schließlich schalte ich Netflix ein, in der Absicht, mir eine volle Ladung Sandra-Bullock-Filme zu geben.

Die Zeit vergeht, irgendwann werden meine Augen immer schwerer, und so schlafe ich ein.

Ich werde wach, als ich den Schlüssel im Schloss höre. Noch ganz benommen richte ich mich auf und höre auf einmal ein Schluchzen.

»Louisa?«, rufe ich.

Als keine Antwort kommt, gehe ich hinaus in den Flur, und da steht sie, tränenüberströmt. Ich nehme sie in den Arm und drücke sie. »Was ist denn passiert?«

»Josh, es … es war eine Katastrophe, Jass.«

»Was? Die Eröffnung?«

»Nein, die war klasse und Joshs Auftritt auch. Alles hätte so gut geklappt, aber dann …« Sie wirft ihre Schuhe in die Ecke und tapst ins Wohnzimmer, wo sie sich auf die Couch fallen lässt.

Ich setze mich neben sie und streiche ihr die Haarsträhnen aus dem Gesicht, die sich aus ihrer Frisur gelöst haben. »Dann was? Jetzt sag schon.«

»Na ja, wie soll ich sagen? Der Abend war schön, wir haben geredet, hatten sogar eine VIP-Lounge und …« Sie sieht zu mir auf. »Kale war auch da.«

»War er … allein?«, frage ich zögernd.

Kurz liegt ihr Blick auf mir, dann schüttelt sie den Kopf.

»Okay, also nicht«, sage ich. Der Gedanke schmerzt. Aber was habe ich denn erwartet?

»Ich hab nicht viel mit ihm geredet«, erzählt sie. »Er war ohnehin so schweigsam, und dann hatte er auch noch dieses Mädchen im Arm.«

»Ist er nicht mit aufgetreten?«

»Angeblich hatte er keine Lust.«

»Und Isa?«

Sie beginnt zu lächeln. »Ich soll dir Grüße ausrichten. Sie kommt dich bald besuchen, und im Café vermissen dich alle.«

»Das ist lieb, sie schreibt mir ja auch immer wieder. Aber sag schon, was war dann so furchtbar?«

»Weißt du, der Auftritt stand irgendwann an, und ich hatte ja vor, Josh danach zu sagen, dass ich mehr für ihn empfinde. Er ist also auf die Bühne, hat gespielt und …« Ihre Augen beginnen zu funkeln. »Es war toll. Ich liebe es, wenn er Musik macht. Er hat es drauf, wirklich.«

»Das glaube ich gern. Und dann?«

»Die Stimmung wurde immer ausgelassener, es war echt voll. Als der Auftritt vorbei war, gab es richtig viel Applaus. Josh hat sich bedankt, ist von der Bühne runter, und dann stand er neben mir, Jass, und sah so unglaublich heiß aus. Die verstrubbelten Haare, dieser Blick … Ich habe ihm gesagt, wie toll ich den Auftritt fand und dass ich gern mal mit ihm reden würde. Doch plötzlich …« Sie stoppt kurz, und ich merke, dass sie Mühe hat, die Tränen zurückzuhalten. »Da war auf einmal diese Tussi, dieses Mädchen. Irgendein Typ hatte sie wohl blöd angebaggert, keine Ahnung, was da war. Jedenfalls gab ein kurzes Hin und Her, und schließlich rief sie, dass Josh ihr Freund sei und …«

Sie schnieft, und ich reiche ihr ein Taschentuch. »Was war dann?«

»Sie hat Josh gepackt, ihn an sich gezogen und geküsst. Ich stand einfach nur da, konnte überhaupt nichts tun. Erst habe ich gehofft, dass er sie wegschiebt, aber das hat er nicht. Danach hingen die beiden nur noch zusammen ab. Nicht viel später bin ich dann gegangen, ich hatte keine Lust mehr, zuzusehen.«

»Louisa, mir tut das so leid.« Ich lege meine Hand auf ihre. »Aber das heißt doch noch nichts. Ich meine, du und er, ihr habt viel mehr erlebt in den letzten Monaten.«

»Schon, aber schau mal dich und Kale an.«

Mein Magen zieht sich schmerzhaft zusammen. »Das ist was anderes.«

»Warum? Ich finde nicht. Du und er, das war aufregend, ihr hattet die Liste, Regeln, Streit. Dann wart ihr zusammen, du hast ihn weggeschoben, und jetzt sitzt eine andere auf seinem Schoß.«

Ich muss hart schlucken. »Es gibt da was, das du noch nicht weißt.«

Fragend sieht Louisa mich an.

»Ich habe das nur gemacht, weil er zu Josh am Telefon gesagt hatte, dass ihm das alles zu viel ist«, erkläre ich. »Ich wollte nicht, dass er leidet.«

»Es ist seine Entscheidung, Jass, das hab ich dir doch immer wieder erklärt. Aber ich selbst habe es zu spät verstanden.«

»Wie meinst du das?«

»Weißt du, wir reden alle immer schlau daher, haben überall diese Postkarten hängen. Kluge Sprüche, die uns sagen wollen, wie es läuft im Leben. Dass wir es anpacken sollen. Und was tun wir? Denk auch mal dran, was du mir gesagt hast. Dass ich vorsichtig sein soll, weil eine andere kommen könnte. Kale wollte bei dir sein, doch du hast ihn nicht gelassen. Momente, alles verpasste Momente, und nun ist es zu spät.« Jetzt strömen ihr endgültig die Tränen aus den Augen. »Ich sage es dir: Falls du irgendwie noch eine Chance hast, dann nutze sie. Denn Kale leidet, ich habe es genau gesehen – wenn auch dieses Mädchen bei ihm war. Und du leidest auch. Nutze deine allerletzte Chance, sonst geht es dir am Ende wie mir, und es gibt kein Zurück mehr.«

Worauf wartest du noch?

Die Tage vergehen, und Louisa geht es ganz langsam ein wenig besser. Sie ist traurig, natürlich, denn Josh trifft sich mit dieser anderen Frau. Ich weiß, das lässt sie nicht kalt. Aber sie tut auch nichts dagegen.

An einem sonnigen Nachmittag beschließen wir, ein bisschen rauszugehen. Louisa möchte mir Dominiks Bar zeigen, und ich freue mich darauf, einfach mal wieder etwas anderes zu sehen als meine ewig gleichen vier Wände zu Hause.

Als wir das Auto abgestellt haben und die Bar betreten, traue ich allerdings meinen Augen kaum, denn außer Dominik sind auch die anderen aus der Clique da. Isa, Hanna und Chris – und Josh.

»Was ist denn hier los?«, frage ich und kann das Erstaunen in meiner Stimme nicht verbergen.

Dominik grinst. »Wir dachten, es wäre eine schöne Überraschung.«

Ja, das ist es. Nachdem ich jeden Einzelnen in den Arm genommen habe, sitzen wir zusammen und reden. Ich erzähle vom Krankenhaus, und obwohl ich mich freue, alle wiederzusehen, bin ich doch auch traurig, dass Kale nicht hier ist.

Isa scheint meine Gedanken gelesen zu haben. »Er ist total fertig und redet nicht viel«, erklärt sie mir. »Wir haben ihn gefragt, aber er wollte nicht kommen.«

»Nun, ich kann es ihm nicht verübeln«, antworte ich und versuche zu lächeln, leicht fällt es mir jedoch nicht.

Irgendwann suche ich die Toiletten auf, und als ich wieder zu den anderen zurückgehen will, steht Dominik vor mir.

»Gefällt es dir?«, will er wissen.

»Ja, sehr. Und danke noch mal für die Überraschung.«

»Kale meinte, du hättest es dir gewünscht, zusammen zu feiern. Diese Liste, er hat so was angedeutet ...«

»Mir tut das alles so leid.« Ich schlucke.

Aber Dominik schüttelt den Kopf. »Unsinn, das ist etwas zwischen euch beiden, er hat sich mir nur anvertraut. Natürlich ist er sauer und enttäuscht, doch das heißt nicht, dass du ihm nichts bedeutest. Vielleicht solltet ihr mal miteinander reden? Sag ihm, dass er dir fehlt, Jass.«

»Das wird nichts bringen«, entgegne ich. »Ich habe ihn verletzt und hässliche Dinge zu ihm gesagt. Und er hat sich ja bereits anderweitig getröstet.«

»Schon, aber das ist doch nichts, was man nicht rückgängig machen kann. Und sie? Im Ernst, sie ist das Pflaster, wenn überhaupt.«

»Ich habe es schon versucht, aber es kam keine Antwort. Vielleicht ist es ja auch besser so.«

»Stimmt, diese Nachricht«, antwortet er mit einem leichten Nicken. »Damals war ich mit ihm unterwegs.

Was du geschrieben hast, das war echt hart. Denn du hattest absolut nicht verstanden, was er meinte. Trotzdem hat er das heute organisiert, weil er wollte, dass du dich freust, alle zu sehen. Damit du diesen Punkt von der Liste abhaken kannst. Verstehst du jetzt? Egal, wie wütend er auch ist, er ist da.«

Ich hebe eine Augenbraue. »Was? Kale hat das organisiert, dass wir hier zusammen sind?«

»Ja.«

»Aber er hat doch längst eine andere.«

»Ach, Jass, er liebt dich, sonst keine. Also worauf wartest du noch?«

Nachdem ich mich wieder zu den anderen gesetzt habe, flattert mein Herz.

»Lass uns gehen, bitte«, sage ich zu Louisa. »Ich werde jetzt langsam müde.«

Wir verabschieden uns von allen, und als wir schließlich im Auto sitzen und Louisa den Motor starten will, sehe ich sie an. »Wusstest du, dass Kale das hier organisiert hat?«

Sie nickt. »Ja, es war ihm wichtig.«

»Warum hast du mir das denn nicht gesagt?«

»Ich dachte, dann willst du nicht hingehen.«

Ich seufze. »Ich sehe schon, ich wurde mit meinen eigenen Mitteln geschlagen.«

»Ein wenig.« Sie lächelt.

»Und was jetzt?«

»Das musst du entscheiden. Er liebt dich, Jass, nicht nur so als ob, sondern aus vollem Herzen.«

Ich denke an Dominiks Worte und an Michael, der mir seinerzeit im Krankenhaus auch schon gesagt hatte, worauf es ankommt. Auf alle Momente, nicht nur die schönen. Jetzt begreife ich es endlich.

Kurz überlege ich, dann bitte ich Louisa: »Kannst du mich zu ihm fahren?«

»Und ich dachte schon, du fragst nie.«

Während Louisa das Auto parkt, beginne ich innerlich zu zittern. Ich muss an den Augenblick denken, als ich ganz am Anfang unserer Geschichte schon mal hier stand und mich nicht traute, den Klingelknopf zu drücken. Doch ich habe es getan und auf diese Weise alles ins Rollen gebracht.

»Ich warte hier, okay?«, sagt sie. »Schaffst du das auch wirklich?«

»Keine Ahnung, aber ich versuche es.«

Ich steige aus und gehe auf das Haus zu. Nach der Funkstille und all den bösen Worten bin ich also wieder hier. Erst zögere ich kurz, doch dann drücke ich den Klingelknopf, es summt, und als ich die Haustür aufdrücke und den Flur entlanggehe, merke ich erst so richtig, wie sehr mich diese Sache mitnimmt.

Vor Kales Wohnungstür bleibe ich stehen und atme tief durch. Für eine Sekunde überlege ich, ob ich wieder umkehren soll. Was, wenn er nicht allein ist?

Doch in diesem Augenblick öffnet sich schon die Tür.

»Jass?« Sein Gesicht verrät keinerlei Regung.

»Kale, ich ...«, beginne ich zögernd, aber dann fasse ich zunehmend Mut. »Was du heute gemacht hast – ich habe mich wirklich riesig gefreut, dafür wollte ich mich bedanken. Und außerdem möchte ich dir sagen, dass es mir leidtut. Ich habe jetzt verstanden, worauf es ankommt. Auf alle Momente, nicht nur auf die sonnigen. Ich war so blöd und ...«

Er nickt stumm.

»Und ich habe dich weggestoßen«, fahre ich fort, meine Stimme wird etwas brüchig. »Das war scheiße von mir, und ich hoffe einfach nur, dass du mir verzeihst. Ich wollte dir niemals wehtun. Diese schrecklichen Dinge habe ich nur gesagt, weil ich dir das alles mit meiner Krankheit nicht antun wollte – und nicht etwa, weil ich dich nicht liebe. Und ich habe jetzt begriffen. Das solltest du wissen. Bitte sag mir, was ich tun kann, wie ich dein Herz wiedergewinnen kann. Bitte.« Mechanisch greife ich an die Kette an meinem Dekolleté.

Kale sieht mich an, und in mir keimt die Hoffnung, dass er jetzt endlich mit mir reden wird, doch er tut es nicht.

Und dann höre ich diese Frauenstimme, so wie damals schon. »Kale, kommst du? Das Essen ist fertig.«

Mein Herz klopft schnell, und ich muss die Tränen unterdrücken, die sich aus meinen Augen stehlen wollen. »Du bist nicht allein«, flüstere ich nur.

Es ist zu spät. Dominik hatte doch nicht recht, Kale hat sich schon von mir gelöst. Und ich bin unendlich traurig.

Was jetzt?

Eilig ziehe ich mir die Kette über den Kopf, um sie ihm zurückzugeben, aber sie rutscht mir aus der Hand und fällt mit einem leisen Poltern auf den gefliesten Boden.

»Ich, also …«, stammle ich.

Wir starren beide auf die Kette, und zwischen uns breitet sich Schweigen aus, ein unglaublich quälendes Schweigen. Doch Kale soll nicht merken, dass ich kurz davor bin, endgültig die Fassung zu verlieren.

»Es tut mir leid, die Erkenntnis kam wohl zu spät, damit muss ich jetzt leben«, sage ich. Ohne eine Reaktion abzuwarten, wende ich mich ab und gehe.

Ich habe Kales Herz verloren – im wortwörtlichen Sinne.

Das ist Liebe

Ich weiß nicht, was ich mir gewünscht habe. Oder doch, natürlich weiß ich es. Aber Wünsche gehen eben nicht immer in Erfüllung. Zu vieles im Leben besteht aus Erwartungen, die man in seine Mitmenschen setzt und darauf, wie sie reagieren. Ja, ich hatte mich danach gesehnt, dass Kale mir verzeiht, dass er mit mir zusammen sein möchte. Doch mein Wunsch hat sich nun mal nicht erfüllt. Kales Herz gehört nicht mehr mir, er geht längst andere Wege. Das mit uns beiden war ihm nie so wichtig wie mir. Ich hatte mir da was vorgemacht, und diese Erkenntnis schmerzt.

Die Tage ziehen dahin, und ich höre weiterhin nichts von ihm. Dafür lese ich viel und versuche, mich in die Welt der Wörter zu flüchten, die so viel einladender ist als das, was gerade in meinem realen Leben passiert. Und ich lasse es zu, weil ich weggezogen werden möchte.

Fünf Tage später klopft es nachmittags an meine Zimmertür. Ich sitze auf dem Bett und bin mal wieder in ein Buch vertieft.

»Louisa?«, frage ich, ohne aufzusehen, und als ich keine Antwort bekomme, füge ich hinzu: »Du kannst doch einfach so reinkommen.«

Schließlich höre ich, wie jemand die Klinke hinunterdrückt. Ich hebe den Blick – und sehe Kale, der den Kopf zur Tür hereinsteckt. Sofort rafft mein Herz sich auf und beginnt, stärker in meiner Brust zu pochen. Ich kann nicht anders, als ihn ein paar Sekunden lang einfach nur anzustarren.

»Bist du nackt?«, fragt er mit einem Lächeln.

Ich schüttele den Kopf. »Quatsch. Natürlich nicht, das siehst du doch.«

Er setzt sich neben mich auf die Bettkante und sieht mich an. »Ich habe nachgedacht, Jass. Du weißt, ich war sehr wütend, weil ich dein Verhalten nicht verstanden habe, deine Nachricht und wie du mich weggeschoben hast. Ich habe versucht, das alles zu vergessen und loszulassen.«

Zwangsläufig muss ich an die Frauenstimme in seiner Wohnung denken und an das, was Louisa mir über die Einweihungsparty erzählt hat. »Und jetzt?«, frage ich zaghaft.

»Ich kann dich nicht loslassen, verstehst du? Und ich will es auch gar nicht.«

»Aber das hast du doch, oder? Diese Frau, sie war neulich auch bei dir.«

»Schon, aber zwischen uns ist nichts gelaufen, Jass. Ich wollte mich ablenken, doch es funktionierte nicht mehr.«

Ich nicke.

»Es war Mist, dass du mich weggestoßen hast«, fügt er hinzu.

»Ich weiß, aber ich dachte, es ist dir zu viel und … und es ist besser so. Im Krankenhaus, da hast du zu Josh am Telefon gesagt, dass du das Ganze nicht erträgst«, antworte ich. »Ich habe es zufällig mitbekommen.«

»Ach, Jass, verdammt.«

»Ich wollte dich nicht weiter damit belasten und dir einen Gefallen tun. Ich weiß nämlich, wie sehr es schmerzt, wenn es nicht gut ausgeht, und das kann bei mir auch passieren. Und dann ist es richtig Mist.«

»Weißt du was? Du bist echt bescheuert, Jass.« Er blickt zu Boden und schüttelt den Kopf. »Ich war sauer, ja, aber das heißt noch lange nicht, dass ich dich loslassen will. Das hatte ich niemals vor, auch nicht im Krankenhaus. Was du gemacht hast, war Mist, ja, doch ich weiß nur zu gut, dass man gerade in schlimmen Zeiten zusammenhalten sollte. Das wollte ich dir zeigen. Denn das Leben ist keine von diesen scheiß Postkarten, verstehst du? Es ist viel mehr als das. Und ich will es mit dir durchstehen. Alles. Aber nur unter einer Bedingung.«

»Du hast eine Bedingung?« Ich halte den Atem an, denn ich fürchte mich vor dem, was jetzt kommt.

»Ich möchte wissen, ob du es wirklich verstanden hast.« Er zieht ein zusammengefaltetes Blatt Papier aus der Tasche. »Das hier ist, was ich von dir will.«

Als er mir den Zettel reicht, muss ich schlucken. Unschlüssig drehe ich ihn in den Händen.

»Du musst all das, was hier steht, umsetzen, mit mir erleben«, ergänzt er. »Dafür hast du, sagen wir, drei Minuten Zeit.«

Mit zitternden Händen falte ich den Zettel auseinander und lese:

Die Haare beim Brechen halten
Sich beim Gewitter im Arm halten
Sich heftig streiten und wieder vertragen
Nicht einer Meinung sein
Ängste überwinden
Füreinander da sein
Zusammen weinen und leiden
Auch mal im Dunkeln stehen
Unperfekt sein
(Mehr folgt)

»Ich will mit dir noch so viel mehr erleben, richtigen Mist durchstehen«, sagt Kale, während mein Blick weiter auf der Liste haftet. »Das ist nämlich genau das, was Liebe ausmacht. *Darauf* passt der Spruch *It's all about love*, verstehst du?«

Ich fange an zu weinen, weil seine Worte mich so sehr berühren und ich es nun wirklich verstehe.

Kale zieht mich in seine Arme. »Ich will das auch«, flüstere ich gegen seine Brust, wo ich seinen Herzschlag spüren kann.

»Aber?«

»Aber es wird schwer werden, wirklich sehr schwer.«

Er schiebt mich leicht von sich, aber nur, um mir etwas zu zeigen. Als ich erkenne, was er in der Hand hält, kommen mir noch mehr die Tränen.

Es ist der Herzanhänger mit dem Lederband.

Er reicht ihn mir. »Egal, was passiert, mein Herz gehört dir, Jass. Dafür habe ich mich entschieden.«

Mit zitternden Händen umklammere ich das Herz und spüre die Wärme, die von dem Holz ausgeht. Ich muss ein paarmal heftig schlucken, bevor ich antworte. »Ich denke, du solltest wissen, warum ich so große Angst vor der Operation habe. Davor, ein Spenderherz zu bekommen oder nicht.«

»Sagst du es mir?« Seine Augen sind jetzt intensiv auf mich gerichtet.

Ich nicke. »Lisa«, beginne ich zögernd.

»Lisa?«

»Sie war meine beste Freundin im Krankenhaus, damals, als ich lange dort sein musste. Wir hatten das gleiche Problem, das hat uns verbunden. Alles hatte damit begonnen, dass ich einfach umgekippt bin, von jetzt auf gleich. Wahrscheinlich hat mein Körper die Stopptaste gedrückt, denn ich wollte immer zu viel, beim Sport, in der Schule. Ich musste reanimiert werden, und es stellte sich heraus, dass ich eine Herzmuskelentzündung hatte, die nicht ausgeheilt war, davon habe ich dir ja schon erzählt. Im Krankenhaus wurde mir dann der Defibrillator eingesetzt, ich brauchte Medikamente, musste in die Reha, aber das alles hat nicht lange geholfen. Ich hatte erneut einen Herzstillstand, wurde wieder operiert, der Defibrillator ersetzt, es gab neue Medikamente. Meine Herzleistung hat sich daraufhin tatsächlich etwas verbessert. In dieser Zeit habe ich Lisa kennengelernt. Mir ging es langsam besser, ihr hingegen nicht. Sie war damals in der Situation, in die ich wohl auch bald kommen werde. Ihre Herzleistung war gerade mal bei zehn Prozent, und sie wartete auf ein Spenderherz. Das mit der Liste war übrigens ihre Idee. Wir haben uns diese schönen Momente zusammen ausgemalt, das hat uns Hoffnung gegeben. Und auch die Postkarte ist von ihr. *It's all about love.*« Ich halte kurz inne, denn es fällt mir schwer, darüber zu reden. »Wir wollten die Punkte auf der Liste gemeinsam umsetzen, wenn sie es schafft.«

»Und dann? Was ist passiert?«

Ich schlucke. »Eines Nachts kam der Anruf, und sie war so aufgeregt. Weißt du, sie hatte so viel Hoffnung. Doch dann … das Spenderherz hat nicht gepasst, und sie ist gestorben. Es war so schrecklich. Davor habe ich Angst. Erst diese Freude und dann …«

Er streicht mir sanft über die Wange. »Ich weiß nicht, was ich sagen soll, Jass, denn das ist ganz furchtbar. Es tut mir sehr leid, was mit Lisa passiert ist. Aber das ist dann Schicksal, etwas, das man nicht planen kann. Doch wenn du die Möglichkeit hast, zu leben, solltest du dich immer dafür entscheiden. Lisa hatte sich auch dafür entschieden.«

»Schon. Aber was hat es ihr gebracht?«

»Es gibt im Leben nun mal Dinge, die wir nicht verstehen. Sie passieren einfach, ob gut oder schlecht.

Doch bei dir gibt es immer noch Hoffnung, Jass. Wie es dann ausgeht, wird man sehen, ich bin jedenfalls bei dir. So wie du bei ihr warst. Das ist Liebe.«

Ich sehe ihn an. »Der Brief, den meine Mama damals mitgebracht hat, war von Lisa, ich sollte ihn nach ihrem Tod lesen. Sie wollte, dass ich die Liste allein umsetze, das hatte ich ihr damals schon versprochen, und in dem Brief hat sie mich noch mal daran erinnert. Und zum Zeichen, dass ich die Liste abgearbeitet habe, soll ich die Postkarte und ein Herz aus Papier, das wir zusammen gebastelt haben, an ihr Grab bringen.« Meine Stimme wird brüchig. »Weißt du, ich war noch nie an Lisas Grab, das macht mich traurig, doch ich konnte es einfach nicht. Nicht weil ich Angst vor dem Tod habe. Ich meine, er hätte bei mir ja auch schon dreimal zuschlagen können. Aber wenn man am Grab eines Menschen steht, den man mochte und dem man nah war, dann wird es so real.«

»Ich weiß, aber es tröstet auch. Denn es zeigt, dass dieser Mensch Ruhe gefunden hat, irgendwie.« Kales Blick ist unsagbar intensiv, und ich versinke in seinen Augen, die so perfekt unperfekt sind und mich immer wieder greifen. »Du bist nicht allein, Jass. Ich bin für dich da und möchte das mit dir durchziehen.«

Ich nicke, doch da ist noch etwas, das mich beschäftigt. »Es wird aber nicht leicht werden«, sage ich. »Ich spüre, wie schwach ich bin, und weiß sehr wohl, was das bedeutet. Diese Liste hier, ich meine, das ist so dahingesagt, aber ich kann dir vielleicht vieles nicht geben und …«

»Du gibst mir alles, wenn du einfach da bist. Und mit allem anderen lassen wir es eben ruhiger angehen.« Dann küsst er mich, lange und zärtlich.

Endlich spüre ich mein Herz wieder. Nach so langer Zeit.

Nicht mehr viel Zeit

»Ich bin wirklich so froh, dass ihr euch wiedergefunden habt«, sagt Louisa, als wir beide am Nachmittag beim Essen zusammensitzen.

»Und wie ist es mir dir und Josh?«

Sie zuckt mit den Schultern. »Es gibt nichts Neues. Er hat mit diesem Mädchen angebandelt, damit muss ich mich abfinden. Was soll ich auch anderes tun?«

»Und wenn du doch mal mit ihm redest?«, schlage ich vor. »Ich meine, ihr habt euch geküsst, zwischen euch war doch was. Das hat ja jeder gemerkt und gesehen.«

»Schon, aber wie heißt es so schön? Ab und an verpasst man einfach das Glück.«

Bei ihren Worten wird mir schwer ums Herz. »Ja, ab und an ist es vielleicht so, das heißt aber noch lange nicht, dass die Möglichkeit für immer ausgeschlossen ist.«

»Im Moment schon. Und ich habe mich entschieden, nichts zu unternehmen. Anscheinend sollte es nicht sein, denn sonst wäre es ja so gekommen.«

Mein Telefon klingelt, es ist Kale.

»Geh ruhig ran«, sagt Louisa.

Ich sehe sie noch kurz an, und als sie mir zur Bestätigung zunickt, nehme ich das Gespräch an.

»Hast du gerade Zeit für einen Ausflug?«, fragt Kale.

»Was hast du vor?«

»Das verrate ich dir nicht«, antwortet er mit einem Schmunzeln in der Stimme, »hat aber mit einem Punkt auf meiner Liste zu tun. Also?«

»Gut, ich bin gespannt.«

»Dann bin ich in einer halben Stunde bei dir. Und nimm das Herz für Lisa mit«, fügt er hinzu.

Ehe ich antworten kann, hat er auch schon aufgelegt.

»Okay, was soll das hier werden?«, frage ich erstaunt, als Kale mit mir vor dem Eingang zum Stadtfriedhof stehen bleibt. Natürlich weiß ich, was er vorhat, dennoch will ich irgendwas sagen, um Zeit zu gewinnen.

»Wir stellen uns der Angst gemeinsam«, flüstert er mir ins Ohr. »Wir gehen ans Grab, das hättest du ohnehin längst tun sollen, und da wir die Liste so gut wie erledigt haben, bringst du ihr das Herz.«

»Du bist wirklich romantisch.« Ich versuche, zu lächeln, die Situation irgendwie aufzulockern, doch das fällt mir gar nicht so leicht.

»Also lass uns hingehen und Lisa besuchen.«

»Kale, ich …«

Er nimmt meine Hand und nickt mir aufmunternd zu. »Los, nicht zu viel nachdenken, mutig sein. Hast du das nicht gedacht, als du seinerzeit vor meiner Tür standst? Jetzt passt es auch wieder.«

Ich nicke nur, und schließlich gehen wir los.

Ich weiß nicht genau, wo Lisas Grab ist. Ihre Mutter hat es mir damals zwar geschrieben, aber so ganz exakt war ihre Beschreibung dann auch nicht. Doch irgendwann finden wir den richtigen Gang und schließlich auch das Grab.

Als mein Blick auf den Spruch fällt, der auf dem Grabstein eingraviert ist, bekomme ich einen heftigen Druck in der Brust: *Alles hat ein Ende, nur die Liebe ist unendlich in unseren Herzen.* Ich suche Halt bei Kale, greife nach seiner Hand, und wir stehen einfach nur stumm da.

»Hey«, sage ich irgendwann und ziehe das Herz aus dem Briefumschlag. »Ich habe es gemacht, Lisa, ich habe die Liste umgesetzt. Und das ist Kale. Er ist echt in Ordnung.«

»Soso, in Ordnung also?« Kale sieht stirnrunzelnd zu mir.

»Nein, nicht nur in Ordnung«, flüstere ich. »Ich liebe ihn.«

Er legt mir den Arm um die Schultern und zieht mich an sich. »Ich liebe sie auch«, antwortet er. Dann treten wir noch einen Schritt näher, und Kale sieht mir zu, wie ich das Papierherz auf dem Grab niederlege.

»Glaubst du, Lisa nimmt es mir übel, dass ich die Postkarte behalte?«

Kale schüttelt den Kopf. »Ich denke nicht.«

»Ich habe es gemacht, Lisa, für dich und für mich«, sage ich mit heiserer Stimme in Richtung des Grabsteins. Nun kann ich die Tränen wirklich nicht mehr zurückhalten, sosehr ich mich auch anstrenge. Kale zieht mich in seine Arme und hält mich ganz fest.

»Sie hat immer gesagt, dass viel mehr Menschen davon erfahren müssen, dass auch junge Leute von dieser Krankheit betroffen sind«, erzähle ich nach einer Weile.

»Dann schreib es auf«, schlägt er vor. »Mach deine Geschichte zu deinem Lieblingsbuch, so wie du es wolltest.«

»Meinst du das ernst?«

»Ja, natürlich.« Er lächelt. »Aber nur wenn du mich noch attraktiver beschreibst, als ich in Wirklichkeit bin.«

Ich stupse ihn spielerisch in die Seite, dann küsst er mich auf die Stirn. In diesem Augenblick stolpert mein Herz mal wieder und zeigt mir eines: Auch wenn Kales Idee gut ist, die Zeit rennt mir davon. Denn ich spüre das Stolpern, diese Schwäche immer mehr.

Zeit ist etwas so Unbegreifliches. Wir nehmen sie immer als selbstverständlich hin, wir rennen gegen sie, schätzen sie oft nicht, lassen sie verstreichen. Doch wenn sie einem aus der Hand gleitet, merkt man erst, wie wertvoll sie ist. Was man noch tun möchte, was fehlt, was nie mehr wiederkommt. Ich habe das natürlich auch gewusst, aber es jetzt mehr und mehr zu spüren, mit jedem langsamer werdenden Herzschlag, lässt es mich noch mehr begreifen.

Deswegen will ich so viel Zeit wie möglich mit Kale verbringen. Wir schlafen miteinander – ganz behutsam natürlich –, essen Pizza, sehen fern, gehen ins Kino, und Kale spielt mir etwas auf der Gitarre vor. *Best Part of Me* von Ed Sheeran. Es gibt so viele tolle Momente, die wir noch sammeln, teilweise um die Liste vollständig zu machen, andere wiederum einfach so. Aber auch schwere Momente sind darunter, denn ich werde zusehends schwächer. Doch Kale ist da, auch in den stillen Momenten, in denen wir nur reden und uns nah sind – auch wenn wir uns nicht immer einig sind. Ich erzähle ihm, wie alles war, was ich hinsichtlich meiner Krankheit erlebt habe. Ich weine, dann aber lachen wir auch wieder.

Und ich habe tatsächlich angefangen zu schreiben, was mir unheimlich guttut. Gerade die erste Zeit beschreibe ich ziemlich ausführlich, wie es sich damals angefühlt hat, einfach ohne Vorwarnung umzukippen. Irgendwie ist es ein schönes Gefühl, all die Erinnerungen festzuhalten, und der Gedanke, dass am Ende doch etwas von mir bleibt, dass mein Leben zu einer Geschichte wird, gibt mir viel Kraft. Doch ich spüre, dass ich es nicht mehr schaffen werde, alles aufzuschreiben, denn mit jedem Tag geht es mir etwas schlechter.

Trotzdem möchte ich immer noch ein wenig rausgehen, leichte Spaziergänge machen, zusammen mit Kale. Obwohl mittlerweile der Herbst eingezogen ist, ist es heute angenehm warm, und das bunte Laub leuchtet im Sonnenlicht. Wie werde ich diese Dinge vermissen.

Auf einmal wird mir schwindelig, und ich bleibe abrupt stehen.

»Ist alles in Ordnung?«, fragt Kale, der mich besorgt mustert.

»Es geht schon«, flüstere ich. Ich versuche, stark zu sein, wirklich, aber mir fehlt dazu der Atem. Stattdessen fühle ich mich mit jedem Schritt schwach, zerbrechlich und einfach erschöpft.

Kale zieht mich an sich und hält mich fest. Im Gegensatz zu meinem Herzen schlägt seines stark und regelmäßig in seiner Brust, ich kann es spüren. In diesem Augenblick wünsche ich mir mehr als alles andere, dass mein Herz irgendwann auch wieder so kräftig schlagen kann. Ich habe gerade so viel zu sagen, habe so viele Sorgen und denke an alles, was wir in den letzten Monaten erlebt haben. Wie gern würde ich das Buch fertig bekommen, aber ich weiß, dass es schwer werden wird.

»Kale?«

Ich sehe ihn an, versinke in seinem Blick, in dieser Farbmischung, die für mich so perfekt ist, auch wenn sie eigentlich ein Fehler ist – ein Fehler der Natur, wie er schöner nicht sein kann. Auch ich habe einen Fehler: ein Herz, das für meinen Körper falsch ist. Wie unbegreiflich die Natur ist, das Leben.

»Ja?«

»Ich werde es nicht mehr schaffen, alles aufzuschreiben, was ich mir noch wünsche«, flüstere ich.

»Aber danke, dass du mein Leben zu meinem Lieblingsbuch gemacht hast. Auch wenn es bald zu Ende ist, ist es doch ein Buch, das ich liebe, egal, was andere davon halten.«

Er legt einen Finger unter mein Kinn und dreht mein Gesicht zu sich.

»Und du wirst mich irgendwann vergessen«, füge ich noch leiser hinzu.

Er schüttelt den Kopf. »Dein Buch ist noch nicht zu Ende, Jass, hörst du? Und ich vergesse dich sicher nicht.«

Tränen brennen in meinen Augen. »Ich kann nicht mehr«, sage ich jetzt ganz ehrlich, weil es die Wahrheit ist und ich Kale nie mehr anlügen will.

»Ich weiß.«

Er drückt mich an sich, und ich klammere mich an ihm fest. In diesem Moment bleibt die Zeit stehen. Erneut wird mir schwindlig und mein Herz setzt kurz aus. Ja, es ist Zeit, ich weiß es. Und mir bleibt nicht mehr viel davon.

Es ist, wie es ist

Ein paar Tage später ist es dann endgültig so weit. Ich werde mit der Dringlichkeitsstufe *High Urgent* auf die Organwarteliste gesetzt und muss im Krankenhaus bleiben. Listen – es ist, als wäre mein Leben davon bestimmt. Doch diese Liste ist anders als das, was ich mit Kale hatte. Sie entscheidet jetzt darüber, ob ich leben oder sterben werde, ob es je noch mal eine Liste geben wird. Eine, die von einer Zukunft erzählt, die aber gerade so weit entfernt ist wie der Mond, denn ich weiß, dass eine schwere Zeit vor mir liegt.

Deswegen lebe ich in der Gegenwart. Wobei *leben* das falsche Wort ist. Gefühlt hänge ich nur noch an Kabeln und bin schwach, zu schwach für alles, was um mich herum passiert. Ich kann mich nicht mal mehr dazu aufraffen, ein Buch zu Ende zu lesen, geschweige denn, einen Beitrag für mein Blog zu verfassen.

Kale ist immer an meiner Seite. Wie versprochen ist er da und steht alles mit mir durch, so wie er es auf seiner Liste geschrieben hat. Dafür bin ich so dankbar. Niemals hätte ich das für möglich gehalten. Irgendwie ziehe ich aus seiner Anwesenheit Zuversicht und Kraft. Aber es ist nicht leicht, denn manchmal bin ich auch traurig, weine, bin unfair, unleidlich und wütend. Auf mich, auf mein Herz, auf alles. Darauf, was ich noch so gern tun möchte, jedoch nicht mehr tun kann. Doch Kale bleibt und leidet mit mir.

»Hey, bist du wach?« Seine Stimme dringt leise an mein Ohr. Ich schlafe so viel, dass ich bisweilen selbst nicht weiß, ob ich wach bin oder nicht. Aber ich nicke.

Er nimmt meine Hand. »Das ist gut, ich habe mir nämlich was überlegt.«

»Was denn?«

»Ich habe eine Überraschung für dich, aber erst, wenn wir das alles hier geschafft haben.«

Ich sehe ihn an, erkenne die Hoffnung in seinem Blick und möchte sie so gern festhalten, nicht verlieren. Doch nach den gut zwei Monaten, die ich bereits wieder hier im Krankenhaus bin, entschwindet sie immer mehr. Jeder Tag wird schwerer, und ich habe inzwischen nur noch etwas mehr als zehn Prozent Herzleistung.

»Das klingt schön«, flüstere ich. Auch wenn ich selbst keine Hoffnung mehr habe, will ich sie Kale nicht nehmen.

»Etwas bekommst du aber jetzt schon.« Er holt ein Buch aus seiner Tasche und reicht es mir.

Ich sehe ihn fragend an. »Was ist das?«

»Schau es dir an.«

Gemeinsam blättern wir die Seiten durch. Er hat Fotos darin verewigt, Bilder von uns, von den Orten, an denen wir waren. Dazu noch Sprüche und andere Erinnerungsstücke sowie die wenigen Kapitel meines

Buches, die ich bereits verfasst habe. Es ist wie eine kleine Geschichte.

»Das ist dein Buch, Jass«, sagt er mit belegter Stimme, und das ist der Moment, in dem ich die Tränen nicht mehr zurückhalten kann. »Was auch passiert, diese Geschichte bleibt für immer. Du brauchst keine Angst zu haben, dass ich dich vergesse, denn ich könnte dich niemals vergessen. Du bist so viel mehr als nur ein Kapitel in meinem Leben und wirst mit deiner Geschichte den Menschen Hoffnung machen.«

»Wenn du daran glaubst, versuche ich es auch«, krächze ich.

Er grinst. »Du hast doch auch gewusst, dass ich mich in dich verlieben kann, und das habe ich dann auch getan.«

»Das habe ich nicht gewusst«, entgegne ich, »ich habe es gehofft.«

»Ja, und jetzt hoffe eben ich.«

Die Tage vergehen, ich schlafe viel, und wenn ich mal wach bin, reden wir miteinander, was mir noch immer so guttut. Kale schreibt alles für mich auf, meine Erinnerungen und Wünsche. Wir malen uns aus, was wir in Zukunft noch zusammen unternehmen könnten. Auf den Mond zu fliegen, ist natürlich unrealistisch. Aber es macht Spaß, sich solche verrückten Dinge auszudenken. Einmal werde ich traurig, weil ich es nicht mehr geschafft habe, mit Kale Riesenrad zu fahren. Doch er erklärt mir, dass die ganze Welt ja irgendwie ein großes Riesenrad ist. Ich hoffe so sehr, noch viele

Momente mit ihm zu erleben, aber ich weiß genauso gut, dass dies auch die letzten sein können.

»Was ist, wenn ich kein Herz bekomme, weil ich so lange gezögert habe?«, frage ich. Auch der Herbst ist inzwischen beinahe vorbei, draußen ist es noch kälter geworden, aber Kale ist nach wie vor bei mir.

»Nun, das kann natürlich sein«, antwortet er lächelnd.

Ich rolle mit den Augen. »Vielen Dank auch.«

Diese Wartezeit ist einfach zermürbend, genau wie die immer gleichen Fragen, die ich mir stelle. Wie lange wird es noch dauern? Wie gut wird das neue Herz sein? Werde ich die Transplantation überstehen – falls es überhaupt eine gibt?

Zart streicht Kale mir über die Wange. »Dein Herz wird schon kommen«, flüstert er.

Der Gedanke gefällt mir und erschreckt mich zugleich, bedeutet er doch, dass irgendwo da draußen jemand sterben muss, damit ich leben kann. Das ist etwas, das mich unendlich traurig macht, und ich versuche, nicht zu sehr daran zu denken. Auch nicht daran, dass es jetzt in der frostigen Jahreszeit eher zu schlimmen Verkehrsunfällen kommen kann.

»Was bedrückt dich?«, will Kale wissen.

Ich atme tief durch. »Dass es für eine Transplantation jemanden geben muss, der mein Leben vielleicht rettet, indem er seines verliert. Das ist ein merkwürdiges Gefühl. Manchmal ertrage ich den Gedanken nicht, doch dann hoffe ich wieder.«

»Das kann ich verstehen, und ich weiß auch nicht, was ich dazu sagen soll. Nur dass ich froh bin, wenn du lebst, auch wenn das egoistisch sein mag.«

»Weißt du, ich frage mich, was der Sinn des Ganzen ist.«

»Das kann ich dir nicht sagen«, antwortet er. »Das Leben ist einfach unergründlich, aber ich denke, dass es dennoch irgendwie einen Sinn macht. Wenn man das große Ganze sieht, gehören wir Menschen irgendwie alle zusammen, so wie ein Puzzle. Doch das können wir gar nicht überblicken.«

Mit einem Mal fällt mir der junge Mann aus dem Taxi ein. »Erinnerst du dich daran, wie ich damals an dem Abend, als du mit Alina im *Hinz und Kunz* warst, mit dem Taxi weggefahren bin?«

»Klar. Was war da?«

»Ehe das Taxi losfahren konnte, ist noch ein junger Mann zugestiegen. Er wollte wissen, ob er mitfahren kann.«

Kale sieht mich noch immer fragend an. »Okay, und was willst du mir damit sagen?«

Ich grinse. »Ja, er sah gut aus, ich hatte schon überlegt …«

Er legt mir den Zeigefinger auf den Mund.

»Spaß, okay«, gebe ich zu. »Jedenfalls war ich so traurig und voller Zweifel, welchen Sinn das alles überhaupt noch macht. Er hingegen sah mich an und meinte: ›Jede Begegnung im Leben hat ihren Sinn – und auch jeder Verlust.‹ Daran musste ich gerade denken.«

»Das sind schöne Worte«, antwortet Kale.

»Ja, und sie passen zu dem, was du gesagt hast. Wenn man alles als großes Ganzes sieht, hat es vielleicht wirklich einen Sinn. Ich würde es mir zumindest wünschen.«

Er nickt. »Ja, das wünsche ich mir auch. Und ich glaube ganz fest daran.«

In den nächsten Tagen bin ich richtiggehend erledigt. Ich kann kaum mehr aufstehen und schlafe fast nur noch, denn meine Herzleistung ist noch einmal ein wenig schlechter geworden. Auch nehme ich nicht immer alles so klar wahr. Zwar rede ich ein wenig mit Kale, Louisa und meinen Eltern, und auch Isa und die anderen besuchen mich, aber ich merke mehr und mehr, dass ich nicht mehr lange durchhalte.

Manchmal würde ich am liebsten einfach einschlafen. Weil ich mich nicht mehr so erschöpft fühlen möchte und die Traurigkeit meiner Familie und Freunde nur noch schwer ertragen kann.

Innerlich habe ich mich bereits damit abgefunden, dass es ist, wie es ist.

Ein letzter Herzschlag

Es ist halb zehn am Abend. Kale sitzt gerade bei mir und liest mir etwas vor, als Professor Göller mein Zimmer betritt. »Jass, wir haben ein Herz für dich«, beginnt er ganz unvermittelt.

Seine Worte hallen gefühlt durch den Raum, und ich kann nicht anders, als ihn ungläubig anzustarren.

»Deine Eltern sind schon verständigt«, fährt er nach einer kurzen Pause fort. »Das Spenderherz scheint so weit zu passen, aber endgültige Sicherheit erhalten wir erst bei der OP. Du weißt das?«

Ich nicke.

»Gut, dann machen wir jetzt alles für den Eingriff fertig, und du wirst ebenfalls vorbereitet.«

Während er das Zimmer wieder verlässt, sehe ich zu Kale. Ist das wirklich wahr, oder träume ich?

»Ich …«

Er nimmt meine Hand und drückt sie. »Es wird alles gut gehen, Jass, ganz sicher. Auf dich wartet ein Herz, und meines kann es kaum erwarten, bis deines wieder richtig schlägt.«

Deines. Wie sich das anhört. Denn es wird nach der Operation ja nicht mehr mein eigenes Herz sein.

Tausende von Gedanken wirbeln durch mich hindurch.

»Ich habe Angst«, flüstere ich.

»Ich weiß, aber du bist bei Professor Göller in den allerbesten Händen.«

Ich schüttele den Kopf. »Das meine ich nicht. Ich habe Angst, dass es nachher irgendwie anders sein wird. Denn alles, was wir erlebt haben, was ich gefühlt habe, war mit meinem Herzen. Doch wie wird es danach sein? Werde ich noch dasselbe fühlen? Es ist doch dann nicht mehr mein Herz, oder?«

»Natürlich ist es dein Herz, denn es wird in deiner Brust schlagen.«

»Aber was, wenn es dich nicht mehr liebt?«, frage ich mit zitternder Stimme.

Eine Träne kullert über meine Wange, und er wischt sie zärtlich mit dem Daumen weg. »Denk nicht so was. Es wird sich alles zum Guten wenden. Und außerdem kennst du mich ja, auch dein neues Herz wird mir nicht widerstehen können.« Er beginnt zu grinsen, und ich muss ebenfalls lächeln.

»Kale, was immer auch passiert, ich danke dir, ich ...«

Seine Augen werden glasig, doch er versucht, es zu verbergen, indem er zu Boden blickt. »Du verabschiedest dich jetzt nicht von mir, hörst du?«, antwortet er mit belegter Stimme.

»Doch, das möchte ich. Und ich liebe dich.«

Ich würde ihm gern noch so vieles sagen, doch dann geht schon die Tür auf, und ich werde von zwei Krankenpflegern zur Operation abgeholt. Es muss jetzt schnell gehen, das ist mir bewusst.

Kale hält noch immer meine Hand.

»Sag meinen Eltern auch, dass ich sie liebe, ja?«, flüstere ich, und er nickt. Seine Augen sind jetzt ganz deutlich mit Tränen gefüllt.

»Es wird gut gehen, Jass, wir sehen uns wieder«, höre ich ihn noch sagen. Das Letzte, was ich sehe, ist Kales Blick, während ich zur Tür hinausgeschoben werde.

Ich werde erst in einen Vorbereitungsraum und kurze Zeit später dann schon in den Operationssaal gebracht. Eine Menge Ärzte und Schwestern wuseln geschäftig um mich herum, während der Anästhesist an den OP-Tisch tritt, kurz mit mir spricht und schließlich die Infusion setzt.

Ein letztes Mal spüre ich noch mein Herz schlagen, leicht, zart, kaum mehr vorhanden. Dann wird es dunkel um mich herum.

Jede Begegnung hat ihren Sinn

Es ist ein unglaubliches Gefühl, wenn das Herzklopfen zurück ist, wenn man spürt, wie kraftvoll und regelmäßig es wieder schlägt. Und das ist der Takt, der mich in den nächsten Tagen und Wochen durch die Zeit bringt – eine Zeit, die nicht einfach ist und die ich zunächst einmal auf der Intensivstation verbringen muss.

Ich muss mich an einiges gewöhnen. An die Medikamente, die verhindern sollen, dass das neue Herz von meinem Körper abgestoßen wird. Ich muss peinlich genau darauf achten, Infektionen zu vermeiden, und auch die Herz-Kreislauf-Funktion wird pausenlos überwacht. Am ekligsten ist jedoch die sterile Kost, die ich bekomme, und so bin ich froh, als ich auf die normale Station verlegt werden kann und die Maßnahmen ein bisschen gelockert werden.

Endlich kann ich auch Kale ohne Mundschutz wiedersehen. Als er mich vorsichtig küsst, klopft mein Herz schneller, und ich realisiere erst jetzt so richtig, wie sehr er mir gefehlt hat. Ich weiß, es ist ein Risiko, Kale zu küssen, aber Professor Göller hat diesbezüglich ein Auge zugedrückt und es uns ausnahmsweise erlaubt. Obwohl es jetzt etwas weniger streng zugeht, darf ich noch nicht unbeschränkt Besucher empfangen, um mir nicht unnötigerweise eine Krankheit einzufangen. Denn jeder ganz banale Schnupfen kann bei mir viel gravierendere Folgen haben. Und natürlich wird mir auch nach wie vor jeden Morgen Blut abgenommen.

Als ich zum ersten Mal mit Mundschutz wieder nach draußen darf, kann ich es kaum begreifen. Wie sich das anfühlt. Die frische Luft in den Lungen, die Sonnenstrahlen auf der Nase - all das lässt mein Herz höherschlagen. Diesen Augenblick werde ich in meinem ganzen Leben nicht mehr vergessen.

Alles in allem ist die Zeit wirklich nicht leicht. Höhen und Tiefen bestimmen meinen Alltag. Doch drei Monate später darf ich tatsächlich nach Hause - allerdings nur kurz, denn auf mich wartet nun schon die Reha. Natürlich vermisse ich Kale während dieser Zeit, aber er besucht mich immer mal wieder. Und ich erkenne eines: Auch wenn ich dachte, dass zu viele Hürden vor mir stehen, hat uns doch am Ende nicht nur das Positive, sondern auch das Negative zusammengeschweißt. Wie hat er gesagt? *Das Leben ist keine scheiß Postkarte.* Das ist tatsächlich so. Es ist einfach das Leben, das jetzt weitergeht - mit ihm und dem neuen Herzen in meiner Brust.

Und als Kale mich schließlich am Ende der Reha nach Hause abholt, kann ich zum ersten Mal wieder von einer Zukunft träumen.

»Okay, und wohin sollen die ganzen Kerzen?«, fragt Kale und fährt sich dabei gespielt verzweifelt durch die Haare.

Einen Monat nach meiner Rückkehr aus der Reha haben wir beschlossen, nicht länger zu warten und zusammenzuziehen. Ja, vielleicht ist das zu schnell. Aber wenn es passt, dann passt es nun mal, und Kale und ich wollen eine Zukunft zusammen. Darin sind wir uns einig.

»Sie kommen in den Karton mit dem Kerzenaufkleber dort in der Ecke«, antworte ich und deute darauf.

Kale nickt nachdenklich. »Und ich muss sie einzeln in Zeitungspapier einwickeln, damit sie nicht kaputtgehen, richtig?«

»Richtig.«

»Kann ich nicht einfach irgendwas tragen?« Er seufzt. »Es darf meinetwegen auch was Schweres sein.«

Schließlich gebe ich nach. »Na schön, ich packe sie ein, und du kannst schon mal die fertigen Kisten zum Auto bringen.«

Er lächelt. »Sehr gut, so machen wir es. Louisa hilft dir mit den Kerzen sicher viel lieber als ich«, meint er, denn Louisa betritt gerade den Raum.

Sie scheint seine letzten Worte gehört zu haben. »Klar, das mache ich. Obwohl ich immer noch am Überlegen bin, wie ich dich hier halten kann. Jass. Dass du mich einfach so allein zurücklässt …« Sie verzieht das Gesicht, dann aber lacht sie. »Schau nicht so, das war ein Spaß, wir hatten das doch schon. Natürlich gehst du. Ich finde schon jemanden, der das Zimmer will.« Sie nimmt sich ein paar der alten Zeitungen, die meine Eltern mir für den Umzug gebracht haben, setzt sich damit zu mir aufs Bett und fängt an, die Kerzen darin einzurollen. »Ich freue mich für dich«, sagt sie. »Du und Kale, vor euch liegt so viel. Und ich kann gar nicht sagen, wie froh ich bin, dass es dir so schnell wieder dermaßen gut geht.«

»Stimmt, das Herz wurde wirklich gleich gut angenommen. Professor Göller meinte sogar, es scheint wie für mich gemacht, als würde es einfach passen.« Ich halte inne und schlucke. »Weißt du, ich muss immer wieder an den Spender denken.«

»Das verstehe ich. Sie haben dir ja nicht viel über ihn mitgeteilt.«

»Nein, das ist so üblich. Ich weiß nur, dass es ein junger Mann war, der einen Unfall hatte.«

Um mich ein wenig abzulenken, greife ich jetzt auch nach einer Zeitung und beginne ebenfalls, Kerzen einzuwickeln und in den Karton zu legen.

So geht das eine ganze Weile, und wir sind mittlerweile bei den letzten Kerzen angekommen. Ganz mechanisch greife ich nach einer neuen Zeitungsseite – und schrecke auf.

Denn darauf ist eine Todesanzeige zu sehen. Und nicht nur das. Eine Anzeige mit dem Schwarz-Weiß-Bild eines jungen Mannes.

Augenblicklich wird mir heiß und kalt. Wortlos starre ich das Foto an. Bilde ich mir das womöglich nur ein? Doch die Ähnlichkeit mit dem Mann aus dem Taxi ist einfach zu gravierend.

»Alles okay?«, höre ich Louisa wie durch Watte fragen, und als ich den Spruch in der Anzeige lese, überzieht Gänsehaut meinen gesamten Körper: *Jede Begegnung im Leben hat ihren Sinn – und auch jeder Verlust.*

Fassungslos wandern meine Augen zum Todesdatum. Da steht es, schwarz auf weiß. Gestorben an dem Tag, als ich das Spenderherz bekommen habe.

Das kann nicht wahr sein. Oder doch?

Mein Herz klopft heftig, ich greife mir an die Brust, an Kales Herzanhänger, und halte Louisa wortlos die Zeitung hin.

In diesem Augenblick betritt auch Kale wieder das Zimmer. »Was ist denn los, Jass?«, will er wissen. »Du bist auf einmal so bleich.«

»Das ist er«, stammle ich, »der junge Mann, Kale, der vom Taxi, dem ich begegnet bin und …«

Kale sieht sich die Anzeige an, Louisa ebenso. Dann herrscht Stille im Raum.

Kale ist der Erste, der seine Sprache wiederfindet. »Das ist der Satz.«

»Ja, er hat ihn mir gesagt«, flüstere ich.

Erneut ist es still zwischen uns. Keine Worte sind nötig. Ich weiß nicht, ob es stimmt, ob der junge Mann tatsächlich der Spender ist. Aber gerade fühlt es sich zumindest so an.

Er hatte recht. Jede Begegnung hat wirklich ihren Sinn – und auch jeder Verlust. Natürlich bin ich jetzt unendlich traurig. Bedeutet doch der Verlust seines Lebens meine Zukunft.

Für dich: meine Liste

Noch viele außergewöhnliche Dates erleben
Niemals aufhören, Händchen zu halten
Jeden Tag einen Kuss auf die Stirn
Noch Hunderte von Sonnenaufgängen und Sonnenuntergängen ansehen
Sich immer wieder Liebesbriefe schreiben
Liebesnachrichten auf WhatsApp (wehe, du schreibst mir irgendwann nur noch, was ich zum Essen mitbringen soll ☺)
Viele Posts auf Instagram
Zusammen in jedem See der Welt schwimmen – natürlich immer nackt
Sich alle Geheimnisse anvertrauen
Eine Kissenschlacht machen (das lassen wir mal lieber)
Viele romantische Essen, mit oder ohne Kerzenschein, sich gegenseitig füttern
Einander den Kopf kraulen, immer wenn es nötig ist
So oft wie möglich im Regen tanzen und küssen (unter der Dusche zählt auch)
Kino mindestens einmal im Monat
Niemals aufhören zu verreisen, überallhin und immer wieder

Das Leben zum gemeinsamen Abenteuer machen
Ein Lied auf der Gitarre vorspielen (na gut, ich mache das irgendwann noch mal)
Küssen im Riesenrad
Unter freiem Himmel übernachten
Mit Freunden feiern, wann immer wir Lust haben
Blumen, immer wieder
Ich war dein Erster und bleibe dein Letzter ☺
Etwas erleben, das uns beide für immer verbindet (ob man das noch toppen kann?)
Ja, man kann: zusammenleben
Heiraten
Kinder bekommen
Gemeinsam alt werden

Hör niemals damit auf

Mein Herz schlägt kräftig gegen meine Brust. Ein schönes Gefühl, neu und aufregend. Was es so heftig aus dem Rhythmus wirft, sind die Namen auf dem Klingelschild vor mir:

Jasmin Blum & Kale Haber.

Ich starre auf das Klingelschild - die Überraschung, von der Kale schon vor der OP im Krankenhaus gesprochen hat - und brauche eine Weile, um zu begreifen, dass da jetzt nicht mehr nur Kales Name steht, sondern auch meiner.

Doch nicht nur das hat sich verändert. Kales Wohnung ist nun zu unserer gemeinsamen Wohnung geworden. Wir schlafen im selben Bett, essen und leben zusammen.

Kale hat mir einen Schreibtisch gebaut, nach meinen Vorstellungen, so wie ich ihn mir gewünscht habe. Ohnehin versucht er gerade, sich in diese Richtung weiterzuentwickeln. Ein Kunstgewerbeladen in der Innenstadt zeigt großes Interesse, mit ihm zusammenzuarbeiten. Kale meint, er möchte sich diesbezüglich nicht unter Druck setzen, sondern einfach mal abwarten, was kommt. Mein Herzanhänger wird jedoch für immer ein Einzelstück bleiben – so wie unsere Liebe etwas ganz Einzigartiges ist.

Über dem Schreibtisch hat Kale eine hübsche Bilderleiste angebracht mit allerhand Fotos von uns beiden sowie mit Sprüchen, unter anderem dem Satz *Das Leben ist keine scheiß Postkarte.* Immer wenn ich ihn lese, muss ich lächeln.

Ja, Kale hatte recht, man muss alles gemeinsam durchstehen, die guten und die schlechten Zeiten. Das macht das Leben aus. Ich erinnere mich noch genau daran, wie Kale diese Worte im Krankenhaus zu mir gesagt hat. Dadurch habe ich begriffen, dass nichts planbar ist. Überhaupt nicht. Und er hat mir gezeigt, dass man, wenn man jemanden liebt, das nicht nur in den schönen Momenten tut, sondern in allen Momenten, die man gemeinsam erlebt.

In meiner Brust spüre ich das stete Klopfen meines Herzens. Manchmal ertappe ich mich dabei, wie ich einfach dasitze und ihm zuhöre. Noch immer gibt es Augenblicke, in denen ich nicht ganz glauben kann, dass das Herz in meiner Brust tatsächlich mir gehört.

Es ist schon ein merkwürdiges Gefühl, zu wissen, dass es auch mal im Körper eines anderen Menschen geschlagen hat, möglicherweise im Körper dieses jungen Mannes. Diese Vorstellung tut mir dann wieder gut, weil ich glaube, dass er damit zufrieden wäre. Denn irgendwie hat uns das Leben verbunden – vielleicht finde ich eines Tages heraus, inwiefern. Bis dahin trage ich ihn in meiner Brust, weil er mir eine Zukunft geschenkt hat. Dank ihm kann ich weiter träumen und leben, Menschen begegnen und den Sinn ergründen.

Daran denke ich jeden Tag und bin dankbar, dass dieser Mensch - ob es wirklich der junge Mann war oder ein anderer - sich dafür entschieden hat, sein Herz zu spenden, damit ich jetzt hier sitzen kann. Denn das ist bei Weitem nicht selbstverständlich.

Natürlich muss ich noch langsam machen, nur kleine Schritte tun. Aber ich fühle mich so gut wie seit einer Ewigkeit nicht mehr. Natürlich habe ich Pläne und Wünsche. Keine Ahnung, ob ich sie wirklich mal so umsetzen kann. Das weiß man nie.

Denn eines habe ich gelernt: Man kann im Leben nicht alles planen. Aber man kann immer weitermachen. Nicht loslassen, wenn es schwierig wird. In solchen Momenten muss man noch fester zupacken, ganz nach dem Motto: *Jetzt erst recht*. Ich liebe zwar noch immer all diese hoffnungsvollen Postkartensprüche, doch ich sehe sie jetzt mit anderen Augen.

»Hey.« Kale kommt ins Zimmer, wie so oft mit freiem Oberkörper.

Meine Augen tasten gefühlt über seine leicht gebräunte Haut und die Brustmuskeln. Ich kann diesen Anblick jetzt jeden Tag genießen, was mir ein Lächeln ins Gesicht zaubert.

»Woran denkst du?«, will er wissen.

»Nichts Wichtiges, nur dass mir gefällt, was ich sehe.«

Er zieht eine Augenbraue nach oben. »Du willst also doch nur meinen Körper, Jasmin Blum. Wenn das so ist, dann werde ich mir das, was ich eigentlich vorhatte, noch mal überlegen.«

»Was? Nein«, protestiere ich. »Los, sag schon, was hast du vor?«

Er scheint wirklich kurz nachzudenken, doch dann beginnt er zu grinsen und zieht etwas aus seiner Hosentasche. Ein Blatt Papier, wie es scheint. Er reicht es mir. »Das ist für dich.«

Neugierig falte ich den Zettel auseinander. Nachdem ich die Überschrift gelesen habe, muss ich lachen. »Das ist ja die Liste, die ich dir damals gegeben habe.«

»So ist es. Sagen wir es so, ich habe sie leicht abgeändert.«

»Ach ja? Inwiefern?«

»Schau es dir an«, sagt Kale, und als sein Blick meinen trifft, kann ich nur daran denken, wie sehr ich ihn liebe. Und wie sehr ich ihn will.

»Also schön, dann lass mich mal sehen.«

Als ich zu lesen beginne, wird mir warm im Bauch. So süß, er hat in der Tat alle Punkte neu formuliert. Mein Herz schlägt wieder heftig, weil das so unglaublich romantisch ist.

»Das ist es, was ich von dir will, jeden Tag aufs Neue.« Er kommt zu mir her, stützt sich mit den Händen links und rechts auf den Armlehnen meines Schreibtischstuhls ab und beugt sich über mich.

Die Liste ist jetzt gleichgültig geworden. Ich lasse sie einfach fallen, als sein Körper meinen berührt.

»Du hast noch eine Sekunde Zeit zu überlegen, bevor ich dich küsse«, flüstert er.

Schon legen sich seine Lippen auf meine. Wir küssen uns, halten uns, und als wir irgendwann innehalten, blicke ich Kale in die Augen.

»Nun, ich bin dabei«, sage ich. »Aber ich habe Bedingungen, die wir noch verhandeln sollten.«

Er beißt sich gespielt verschämt auf die Unterlippe. »Ach ja? Und die wären?«

»Ich möchte, dass du dir vorher ein paar Gedanken machst. Denn drei Dinge sollten dir von vornherein klar sein, bevor diese Sache hier weitergeht.«

»Okay, und was?«

Ich streiche ihm über die Wange. »Erstens: Was immer wir auch tun, es ist echt, klar?«

Er nickt. »Klar, so was von echt.«

»Schön. Damit wären wir schon bei zweitens. Ich habe es total mit diesem Beziehungszeug, und was du da aufgeschrieben hast, wird auch umgesetzt.«

»Das ist mir durchaus bewusst, sonst hätte ich die Liste ja nicht geschrieben.«

»Gut. Kommen wir zu meinem letzten Punkt. Dem wichtigsten.« Ich drücke mich noch enger an ihn, und seine Augen verschmelzen mit meinen. »Hör niemals auf, so zu tun, als ob du mich liebst.«

ENDE – UND DOCH ERST DER ANFANG …

Noch ein Wort zum Schluss

Meine lieben Leserinnen und Leser,

das Herz ist so kostbar, und es ist zerbrechlicher, als wir glauben. Es wirkt immer so stark, schlägt im Takt, leidet mit uns, aber wir vergessen, dass nichts auf der Welt selbstverständlich ist. Der Körper ist zu unserer Maschine geworden. Wir leben nur noch nach dem Motto: *höher, schneller, weiter, besser*. Gefühle werden viel zu sehr hintangestellt, alles muss perfekt sein. Doch jeder Herzschlag in uns ist kostbar, jeder Moment wertvoll, auch die leisen, stillen Augenblicke, die wir immer mehr übersehen und die uns erst dann wirklich bewusst werden, wenn wir innehalten und durchatmen.

Aber es kann auch vorkommen, dass wir den richtigen Zeitpunkt dafür verpassen. Und dann sagt das Leben irgendwann einfach Stopp. Bis hierhin und nicht weiter. Erst dann merken wir, wie wertvoll die Stille ist. Dass das vermeintlich Perfekte, nach dem wir streben, gar nicht so makellos ist, wie wir es uns ausmalen. Erst dann können wir uns wieder spüren und auch das empfinden, wonach wir uns wirklich sehnen.

Dieses Buch ist ein Herzensprojekt durch und durch. Die Geschichte von Jass und Kale soll berühren. Nein, mehr als das. Sie soll wachrütteln. Denn Jass' Geschichte - zumindest alles, was mit ihrer Krankheit zu tun hat - basiert auf einer wahren Begebenheit. Tamara Schwab hat mir bei diesem Buch so viel geholfen und es mit ihren Erlebnissen gefüllt. Dafür bin ich ihr unendlich dankbar, denn nur durch sie lebt es und vermittelt die Emotionen, die es verdient.

Tamara war vierundzwanzig, als sie im Fitnessstudio einen Herzstillstand erlitt. Das Leben drückte einfach den Pausenknopf, den sie zuvor nicht gefunden hatte. Ein langer Kampf zurück ins Leben begann. Denn wenn plötzlich der Körper nicht mehr mit dem Tempo in unserem Inneren mithält, wird einem erst bewusst, wie wertvoll es ist, dem Geist Ruhe zu geben. Tamara hatte eine Herzmuskelentzündung nicht richtig auskuriert, die dann chronisch wurde. Ein langer Weg voller Leid war die Folge. Unzählige Arztbesuche, Operationen und das Leben mit einem Defibrillator. Von jetzt auf gleich zählte nur noch das, was wichtig war: das Leben an sich, die Gesundheit und die Normalität, die mit einem Mal zur Besonderheit wird.

Deswegen ist es uns ein Bedürfnis, auf diese Krankheit aufmerksam zu machen. Sie betrifft bei Weitem nicht nur Ältere, sondern zunehmend auch junge Menschen, die in der immer schneller werdenden Zeit kaum noch Entschleunigung finden. Alles ist offen, weit, erreichbar. Instagram und die anderen sozialen Medien vermitteln uns nur noch, wie toll und wunderbar alles ist und sein kann, wie viel Spaß wir dabei haben können – aber nur, solange wir verstehen, dass das alles vergänglich ist. Dass es sich lediglich um eine Scheinwelt handelt, die uns mit den perfekten Posts vom perfekten Körper, dem perfekten Leben und dem perfekten Look suggerieren will, dass ein normales Leben nicht die richtige Wahl sein kann. Doch es ist wichtig, innezuhalten, auf unsere Gefühle und unser Herz zu hören, unseren Körper zu respektieren.

Tamara hat ihre Geschichte ebenfalls aufgeschrieben, und wir hoffen, dafür genauso viele interessierte Leserinnen und Leser zu gewinnen wie für das Charityprojekt #respectyourlimits, das wir ins Leben gerufen haben. Denn Grenzen sind nicht verkehrt, sie lehren uns, auch mal innezuhalten und daran zu wachsen. Wir alle sind menschlich, und es ist nichts Falsches daran, uns das auch einzugestehen. Wir leiden, weinen, sind nicht perfekt und haben Sorgen. Das gehört zum Leben dazu, denn sonst könnten wir nicht wachsen.

Wer mehr über Tamara und ihre Krankheit erfahren möchte, dem empfehle ich ihr Buch *Mein Speeddating mit dem Tod,* das noch im Jahr 2019 erscheinen wird. Mehr Informationen und eine Leseprobe findet ihr im Anschluss.

Ihr Lieben, was mir auch noch wichtig ist: Hört niemals auf, dem zu folgen, was euer Herz sich ersehnt. Seid euch im Klaren darüber, dass es im Leben nicht immer nach Plan läuft. Während der Schreibphase dieses Buches ging es in meinem Leben sehr turbulent zu, das ganze vergangene Jahr war ein Suchen und Finden, und mein Herz wusste sehr oft nicht, wohin es will und soll. Glücklich und zufrieden zu sein, das ist am Ende immer der Schlüssel.

Ich bin dankbar, das tun zu dürfen, wonach mein Herz sich sehnt. Doch das würde ich nicht schaffen ohne mein wundervolles Team, das mir immer zur Seite steht. Dazu gehören seit nunmehr über sechs Jahren meine wunderbare Lektorin Susanne Jauss, seit vier Jahren mein guter Freund und Grafiker Torsten Sohrmann, außerdem meine liebe Tanja Rörsch von Mainwunder und natürlich meine unglaubliche Schwester Nathalie Majewski, die ich über alles liebe. Ihr alle seid in meinem Herzen, und ich kann nicht sagen, wie dankbar ich bin, euch zu haben. Weil ich sehr wohl weiß, dass ich nur durch euch so viel bewegen kann. Ich bin ein Chaosmensch, das gebe ich zu, aber ihr wisst, dass ich auch für euch immer mein Möglichstes tue.

Ich danke Tamara, dass sie mir bei diesem Buch so viel geholfen hat. Das Schicksal hat uns zusammengeführt, dessen bin ich mir sicher. Und ich bin gespannt, was noch alles passiert. Neben diesem tollen Projekt ist auch eine Freundschaft entstanden, die uns niemand mehr nehmen kann.

Ein herzliches Dankeschön auch an Sarah Saxx und Anna Winter, ihr seid für mich mehr als nur Kolleginnen. Danke für die Motivation, wenn ich sie gebraucht habe. Anna, du bist meine Schwester im Herzen, und Sarah, du bist der Puls, der mich antreibt.

Danke ebenso sehr an Lucia Kruse, du bist ein wundervoller Mensch. Ich bin so glücklich, dass du dich als Fotomodell für mein Cover zur Verfügung gestellt hast.

Gleiches gilt natürlich auch für Christian Krömer. Ich freue mich auf unser gemeinsames Buchprojekt *Immer nur Blödsinn im Kopf*. Mit dir daran zu arbeiten, ist großartig. Keine Ahnung, was noch alles auf uns zukommt, ich kann es jedenfalls kaum erwarten.

Ein ganz großes Dankeschön an meine Familie. Mama und Papa – no words needed. Ihr seid mein Hafen.

Zu guter Letzt: Danke euch allen da draußen. Für alles, was ihr mir gebt. Das Leben ist wertvoll, kostbar, also lebt es. Genießt jeden Augenblick, auch die stillen und traurigen, denn sie bringen uns immer weiter und lassen unser Herz leben.

Ihr Lieben, wenn euch diese Geschichte gefallen und berührt hat, dann lasst es mich doch bitte wissen. Schreibt mir gern eine Rezension bei Amazon, denn das ist ganz wichtig für uns Autoren. Besucht mich auf Facebook und Instagram, folgt mir auf Amazon oder klickt auf meine Website und registriert euch für meinen Newsletter. Hinterlasst ein Däumchen oder einen Kommentar, wie und wo auch immer. Ich freue mich über jede Rückmeldung.
Es ist so schön, dass es euch gibt, denn dank euch kann ich meinen Traum vom Schreiben leben.
Ganz lieben Dank!
Eure Michelle

Nachwort von Tamara Schwab

Wenn das Leben entscheidet, dir ein Bein zu stellen – dann nutze den neuen Blickwinkel auf die Welt, während du mutig wieder aufstehst!

Wie reagiert man, wenn man im Alter von vierundzwanzig Jahren im Fitnessstudio einen Herzstillstand erleidet und aus der mühsam aufgebauten Carpe-Diem-Welt gerissen wird, in der es gerade so schön war? Plötzlich realisiert man, dass man jahrelang nur im Dauersprint unterwegs war. Immer schneller, besser, erfolgreicher sein. Immer höher gesteckte Ziele erreichen. Nur so kann ich es zu etwas bringen und aus meinem Leben das Beste herausholen! Aber was bedeutet es, wenn man jahrelang im Dauersprint unterwegs ist? Richtig, es geht einem nach und nach die Puste aus, der Körper verliert seine Kraft, und irgendwann, wenn die Beine zu schwach werden, fällt man auf die Nase!

Zugegeben, ich bin gewaltig auf die Nase gefallen. Genau genommen auf dem Spinningrad im Fitnessstudio. Mit einem Herzstillstand, den ich mit einer Herzmuskelentzündung herbeigerufen habe. Mit einer der unnötigsten Krankheiten, die es gibt! Eine Krankheit, die man nur bekommt, wenn man durchgehend im Dauersprint unterwegs ist, während man seinen Körper ignoriert.

Statt also weiter meinen Zielen hinterherzurennen, bin ich seit drei Jahren damit beschäftigt, mich wieder aufzurappeln. Zwei Herzstillstände, zwei Defibrillatorimplantationen, zahlreiche Operationen und immer wieder die Nachricht: Ich bin immer noch nicht gesund und muss weiterhin gegen eine lebensgefährliche Krankheit ankämpfen.

Was macht man also, wenn man gezwungen ist, auf dem Boden der Tatsachen sitzen zu bleiben? Man hat zwei Möglichkeiten: Entweder man bleibt trotzig sitzen, heult und jammert über die schlimme Situation, in die einen das Leben gebracht hat. Oder man freut sich über den neuen Blickwinkel auf die Welt, rappelt sich auf, zeigt dem Leben den Mittelfinger und geht verdammt noch mal weiter!

Ich habe mich für den zweiten Weg entschieden. Jammern erscheint im ersten Moment vielleicht einfacher, ist aber auf die Dauer ziemlich unbequem. Mit einem positiven Blick hält es sich dagegen länger aus.

Ich entschied mich also, ein Buch über meine Geschichte zu schreiben, während ich darauf warte, endlich wieder gesund zu werden. Es ist eine Geschichte, die drei Jahre Lebenskampf beschreibt, aber mit Sarkasmus und Ironie beweisen soll, dass eine lebensgefährliche Krankheit kein Grund ist, den Humor zu verlieren!

Denn meine Geschichte soll Menschen zum Lachen bringen über Dinge, die eigentlich zum Weinen sind. Sie soll jedem Ehrgeizjunkie eine Klatsche vom Feinsten verpassen, um ihn wachzurütteln. Sie soll anderen helfen, das Leben ein wenig leichter zu sehen. Und sie soll zeigen, dass alles nur eine Sache der Ansicht ist.

Denn das Leben hat mir eines unmissverständlich klargemacht: Ein erfolgreiches, glückliches und gesundes Leben kann man nur führen, wenn man seine Grenzen akzeptiert und seinen Weg in dem Tempo geht, mit dem der eigene Körper mitkommt!

Aus dieser Erkenntnis wuchs nicht nur mein Buch, sondern auch unser Charityprojekt #respectyourlimits. In einer Welt voller Selbstdarstellung, Leistungsorientierung und Ellenbogen soll es ein Aufruf sein, sich dafür zu entscheiden, seinen eigenen Weg zu gehen. Selbst zu entscheiden, wann der Pausenknopf gedrückt wird, und dabei kein schlechtes Gewissen zu haben. Das sollte man nur haben, wenn man sein Leben für Perfektionismus ausnutzt. Denn was passiert, wenn man jemanden ausnutzt? Richtig, er sucht ganz schnell das Weite.

Das Weite suchen werde ich aber mit Sicherheit nicht bei dir, liebe Michelle. Ich bin immer noch fasziniert von dem glücklichen Zufall, den ich gern als *gut gelauntes Schicksal* bezeichne, weil er uns zusammengeführt hat. Du sorgtest für den nötigen Push, mein Buch nach einem Jahr sporadischen Schreibens endlich zu verwirklichen, und standst mir dabei immer mit Rat und Tat zur Seite. Dafür bin ich dir wahnsinnig dankbar und gleichzeitig gespannt wie ein Flitzebogen, wohin das Schicksal uns und unser Projekt noch trägt.

Abschließend möchte ich euch mein Buch *Mein Speeddating mit dem Tod* vorstellen, das noch im Jahr 2019 erscheinen wird:

Einmal »alles wird gut« zum Mitnehmen bitte!
Eine wahre Geschichte, die beweist, dass eine lebensgefährliche Krankheit kein Grund ist, den Humor zu verlieren.

Wie reagiert man, wenn man mit vierundzwanzig Jahren im Fitnessstudio einen Herzstillstand erleidet und aus der mühsam aufgebauten »Carpe-Diem«-Welt gerissen wird?
Richtig. Sich nach dem Aufwachen erst mal fragen, wie viele Menschen einen bewusstlos und oben ohne gesehen haben, und dann: aufstehen, dem Schicksal den Mittelfinger zeigen und verdammt noch mal weitergehen!
Mit Humor und schonungsloser Ehrlichkeit berichtet Tamara von ihrem Leben mit einer Herzmuskelentzündung. Sie erzählt von ihren Speeddatings mit dem Tod, wie sie ihr ADHS-geplagtes Ehrgeiz-Ich besiegte, was ein Krankenhaus mit einem Bootcamp gemeinsam

hat und dass ein Defibrillator ziemlich sexy sein kann, wenn man ihn mit Mr. Grey vergleicht.
Ein amüsantes Buch mit einer Message für jeden, der gern seine Grenzen überschreitet und auf der Überholspur nur das Gaspedal kennt.

Auszug aus dem Kapitel

**Die Tasse mit der Aufschrift
»Lebe jeden Tag, als wäre er dein letzter«**

Ganz ehrlich – so ein Bullshit! Jeden Tag so leben, als wäre er mein letzter? Dann wäre ich tagein, tagaus mit meiner besten Freundin in irgendeinem wahnsinnig angesagten Land, das bei Instagram gerade in jedem dritten Post zu finden ist, und hätte mein letztes Geld für ein viel zu überteuertes Airbnb-Apartment mit Infinity Pool und Traumaussicht am Strand gebucht. Wir würden uns mit Gin Tonic die Kante geben, uns für eine heiße Nacht die hübschesten Kerle am Strand anlachen und im Sonnenuntergang in alten Zeiten schwelgen. Gar keine so schlechte Vorstellung! Aber mal ehrlich, wie soll man bitte in einen stinknormalen Alltag ständig das »Ich lebe jetzt meinen letzten Tag«-Feeling integrieren, ohne nach zwei Wochen bankrott, Alkoholiker oder HIV-positiv zu sein? Ich weiß, das ist ziemlich makaber. Aber das ist mein Humor. Und ich finde, das darf ich auch. Weil ich selbst erst vor vier Wochen beinahe ins Gras gebissen hätte wegen einer absolut unnötigen Krankheit. Einer Krankheit, die man bekommt, wenn man versucht, die »Lebe jeden Tag, als wäre er dein letzter«-Tasse oder den »Your only limit is you«-Sprüchekalender ernst zu nehmen und in seinen Alltag zu integrieren. Eigentlich liebe ich ja solche Sprüche! Mein ganzer Flur ist mit Postkarten gepflastert, mit tollen Bildchen von Stränden, Meer, Koffern und Traumfängern. Und daneben steht eine weisere Weisheit neben der nächsten. Diese Liebe ging sogar so weit, dass ich mir einen dieser Sprüche mit neunzehn Jahren auf meine Flanke tätowieren ließ. Zugegeben, den Spruch mag ich auch heute noch: *Wenn sich eine Tür schließt, öffnet sich dafür eine neue.* Hm, ich frage mich nur, welche Tür aufgegangen wäre, wenn mich nicht fünf Jungs fünfundvierzig Minuten lang reanimiert hätten und dabei noch erfolgreich gewesen wären? Und jetzt sitze ich hier, in einer Rehabilitationsklinik, zusammen mit 518 Friedhofsglatzen (na gut, vielleicht sind nur achtzig Prozent davon Männer, aber es sind wirklich viele Männer!), die mit ihrer neuen Schweineherzklappe kämpfen, meiner »Lebe jeden Tag, als wäre er dein letzter«-Tasse und Timo. Timo ist Polizist, siebenundzwanzig Jahre und mein einziger Leidensgenosse in diesem Anti-Sensenmann-Laden. Er darf in ein paar Tagen nach Hause. Ich habe im Gegensatz dazu gestern die Nachricht erhalten, dass ich eine Woche Extra-Halbleichenschau erhalte und insgesamt noch drei Wochen vor mir habe. Da sitzt man dann in seinem Zimmer, neben einem die Weisheiten-Tasse, auf die der Blick fällt – und herzlichen Glückwunsch! Sie haben eine Freifahrt mit dem legendären Gedankenkarussell erhalten! Als Nächstes haben Sie die Wahl, ob Sie den Freefalltower Richtung Nervenzusammenbruch wählen oder lieber Ihren Tränen in der Wildwasserbahn freien Lauf lassen wollen. Oder wie wäre es, mit dem Autoscooter gegen die nächste Wand zu fahren? Ich entschied mich gestern für Alternative drei und vier. Zumindest fühlte sich die Nachricht wie ein Wandknutscher vom Feinsten an, und im Anschluss startete die Wildwasserbahn. Und was für eine Wildwasserbahn das war! Ich habe Zeugen! Eineinhalb Stunden ging die Fahrt mit meiner Psychologin. Und nun schreibe ich das hier runter und beginne fast zu lachen. So viele Tränen, die ich gestern wegen einer Woche Zusatzurlaub vergossen habe. Aber im Krankenhaus, als ich erfahren habe, dass ich für fünfundvierzig Minuten klinisch tot war und meine Familie drei Tage lang nicht wusste, ob ich nun zukünftig für immer ein Pflegefall sein würde, da lief mir nur eine einzige Träne über die Wange. Aber nicht, weil mich diese Nachricht kaltließ oder mir egal war, sondern weil es für mich bis heute wie ein schlechtes, schnulziges und typisch unrealistisches Ende eines amerikanischen Filmes klingt. Ich mag keine amerikanischen Streifen. Viel zu viel Klischee, Dramatik und vorhersehbare Ausgänge. Na ja, so vorhersehbar war der Ausgang meiner Geschichte dagegen nicht. Meine Chancen lagen bei circa drei Prozent.

Nachdem ich also jegliche Statistik geknackt habe, sitze ich nun in meiner Einzelzelle in der Rehaklinik und führe tägliche Philosophiestunden über meine »Lebe jeden Tag, als wäre er dein letzter«-Tasse, die mir mein Paps bei seinem letzten Besuch mitgebracht hat. Ich war schon immer eine dieser seltsamen Personen, die mindestens einmal die Woche ihren sentimentalen Abend hat, im Dunkeln in ihrem ultrastylischen grauen Ohrensessel vor ihrem bodentiefen Schlafzimmerfenster saß, auf die vorbeifahrenden Autoschlangen blickte und über den Sinn des Lebens nachdachte. Raus kam dabei nicht viel Intelligentes. Außer wenn man dem Spruch meiner Tasse glauben würde. Dann war es überaus intelligent! Denn mein Leben bestand seit viel zu vielen Jahren daraus, so viele Stunden, Minuten und Sekunden wie möglich produktiv zu nutzen und aus meinem Leben das maximal Mögliche herauszuholen. Neben dem Studium war ich für zwanzig Stunden wöchentlich Werkstudentin in einer Bank, parallel dazu baute ich mir eine Selbstständigkeit als Eventmoderatorin auf. Anschließend ein fließender Übergang vom Bachelorstudium zur Vollzeitbeschäftigung. Moderieren deshalb aufgeben? Nein – gerade läuft es doch erst richtig an! Kriegen wir schon noch unter. Wie ein hyperaktives Huhn auf Ecstasy meldete ich mich zusätzlich noch für ein nebenberufliches Masterstudium in Wirtschaftspsychologie an. War ja einer meiner lang ersehnten Träume, seit ich das Abi abgeschlossen hatte, leider zu schlecht, um bereits im Bachelorstudium Psychologie studieren zu können. Also nicht noch mehr Zeit verlieren, folge deinen Zielen! So dachte ich mir und bezahlte im nächsten Moment die Rechnung für das Studium. Wenn ich morgen tot umfallen würde, dann könnte ich zumindest sagen, dass ich mir einen meiner größten Träume erfüllt habe. Und außerdem lehrte mir ja der Spruch »The only limit is you«, dass ich alles schaffen kann, wenn ich es nur wollte. Auch eine Vollzeitbeschäftigung, eine Selbstständigkeit und ein Studium zeitgleich.

Mein damaliger Freund sah es damals etwas anders. Genau genommen musste ich ihn zum Psychologen schleppen, weil er wegen Überforderung in seinem Vollzeitstudium schwere Depressionen hatte. Tja, vielleicht hätte er sich häufiger in meinem Flur mit den tollen Weisheitenpostkarten aufhalten sollen, statt mit mir in meinem Bett. Nachdem ich dieses Problem aufgrund von Zeitproblemen noch auf der linken Pobacke löste und wusste, dass er wieder ohne mich sein Leben meistern kann, tauschte ich ihn kurzerhand gegen eine Coaching-Ausbildung aus. Auch so was, das auf meinem tollen Visionboard als Ziel stand (googelt das mal - ein gutes Tool, um meiner Weisheitentasse Folge zu leisten) …

Mehr über unser Charityprojekt #respectyourlimits findet ihr auf

www.respectyourlimits.de

Das Pärchen auf dem Buchcover

Lucia Kruse und Christian Krömer

Lucia Kruse ist 19 Jahre alt und bloggt seit über dreieinhalb Jahren auf Instagram unter dem Namen *@wonderbooks09* über Bücher. Seit Anfang 2019 dreht sie zudem YouTube Videos (*@wonderbooks*) und teilt dort ihre Leidenschaft für das Lesen mit ihrer Community. Außerdem verbringt sie gern Zeit mit ihrer Familie und ihren Freunden und liebt das Theaterspielen.

Christian Krömer wurde 1994 in Nürnberg geboren. Er liebt es, die Menschen zu begeistern und zu motivieren. Zusammen mit seiner einundneunzig Jahre alten Oma Lissi hat er den Instagram-Account *@lisbeth_lissi* ins Leben gerufen, mit dem er Freude schenken und ein positives Lebensgefühl vermitteln will. Sein Markenzeichen sind seine

verschiedenfarbigen Augen sowie sein Lachen und die optimistische Ausstrahlung. Nicht alles so ernst nehmen und auch mal Blödsinn im Kopf haben, weil es das Leben einfach schöner macht. Just do it. Das ist sein Lebensmotto, und damit trifft der sportbegeisterte junge Mann ins Herz seiner Fans.
Sein erstes Buch *Immer nur Blödsinn im Kopf,* das im Herbst/Winter 2019 erscheint und mit dem er seinen Followern und Lesern Einblicke hinter die Kulissen geben möchte, verfasst er gemeinsam mit der Autorin Michelle Schrenk.
Mehr Infos findet ihr auch auf team-lisbeth.de.

Die Fotografin des Coverfotos

Nathalie Majewski

Nathalie Majewski, 32 Jahre alt, ist eine glückliche Zweifach-Mama. Fotografieren ist ihre Leidenschaft, sie liebt es, Momente für die Ewigkeit einzufangen, sodass man sich noch nach Jahren daran erfreuen kann. Namama Fotografie steht für die großen Momente im Leben.

Mehr über Nathalie auf: namama-fotografie.com

Immer nur Blödsinn im Kopf

Mein gemeinsames Buch mit Christian Krömer
(erscheint voraussichtlich im Herbst/Winter 2019)

Was entsteht, wenn man eine Oma voller guter Laune und einen Enkel mit Handy hat? Richtig, ein Instagram-Account, der begeistert. Und so wurden Oma Lissi und Enkel Christian in kürzester Zeit zum Phänomen!
»Dei Gschmarri«, »Geh ham etzadla«, »Du hast nur Blödsinn im Kopf«: Zusammen mit Christian mischt die fränkische Oma Instagram auf und hat immer einen lockeren Spruch auf Lager. Mit Herz und Humor sowie authentischen Videos und Geschichten aus dem Alltag begeistern die beiden ihre Follower.
Diese gute Laune gibt es jetzt für zu Hause – in Form dieses Kochbuches mit 33 besonderen Rezepten für das garantierte Lissi-und-Chris-Gefühl. Vom herzhaften fränkischen Braten über Kirschenmännle und Eierlikörkuchen mit einer extra Portion Lächeln bis hin zu Sauren Bratwürsten, die lustig machen, ist für jeden etwas dabei. Setzt euch mit den beiden an einen Tisch und erfahrt nicht nur, wie alles begann, sondern auch, was das beste Rezept ist, um nicht nur Blödsinn im Kopf, sondern auch im Topf zu haben.

Hier noch weitere Bücher von mir, die ich euch ebenfalls ans Herz legen möchte:

Irgendwo hinter den Wolken
Finalist beim Kindle Storyteller Award 2019

Sophie will endlich die Dunkelheit verlassen, die sie seit Jahren gefangen hält. Sie ist sich sicher, dass ihr zerbrochenes Herz nie wieder heilen kann, dennoch sehnt sie sich nach einem Neuanfang und einem Leben ohne Angst. Ein Versprechen und eine Postkarte tragen eines Tages entscheidend dazu bei, dass Sophie den Mut fasst, nur mit einer Reisetasche bepackt ins Ungewisse zu fliehen.
Dann trifft sie auf Erik. Auch er hat einen schlimmen Verlust erfahren und glaubt fest daran, dass nichts den Schmerz in ihm jemals wieder lindern wird.
Doch was beide nicht wissen: Es ist kein Zufall, sondern Schicksal, dass sie sich begegnet sind. Denn sie verbindet die Hoffnung, dass irgendwo hinter den Wolken das Glück auf sie wartet.
Ein Roman voller Hoffnung – so wie das Licht hinter den Wolken.

Irgendwann, vielleicht für immer

Egal, was morgen ist, dieses Wochenende hatten wir unser kleines »Für immer« …

Zwei Menschen, zwei Herzen, zweiundsiebzig Stunden, zwei unterschiedliche Leben und eine Entscheidung.

Bevor Elena auf Jannis traf, hätte sie niemals geglaubt, dass sich ihr Leben dadurch in zwei winzigen Sekunden für immer verändern würde. Zusammen erleben die beiden innerhalb von zweiundsiebzig Stunden das absolute Gefühlschaos: Leidenschaft, tiefe Gefühle und Dramatik.

Das kann kein Zufall sein – oder doch? Aber was bleibt, wenn die Zeit vorbei ist und man weiß, dass die Liebe, die man gerade fühlt, keine Chance hat?

Eine berührende Geschichte über Zufälle, die keine sind. Über Veränderungen im Leben und das Glück, das für immer bleibt. Und über die Liebe, die keine Grenzen kennt – nicht mal die Zeit.

Kein Himmel ohne Sterne

BILD-Bestseller im Bereich Belletristik
Nummer 1 Amazon-Bestseller

Emma Morgen würde lieber zum Zahnarzt gehen als zurück an den Ort, dem sie einst den Rücken gekehrt hat. Aber ein Todesfall zwingt sie dazu, sich und ihr schlechtes Gewissen in den Zug gen Heimat zu setzen.

Und so steht sie bald vor dem Mann, den sie vor langer Zeit aus ihrem Leben radiert hat und der ihr Herz auch heute noch schneller klopfen lässt. Jannik ist Single, noch genauso charmant und humorvoll wie früher – und zu allem Überfluss bewohnt er das Haus, das sie beide sich früher immer in ihren Träumen gewünscht hatten.

Aber gibt es im Leben eine zweite Chance?
Und ist Emma bereit, den Preis dafür zu zahlen?

Ein Roman, so herzerwärmend wie Kerzen in der Dunkelheit.

Kein Horizont ohne Licht

Hanna ist glücklich. Meistens. Außer wenn sie sich Erinnerungen an Josh erlaubt – ausgelöst durch den Klang einer Gitarre, den Geruch von Leder oder wenn Lichter die Dunkelheit erhellen. Doch von Josh will sie nicht mehr träumen. Fast zwanzig Jahre ist es her, dass der Junge, der damals die Welt für sie bedeutete, sie in den Scherben ihres jungen Lebens zurückgelassen hat.
Ihm zu verzeihen, kommt also überhaupt nicht für sie infrage. Wäre da nicht Mo, der Mann, der wie ein Vater für Hanna und Josh war und der die beiden auf eine Reise in ihre Vergangenheit mitnimmt – bis sie erkennen, wie wichtig es ist, das Licht am Horizont nicht zu verlieren.

Emotional und warmherzig.
Eine berührende Geschichte über den Wert der Erinnerungen und die Suche nach dem Glück.

Horizont ohne Licht ist ein in sich abgeschlossener Roman.
Fans von »Kein Himmel ohne Sterne« dürfen sich jedoch auf ein Wiedersehen mit den Protagonisten freuen.

Der Weg zwischen den Sternen

Es waren einmal ein Mädchen und ein Junge, die sich versprachen, für immer zusammenzubleiben. Doch alles kam ganz anders ...
Zehn Jahre sind vergangen, als Josy und Tim sich zufällig wiedertreffen. Josy ist inzwischen Angestellte in einer Werbeagentur, obwohl sie immer Fotografin werden wollte. Tim hingegen hat seinen Traum wahr gemacht, reist durch die Welt, schreibt darüber Berichte und betreibt erfolgreich sein eigenes Blog. Das unverhoffte Wiedersehen bringt Josys Gefühlswelt gehörig durcheinander, denn sie ist nicht mehr dieselbe wie einst mit siebzehn. Zusammen begeben sich die beiden auf eine Reise, die sie damals nicht beenden konnten ...
Ein Buch über die große Liebe, über Träume und den Weg zwischen den Sternen, der alles miteinander verbindet und uns zeigt, dass die schönsten Märchen das Leben selbst schreibt.

Mehr Bücher von mir findet ihr auf:
www.michelleschrenk.de